KB262576

국권침탈 전후 한국어문학의 형세

국권침탈 전후 한국어문학의 형세

황재문 김석봉 김혜련 이지영 박명옥 박민영
이상호 딤명숙 이혜숙 유임하 김인경 김종태

푸른사상
PRUNSASANG

제1부
국권침탈 전후 한국어문학의 형세

박은식 문학 효용론의 맥락과 배경

황재문[*]

●차례

■ 국문초록

본고는 신구 문학관의 교체를 이끈 것으로 평가되는 박은식 문학론의 맥락과 배경을 검토함으로써 그 구체적인 성립 과정과 의의를 해명하고자 하는 의도에서 작성되었다. 선행연구에서 「서사건국지서」로 대표되는 박은식의 문학 효용론은 국문소설의 중요성을 제기했다는 측면에서 주목되었지만, 그 지향점과 성립 과정에 대해서는 본격적인 논의가 이뤄지지 않았다.

이에 본고에서는 박은식의 문학 효용론이 제기된 맥락과 배경을 검토

---

* 서울대학교 규장각한국학연구원 HK교수.

함으로써 지향점과 성립 과정에 대한 논의를 진행하고자 하였다. 그 선행 작업으로서 박은식의 작품에 대한 실증적 문제를 일부 검토함으로써 현재까지 박은식이 전통적 양식에 따른 산문 작품 이외의 소설을 쓴 사례가 없음을 확인하였다. 문학 효용론의 맥락에 대한 검토를 통해서는 박은식이 梁啓超의 논리와 용어를 활용하면서도 그와는 다른 지향점을 보이고 있음을 지적하였다. 즉 문학이론적 탐색은 미진했지만, 그 반면에 제재 및 주제의식과 같은 문학 작품의 내용에 대한 주목이 있었음을 확인하였다. 또 이러한 문학 효용론의 형성 배경으로는, 전통적 한학을 익힌 문장가로서의 박은식의 '문장'에 대한 관점과 '효용성'에 집중하게 된 시대적 상황을 제시하였다.

주제어 : 문학 효용론, 문장론, 박은식, 「서사건국지서」.

1. 서론

윤세복은 朴殷植(1859~1925)의 활동을 언급하면서 "新舊交換時代에 처하여 閱歷의 實驗이 있다."는 표현을 쓴 바 있다.[1] 옛 것과 새 것이 교체되는 시대에 활발한 활동을 펼쳤다는 말이다. 문학에 있어서도 이러한 지적은 성립할 수 있을 듯하다. 한문학의 전통에 바탕을 둔 활동을 하면서도 새 시대의 국문문학으로서의 소설의 중요성을 제기하는 논의를 펼침으로써, "신구 문학관의 교체"를 이끌었기 때문이다.[2]

그렇다면 박은식의 문학론이 우리 문학사에서 주목되는 이유는 문학론 자체의 내용보다는 문학사적 위상에 있다고 할 수 있을 것이다. 「서사건국지서」(1907)에서 제시한 '문학 효용론'이 박은식의 문학론을 대표하게 된 것은, 이런 측면에서 자연스러운 일일 것이다. 그렇지만 그 결과 문학에 대한 박은식의 견해를 제대로 이해하기 위해서는, 「서사건국지서」의 '문학 효용론'이 나타난 배경을 박은식 문학론 전체의 맥락 속에서 살피고 동시에 「서사건국지서」 이후의 문학에 대한 인식 변화 여부를 파악하는 과정이 필요하다고 판단된다. 본고에서는 이러한 필요성에 주목하여, 박은식의 문학론을 재검토해보고자 한다.[3]

그런데 박은식의 문학론을 논하기에 앞서 한 가지 문제를 먼저 고려할

---

1) 尹世復, 「몽배금태조서」, 『백암박은식전집』 4, 동방미디어, 2002, 42쪽.

2) 조동일, 『한국문학통사』 4(제4판), 지식산업사, 2005, 223~225쪽에서는 '신구 문학관의 대립과 교체'라는 제목 하에 '소설에 대간 관심과 논의'를 거론하였는데, 그 첫머리에서 박은식의 글인 「서사건국지서」의 문학사적 의의와 한계를 논하였다.

3) 박은식의 문학론을 검토한 선행 연구로는 다음과 같은 논문이 있다. 유양선, 「박은식의 사상과 문학」, 『국어국문학』 91호, 국어국문학회, 1984 ; 강영주, 「愛國啓蒙期의 傳記文學」, 임형택·최원식 편, 『전환기의 동아시아 문학』, 창작과비평사, 1985 ; 이경선, 「박은식의 역사·전기소설」, 『한국학연구』 8, 한양대 한국학연구소, 1985 ; 황재문, 「서간도 망명기 박은식 저작의 성격과 서술 방식」, 『진단학보』 98호, 진단학회, 2004.

필요가 있다. 그것은 박은식의 생애와 작품 목록에 대한 실증적 연구의 문제이다. 사실 박은식의 생애나 저작 목록에 대해서는 아직 불명확한 부분이 적지 않다. 만민공동회에의 참가 여부나『황성신문』주필로서의 활동 시기 등에 대해서 의문이 제기되어 있고, 신문·잡지에 발표된 글의 저작 여부와 이를 바탕으로 한 저작 목록의 정리에 대한 논란은 아직 진행 중이다.4) 이러한 논란의 존재는 20세기 초의 인물들에 대한 연구에 있어서 공통적인 문제이기는 하지만, 박은식은 언론 활동을 했던 인물이기에 특히 저작 목록에 대한 부분은 쉽게 결론을 내릴 수 없다.

저작 목록의 문제가 문학론 연구에 문제가 되는 이유는, 새로운 작품의 발굴이 이뤄질 경우 논의의 틀이나 연구의 결과가 수정되어야 할 수도 있기 때문이다. 박은식이 제기한 문학론, 특히 문학 효용론에서 중시한 ‘소설’을 박은식이 실제로 창작한 사례가 발견된다면 그 영향은 더욱 클 것이다. 박은식이 자신의 문학론을 실천한 사례로서 전이나 몽유록과 같은 전래의 양식을 활용하면서 새로운 면모를 보인 예를 발견할 수는 있지만,5) 소설 또는 새로운 양식의 문학작품을 쓴 예를 찾을 수 없는 것이 현재의 상황이기 때문이다. 필명 또는 무기명으로 글을 발표하거나 오랜 기간 망명 생활을 해야 했던 사정을 생각한다면, 앞으로 ‘박은식이 쓴 소설’이 발굴될 가능성도 있다. 지금까지 두 차례 정도의 시도가 있었지만, 그 결과가 성공적인 것으로는 판단되지 않는다.

첫 번째는 작품의 사상과 필치에 주목하여『서북학회월보』에 수록된 12편의 ‘단형서사’의 저자가 박은식이라는 견해를 제시한 유양선의 연구이

---

4) 신용하,『朴殷植의 社會思想研究』, 서울대학교출판부, 1982 ; 윤병석,「朴殷植의 민족운동과 한국사 저술」,『韓國史學史學報』6, 한국사학사학회, 2002 ; 노관범,「대한제국기 박은식 著作目錄의 재검토」,『한국문화』30집, 서울대학교 한국문화연구소, 2002 ; 노관범,「대한제국기 박은식과 장지연의 자강사상 연구」, 서울대 박사학위논문, 2007. 본고에서는 박은식의 생애에 대해서는 주로 노관범의「대한제국기 박은식과 장지연의 자강사상 연구」의 견해를 수용하여 논의를 편다.

5) 유양선, 앞의 글 ; 강영주, 앞의 글 ; 황재문, 앞의 글.

다.6) 그러나 작중화자 또는 청자를 설정한 이들 작품의 저자가 박은식일 가능성은 높지 않다고 판단된다. 유양선은 耳長子, 春夢子, 憂時子, 知言子 등으로 필명이 표기되거나 필자 표기가 없는 이들 작품을 "『서북학회월보』의 주필"이었던 박은식의 작품으로 파악하였지간, 이 작품들이 수록된 시점에는 주필이 金源極으로 교체되었기 때문이다. 『태극학보』의 주필로 활동했던 김원극은 1909년 8월 19일에 박은식의 뒤를 이어 『서북학회월보』의 주필이 되었는데,7) 김원극의 필명 가운데 하나가 春夢子이다. 따라서 유양선이 거론했던 '단형서사'들은 김원극 또는 제삼자의 작품으로 보아야 할 것이다.

두 번째는 박은식이 중국에서 백화로 쓴 소설을 전집에 수록한 '백암박은식선생전집편찬위원회'의 자료발굴 사례이다.8) 수록된 작품은 4권 26회의 회장체 소설(희곡)인 「英雄淚」인데, 소설의 효용을 강조하는 문학론을 서두에 내세운 이 작품은 1911년에 중도 작가가 쓴 것으로 판단된다.9) 전집 편찬과정에서 근거로 내세운 일본 측 기록의 정확성이 의심스럽고 「自序」의 소설론이 梁啓超의 소설론과 일치하는 점 등을 고려하면, 적어도 박은식의 작품이 아닌 것은 분명하다.

이처럼 현재까지 큰 성과는 없었다고 하더라도, 앞으로 소설을 포함한 새로운 문학 작품 또는 문학론 자료가 발굴될 가능성이 없다고 단정할 수는 없다. 본고에서는 문학작품 또는 문학론을 내포한 자료가 앞으로 발굴될 가능성이 있음에 유의하면서, 우선 현재 확인할 수 있는 자료를 통해 박은식의 문학 효용론이 가진 맥락과 배경을 검토할 것이다.

---

6) 유양선, 앞의 글, 102~107쪽.

7) 「會事記要」, 『서북학회월보』 1권 16호, 1909.10, 63~64쪽.

8) 「醒世小說 英雄淚」, 『백암박은식전집』 4, 동방미디어, 2002. 박은식의 저작으로 판단한 근거와 경위는 「해제」의 28~30쪽에 제시하였다.

9) 황재문, 앞의 글, 161~164쪽.

2. 문학 효용론의 맥락

박은식의 문학 효용론을 대표하는 글은 「서사건국지서」이다. 이 글은 박은식이 1907년에 중국인 鄭哲의 『서사건국지』를 번역하면서 붙인 것이다. 鄭哲(貫公)은 일본에서 읽은 쉴러의 『빌헬름 텔』을 바탕으로 하여 1902년에 이 작품을 쓴 것이니,[10] 박은식은 중역하면서 그 취지를 밝힌 서문을 쓴 셈이다. 먼저 글의 주요 부분을 아래에 제시한다.

① 夫小說者는 感人이 最易ᄒ고 入人이 最深ᄒ야 風俗階級과 敎化程度에 關係가 甚鉅ᄒ지라. 故로 泰西哲學家가 有言ᄒ되 其國에 入ᄒ야 其小說의 何種이 盛行ᄒᄂ 것을 問ᄒ면 可히 其國의 人心風俗과 政治思想이 如何ᄒ 것을 覘ᄒ리라 ᄒ엿스니, 善哉라 言乎여.

② 我韓은 由來 小說의 善本이 無ᄒ야 國人所著는 九雲夢과 南征記 數種에 不過ᄒ고, 自支那而來者는 西廂記와 玉麟夢과 剪燈新話와 水滸誌 等이오, 國文小說은 所謂 蘇大成傳이니 蘇學士傳이니 張風雲傳이니 淑英娘子傳이니 ᄒᄂ 種類가 閭巷之間에 盛行ᄒ야 匹夫匹婦의 菽粟茶飯을 供ᄒ니, 是는 皆荒誕無稽ᄒ고 淫靡不經ᄒ야 適足히 人心을 蕩了하고 風俗을 壞了ᄒ야 政敎와 世道에 關ᄒ야 爲害不淺ᄒ지라.

③ 學士大夫가 此等 緊要的事에 慢不致意ᄒ고, 學問家에 所宗은 性理討論의 湖洛競爭과 儀禮問答의 蚕絲牛毛而已오, 功令家의 所誦은 蘇子瞻의 赤壁賦와 申光洙의 關山戎馬而已니, 試問하건더 這般工夫가 於國性과 於民智에 究有何益가.

④ 余가 間嘗 同志를 對ᄒ야 小說 著作을 擬議ᄒ나 現方 報舘에 執役홈으로 暇隙이 苦無홀 뿐더러 쏘 此等著作에 技能이 不及ᄒ지라. 抱志莫遂

---

10) 『서사건국지』의 저자명은 鄭哲貫으로 잘못 알려져서 백과사전에도 잘못 기록된 예가 적지 않다. 이는 박은식의 번역본에 "鄭哲貫公"으로 기록되어 있기 때문인데, "貫公"은 鄭哲의 호일 것으로 파악된다. 다지리 히로유끼[田尻浩幸], 「燕谷小派의 '瑞西義民傳'과 이인직의 신연극 '은세계' 공연」, 『어문연구』 34권 1호, 2006, 210쪽 참조.

에 徒深慨嘆터니 適以微疾로 委頓林第ㅣ 十餘日이라. 精神이 不甚昏朦
홀 時에는 敗箱의 殘書를 抽호아써 寓目홀식 맛참 支那學家 政治小說
의 瑞士建國誌 一冊을 得호니 披閱數日에 殆乎忘病이라.[11]

①에서는 소설의 감화력에 대해 지적하였다. '感人'이 가장 쉽고 '入人'
이 가장 깊다는 소설의 특징을 진술하고, 이어서 그 나라의 인심풍속과 정
치사상의 정도를 살피기 위해서는 그 나라에 숭행하는 소설의 '종류'를 보
아야 한다는 말을 덧붙였다. 소설의 기능 또는 효용에 대한 일반론을 논의
의 전제로서 제시한 것이다.

②에서는 한국에서 향유되고 있는 '소설'의 상황에 대해 비판하였다. 善
本, 즉 인심풍속이나 정치사상을 올바로 이끌 수 있는 바람직한 소설작품
은 없어서, 인심·풍속·정교·세도를 해친다고 했다. 한국인이 쓴 한문
및 국문소설이 모두 그러할 뿐 아니라, 중국에서 유입된 소설들 또한 다르
지 않다고 했다.

③에서는 한국의 學士·大夫가 이처럼 중대한 기능을 가진 소설에는
뜻을 두지 않고 있음을 비판하였다. '학문가'(학자)는 호락논쟁이나 예송
과 같은 사소한 일에 몰두하고, '공령가'(문장가)는 「적벽부」나 「관산융마」
와 같은 노래나 읊조릴 뿐이라고 현실을 진단하였다. 학사·대부가 '國性'
과 '民智'와 같은 중대한 일에는 아무런 이익이 없는 일을 하고 있을 뿐이
라는 것이다.

④에서는 자신이 뜻을 같이하는 사람들과 함께 소설 저작을 논의했지
만 결국 실행에 옮기지는 못했다고 했다. 신문사 일을 하면서 시간적 여유
를 얻을 수 없고 '技能'이 미치지 못하기 때문이라는 점을 그 이유로 들었
다. 그러다가 읽어보게 된 것이 중국 학자의 '정치소설'인 『서사건국지』였
다고 했다. 이 부분은 번역 및 간행의 경위를 서술한 것이면서, 동시에 ②

---

11) 「瑞士建國誌序」, 『백암박은식전집』 5, 185~186쪽.

와 ③의 현실을 극복하면서 ①의 전제를 충족시키기 위한 해결책을 제시한 것이다.

이상에서 살핀 소설론은 박은식의 독창적인 것이라고 하기는 어렵다. ①에서 제시한 소설의 특징에 대한 견해는 牛林杰이 지적한 바와 같이 梁啓超의 소설론을 인용하거나 차용한 것으로 보인다.12) 또 ②에서 제시한 한국에서 향유되는 소설에 대한 비판은 전래의 소설비판의 논리를 이어받은 것처럼 보이며, 동시에 전래의 중국 소설을 "誨盜誨淫"으로 지목하며 비판한 梁啓超의 논리와도 유사하다.13) 요컨대 梁啓超로부터 유래한 소설론과 전래의 소설비판론을 결합시킴으로써 '소설 번역'의 필요성을 이끌어낸 것인 셈이다. 그 과정에서 "흥미를 끌어서 널리 읽힌다."는 비판의 근거를 뒤집어서 소설을 적극적으로 활용해야 할 이유와 배경으로 삼은 점은 새로운 시도처럼 보이지만, 이 또한 梁啓超가 소설의 활용을 주장한 방식과 유사하다.

그런데 유사한 문학론을 제시한 것처럼 보이는 박은식과 梁啓超의 이후의 활동 방향은 달랐다. 박은식이 중국 소설의 번역에 그쳤다면, 梁啓超는 외국 소설의 번역을 넘어 '중국소설계혁명'을 내세우는 『신소설』지의 창간으로 자신의 소설론을 구체화한다. 이러한 차이는 왜 나타났을까. 우선 문학론(소설론)의 성립 과정을 살펴볼 필요가 있을 것이다. 梁啓超의 「譯印政治小說序」와 「論小說與群治之關係」를 통해 이를 간략히 살펴보기로 한다.

梁啓超의 「譯印政治小說序」도 외국의 소설을 번역하여 간행하면서 붙인 서문이다.14) 번역하는 소설을 '정치소설'로 지칭하고 있다는 점 또한 박은식의 경우와 같다. "誨盜誨淫"이라고 전래의 소설을 비판한 대목도 유사하

---

12) 牛林杰, 「韓國 開化期文學에 끼친 梁啓超의 影響 硏究」, 성균관대 박사학위논문, 1999, 98~100쪽. 牛林杰은 梁啓超의 「論小說與群治之關係」(1902)에서 사용된 '易入人', '易感人', '感人之甚' 등의 어구를 제시하면서 영향 관계를 지적한 바 있다.

13) 梁啓超, 「譯印政治小說序」, 『음빙실문집』 권3, 34쪽.

14) 위의 책, 34~34쪽.

다. 물론 차이는 있다. '정치소설'이 "泰西人으로부터 비롯된 것"이어서 이전에 없었던 양식이라거나 마음에 품은 생각이나 정치의 의론을 밝히는 방식이라고 지적한 점은 다른데, 이는 두 사람의 견문과 경험의 차이를 반영한다. 다만 양계초 또한 전래의 소설에 대한 비판을 내세운 것을 보면, '정치소설'이 전래의 소설과 완전히 다른 갈래로 인식한 것은 아닐 것이다.

「譯印政治小說序」와 「서사건국지서」의 근본적인 차이는 소설의 효용에 대한 견해를 이끌어낸 방법에 있다. 박은식이 양계초 등의 견해를 인용하여 근거로 삼은 반면, 양계초는 스스로 소설의 효용성을 입증하고자 했다. 이때 양계초는 현실로부터 도출한 추론, 스승인 康有爲의 발언, 서구 및 일본의 정치소설의 역할에 대한 지식의 셋을 근거로 소설의 효용성을 입증한다. 양계초는 장엄한 것을 꺼리고 해학을 즐기는 것과 같은 사람의 보편적인 情이 있음을 지적하고, 교육을 잘 하는 사람은 이러한 사람의 情으로부터 남을 이끄는 방법을 찾는다고 했다. 스승인 康有爲가 "겨우 글자를 아는 사람 가운데 경전을 읽는 이는 없지만 도한 소설을 읽지 않는 이가 없다."고 지적하고 사람의 등급에 따라 교육의 방법을 달리해야 하는바 어리석고 학식이 부족한 사람에게는 소설이 유력한 교육의 수단이 될 수 있다고 말한 것을 인용했다. 외국에서는 "魁儒碩學"이나 "仁人志士"가 자신의 견해를 밝히는 수단으로 정치소설을 활용함으로써 政界의 진보를 이뤘다는 사례도 제시했다. 결국 소설을 교육 또는 정치의 수단으로 활용할 만하다는 결론에 이르게 되는데, 양계초는 "소설은 국민의 혼"이라는 '영국 명사'의 말을 인용함으로써 약간은 과장된 방식으로 이러한 결론을 제시한다.

몇 년 뒤에 발표한 「論小說與群治之關係」에서는, 소설을 수단으로 보는 관점을 넘어서서 '소설'의 내적 질서와 힘에 대해 스스로 연구한 결과를 제시했다. 소설에 이상파소설과 사실파소설의 두 종류가 있다는 점을 지적하고, 소설에는 熏·浸·刺·提의 네 가지 不可思議한 힘이 있음을 불교적 논리를 활용하면서 논증한다. 소설이 '感人'하고 '入人'하는 현상을 더 널리 제시하는 데 그치지 않고, 스스로 그 이유를 밝혀내고자 한 것이다. 현실과 소설의 관계를 단선적으로 파악했다거나 과장했다는 식의 비판은 가능하겠지만, 梁啓超 스스로 소설 자체에 대해 연구했다는 점은 중요한 의미가 있다. 소설론 또는 문학론의 전개에서 진전을 이뤘을 뿐 아니라, 소설 창작을 시도할 수 있는 발판을 여기서 마련할 수 있기 때문이다. 즉 소설의 소재에 대한 고민을 넘어서서, 어떻게 하면 '感人'하고 '入人'할 만한 소설을 마련할 것인가에 대한 고려가 이어질 수 있었던 것이다.

사실 박은식의 「서사건국지서」에서 논의의 전제로 내세운 소설의 감화력에 대한 발언은 梁啓超의 「論小說與群治之關係」에서 차용한 것이다. 그렇지만 글의 논리나 결론은 「譯印政治小說序」의 경우와 가깝게 보인다. 소설 자체의 원리, 또는 어떻게 쓸 것인가에 대한 고민은 적고, 어떤 소재를 택함으로써 소설의 영향력을 활용할 수 있을 것인가에 대한 관심은 높기 때문이다. 박은식이 "此等著作에 技能이 不及"하다고 고백한 것은, 실상 이러한 경향을 대변하는 사례라고 할 것이다. 그 결과로 박은식은 소설의 '소재'로 관심의 폭을 좁히게 되었을 것이다.

한편 박은식은 시의 효용에 대해서도 관심을 보였다고 평가되기도 한다. 시의 경우에는 어떤 결론을 내렸는지 살펴보자. 다음은 「몽배금태조」에서 시에 대해 언급한 부분을 발췌한 것이다.

① (帝ㅣ 曰), 至若詩賦取人으로 言ᄒ면, 隨 楊廣의 倡設ᄒᆫ 바라. 彼 支那帝王이 天下의 人才를 消滅홀 野心으로 行ᄒᆫ 바어늘, 朝鮮이 坯ᄒᆫ 此를 倣行ᄒᆞ야 人才를 消滅케 홈이 八百餘年에 至홈은 何故인가.

② 無耻生이 曰, 詩의 爲物이 人의 心志를 感發ᄒ며 風俗을 薰陶홈이 가쟝 效力이 靈捷ᄒ고 多大혼 者라. 唐宋時代에 詩歌가 最盛ᄒ니 臣이 幼時로부터 甚히 嗜好혼 바 有ᄒ니다.

③ 帝ㅣ 曰, 此ᄂ 人民의 生命을 弔送ᄒᆞᄂ 薤露歌로다. 何者오. 人의 身體ᄂ 勤勞로써 健强ᄒ고, 人의 心地ᄂ 勤勞로써 鍛鍊ᄒ고, 人의 智識은 勤勞로써 增長ᄒ고, 人의 生産은 勤勞로써 豊足ᄒ고, 人의 事業은 勤勞로써 發

展ᄒ고, 人의 福祿은 勤勞로써 自至ᄒᄂᆫ 故로, 勤勞의 人은 天이 愛ᄒ시고 神이 助ᄒᄂ니라. … 今乃 幼稚ᄒᆫ 兒童의게 飮酒로 百年을 度ᄒ고 圍棋로 長夏를 消ᄒᄂᆫ 詩歌로써 傳授ᄒ니 是는 民族을 滅亡케 ᄒᄂᆫ 方法이 아닌가.[15]

「몽배금태조」는 무치생(박은식)이 꿈에 금나라 태조를 만나서 문답을 나누는 형식으로 구성되어 있다. 인용 부분에서 무치생과 금 태조는 시에 대해 발언하고 있는데, 그 견해는 같지 않다.

우선 무치생의 견해를 살펴보자. 무치생은 시가 '心志'의 감발과 '風俗'의 훈도에 가장 큰 효력이 있다고 했다. 그래서 중국과 한국에서는 어릴 때부터 시를 읊어서 '심지'와 '풍속'을 바른 곳으로 이끌어왔다는 것이다. 이런 주장은 시의 효용을 강조하는 전통적 견해에 근거를 둔 것으로 볼 수 있다.

이에 반해 금 태조는 두 가지 측면에서 시의 효용을 부정하는 논의를 펴고 있다. ①에서는 과거제에서 詩賦로 인재를 선발하는 방식을 비판한 것인데, 과거제를 실시한 목적이 인재를 소멸시키고자 한 데 있다고 지적했다. 급제를 위해 詩賦를 익히다 보면 사회에 쓸 만한 인물이 될 수 없을 것이라는 점을 전제한 것이니, 이는 시 특히 과거 준비를 위해 익히는 시의 무용성이나 해로움을 지적한 셈이다. ③에서는 조선에서 널리 향유되는 시의 내용에 대해 비판하였다. 술 마시고 바둑 두는 생활을 노래하는 시가를 널리 향유하니, 그래서는 결국 민족의 소멸에 이를 수밖에 없다고 했다. 그 범위를 시가 일반으로 확장할 수 있을지는 의문이지만, 시에 대한 금 태조의 시선이 부정적임은 짐작할 수 있다.

「몽배금태조」에서 박은식의 결론이나 사상을 대변하고 있는 인물은 금 태조이다. 따라서 ②에서 제시한 시에 대한 견해가 박은식의 결론이나 주장과는 거리가 있을 것이며,[16] 오히려 시의 효용성에 대한 입장은 부정적

---

15) 「몽배금태조」, 『백암박은식전집』 4, 85~88쪽.

일 수도 있다고 판단할 수 있다. 적어도 소설과 같이 적극적으로 활용하고자 하는 주장을 펼 것이라고는 상상하기 어렵다.

다만 위에서 언급했듯이 위의 인용문만으로는 박은식이 시 일반의 의의를 부정했다는 결론을 내리기는 어려울 것이다. 「천개소문전」에서 연극, 소설, 시가에서 각기 영웅을 소재로 삼았다는 것을 긍정적으로 평가한 사례가 있듯이,[17] 소재에 따라서는 긍정적 평가를 내릴 수도 있기 때문이다. 인용문의 ③에 주목한다면, '근로' 또는 이와 대등한 가치를 지닐 수 있는 소재를 다룰 경우에는 긍정적으로 보지는 않았을 가능성도 있다.

이상에서 살펴본 박은식의 문학 효용론은, 오늘날의 관점에서는 본격적인 문학론으로 보기 어렵다. 그것은 문학(소설)에 특별한 효용이 있다는 주장을 넘어서서 '어떻게' 문학 활동을 할 것인가에 대한 고려를 결여하고 있기 때문이다. 이것은 실상 문학 효용론, 특히 소설 효용론이 번역물의 소개나 자신이 재구성한 역사적 사실의 묘사에서 제기되고 있다는 맥락의 문제와도 연관된다. 梁啓超와의 대비에서 살펴보았듯이 관심의 폭을 좁힌 차용의 경우에는 '문학' 자체에 대한 진지한 탐구와 '문학 활동'을 위한 고려나 계획을 누락할 수 있다는 점을 확인할 수 있다.

물론 그렇다고 해서 박은식의 문학 효용론이 자각적인 의미 없는 차용에 머물고 있다는 것은 아니다. 문학성이나 기법을 넘어서서 문학으로 구현해야 할 대상, 즉 소재나 작품의 주제의식에 대해서는 더 깊은 관심을 보이고 있으며, 그것이 박은식의 문학 효용론이 지닌 진정한 의미일 수 있기 때문이다.

---

16) ② 부분의 내용을 근거로 박은식이 시의 효용성을 주장했다는 견해도 있으나, 이러한 견해를 받아들이기는 어렵다.

17) 「천개소문전」, 『백암박은식전집』 4, 287~288쪽. "通衢大道에 屹然ᄒ 銅像은 英雄의 前身이요 金櫃石室의 燦然ᄒ 書籍은 英雄의 歷史오 尋常演劇에 英雄이 躍出ᄒ며 汗漫小說에 英雄이 縱橫ᄒ며 樵童牧竪가 皆英雄을 謳歌ᄒ며 婦人女子가 皆英雄을 絺繡ᄒ니 浩浩ᄒ 大千世界에 英雄이 最多部分을 占領ᄒ얏도다."

3. 문학 효용론의 배경

3.1. 문장론의 성격과 문학 효용론

박은식은 동시대의 다른 인물들과 마찬가지로 '문학'이라는 용어를 오늘날과 다른 의미로 사용했다. '학문 일반'을 뜻하는 말로 사용한 것이 일반적이지만,[18] 때로는 오늘날의 용어와 어느 정도 유사하게 사용한 사례도 찾아볼 수 있다.[19] 물론 이 경우에도 그것이 오늘날의 용법과 일치한다고 보기는 어렵다.

그렇지만 문학에 대한 박은식의 논의가 없었던 것은 아니다. 그는 주로 '文'에 대한 논의를 통해서 자신의 견해를 제시하였는데, 이는 "老論 洛學의 학문적 전통을 섭취"[20]했다고 평가될 만큼 전통적 한학에서 출발한 인물인 만큼 자연스러운 일일 것이다. 박은식은 학자로서뿐 아니라 문장가로서도 이름이 있었다. 그의 문장가로서의 비평적 안목과 기준을 살펴볼 만한 자료로는 두 가지를 들 수 있다.

먼저 살펴볼 것은 1900년의 글로, 『연암집』을 읽고 쓴 발문이다.

> 옛 사람들은 太史公의 문장을 천년의 絶調라고 칭했지만, 그 문장을 배운 뒷사람 가운데는 구양수, 귀유광 이외에는 능히 잘 배운 이가 드물었다. 이제 연암 선생의 문장을 보니, 疎宕하여 기이한 기세가 있고 옛 것에

---

18) 「발해태조건국지」, 『백암박은식전집』 4, 403쪽 ; 「몽배금태조」, 『백암박은식전집』 4, 50쪽. '學問'이라는 용어도 사용했는데(「몽배금태조」, 『백암박은식전집』 4, 112쪽), 그 차이는 분명하지 않다.

19) "文學專門科 校長은 本朝 世宗大王이시니 國文을 始製ᄒ야 國民의 普通學識을 啓發ᄒ시고 漢文敎師는 百濟 高興氏와 新羅 任虽首氏와 高麗 李齊賢氏와 本朝 張維氏오, 百濟 王仁氏는 日本敎師로 往ᄒ얏더라."(「몽배금태조」, 『백암박은식전집』 4, 153쪽)

20) 노관범, 앞의 논문, 141쪽.

얽매이거나 기이한 것에 동요하지 않고, 변화와 곡절이 훌쩍 뛰어나서 진실로 태사공과 같다. 어찌 기이하지 않겠는가. 지금 세상 사람들 가운데는 『열하일기』만 보고서는 선생의 문장이 패관에 가깝다고 생각하는 이도 있지만, 이는 한유가 쓴 속된 문장을 보고서 한유가 俗文을 했다고 말하는 것과 같을 따름이다. 어찌 옳겠는가.[21]

　서두에서는 사마천의 문장이 천년의 절조라고 칭송할 만한 명문이라는 옛 사람들의 평가를 거론했다. 이어서 마땅히 모범으로 삼아야 할 사마천의 문장을 많은 사람들이 배우고 익혔겠지만, 그것을 제대로 배운 사람은 몇 없었다고 했다. 박은식은 중국의 구양수와 귀유광이 그처럼 드문 예라고 하고서, 연암 박지원이 또한 여기에 포함될 수 있다고 했다. 그러면서 박지원 문장의 본령이 『열하일기』와 같은 패관에 가까운 글에 있지 않다고 했다. 패관은 또한 '俗文'의 범주에 포함되는 것으로 판단했다. 오늘날 박지원에 대한 평가의 상당 부분이 『열하일기』의 존재에 있음을 고려한다면 이 지적에 대해서는 이견이 있을 수 있겠지만, 본고에서 주목하는 부분은 박은식이 문장의 가치를 평가하는 방식과 기준이므로 이 문제는 잠시 접어둘 필요가 있다.

　박지원과 사마천이 공유하는 부분, 그리고 구양수와 귀유광이 공유하는 부분은 무엇인가가 초점이다. 박은식은 "疎宕하여 기이한 기세가 있고 옛 것에 얽매이거나 기이한 것에 동요하지 않고, 변화와 곡절이 훌쩍 뛰어남"을 지적하고 있는데, 이는 문장의 기세를 중시하고 유행에 따른 모방이나 불필요한 장식을 배격한다는 것으로 요약할 만하다. 이는 당송 고문파를 모범으로 한 문장론이라고 보아도 무리가 없을 것이다.

　사마천, 구양수, 귀유광, 박지원을 모범으로 내세운 박은식의 문장론은,

---

21) 「讀燕巖集跋」, 『백암박은식전집』 5, 103쪽. "昔人稱太史公文爲千年絶調, 後之學之者自歐陽廬陵・歸震川以外鮮有能善學者也. 今觀燕巖先生之文, 疎宕有奇氣. 不囿於舊, 不驚於詭, 變化曲折, 超驤離絶, 眞史公若也. 豈不奇哉. 乃今世之人, 或徒見熱河日記, 而疑先生之文, 近於稗官, 是猶觀昌黎所作俗下文字, 而遂謂昌黎爲俗文耳. 焉可哉."

박은식 자신이 문장을 쓰거나 다른 사람의 문장을 평가할 때도 동일하게 적용될 수 있었을 것이다. 다른 사람의 문장에 대해 직접적으로 평가한 사례는 현재 상황에서는 찾아보기 어렵지만, 박은식 자신의 문장에서는 그러한 예를 찾아볼 수 있다. 특히 전과 몽유록, 역사 서술 등에서 박은식의 특징으로 지적될 수 있는 '서사적인 장면화' 또는 '서사적 재구성'의 경우에도[22] 이러한 관점에서 해석할 만한 여지가 있다. 즉, 소설에 대한 관심의 영향을 부정할 수는 없겠지만, 사마천의 역사 서술을 문장의 모범으로 삼아 글쓰기를 지속한 결과로 해석할 수 있는 것이다.

사마천 또는 당송 고문파의 文論에서의 의미는 한 마디로 요약하기 어려운 것이 사실이다. 다만 여기서 박은식이 장식이나 모방을 배격하는 의미를 그 가운데서 발견하고 있다는 점은 지적해 둘 수 있을 듯하다. "옛 것에 얽매이거나 기이한 것에 동요하지 않는다."는 대목에서 그런 판단을 내릴 수 있다. 이는 그의 문학 효용론에서도 소재와 주제 의식에 보다 주목하는 양상을 보인 것과 관련지어 이해할 만한 부분일 것이다.

두 번째로 살펴볼 자료는 1910년에 간행한 한문 독본이다. 박은식이 최남선을 높이 평가하고 최남선이 세운 신문관을 통해 저술을 발표한 사례가 적지 않음은 이미 잘 알려진 사실이거니와, 대한제국이 국권을 잃을 무렵인 1910년 9월에는 신문관을 통해 『高等漢文讀本』을 간행하였다. 간행 경위를 살펴볼 만한 서발문 등은 붙어 있지 않지만, 여기에 수록한 글을 통해 박은식의 '문장(교육)에 대한 인스'은 어느 정도 짐작해 볼 수 있다. 박은식은 총 35편의 문장을 선발하였는데, 작가별 선발 편수와 작품명은 다음과 같다. 배열 순서는 수록 작품수를 일차적인 기준으로 하고, 편수가 같은 경우에는 『高等漢文讀本』에서의 수록 순서를 따랐다.[23]

---

22) 강영주, 앞의 글, 191~194쪽 ; 황재문, 앞의 글, 169~171쪽.

23) 『고등한문독본』은 '書序-記'와 같은 방스의 문체별 배열을 취하고 있기 때문에, 작가의 수록 순서에서 특별한 규칙을 발견하기는 어렵다.

<표 1> 『고등한문독본』 수록 작품 목록

국적	인명	수록편수	수록작품명
중국	曾國藩	7	寄紀鴻手諭, 鳴原堂論文序, 原才, 五箴, 勉强, 忠勤, 日課四條
	歸有光	3	容春堂記, 陶庵記, 守耕說
	王陽明	2	與聶雙江書, 立志說
	呂祖謙	2	管仲言宴安論, 衛懿公好鶴論
	梁啓超	1	大同志學會序
	朱熹	1	存齋記
	方苞	1	原人
	王愼中	1	示王生國振
	소계		18편
한국	이이	5	護松說, 玉堂陳戒箚, 祭退溪李先生文, 夫子文章贊, 思菴琴銘
	이황	2	答李仲久書, 與吳仁遠書
	변계량	2	鄭圃隱先生詩集序, 箕子墓碑文
	박지원	1	咸陽郡學士樓記
	김종직	1	日本居士重俊字說
	김창협	1	讀陳同甫孔明論
	서명응	1	首陽辨
	송익필	1	祭栗谷李先生文
	김부식	1	溫達傳
	이숭인	1	題千峰詩藁後
	유신환	1	名實解
	소계		17편
총계			35편

'文選集'이 아닌 '讀本'이라는 점은 고려해야 하겠지만, 그럼에도 불구하고 문장 자체의 가치에 대한 평가는 작품의 선발에 반영될 수밖에 없을 것이다. 그런 관점에서 본다면, 박은식의 문장 선발의 안목은 동시대의 선집 편찬자들과는 다른 것이 아닌가 생각된다. 뿐만 아니라 10년 전 『연암집』을 읽고 붙인 박은식 자신의 글에서 보인 시각과도 달라진 부분이 있는 것이 아닌가 판단할 만하다.

구체적으로 본다면, 우선 중국 작가들 가운데는 曾國藩의 글이 7편으로 가장 많다는 점이 눈에 띈다. 歸有光의 글 3편을 수록한 것을 제외한다면, 「讀燕巖集跋」에서 거론했던 司馬遷, 歐陽修의 글은 전혀 수록하지 않은 점이 특이하다. 더불어 唐宋八家의 글도 수록하지 않았다. 한국 작가로는 이이의 글을 5편 수록한 반면에 자신이 "사마천을 잘 배웠다"고 묘사했던 박지원의 글은 1편만 수록하는 데 그쳤다. 동시대의 인물인 김택영이 "麗韓九家"로 꼽았던 인물 가운데는 김부식, 김창협, 박지원만 1편씩 선발하고 있을 뿐, 나머지 6명의 문장가의 글은 아예 수록하지 않았다. '文選集'과 '讀本'의 차이라고 해석하기에는 그 편차가 너무 크다.

책에 서발이 붙어있지 않기 때문에, 사실 박은식의 의도가 무엇인지는 확인하기 어렵다. 다만 선발된 작가의 구성을 살펴보면, 박은식의 사상적 경향 또는 사승관계와의 관련성을 찾는 해석은 가능하다. 즉, 중국의 당송 고문파 및 양무운동 관련 인물, 스승인 박문일·박문오나 수학 및 초기 활동의 원조자인 민병석과의 사승관계로 해석할 수 있는 인물 등을 발견할 수 있으므로, 사상 및 교유 관계의 맥락에서 문장 선발의 경향을 짐작해 볼 만하기 때문이다.

그렇지만 이것만으로는 해명되지 않는 부분이 있다. 우선 문장가라기보다는 학자에 가까운 인물들이 다수 포함되었다는 점을 들 수 있다. 또 문장가의 글이라고 하더라도 반드시 대표적인 경문을 수록한 것은 아니라는 점이다. 예컨대 박은식이 사마천의 문장을 이었다고 칭송한 박지원의 경우를 보면, 「咸陽郡學士樓記」 1편을 선발하였는데, 이 글은 김택영의 『여한십가문초』나 장지연의 『大東文粹』에는 수록되지 않았다.24) 「咸陽郡學士樓記」는 문장으로서의 가치를 평가받은 글은 아니지만, 여기에는 최치원의 행적이 상세히 다루어지고 있다는 점은 주목할 만하다. 그렇다면 '문장미'보다는 문장에서 담은 내용에 박은식이 주목한 것은 아닌지 짐작해 볼 수 있을 것이다.

---

24) 『大東文粹』(1906)는 휘문의숙의 교과서로 편찬된 것이므로, 책의 성격상 『高等漢文讀本』과 크게 다르지 않다.

1900년과 1910년 사이에는 10년의 차이가 있고, 이 기간 동안 박은식의 사상과 대한제국의 현실에 많은 변화가 있었음은 부정할 수 없는 사실이다. 적어도 1910년 무렵에는 박은식이 문장의 형식이나 미적인 부분에 대해서 큰 가치를 두지 않게 되었던 듯한데, 그러한 경향은 10년의 기간 동안 점차 강화되어 갔으리라고 짐작된다. 다만 둘 사이의 공통점을 문장에서 형식미보다는 내용에 대해 높이 평가하는 관점이라고 이해한다면, 그것은 박은식이 「서사건국지서」에서 소설의 내적 질서보다는 소재나 주제의식에 관심을 보인 사실과 동일한 경향성으로 해석할 수 있을 것이다.

3.2. '효용'의 강조와 문학 효용론

박은식은 대한제국의 국권이 상실된 이후에는 문학에 대한 긍정적 언급을 거의 하지 않았다.[25] 오히려 부정적인 것으로 이해할 만한 언급을 보이기도 한다. 다음은 그 대표적인 사례이다.

> 朝鮮民族은 從前 怠逸과 文弱과 虛僞의 病根을 拔去ᄒ야 勤勞ᄒ고 武強
> ᄒ고 眞實ᄒ 新國民을 養成치 아니ᄒ면 實로 蘇生의 機가 無ᄒ지니, 豈不
> 痛哉아.[26]

「몽배금태조」에서 무치생과 금 태조가 과거제 및 詩의 효용을 두고 논

---

25) 박은식이 1910년 이후 문학의 긍정적 면모를 강조한 사례로 「韓國痛史」(1915)에서 제시한 國魂/國魄의 논의를 들 수도 있다. 그렇지만 이는 어문, 즉 말과 글의 가치를 지적한 것이며, 國魂으로서의 문학의 가치를 인정한 것으로 보기는 어렵다. 해당 부분의 원문은 다음과 같다. "대개 國敎, 國學, 國語, 國文, 國史는 魂에 속하고, 錢穀, 卒乘(병사), 城池, 船艦, 器械는 魄에 속한다. 魂의 사물됨(성질)은 魄에 따라 살고 죽는 것이 아니다. 그러므로 國敎와 國史가 망하지 않았다면, 그 나라는 망하지 않은 것이다. 아아. 한국은 魄이 이미 죽었도다. 이른바 魂은 생존했는가, 그렇지 않은가."(「韓國痛史」, 『백암박은식전집』 1, 440쪽)

26) 「몽배금태조」, 『백암박은식전집』 4, 90쪽.

쟁을 벌인 이후에 금 태조가 결론을 내리는 부분이다. 怠逸·文弱·虛僞와 勤勞·武强·眞實을 대비시키고, 조선민족은 후자의 덕목을 갖출 수 있도록 노력해야만 소생할 수 있으리라고 했다. 과거제와 시로 대표되는 과거의 문학을 비판한 부분이므로, 여기서 문학이 부정적인 대상으로 거론되는 것은 자연스러운 일이다. 금 태조의 비판이 '문학 일반'이라기보다는 '과거 조선에서 향유된 문학'을 향한 것이기는 하지만, '文'이 '紋'과 통하고 '文飾'이나 '文弱'과 연관될 수 있다는 점을 고려하면 문학 일반에 대해서도 적용될 만한 가능성이 없는 것도 아니다.

「서사건국지서」에서 보인 소설에 대한 관심이나 문장가로서의 박은식의 위상을 고려할 때,27) 이러한 문학에 대한 부정적 인식은 이해하기 어려운 면이 있다. 물론 내용, 즉 소재와 주제 의식을 강조한 점을 고려하면 이해할 만한 부분도 있겠지만, 이후에도 일종의 무관심으로 보일 만큼 문학에 대한 언급을 하지 않은 점은 별도의 해명이 필요할 듯하다.

정확한 답을 찾는 것은 어렵지만, 박은식의 시대적 과제에 대한 인식은 그 중요한 이유 가운데 하나일 것으로 보인다. 박은식은 문학뿐 아니라 문자행위 일반이 시대적 문제를 해결하는 도구가 되기를 기대했던 것으로 판단된다. 사실 그의 '문학 효용론' 또한 이러한 방식으로 이해할 수 있다. 그렇다면 문학에 독자적인 영역이 있어서 의미를 가진다기보다는, 문학을 포함한 모든 행위가 시대적 과제를 해결하는 데 도움이 되어야 비로소 의미를 가질 수 있게 된다고 말할 수 있다. 특히 1910년 이후에는 국가가 소멸되는 위기를 벗어나기 위해 가장 필요하면서도 효율적인 영역이 무엇인

---

27) 박은식은 중국 망명 기간 동안에도 중국 측 인사들로부터 한국의 대표적인 문장가로 인정받고 있었다. 上海 대동편집국에서 "東西洋偉人叢書"의 하나로 『안중근』을 간행할 때 박은식의 글을 수록한 것이 그 단적인 사례이다. 또한 박은식 스스로도 『香江雜誌』(1913)를 비롯하여 다양한 언론에 지속적으로 관여하고 있었다. 박은식의 중국 망명기 언론 활동에 대해서는 배경한, 「중국망명시기 박은식의 언론활동과 중국인식」, 『동방학지』 121호, 연세대학교 국학연구원, 2003 참조.

지를 고민했고, 실제로 문자 행위에서의 결론은 역사, 지리, 그리고 兵學이었다.[28] 문학은 부차적인 문제였던 셈이다.

효용성이라는 문제는 박은식의 본령이라고 할 수 있는 유학 연구에서도 나타난다. 박은식이 주자학자에서 양명학자로 변신하는 과정에서 시대에 맞는 효용성의 문제를 가장 중요한 고려 사항으로 내세운 사실이 그것이다. 다음은 1911년의 『소년』지의 마지막 호에 실은 「왕양명실기」의 한 부분이다.

① 嗚呼. 天地之進化ㅣ 無窮 故로 聖人之應變이 亦無窮ᄒᆞ니, 所以因時制宜ᄒᆞ야 以成天下之務者也라. 顧世儒不達於此ᄒᆞ고 將一個道理ᄒᆞ야 執之爲不可變之格式ᄒᆞ니, 殊不知宜於古者ㅣ 有不宜於今ᄒᆞ고 不能因時制之ᄒᆞ야 逆天地之進化ᄒᆞ야 以禍其民國者ㅣ 多矣니, 執一無權之弊ㅣ 顧何如耶아. <u>吾邦由來에 最有力之學派ㅣ 以宋儒之忠僕으로 行無斷之習ᄒᆞ야, 或學界之有新說者ᄂᆞᆫ 加以斯門亂賊之律ᄒᆞ야 束縛人之思想ᄒᆞ고 不放開分毫自由라.</u> 於是 人才縮退ᄒᆞ고 人智錮塞ᄒᆞ야 結性痼習이 日以益深이라. 世界之風潮ㅣ 若是其漲溢ᄒᆞ고 學界之光線이 如彼其發達호디 而尙墨守舊轍ᄒᆞ야 牢拒新化라가 究竟結果ㅣ 乃止於斯ᄒᆞ니 此其爲害ㅣ 有甚於焚坑之暴라.[29]

② 按 世之學者ㅣ 論朱·王二子之異同이 盖斷斷未已矣라. 然 至于今日ᄒᆞ야 此等異同之辨은 均屬無益이니 勿問이 可也라. 盖吾儕之所以爲學者ㅣ 何事오. 非爲其修己及人ᄒᆞ야 以有補於世者乎아. 當今之時ᄒᆞ야 所謂聖賢之學을 全行廢却則已어니와 如欲講明此學ᄒᆞ야 以爲修己及人之要領이면 <u>則惟王學之簡易眞切이 爲適於時宜라</u>.[30]

①에서는 과거 조선에서의 주자학의 폐쇄성을 통렬하게 비판하였고, ②에서는 양명학이 時宜에 맞는 儒學이라고 지적했다. 양명학, 특히 박은식이 지지한 양명 우파가 적절한 대안일 수 있는가에 대해서는 논란의 여지

---

28) 박은식은 역사를 정신으로 지리를 신체로 비유한 바 있으며, 안창호 등의 인물에게 보낸 서간문에서는 젊은이들에게 병학의 학습을 거듭 강조하고 있다고 술회하였다.

29) 「왕양명실기」, 『백암박은식전집』 3, 502쪽.

30) 「왕양명실기」, 『백암박은식전집』 3, 632~633쪽.

가 있지만,31) 박은식은 그에 대해 이론적으로 해명하지 않았다. 그 대신에 '心'의 효용성을 거듭 강조하고, 왕양명을 박은식 당대의 시대적 가치에 맞는 인물로 형상화함으로써 양명학과 '心'의 강대적 효용성을 강조했다.

만약 박은식이 유학자로서 자신의 학문적 견해를 펼치고자 했다면, ①에서의 조선 주자학 비판을 이어서 주자학의 학리적 문제점을 집중적으로 다루었어야 한다. 이미 주자학이 독주하는 시대가 아닌 만큼, 그러한 견해를 펼치는 데 있어서의 장애물은 많이 줄었던 것이 현실이었다. 그럼에도 불구하고 박은식은 '실기'를 저술하여 왕양명의 인간적 매력을 널리 알리고, 그를 바탕으로 양명학 보급의 필요성을 주장하는 데 그쳤다. 박은식은 주자학과 양명학의 차이에 대한 지리한 논란을 계속하는 것은 이익이 없으므로 자신은 더 이상 묻지 않는다고 했다. 둘 모두 '성현지학'의 범주에 속한다는 데서 공통점을 찾고 현실적인 효용성을 기준으로 양명학을 선택하자고 주장했다.

결국 논리의 해명보다는 효용성의 파악을 우선순위에 둔 것이 박은식의 입장인 셈이다. 이러한 태도가 나타나게 된 이유 가운데 시대의 변화와 정세의 긴박성이 포함되겠지만, 결과적으로 이는 양명학 자체에 대한 진지한 탐구에는 장애가 되었을 수도 있다. 문학 및 문학론의 경우에도 마찬가지 관점에서 이해할 수 있을 것이다. 즉, 문학에 대한 논의가 줄어들거나 사라지게 된 배경에 이와 같은 효용성을 강즈하는 태도가 있다면, 그것은 결국 1910년 이후에 박은식이 문학 및 문학론에 대해 보다 진지하게 접근하는 것을 막는 결과를 가져왔다고 볼 수 있을 것이다. 요컨대 효용성은, 박은식이 한때 문학을 강조하였던 이유였으면서 동시에 문학에 대한 관심을 보이지 않게 된 이유였던 셈이다.

---

31) 박은식의 양명 우파 및 양명 좌파에 대한 평가는 「왕양명실기」, 『백암박은식전집』 3, 616쪽 참조.

4. 결론

본고에서는 문학에 대한 박은식의 이해와 인식을 대변하는 논의를 문학 효용론으로 요약하고 그 맥락과 배경을 검토하였다. 이를 통해 박은식이 효용의 원인에 대한 문학이론적 탐색보다는 제재 및 주제의식과 같은 효용이 예상되는 대상의 문제에 집중하고 있음을 확인하고, 그 맥락을 해당 자료의 성격과 박은식의 목적의식의 측면에서 검토하였다. 또 그러한 문학 효용론 형성의 배경에는 형식미보다는 내용적 요소를 중시한 문장론과 효용성을 중시하게끔 유도한 시대적 환경의 문제가 있음을 확인하였다.

이상의 논의에 의한다면, 문학에 대한 박은식의 논의가 불철저하다거나 문학론에 큰 결함이 있는 것으로 판단할 수도 있을 듯하다. 그렇지만 이러한 상황 자체가 '신구교환시대'의 특징적 면모이며, 동시에 근대적 의미의 '문인'이기보다는 전통적 의미의 '학자'이자 '문장가'였던 박은식의 입장을 보여주는 것이라고 할 수 있다. 이러한 약점에도 불구하고, 박은식의 문학 효용론은 문학에 대한 인식의 중요한 문제 한 가지를 보여준다고 할 수 있다. '어떻게' 쓸 것인가라는 질문은 소거하고 '무엇을' 쓸 것인가에 대한 결정에 집중하는 것을 특징으로 하는 박은식의 문학 이해 방식은, '문예'의 가치에 집중한 근대 이후 일부 문학론이 결여하고 있는 부분을 환기시킬 수 있기 때문이다. 그렇다면 비록 그것이 급박한 시대적 환경으로 인해 진전된 논의가 이어지지 않은 문학론이라고 해도, 그 문학사적 의의는 적지 않다고 할 것이다.

한편 문학 효용론이라는 관점에서는 박은식의 문학론은 전래의 '載道論'과 근대 이후의 '계몽주의 문학론'을 매개하는 위치에 있으리라고 볼

만하다. 박은식의 문학 효용론을 포함하여 셋을 함께 비교하는 연구를 본
격적으로 한 이후에 그 구체적인 양상을 지적할 수 있을 것인데, 이 문제
는 앞으로의 과제로 두기로 한다.

■ 참고문헌

1. 기본자료

단국대학교 부설 동양학연구소, 『박은식전서』, 단국대출판부, 1975.
백암박은식선생전집편찬위원회 편, 『백암박은식전집』, 동방미디어, 2002.
한국학문헌연구소 편, 『한국개화기학술지 8 : 서북학회월보』, 아세아문화사, 1978.

2. 저서 및 논문

강영주, 「愛國啓蒙期의 傳記文學」, 임형택·최원식 편, 『전환기의 동아시아 문학』,
　　　창작과비평사, 1985.
노관범, 「대한제국기 박은식 著作目錄의 재검토」, 『한국문화』 30집, 서울대 한국
　　　문화연구소, 2002.
＿＿＿, 「대한제국기 박은식과 장지연의 자강사상 연구」, 서울대 박사학위논문,
　　　2007.
다지리 히로유끼[田尻浩幸], 「燕谷小派의 '瑞西義民傳'과 이인직의 신연극 '은세
　　　계' 공연」, 『어문연구』 34권 1호, 2006.
배경한, 「중국망명시기 박은식의 언론활동과 중국인식」, 『동방학지』 121호, 연세
　　　대 국학연구원, 2003.
신용하, 『朴殷植의 社會思想研究』, 서울대출판부, 1982.
유양선, 「박은식의 사상과 문학」, 『국어국문학』 91호, 국어국문학회, 1984.
윤병석, 「朴殷植의 민족운동과 한국사 저술」, 『韓國史學史學報』 6, 한국사학사학
　　　회, 2002.
이경선, 「박은식의 역사·전기소설」, 『한국학연구』 8, 한양대 한국학연구소, 1985.
황재문, 「서간도 망명기 박은식 저작의 성격과 서술 방식」, 『진단학보』 98호, 진단
　　　학회, 2004.

이 논문은 2010년 10월 31일 투고 완료되어
2010년 11월 1일부터 11월 30일까지 심사위원이 심사를 하고
2010년 12월 10일까지 심사위원 및 편집위원 회의에서 게재 결정된 논문임.

■ Abstract

The Context and Background of Park, Eun-Shik's Utilitarian Thought on Literature

Hwang, Jae-Moon
(HK Professor, Kyujanggak Institute for Korean Studies at SNU)

Park, Eun-Shik(1859~1925) lived in the period of great change and experienced various old and new cultural style. In the literature, he wrote various prose works in traditional style and accepted new theory from modern China simultaneously. His essay in 1907, "the preface to Seosa- geungukji", was the result of his experience and effort, and it had been well appreciated as a example of utilitarian literary theory in his period.

In this paper, I researched the context and background of his utilitarian literary theory. As a matter of fact he accepted the logical terms and argument of Liang Chi-chao. But the purpose of essay was different. Park had focused on the utility of literature, so he considered continuously not "how" but "what" to write. So he studied the significant affair and the greate men in history as good subject matter of the literary works. As the background of Park' utilitarian literary theory, two kind of elements are pointed out in this paper. One is Park' critical and traditional viewpoint on the proes, the other is the circumstance of the times.

Those two elements had forced him to concentrate the matter of utility, so his approach to the modification of literary style was not advanced after all.

Key Words : utilitarian literary theory, theory of prose, Park, Eun-Shik, "the preface to Seosa-geungukji".

1910년대 이광수 문학 연구

김석봉[*]

●**차례**

■ **국문초록**

　이 논문은 1910년대와 1920년대 초기에 이르는 기간 동안 춘원 이광수가 발표한 논설과 문학론, 소설 작품을 중심으로 그의 사상적 변모의 과정과 함께 문학에 관한 생각의 변화를 살펴보고 이와 동시적으로 진행되었던 창작 과정의 산물이 그의 사고 변화 양상과 맺는 관계를 검토한다.

　춘원 사고의 핵심에는 넓은 의미의 민족주의가 자리하고 있으며 그것은 시기에 따라 애국 계몽 운동 혹은 진화론적 사고라는 외양을 띠고 드러난다. 반봉건의 기치를 내건 애국 계몽 시기 춘원은 인간 감정의 해방을 문학이 수행해야 할 일차적 목표로 파악했으며 형식적·제도적 유교 질서에 대한 생리적 거부감을 표출했다. 진화론적 사고에 경사 되었던 시기 춘

---

* 울산대학교 교수.

원이 문학을 바라보는 태도는 두 가지 사고의 착종 양상을 보인다. 즉, 문학의 자율성과 대(對)사회적 기능에 대한 관심이 그것이다. 이 시기 발표된 그의 작품들 역시 재미의 추구와 더불어 교훈의 제시라는 두 가능성 중에서 동요하는 양상을 보이고 있으며 작가의 과도한 개입으로 인해 서사 구성의 결함마저 노출하는 양상이 확인된다. 2차 일본 유학을 마치고 귀국한 이후 춘원의 시야는 민족 전체를 바라보는 차원으로 확대되었으며 동요하던 문학론 역시 공리주의적 성격을 근간으로 정립되는 양상을 보인다.

그러나, 1920년대 초반 한국 문학계의 상황은 1910년대와 달리 한층 복잡한 양상을 띤다. 춘원과 육당에 의해 문단이 주도되던 시기는 지나갔고 『창조』, 『폐허』, 『백조』 등 동인지를 중심으로 새로운 작가 층이 형성되었다. 이들에게 있어 춘원은 극복의 대상이었고 이들이 지닌 문학의 감수성은 춘원의 그것을 능가하는 측면 역시 존재하고 있었음을 부인할 수 없다. 결국 춘원의 발언, 그 중에서도 특히 문학과 관계된 발언은 이전과 같은 압도적 비중을 지니지 못함은 당연한 일이라 하겠다.

주제어 : 이광수, 민족주의, 애국계몽주의, 문학의 자율성, 공리주의, 문학의
　　　　감수성.

1. 서론

이 글은 1910년대와 1920년대 초반에 걸쳐 발표된 이광수의 논설 및 문학과 관련된 평론, 그리고 같은 시기에 발표된 그의 작품을 검토함으로써 그 연관성을 고찰하는 것을 일차 목표로 한다. 춘원 이광수에 대한 선행 연구는 그 연구사 검토 자체가 하나의 연구 성과를 이룰 만큼 축적되어 있으며 이는 한국 근대 문학사에서 그의 위치를 대변한다.1)

1910년대와 1920년대 한국 문단 사이에 존재하는 질적 차이는 주지의 사실이며 따라서 이 시기 이광수의 글이 지니는 의미 역시 차이를 지닐 수밖에 없다. 이 글은 이광수 사상 및 문학 활동의 태동·성장기라 할 수 있는 1910년대와 1920년대 초반까지의 글을 중심으로 검토함으로써 이후 이광수 자신의 변모 양상 및 1920년대에 들어 본격적으로 발전한 한국 근대 문학 전사(前史)의 일 측면을 파악하고자 한다.

이 후 이광수의 글들을 검토하는데 몇 가지 고려할 사항으로는 먼저 그가 활동한 시기가 이른바 문단이라 불릴 만한 어떤 실체가 확립된 상태가 아니며 오히려 형성되어 가던 시기라는 점이다. 이는 현재의 의미에서 '문학 평론'이나 '소설' 개념이 그 당시 춘원의 글을 분석하는 데 가감 없이 적용되기 힘들다는 사실을 뜻한다. 또, 비록 현재 이광수가 문인으로서 그 입지를 확보하고 있으며 그에 준하여 연구·평가되고 있으나 당대의 관점으로 볼 때 그는 '문인'이라기보다는 '문사'에 가까웠으며 나아가 국권의 상실 상황이라는 사회적 상황 속에서 식민지 조선 민족의 정신적 지도자

---

1) 선행 연구사는 대체로 개별 작품에 대한 연구와 이광수 사상에 대한 연구, 비교 문학적 연구, 작가론 등으로 대별할 수 있다. 그러나 이 글은 이광수 자신에 의해 저술된 자료에 근거하여 근대 문학 형성 초기의 이광수가 보인 면면을 검토하려는 목적을 지니고 있는 바, 개별 선행 연구에 대한 언급은 생략한다.

의 역할까지 자임했던 인물이라는 점이다.

이상을 고려할 때 이 글이 검토하는 이광수 글의 폭이 확장될 수밖에 없음은 당연한 결과이다. 그가 쓴 글들 중에서 문학 및 작품, 문단과 직접 관련된 글은 물론이려니와 당대 사회를 향해 자신의 생각을 개진한 이른바 시평(時評) 및 논설에 이르기까지 이 무렵 그가 쓴 대부분의 글들이 이 글의 논의 대상으로 포섭된다. 이 글의 2장에서는 이광수의 초기 사상적 변모 과정, 3장에서는 주로 문학에 관련된 글들과 그의 소설을 논의 한다. 이상의 전제로 볼 때 그의 소설을 논함에 있어 3장에서 검토되는 그의 문학 관련 평론만이 아니라 2장에서 검토된 시평까지도 고려의 대상이 됨은 불가피한 것이라고 판단된다.

2. 문학외적 글에 나타난 춘원 사고의 흔적

이광수 초기의 사상적 배경은 애국 계몽 운동으로 이는 1908년 발표한 논설을 통해서 확인된다.[2] 그 중 「투병 수약」에서 이광수는 자신이 비판의 대상으로 삼고 있는 여러 문제들을 추상적인 형태로나마 정식화한다. 그런데, 문제점은 그의 비판이 극히 피상적이며 그러한 상황을 유발한 근원적 문제에 대해서는 비판이 미치지 못하고 있다는 점이다. 선행 연구는 이미 이광수의 논설이 지닌 내용의 추상성과 정신주의적, 윤리적 경사(傾斜)에 대해 지적한 바 있다.[3] 개화기 지식인들이 당대 조선이 처한 문제를 해결하기 위해 내세운 대안들은 실용적인 것으로 '교육 제도 개선'이나 '경제 활성화', '부국강병' 등 인데 반해 이광수는 실제 생활과는 거리를 둔

---

2) 이 해 그가 발표한 글은 「국문과 한문의 과도시대」(『태극학보』 21, 1908) 및 「수병투약(隨病投藥)」(『태극학보』 25, 1908)이 있다.

3) 서영채, 「이광수의 사상에 대한 한 고찰」, 문학사와 비평연구회 편, 『한국 문학 연구의 반성과 새로운 모색』, 새미, 1996, 32쪽.

보다 포괄적이고 추상적인 가치를 지향(指向)했다는 것이다.

이어 1910년에 이르면 이광수는 당대 조선 청년이 취해야 할 태도 및 그에 따라 요구되는 제반의 가치들에 관한 일련의 글을 발표한다. 그는 당대 조선 문제 해결의 동력이 청년들에게 있음을 강조하고 조선의 현실을 그처럼 열악한 상황으로까지 몰고 간 원인에 대해서 급진적인 비판을 수행한다.

> 또 今日의 大韓 靑年은 他國이나 他時代의 靑年과 다르니라. 他國이나 他時代의 靑年으로 말하면, 그들은 그들의 先祖가 이미 하여 놓은 것을 繼承하여 이를 保持하고 發展하면 그만이언마는 今日의 大韓 靑年 우리들은 不然하여 아무것도 없는 空空漠漠한 곳에 온갖 것을 建設하여야 하겠도다. 創造하여야 하겠도다.4)

춘원은 당대 청년들이 계승하고 발전시켜야 할 전래의 그 무엇도 없음을 주장한다. 이러한 생각은 "우리 父老는 거의 앎이 없는 人物, 힘이 없는 人物이니 우리 父老가 어찌 우리를 敎導할 수 있으며 혹 있다 한들 그런 父老의 敎導를 받아 무엇에"5) 쓸 것인가라는 반문으로 이어진다. 그에게 있어서 당대 조선이 처한 문제는 곧 물려 받을만한 전통이 없다는 문제에 다름 아니다. 나아가 '제3朝鮮國 朝鮮 民族'은 '대 황제 단군'의 뜻을 저버리고 '취생몽사의 못생긴 뜻에' 자신을 망쳐버렸다고 질타한다.6) 여기서 춘원이 비판하는 이른바 '성리학적 전통'은 성리학 그 자체가 아닌 형식적이고 제도적인 것이다.

이러한 난국을 타개할 방안으로 춘원은 새로운 윤리 규범의 필요성을

---

4) 「조선 사람인 청년에게」, 우신사 1, 533쪽(이하 평문과 작품은 삼중당 판 『이광수 전집』과 우신사 판 『이광수 전집』을 따른다).
5) 「금일 아한 청년의 경우」, 우신사 1, 528쪽.
6) 같은 글.

역설하고 이를 새로운 조선 청년이 나아가야 할 지표를 삼을 것을 제안한다.

> 朝鮮 사람인 靑年이되는 條件을 左에 表示하겠노라.
> 1. 생의 保持發展으로 倫理의 絶對標準을 삼음.
> 2. 倫理에 統合한 良心의 命令은 勇敢히, 精誠스러이, 또 끈기 있게 행하되 노력으로써 행함.
> 3. 主義는 確固, 學識은 可及的 該博, 思想은 恒久하고 또 周密함.[7]

'생을 유지하고 발전시켜야 한다.'는 그의 새로운 윤리 규범은 "天賦된 良心"[8]을 기준으로 하고 있으며 이를 완성하기 위하여 추구해야 할 긴급한 목표는 청년을 "정육(情育)"하는 것이다.[9] 그런데, 생을 유지 발전시키려 할 때 맞닥뜨리는 제반의 곤란, 즉 타인과의 갈등이나 타민족과의 경쟁 등을 어떻게 해소 할 수 있을 것인가? 하늘이 내린 양심의 견지에서 이 문제의 해결책을 찾는다면 "상호 이해와 협력이라는 출구"를 열 것이고, 개체의 유지와 발전이라는 견지에서 이 문제를 해결하려 든다면 "비타협적인 투쟁과 이 결과로 쟁취되는 승리를 통한 개체, 개별 민족의 유지 발전"이라는 탈출구를 모색할 수 있을 것이다. 이처럼 이 당시 춘원의 사고는 추상적 차원에서의 계몽 의식을 기반으로 윤리적·도덕적인 측면과 개체 및 개별 민족의 상호 경쟁적인 측면이 혼재된 양상을 띤다.

춘원은 법률과 도덕이 오히려 사람을 옭아맬 뿐만 아니라 사회 자체의 활력과 발전을 저애하고 결국 당대와 같은 상황을 초래한 것으로 판단한다.[10] 이를 극복하는 길은 하늘이 내린 양심을 바탕으로 하여 자신의 생

---

7) 「조선 사람인 청년에게」, 우신사 1, 536쪽.

8) 같은 글, 535쪽.

9) 「금일 아한 청년과 정육」, 우신사 1, 526쪽.

10) 같은 글.

을 유지하고 발전시키는 것이며 이를 우해서 그동안 억눌러 있던 인간의 정(情)을 신장하여야 한다는 것이 춘원의 주장이다. 그러나 성리학의 윤리적 폐단을 지적하고 있는 춘원은 자신의 행동 준거 기준으로 "천부의 양심"이라는 또 다른 윤리적 기준을 제시하고 있어 결국은 순환적인 논리를 벗어나지 못하고 있는 것으로 평가된다.[11]

1915년 2차 도일(渡日)을 계기로 춘원의 사고는 급격히 변화 한다.[12] 이 기간 동안 발표된 여러 글 중에서 이광수 사상의 변화를 선명하게 드러내는 글로 『매일신보』에 연재된 「교육가 제씨에게」를 들 수 있다. 다음은 서두에 드러난 집필 동기이다.

> 今日 我教育界는 名義만이요, 形骸만이라. 教育의 主義가 無하고 科學的 教育術, 教育法이 無하며, 眞正한 教育家가 無하도다. 此狀態가 長久히 繼續되면 我文明의 進步는 到底히 不可能이라. 玆에 以餘의 淺見으로도 忡忡한 憂心을 不禁하여 左開의 內容을 둔 此小論을 發表하여 賢明하신 教育家諸氏의 一考에 資하려 함이로다.[13]

당시 교육의 책무가 중요하게 대두되는 것은 무엇보다도 성리학의 전통이 남긴 부정적 영향을 극복할 책무가 청년들에게 주어져 있기 때문이다. 즉, 이광수가 교육 제도의 개선 및 교육 종사자들의 의식 변화를 소리 높여 주장하는 이면에는 유교적 전통에 대한 강한 불신이 뿌리 깊게 각인되어 있다. 춘원은 원시 사회, 어린아이, 청년의 원기, 활기에서 이 같은 역동성의 단초를 보았고 이 같은 활기를 바탕으로 군비의 확충, 교육의 발전, 교통의 확대, 산업의 발전 등을 통해 당대의 문제를 능동적으로 해결

---

11) 서영채, 앞의 글, 37쪽.

12) 이광수의 전기적(傳記的) 사실과 사상 및 문학 활동과의 밀접한 상호 연관성에 대해서는 김윤식, 『이광수와 그의 시대』 1~3, 한길사, 1986 참고

13) 「교육가 제씨에게」, 우신사 10, 49쪽.

해 나갈 것을 주장한다.[14]

이렇게 본다면 1910년대 초반 춘원의 딜레마는 '생활의 유지 발전'이라는 대안을 선택함으로써 해소된 것처럼 보일 수도 있다. 그러나 다음의 구절은 이무렵 춘원의 사고틀 역시 1910년대 초반의 양상과 별반 변화가 없다는 판단을 내리게 만든다.

> 더구나 이번 歐洲大戰亂은 現代文明의 어떤 缺陷을 暴露한 것인則 이 戰亂이 끝남에 따라 現代文明에는 大混亂, 大改革이 생길 것이외다. 假令 國家主義의 可否라든지, 經濟組織의 不完全이라든지, 精神文明에 對한 物質文明의 偏重이라든지, 女權問題라든지, 國際法 國際道德 問題라든지, 이러한 것은 가장 분명하게 일어날 大問題외다.
>   그런데 이러한 問題를 解決함에는 現代文明에 너무 沈醉하여 一種 偏見과 迷信을 가진 西洋人보다도 도리어 아직도 이러한 偏見과 迷信을 아니 가진 東洋人이 가장 冷靜하게 公平하게, 窮究할 利益을 가진 듯합니다. (中略) 東西文化 融合의 大使命은 차라리 우리 東洋人 손에 있을는지도 모릅니다.[15]

서구 문화 역시 수많은 난제를 안고 있으며 1차 대전은 이러한 문제의 폭발이었고 이제 그 문제를 해결해야할 시기가 도래했다는 것, 그런데 서구 문화가 지닌 문제를 해결할 수 있는 동력은 서양의 물질문명에 보다 덜 침윤된 동양인에게서 구할 수 있으며 이를 위해 동양의 제 민족 중 조선민족, 그 중에서도 선각(先覺)한 수 삼인의 결의 결사가 필요하다는 것이 이 글의 논지이다. 이를 두고 불과 11개월을 격한 시기 동안 춘원의 사고는 다시 난마처럼 얽혀버린 모습을 보여준다고 평가하기보다, 춘원의 사고틀 내에서는 진화론적인 사고와 도덕주의적 사고가 항상 병존하고 있는 것으로 평가함이 보다 타당할 것이다.[16]

---

14) 「위선 수가되고 연후에 인이 되라」, 우신사 10, 참조.
15) 「우리의 사상」, 우신사 10, 247쪽.
16) 서영채, 앞의 글, 47쪽.

서두에서 춘원이 문필 활동 시작하던 시기 그의 사고의 근저에는 계몽
의식이 자리하고 있으며 다른 계몽 운동가들과 달리 춘원의 계몽 의식은
지극히 추상적인 개념을 통하여 나타남을 지적한 바 있다. 이처럼 춘원 사
고의 근저에 자리하고 있었던 계몽 의식은 1920년대에 들어서면서 민족의
식의 형태로 변모되어 나타난다. 1921년『개벽』에 연재된「소년에게」에서
춘원은 당대 조선의 상황을 경제적, 도덕적, 지식적, 파산 상태로 규정한
다. 이 때문에 "現在의 朝鮮民族에게 거의 民族的生活의 能力이 없"으며
이를 극복하기 위하여 대안으로 "소년 동맹"을 제안한다. 나아가 이 동맹
을 매개로 "民族運命을 돌릴 길"을 찾아야 한다고 주장한다.17)

　물론, 당시 조선의 열악한 상황을 초래한 것이 고래(古來)의 인습이며 소
년 동맹의 결성을 통해 이러한 인습적 요소들을 타파해야함을 주장하는
춘원의 입장은 형식적이고 제도적인 성리학적 요소들을 비판하던 이전 시
기 춘원의 그것과 유사하다. 그러나 그 대안의 실천은 미묘한 차이가 있
다. 1910년대 춘원의 글 속에서 찾을 수 있는 현실 극복의 대안은 일정한
의미에서 개인적인 차원의 결의나 의지였다고 할 것이다.18) 다시 말해 현
실의 문제를 올바로 인식할 수 있는 능력을 지닌 뛰어난 인물이 당면한
문제를 해결하기 위해 "心腸의 運動이 쉬는 날까지" 노력한다면 조선이
처한 문제를 해결할 수 있다고 바라본 것이 1910년대 춘원의 문제의식이

---

17)「소년에게」, 우신사 10. 148~170쪽.

18) 이러한 판단의 준거로 제시될 수 있는 춘원의 글들은 다음과 같다.
　　"나는 毋論 天才라는 것을 믿는 사람이요 (中略) 내가 말하려는 天才는 여러분의 通常 말
　에 잘 쓰시는 長技라는 것과 같으오 아니 같을뿐 아니라 天才 즉 長技요 長技 즉 天才올시
　다. (…중략…) 不可不 各自의 天才를 調査하여야 하겠소 (…중략…) 우리들은 오래오래 자
　기의 天才가 어디 있는가를 생각하여 그것으로 일생의 目的을 삼아야만 하겠소" (「천재」,
　우신사 1, 530~532쪽)
　　"그러나 이(황금, 금강석, 라디움 - 인용자)보다 더 效力이 많은 寶物이 있으니 그 寶物은
　天才라는 것이요 (…중략…) 그는 社會를 근심하고 사랑하는 衷情으로 社會에게 價値를 주
　고, 幸福을 줄 양으로 或 學校에서 或 書齋에서 螢雪의 苦心하는 祈禱로 비로소 天命을 받
　아 社會에 傳하는 것이외다. (…중략…) 只今 朝鮮은 天才를 부를 때외다. 모든 種類의 天才
　를 부를 때외다." (「천재야 천재야」, 우신사 10, 38~41쪽)

다. 하지만 「소년에게」에서 춘원은 개인적 차원에서의 문제 해결 노력이
지니는 한계를 인식하고 "改造되고 新生된 朝鮮民族의 民族的 生活을 組
織하고 그 組織된 機關을 運轉"[19]할 필요가 있다고 주장한다. 즉, 이 시기
춘원의 문제의식은 개인의 차원을 넘어서 집단의 수준으로 확장되고 있으
며 이는 천재, 영웅 중심의 민족의식에서 민족 성원 전체를 대상으로 하는
민족의식의 차원으로 이전되고 있음을 의미하는 것으로 이해된다.

이처럼 확장된 춘원의 민족의식의 실체는 1922년 5월 『개벽』에 발표된
「민족 개조론」을 통해 집약된다. 그는 교육, 가정, 문화 등 당대 조선 사회
가 안고 있는 제반의 문제를 거론하면서 이의 대안으로 민족 개조 운동을
제안한다. 민족 개조 운동은 8개의 항목으로 정리되어 있으며 한편으로
정치적인 색채가 배제된 것으로서의 철저한 순수 민간 운동이어야 함을
역설함과 동시에 민족 개조 운동의 가장 중요한 방법으로 '개조 동맹의 설
립'을 제안한다는 점을 고려할 때 이 논문의 근저에도 역시 집단적 차원에
서의 문제 해결의 중요성이 깔려 있음을 확인할 수 있다.[20]

그런데, 「민족 개조론」 한 편의 논문에서도 춘원 사고의 난맥상은 가감
없이 나타난다. 이 논문의 근거를 이루고 있는 '집단적 문제 해결 방식을
통한 당면 문제 해결'이라는 춘원 민족주의의 요체는 그 구체적인 실천의
방식에서 다시 두 방향으로 분기된다. 그 중 하나의 방향은 도덕주의로의
회귀이며 다른 하나의 방향은 이른바 무실역행을 기본으로 하는 근대 서
구 문물의 점진적 수용의 방식이다. 춘원이 제시하고 있는 첫 번째 실천
방식에서 주의를 요하는 것은 다음과 같은 구절이다.

---

19) 「소년에게」, 앞의 책, 164쪽.

20) 「민족 개조론」, 위의 책, 143쪽. 같은 글에서 춘원은 갑신정변을 조선에서 일어난
   민족 개조 운동의 첫 걸음으로 평가한다. 그러나 그 운동이 실패로 돌아갈 수밖에
   없었던 원인 중 하나를 "團結의 鞏固치 못함"(121쪽)에서 찾고 있다. 이러한 그의
   지적은 단체 활동의 중요성을 새삼 강조하는 것으로서 「소년에게」의 문제의식의 연
   장선상에 서 있는 것으로 평가될 수 있다.

> 　朝鮮民族 衰頹의 原因은 道德的 原因이 根本이니 이를 改造함에는 道德
> 的改造, 精神的改造가 가장 根本이되는 것이라 함이외다. (中略) 道德的原
> 因을 無視하고 知識만 鼓吹하였기 때문에 드디어 今日까지도 知識만 重히
> 여기고 道德이란 것을 輕히 여기는 弊習을 生하게 된 것이외다.[21]

　톨스토이를 노쇠의 사상가이자 열패의 사상가로 규정하고 원시적 생명
력을 찬양하던 춘원의 이전 모습(「교육가 제씨에게」)을 고려할 때 위와
같은 언급은 자신의 과거에 대한 전면 부정으로 읽힐 수 있다. 그러나 한
편으로 그가 제시하는 구체적인 실천의 방안은 점진적인 근대화의 논리를
수용하는 것으로도 판단이 가능하다. 이처럼, 춘원에게 있어서는 도덕주
의적 실천이라는 한 갈래의 문제 해결 방식과 근대적 진화론이라는 또 다
른 방식의 문제 해결 방식이 끈질기게 상호 병존하고 있다. 시기에 따라서
춘원이 내세우는 기치가 계몽사상 일 때도 있었고 민족주의일 경우도 있
었으며 그 해결 방식에서 도덕성을 우위로 한 금욕적 삶의 방식을 주장하
는 경우나 반대로 진화론적 입장을 강력히 옹호하는 듯한 태도를 취하는
경우도 있었지만 그 어떤 시기에도 춘원이 어느 한 방향만을 유일의 출구
로 생각했다는 근거를 발견하기는 어렵다. 이 양자의 끊임없는 견제와 상
호 작용이 춘원 사고의 실질적인 근간을 이루고 있다 할 것이다.

3. 문학 텍스트에 나타난 춘원의 자취

　춘원이 문학에 대해 자신의 생각을 정리된 형태로 발표한 글 중 최초의
것은 1910년 3월 『대한흥학보』에 실린 「문학의 가치」이다. 여기서 춘원은
문학이 인류의 역사와 함께 한 것이며 역사 과정에서 결코 빠뜨릴 수 없
는 것이라는 사실을 강조하면서 신문명의 건설을 목전의 과제로 하고 있

---

21) 「민족 개조론」, 앞의 책, 123쪽.

는 당시 조선의 상황 속에서 문학의 가치를 규정하고 있다. 한편, 일반적인 맥락에서 문학의 존재 가치에 대해 춘원은 "人類가 學問을 有한 이상에는 반드시 文學이 존재할지니, 人類의 情이 有할진댄 文學이 생길지며 또 必要할" 것이라고 언급하고 한걸음 더 나아가 "文學은 다만 情的 滿足, 즉 遊戲로 생겨났"다고 함으로써 이른바 '정의 문학론'에 대한 사고의 단초를 보인다.22) 정적(情的) 요소로 충만된 것으로서 문학을 정의하는 춘원의 이러한 태도는 문학이 지닌 쾌락적 요소에 대한 강조라 할 것이다. 이는 「문학이란 하오」에 집약되어 있는데 여기에는 문학이 감정 및 도덕과 관계되는 양상에 대한 의미 있는 언급이 포함되어 있다.

> 아무려나 他科學은 此를 讀할 時에 冷靜하게 外物을 對하는 듯하는 感이 有한데 文學은 마치 自己의 心中을 讀하는 듯하여 美醜喜哀의 感情을 伴하나니 此感情이야말로 實로 文學의 特色이니라. (中略) 科學이 人의 知를 滿足케하는 學問이라면 文學은 人의 情을 滿足케하는 書籍이니라. (中略) 文學은 情의 基礎위에 立하였나니 情과 吾人의 關係를 從하여 文學의 輕重이 生하리로다.23)

이처럼 당시 춘원의 문학관은 철저히 인간 감정과의 관계라는 측면에 집중되어 있다. 이는 전통적 맥락에서 '문(文)'의 개념이 지닌 포괄적인 의미 규정을 극복하고 서구에서 유입된 단어(literature)의 역어(譯語)로서의

---

22) 우신사 1, 546쪽. 한편 이처럼 '정(情)'의 존재를 인류가 추구해야 할 최고의 덕목으로 강조하는 춘원의 태도는 이 글보다 한 달 전 발표된 「今日 我韓 靑年과 情育」을 통해 잘 드러나고 있다. 이 글에서 춘원은 다음과 같이 주장한다. "人은 實로 情的動物이라. 情이 發한 곳에는 權威가 無하고, 義理가 無하고, 知識이 無하고, 道德·健康·名譽·羞恥·生死가 無하나니, 嗚呼라 情의 威요 情의 力이여 人類의 最上 權力을 握하였도다." 우신사 1, 526쪽(강조는 인용자). 앞서 검토한 바처럼 춘원이 '정'을 이처럼 강조하는 이유는 지식과 도덕 위주의 조선적 전통에 대한 반발이라는 측면이 강하다고 할 수 있다. 즉, 형식적·제도적인 유교 가치 체계 속에서 억눌려 있던 감정을 해방시킴으로써 자유롭고 생기 있는 인간의 육성을 의도했다는 판단이 가능하다.

23) 「문학이란 하오」, 우신사 1, 548쪽.

새로운 '문학' 개념을 강조하기 위한 것으로 보인다. '문학과 도덕'이라는 항목에서 춘원은 "문학은 이미 정치와 도덕의 노예가 아니"기 때문에 고전 문학이 지닌 권선징악적 구성 방식을 탈피하여 인간 감정에 충실한 내용 구성의 취해야 함을 주장한다.

덧붙여서 한 가지 지적될 수 있는 것은 위 글의 '문학과 문' 항목의 내용인데 여기서 춘원은 "한문에 토를 단 듯한 문장은 속히 타파해야 할 악습"이라 하고 "신문학은 금일 하인(下人)이 지(知)하고 용(用)하는 어(語)로 작(作)할 것"이라 규정한다. 문학의 문장에 대한 춘원의 관심은 「현상 소설 고선 여언」에서도 동일하게 나타나는데 여기에서 춘원은 현상 응모한 소설이 모두 시문체(時文體)로 쓰여 있다는 점을 높게 평가한다.[24] 이때 '시문체'라는 규정이 무엇을 의미하는지 춘원 자신이 명확히 정의하지는 않았으나 문맥을 통해서 살펴볼 때 현실의 언어생활을 여실히 반영한 문장이라는 사실은 어렵지 않게 짐작할 수 있다. 또한 대부분의 응모 작품들이 전기적, 교훈적 요소를 탈피하여 "예술적에 들어가는 기미"를 보이고 있다는 사실을 강조한다. 앞서의 논의와 마찬가지로 이 지적은 문학 작품이 특정 사상이나 도덕적 요소의 전달 매개로 전락해서는 안 된다는 춘원 사고의 일단을 드러낸 것으로 판단할 수 있다.

이상에서 살펴본 바 1910년대 춘원 문학관의 핵심은 '정(情)' 중심의 문학이라고 정리될 수 있다. 문학의 독자성에 바탕을 둔 이 관점은 문학이 도덕이나 종교 또는 윤리의 예속을 벗어나 독자적 지위를 확보하여야 함을 의미한다. 이 관점은 문학의 목적을 '정의 만족'에 두고 있는데 이는 문학이 종교와 윤리에서 벗어나 인간의 감정과 생활을 자유롭고 여실하게 묘사된 문학에서 획득 가능하다.[25]

---

24) 「현상 소설 고선 여언」, 우신사 10, 569쪽.

25) 이러한 문학론은 '정의 만족'과 흥미 위주 사이 차별성이 명확히 규정되지 않아 자칫 흥미 본위의 창작으로 귀결될 위험성을 내포하고 있는 것도 부인할 수 없다. (구

한편, 이 무렵 발표된 이광수의 작품에 대한 기존 연구는 주로 장편『무
정』에 집중되어 왔다. "『무정』한 가지만 가지고도 춘원의 이름은 조선 신
문학사에 지울 수 없을 것"이라는[26] 김동인의 평가를 시작으로 하여 그
동안 발표된 이광수에 관련된 연구 업적의 대부분에서『무정』은 논의되어
왔다. 그러나 작품『무정』이 아무런 지반 없이 솟아오를 수는 없는 문제이
기에『무정』이전 작품들에 관해 살펴보는 것이 필수적으로 요청된다.[27]

1909년『백금 학보』에 일본어로 발표된「사랑인가[愛か]」를 제외할 때 춘
원의 첫 작품은「어린 희생」(『소년』, 1910.2.5)이다. 러시아와의 전쟁에서 전
사한 부친의 소식을 듣고 원수를 갚기 위해 전쟁터로 달려 나갔다가 러시아
인의 손에 죽은 어린아이와, 아들과 손자의 복수를 실행하는 조부의 모습을
그린 이 작품은 사실적인 측면에서 많은 허점을 보인다. 이어 발표된 단편「무
정」은 작품 말미에 작가 자신이 직접 "此篇은 事實을 敷衍한 것이니 마땅히
長篇이 될 것이로되"[28] 운운하고 있어 허구로서 완전한 하나의 작품으로 평
가하기 곤란하다. 1910년 8월『소년』에 발표된「헌신자」역시 마찬가지이다.
남강 이승훈을 모델로 한 듯한 "김광호"가 일생을 두고 모은 사재를 털어 교
육 사업에 헌신하다 숨을 거두는 장면을 소설화한 이 작품의 말미에도 "孤舟
曰 이는 사실이오."라고 밝혀놓았다.[29] 이처럼 처음으로 창작을 시도하던 당

인환,「이광수의 문학사상」, 동국대 부설 한국문학연구소 편,『이광수 연구』, 태학
　사, 1984, 547쪽)

26) 김동인,「춘원 연구」,『김동인 전집』16, 조선일보사, 1988, 63쪽.

27) "1910년대 이광수의 단편들은『무정』으로 나아가는 길을 예비하였다는 측면에서
　소설사적인 의의가 있음을 볼 수 있다." (한점돌,「1910년대 한국 소설의 정신사적
　연구」, 서울대 박사학위논문, 1992, 118쪽 및 김윤식,「≪무정≫의 문학사적 성격」,
　『한국 근대 문학 사상사』, 한길사, 1984, 40~42쪽 참조)

28)「무정」, 우신사 1, 565쪽.

29) 우신사 1, 568쪽. 양문규는 이 작품을 애국 계몽 운동을 형상화한 작품으로 분류하
　면서 "『매일신보』의 교술적 단편과 마찬가지로 주인공의 추상적 정열, 도덕적 결단
　만이 강조될 뿐 주인공의 삶이 당대의 역사 현실을 매개로 구체적으로 형상화되지
　못하기 때문에 교술적인 세계에 머무르고 있다"고 비판한다. (양문규,「1910년대 한

48

시 춘원이 허구로서의 소설 개념을 완전히 인식하고 있었다고 판단하기는 힘들다. 이 무렵 발표된 춘원의 작품들은 거의 자신의 경험을 그대로 소설화한 것이거나 혹은『무정』의 말미에 쓴 작가의 말처럼 자신이 어디선가 들은 이야기를 그대로 옮겨 놓은 것이라고밖에 평가할 수 없다.

이상에서 간략하게 살펴본 바와 같이『무정』이전에 발표된 4편의 단편 소설(「사랑인가」를 제외할 때)들은 근대적 소설에 대한 춘원의 사고가 불확실한 상태에 놓여 있음을 보여준다. 즉, 근대적 의미의 소설이 허구성을 그 기본적인 요소로 하고 있는데 반하여 이 시기 발표된 춘원의 단편 소설들은 모두 실제의 사실을 기술하고 있거나 여러 체험 과정을 거쳐 허구적 소설을 창작하더라도 개연성을 살리지 못함으로써 소설로서의 함량 미달 수준에 놓인 것으로 판단된다.

「헌신자」이후에 발표된 또 다른 단편「김경」은 전반부와 후반부가 일정하게 분리되어 있다. 일본에서 중학을 졸업한 김경은 톨스토이 등의 영향을 강하게 받은 자로 귀국 후 오산에 정착, 오산 학교 교사로 재직한다. 그는 소년 철인이라는 탁호를 들을 정도로 신망이 높았다. 이상이 작품의 전반부 내용이고 작품의 후반부는 오산 학교에 대한 김경의 상념들로 채워져 있다. 작품의 주인공 김경이 일본 유학생 출신이라는 점, 그가 영향을 받은 인물들이 톨스토이, 목하상강(木下尙江), 덕부노화(德富蘆花) 등이라

국 소설 연구」, 연세대 박사학위논문, 1991, 32쪽)

이동하도 김광호의 재산 축적과정에 대한 피상적인 서술, 졸업식 복장 문제에 관한 김광호의 추수적 개화 지상주의, 개화 사업에 뛰어든 동기의 우발성 등을 지적하면서 김광호의 방향 감각이 '맹목적인 개화 지상주의'에 불과한 것이라고 비판한다. 또한 주인공 '漁翁' 역시 춘원의 자화상임과 동시에 1910년대 일본 유학생 전체를 상징적으로 집약한 인물임에도 불구하고 이념적 깊이와 논리적 무장의 결여 상태에 놓인 채 김광호의 맹목적 열정에 대한 찬양에 그치고 있다는 점을 지적하면서 춘원의 작가 의식에 문제를 제기한다. (이동하, 「1910년대 단편 소설 연구」, 서울대 석사학위논문, 1982, 24~27쪽)

한편, 한점돌은 이 소설이 1910년대에 이광수가 발표한 단편 소설 중 유일하게 "세계에 대한 자아의 우위"를 드러낸 소설이라는 점을 지적한다. (한점돌, 앞의 논문, 108쪽)

는 사실, 문학에 대한 열망을 지니고 있었다는 점, 귀국하여 교사 생활을 하고 있다는 점 등을 고려할 때 이 작품 역시 작가 춘원 자신의 전기적 사실과 거의 일치하고 있다. 작품의 후반부에 서술되는 김경의 상념들이 당시 춘원 자신의 내밀한 의식의 자기 고백으로 볼 수 있다면 이 작품은 작가론의 차원에서만 논의의 의미를 지닐 수 있을 것으로 판단된다.

앞서 살펴본 바와 같이 1910년대 전반 춘원이 제시했던 문학에 대한 관점은 '정(情)' 중심의 문학관이었다. 이는 다시 도덕과 종교로부터의 문학의 자율성, 또는 교육을 통한 정의 해방이라는 면모를 띠고 나타난다. 또한 당시 춘원 사상의 근저에 깔려 있는 애국 계몽 의식 역시 교육의 중요성에 대한 강조와 전래 가치에 대한 전면적인 부정으로 나타남도 확인할 수 있었다. 조혼과 남아(男兒) 중심의 전래 가치관이 한 여인을 파멸로 몰아감을 보여 줌으로써 형식적 유교 전통의 부정성을 드러낸『무정』, 막연하지만 교육에 대한 열정과 개화에 대한 열망을 드러낸「헌신자」,「김경」등의 작품 모두 춘원의 당대 사고와 상호 연관을 지니고 있음이 짐작된다. 문제는 그러한 작가 의식이 소설적 형상화 과정을 거쳐 매개된 형태로 나타난 것이 아니라는 점이다.

『무정』이전의 단편들이 이처럼 수다한 문제를 지니고 있음을 고려할 때『무정』이 성취한 성과는 그 자체로서 대단한 것이라고 할 수 있다. 물론『무정』이 한국 근대 장편 소설의 효시 작품이라는 일반적인 평가가 액면 그대로 수용될 수는 없다고 판단된다. 이 문제에 제대로 답하기 위해서는 '근대'라는 문학외적 요소와 '소설'이라는 문학적 요소에 대해 동일한 비중의 답변이 제출되어야 하며 한 걸음 더 나아가 작품『무정』속에서 검출되는 '근대적 요소'에 대한 철저한 검증이 필요하지만[30] 이상의 문제는 독립적으로 논의됨이 옳을 것이다.

『무정』에서도 작가 이광수 자신의 전기적 요소는 계속 발견되지만 그

---

30) 한점돌, 앞의 논문, 128~139쪽 참조.

같은 사실적 요소가 작품의 서사 구조 속에 용해되어 나타나고 있다는 점이 이전 단편과『무정』이 갈라서는 지점이다. 뿐만 아니라 이형식이라는 중심인물을 중심으로『무정』을 재구성했을 때 그가 자신의 삶이 지닌 의미를 찾아가는 과정을 보면 이형식이 찾는 의미의 실체보다 하나의 결과를 얻기 위해 이형식이 겪는 고뇌와 갈등이 오히려 작품의 근대적 성격을 논증하는 근거로 작용할 수도 있다는 판단도 가능하다.[31] 결국,『무정』은 사실적 요소와 허구성이 상호 연관 관계를 이루고 있으며 중심인물의 성격화 등에 있어서 이전 단편들이 노정했던 제반 결함들을 극복하고 나름의 성과를 거두었다는 평가를 할 수 있다.[32]

　그러나 작품의 성과가 뚜렷한 만큼 작품이 지닌 한계 역시 분명하다고 할 수 있다. 앞서 살펴본 것처럼 춘원은 고전 문학 작품이 지닌 권선징악적 구성 방식과 함께 작품을 작가가 지닌 제반 관념이 설교조의 형식을 띠고 작품 속에서 드러나지 않아야 함을 역설한다.[33] 하지만, 유종호의 지적대로 관념 속에서의 이 같은 태도와는 달리 춘원 자신이 붓을 들면 '민족', '인도', '사랑'의 설교가 거침없이 쏟아져 나온다.[34]『무정』도 이러한 평가에서 자유롭다고 할 수는 없다. 이형식과 김병욱의 입을 통해서 나오는 이야기는 물론이려니와 심지어 작가의 '편집자적 논평' 형식을 빌어서

---

31) 한점돌, 위의 논문, 132쪽.

32) 한편,『무정』이 표출한 사상적 측면의 의의 및 한계에 대해서는 한점돌, 위의 논문, 140~141쪽 참조.

33) "그런데, 이번에 應募하신 이 중에서도, 或은 靑年의 墮落을 憤慨한다든지, 或은 離婚의 不當을 攻擊한다든지, 或은 學生의 勤勉을 獎勵하는 所謂 '主旨'를 確立하고 小說中의 事件과 人物은 現實的이든지 말든지를 不問하고 다만 그 主旨를 發表하기 위한 方便으로 하신 것이 四五人이 되신 것을 보았습니다. 그 憂世의 苦衷은 同情하는 바로되 이는 文學의 任務가 아니외다. <u>文學은 淺薄한 敎訓보다도 敎訓의 源泉이 되는 靈의 소리라야 할 것이외다.</u>"「현상 소설 고선 여언」, 우신사 10, 571쪽(강조는 인용자).

34) 유종호,「어느 半문학적 초상」,『문학춘추』8, 1964 ; 전광용,「이광수 문학관과 그 성격」,『한국 근대 문학론고』, 민음사, 1986, 56쪽에서 재인용.

라도 "~해야 한다", 혹은 "~할 필요가 있다"는 식의 설교적 주장은 끊임없이 되풀이되어 나타난다.

결국 『무정』은 당시까지 변모해 온 춘원의 사상적 면모가 집약적으로 드러나 있는 작품이라 할 것이다. 그 속에 등장하는 미숙한 진화론자 이형식, 문명개화가 무엇인지는 모르지만 어쨌든 좋은 것이라는 김장로, 나름대로 일관된 개화 의식을 지닌 김병욱, 유교적 인식 틀에서 새로운 사고틀로의 이전이 목격되는 박영채 등의 인물은 사실 춘원이 가지고 있는 여러 사고방식의 한 단면들을 대변하는 인물이다. 그리고 등장인물들의 다양한 갈등 양상을 일거에 왜소한 것으로 만들고 나아가 보다 큰 다른 목적을 향해 그들이 하나가 될 수 있도록 유도하는 계기인 삼랑진 수해 현장과 이때 보이는 이형식과 다른 인물들의 다짐은 『무정』의 근저를 이루는, 나아가 춘원 사고의 핵심을 이룬다고 할 수 있는 민족주의에 근거한 계몽 의식과 문명개화 의식이 조화롭게 전경화(前景化)된 양상이라는 평가가 가능하다. 이렇게 볼 때 『무정』은 계몽주의라는 큰 틀에 방향성을 일치시킴으로써 역사의 흐름과 일정한 보조를 맞추어가고는 있으나 그 내부에 존재하는 "인간과 사회를 바라보는 데 있어서의 불철저함과 추상성으로 인해 양자(역사의 방향을 따라 잡는 것과 근대적 개인의 형상화-인용자) 모두에서 한계를 비치고 있다"는[35] 평가로부터도 결코 자유로울 수 없을 것이다.

『무정』 연재 5개월 뒤 『매일신보』에 연재된 『개척자』는 인물들 사이의 관계 설정이 남녀 간의 삼각관계로 설정되고 있다는 점에 있어서 『무정』과의 유사성이 확인된다. 그런데, 이 작품에서는 등장인물들의 제반 행위가 그 자체로서 의미를 지니는 것이라기보다는 모든 것이 민족 운명의 개척이라는 당위적 명제와 연관시키려는 작가의 의도가 노골적으로 드러나 있다. 결국 이 작품은 설교조 서술 방식이 다른 모든 요소를 압도하고 있

---

35) 유문선, 「3·1 운동을 전후한 문학적 대응」, 민족문학사연구소 편, 『민족 문학사 강좌』 하, 창작과 비평사, 1995, 62쪽.

어 작품 자체로 보면 거의 실패작에 가깝다는 평가가 지배적이다.[36]

　『무정』과 『개척자』 사이에는 단편 「소년의 비애」(『청춘』, 1917.6)와 「어린 벗에게」(『청춘』, 1917.9~11)가 놓여 있다. 사랑하는 누이의 불행한 혼인을 바라보는 한 소년의 시각을 통해 조혼 제도의 폐습을 고발하려는 의도를 지닌 「소년의 비애」는, 그러나 조혼의 문제점을 자각한 문호에 의해 제시되는 문제의 해결책이 난수에게 즉흥적 도당을 제안하는 수준에 그치고 있다는 점을 고려하면 작품에 나타나는 이른바 반(反)봉건적 의식이 얼마나 피상적인 수준인가를 능히 짐작할 수 있다. 결국 작품은 성장에 따른 소년의 비애, 사랑하는 여인을 다른 남자에게 빼앗기는 소년의 비애가 중심 주제이며 겉으로 드러난 바, 조혼 제도에 대한 비판을 매개로 한 인습 비판은 부차적인 지위에 머무르고 있지 않은가 하는 판단도 가능하다.[37]

　「어린 벗에게」의 경우, 편지 형식을 취하고 있다는 점에서 그 형식상의 특징을 지적할 수 있다. 편지라는 매개의 속성을 고려할 때 이 작품은 사건의 인과적 연결 관계보다는 특정한 상황이나 사건이 인물에게 미치는 영향과 이 영향의 결과 인물이 지니는 감정의 변고 과정이 서술의 중심적인 축을 형성할 수밖에 없다. 따라서 서술의 과정 속에서 시간적 선후 관계에 따른 계기성은 다른 작품에 비해 상대적으로 약화될 수밖에 없으며 인물이 지닌 내면의 솔직한 고백이 보다 중심적인 것이 된다. 그런데 4개의 편지로 구성된 이 작품의 서술 중심축은 사건이나 상황에 따른 인물의 내면 고백이라는 본래의 측면보다 인물이 지닌 사유의 직접적인 표출에 주안점이 놓여 있는 것으로 판단된다. 특히 '제 二信'의 경우[38] 사랑의 이익을 세 가지로 구분하고 당대 조선 청년들의 애정관을 논설과 유사한 형식을 빌어 비판함으로써 춘

---

36) 김현 편, 『이광수』, 문학과 지성사, 1988, 2장 ; 한검돌, 앞의 논문, 144쪽 ; 유문선, 위의 글 참조.

37) 김복순, 「1910년대 단편 소설 연구」, 연세대 박사학위논문, 1990, 182쪽.

38) 「어린 벗에게」, 삼중당 14, 30~46쪽.

원 자신이 지닌 자유연애의 사상을 설파한다는 목적은 달성했을지 모르지만 작품의 서사 구조는 바로 그 지점에서 균열을 일으키고 있다.[39]

『개척자』의 연재가 종료될 무렵인 1918년 3월 『청춘』에 발표된 「방황」은 서사의 중심이 등장인물의 '고독'에 놓여 있다는 점에서 주의를 요한다. 선행 연구의 지적처럼 이 작품이 센티멘털한 허무주의에 머문 면이 없지 않으나[40] 인간 존재가 지닌 근본적인 의미에서의 고독을 문제 삼았다는 점은 충분히 평가될 수 있는 지점일 것이다. 동경 학교의 기숙사에 앓아누운 '나'가 "적막하고", "늘 춥고 괴로운 인생"을 생각하는 것으로부터 출발한 이 작품 내부에는 인간과 인간 사이의 관계 맺음이나 그로부터 파생되는 그 어떤 사회성 혹은 시간성도 개재되어 있지 않다. 서술자는 철저히 외로울 뿐이며 그 외로움으로부터 벗어날 아무런 탈출구도 그에게는 존재하지 않는다. 그에게 주어진 선택은 "싸늘한 생활"을 취하는 것뿐이다. 춘원의 여타 작품이 『무정』과 같이 희망에 찬 미래를 향해 나아가거나 아니면 다른 작품들처럼 등장인물의 죽음으로 대단원을 맺는 것과는 달리 이 작품은 "食堂에서 夕飯鐘이 울고 舍生들이 신을 끌며 食堂으로 뛰어가는 소리가 들린다. 五燭燈이 혼자서 반작반작 한다."[41]처럼 분명한 종지부가 생략된 채로 종결되고 있다. 다시 말해 이 작품은 어떤 사건을 중심으로 서사가 구성되었다기보다는 고독의 감정 그 자체를 보여줌을 자신의 서사 구성 원리로 삼고 있다.[42]

---

39) 나아가 작품 말미에 "나는 모르나이다"를 반복하는 주인공 임보형의 행위는 바로 앞 편지에 작심했던 김일련과의 사랑을 포기하는 것으로 읽힌다. 이는 자신의 운명을 주어진 것으로 받아들이며 이에 순응하는 것으로서 춘원 스스로 비판했던 "숙명론적 인생관"에 사로 잡힌 조선인의 한 전형을 이룬다.

40) 김복순, 앞의 논문, 192쪽.

41) 「방황」, 삼중당 14, 68쪽.

42) 이 작품보다 한 달 뒤인 1918년 4월에 발표된 「윤광호」의 경우, 동성애적 소재를 다루고 있으며 인간관계마저 금전적 가치로 환원시키는 사회 구조에 대해 반발하는 양상을 볼 수는 있다. 그러나 개인과 사회를 연결시켜 바라보지 못하고 개인을 개

54

앞서 살펴본 바와 같이 『무정』과 『개척자』가 민족주의라는 명제를 '주입'하려는 작가의 과도한 개입으로 인해, 특히 『개척자』의 경우 어떤 측면에서 볼 때 서사 구조 자체가 흔들리는 상황마저 초래되었다는 점은 '정(情)'의 만족을 문학의 최우선 과제로 상정했던 춘원의 문학관에 있어서 일정한 변화를 예상할 수 있게 한다. 1921년 8월 『창조』에 발표된 「문사와 수양(修養)」은 이 같은 변화 양상을 비교적 분명히 보여준다.

> 文藝가 人心을 刺激하여 活潑한 精神的 活動을 激發하는 同時에 文藝 自身이 新思潮, 新思想의 宣傳者가 되는 것이니 文藝 作者는 文藝의 特有한 人의 情緒를 直接으로 感動하는 情緒의 武器를 移用하여 自家의 理想과 思想을 世人의 精神에 깊이 注射하는 能力이 있나니 그 理想과 思想을 宣傳하는 能力은 實로 冷冷한 理智의 批判에만 依存하는 科學이나 哲學에 比할 바 아니요, 오직 宗敎 뿐이외다.[43]

이 글에서 춘원은 현대 문명에서 문학이 갖는 의의와 조선 현대 문사들의 폐해를 지적하고 이를 극복하기 위하여 문사들의 수양과 학습이 필요함을 역설한다. 나아가 "文士는 思想家와 敎育家의 職을 兼"하였기 때문에 "醫師와 같은" 준비와 공부, 수양을 쌓아야 하며 이는 "民族을 爲하여 文士의 健全한 人格"이 요구되기 때문이라는 주장을 펼친다. 또한 문사의 책임이 의사의 책임보다 무거운 것은, 의사는 한 인간만의 생명과 관계를 맺을 뿐이지만 문사의 경우 그 영향력의 범위는 전 민족의 정신세계와 관계를 맺기 때문이며 이 때문에 문사 스스로의 노력과 수양이 필요하다는 것이 이 글의 논리이다. 이렇게 볼 때 춘원은 문학이 즐거움과 정의 만족

별적이고 독립적인 존재로 바라본다는 한계를 지녔다(김복순, 앞의 논문, 191쪽). 이상과 같은 한계는 이광수의 여타 평문들에서도 뚜렷하게 드러나고 있는 바 윤광호의 고립적 사고는 이광수 자신의 고립적 사고와 유사하지 않은가 하는 판단이 가능하다.

43) 「문사와 수양」, 우신사 10, 352쪽.

을 추구하는 단계를 넘어서서 독자의 생활, 사상을 변모시킬 수 있어야 함을 강조하고 있는 것으로 볼 수 있다. 이러한 주장은 "藝術을 爲한 藝術이 아닌 人生을 爲한 藝術"이라는 명제로 집약된다.[44]

이상의 주장은 「예술과 인생」(『개벽』, 1922.1)을 통해 보다 구체화된다. 여기서 춘원은 인생이 행복하려면 '인생을 도덕화하는 것'과 '인생을 예술화하는 것' 두 가지가 요구되는데 이 양자는 둘이 아닌 하나라는 주장을 펼친다.[45] 한편, 예술이 이 같은 자신의 책무를 다하기 위해서 그 예술은 가장 널리 감상할 수 있어야 하며 가장 적은 비용으로 감상할 수 있어야 하고, 가장 적은 소양으로 감상할 수 있어야 함을 지적한다. 그리고 당시 유행하는 기생의 민요나 표박가(漂迫歌), 또는 심순애가와 같은 예술, 즉 허무나 비탄의 정서를 표방하는 예술이 아니라 쾌활한 웃음과 발자(潑刺)한 활기, 용감한 기력을 주는 예술을 갖고 싶다고 말한다.[46]

춘원은 이 글을 통하여 당대의 문학이 가져야 할 두 가지 요건을 동시에 제시하고 있다. 그것은 '건전한(또는 진보적인) 사상성'과 대중성으로 춘원은 문학이란 기본적으로 감동을 주는 것이라고 정의함과 동시에 도덕적인 가치와 진리에의 지향성을 함께 지녀야 할 것이라는 요구를 덧붙이고 있다. 춘원의 관점에서 진정한 예술이란 인간의 심미적 충동을 만족시키면서 동시에 사회와 역사에 관한 올바른 관점을 제시해줄 수 있는 것이라야 한다. 따라서 문학을 하고자 하는 사람, 문사는 끊임없는 자기 수양을 통해 사회와 현실, 역사에 대해 올바른 관점과 의식을 지녀야 하고 인간의 '정(情)적 분자'를 만족시키기 위해 또한 노력해야 한다고 춘원은 주장하고 있는 것이다.

---

44) 이를 '공리주의적 문학관'이라 이름 붙일 수 있을 것이다. (구인환, 앞의 글, 548쪽)

45) "道德과 藝術은 하나이니 道德的 아닌 藝術은 참 藝術이 아니요, 藝術的 아닌 道德은 참 道德이 아니라." 우신사 10, 360쪽.

46) 「예술과 인생」, 위의 책, 367쪽.

하지만, 자신이 의미하는 바의 이러한 창작이 어떠한 방식으로 가능할 것인가라는 구체적 대안 제시에 대해 춘원은 탐구하고 있다. 오히려 그는 「현상 소설 고선 여언」에서 교훈을 갖추고 재미를 줌과 동시에 졸렬한 맛이 없는 작품으로 자신의 『무정』을 꼽고 있어 자신의 창작 방법이 그 대안이라는 암시를 하고 있는 것처럼 보인다. 그러나 『무정』이 과연 그러한 요소를 두루 갖춘 작품인지 되물을 수 있으며 『무정』 이후의 춘원 작품이 또한 그 같은 덕목을 갖추고 있는지 되물을 따 그에 대해 전적으로 긍정적인 답변을 할 수 있을 것 같지는 않다.[47] 또한, 춘원이 주장하는 방식으로 문학을 이해하고 그 기능을 확정한다면 문학이 지녀야 할 가치는 많은데 문학이 이를 실현할 길은 요원한 상태에 놓인 것처럼 판단된다. 어쩌면 여기에 춘원의 딜레마가 존재하는 것이 아닐까?

4. 결론

지금까지 1910년대와 1920년대 초기에 이르는 기간동안 춘원 이광수가 발표한 논설과 문학론, 소설 작품을 중심으로 그의 사상적 변모의 과정과 함께 문학에 관한 생각의 변화를 살펴보았고 이와 동시적으로 진행되었던 창작 과정의 산물이 그의 사고 변화 양상과 맺는 관계를 검토했다. 춘원 사고의 핵심에는 넓은 의미의 민족주의가 자리하고 있으며 그것은 시기에 따라 애국 계몽 운동 혹은 진화론적 사고라는 외양을 띠고 드러난다.

반봉건의 기치를 내건 애국 계몽 시기 춘원을 인간 감정의 해방을 문학이 수행해야할 일차적 목표로 파악했으며 형식적·제도적 유교 질서에 대

---

47) 이 작품에 나타난 인물과 사건의 상호 관계에 대하여 선행 연구는 "『무정』의 인물과 사건과의 관계는 인물의 인식 내용이 작중 사건과 융화를 이루지 못하고 신소설이 보여준 구조상의 한계를 다시 노정하고 있다."는 평가를 내리고 있다. (조남현, 「한국 현대 소설의 흐름」, 『한국 현대 소설 연구』, 민음사, 1987, 262쪽)

한 생리적 거부감을 표출했다. 진화론적 사고에 경사 되었던 시기 춘원이 문학을 바라보는 태도는 두 가지 사고의 착종 양상을 보인다. 즉, 문학의 자율성과 대(對)사회적 기능에 대한 관심이 그것이다. 이 시기 발표된 그의 작품들 역시 재미의 추구와 더불어 교훈의 제시라는 두 가능성 중에서 동요하는 양상을 보이고 있으며 작가의 과도한 개입으로 인해 서사 구성의 결함마저 노출하는 양상이 확인된다. 2차 일본 유학을 마치고 귀국한 이후 춘원의 시야는 민족 전체를 바라보는 차원으로 확대되었으며 동요하던 문학론 역시 공리주의적 성격을 근간으로 정립되는 양상을 보인다.

그러나 1920년대 초반 한국 문학계의 상황은 1910년대와 달리 한층 복잡한 양상을 띤다. 춘원과 육당에 의해 문단이 주도되던 시기는 지나갔고 『창조』, 『폐허』, 『백조』 등 동인지를 중심으로 새로운 작가 층이 형성되었다. 이들에게 있어 춘원은 극복의 대상이었고 이들이 지닌 문학의 감수성은 춘원의 그것을 능가하는 측면 역시 존재하고 있었음을 부인할 수 없다. 결국 춘원의 발언, 그 중에서도 특히 문학과 관계된 발언은 이전과 같은 압도적 비중을 지니지 못함은 당연한 일이라 하겠다.

그러나 이 글은 1920년대 초기까지 발표된 글까지 만을 검토 대상으로 삼음으로써 춘원의 사고가 지닌 다양한 측면을 포지(抱持)하는 데는 그 한계가 뚜렷하다. 춘원 사고의 전모는 「민족 개조론」 이후의 논설을 본격적으로 검토함으로써 그 윤곽을 그릴 수 있을 것이다. 이는 차후의 과제로 남는다.

■ 참고문헌

1. 기본자료

삼중당 판『이광수 전집』.
우신사 판『이광수 전집』.

2. 저서 및 논문

구인환, 「이광수의 문학 사상」, 동국대 부설 한국문학연구소 편,『이광수 연구』,
　　　　태학사, 1984.
김동인, 「춘원 연구」,『김동인 전집』16, 조선일보사, 1988.
김복순, 「1910년대 단편 소설 연구」, 연세대 박사학위논문, 1990.
김윤식, 「《무정》의 문학사적 성격」,『한국 근대 문학 사상사』, 한길사, 1984.
＿＿＿,『이광수와 그의 시대』1~3, 한길사, 1986.
김현 편,『이광수』, 문학과 지성사, 1988.
서영채, 「이광수의 사상에 대한 한 고찰」, 문학사와 비평연구회 편,『한국 문학 연
　　　　구의 반성과 새로운 모색』, 새미, 1996.
양문규, 「1910년대 한국 소설 연구」, 연세대 박사학위논문, 1991.
유문선, 「3·1 운동을 전후한 문학적 대응」, 민족 문학사 연구소 편,『민족 문학사
　　　　강좌』하, 창작과 비평사, 1995.
이동하, 「1910년대 단편 소설 연구」, 서울대 석사학위논문, 1982.
전광용, 「이광수 문학관과 그 성격」,『한국 근대 문학론고』, 민음사, 1986.
조남현, 「1910년대 소설」,『소설과 사상』, 1995, 겨울.
＿＿＿, 「한국 현대 소설의 흐름」,『한국 현대 소설 연구』, 민음사, 1987.
한점돌, 「1910년대 한국 소설의 정신사적 연구」, 서울대 박사학위논문, 1992.

이 논문은 2010년 10월 31일 투고되어
2010년 11월 1일부터 11월 30일까지 심사의원이 심사를 하고
2010년 12월 10일에 심사위원 및 편집위원 회의에서 게재 결정된 논문임.

■ Abstract

A Study about Lee, Kwang-Soo's Literary Works in 1910's

Kim, Seok-Bong
(Ulsan Univ.)

This essay attempts to examine Lee, Kwang-Soo' thought about literature and ideal transitional process revolved around 1910~1920's editorials, a literary theories, and novels. At the same time, this essay attempts to examine the relation of the fruits of creation products and thought changes.

There is a broad nationalism in Lee's thought, and it appears patriotic enlightenment movement or evolutionary theory. In patriotic enlightenment movement Lee's primary target is humane emotion liberation, and has a repulsion to a Confucianism. And the theory of evolution Lee's attitude toward literature has a tendency to be literature autonomy and social function. After 2nd during he's stay in the Japan as a student, his field of vision is nation itself and a literary theory was founded.

Key Words : Lee, Kwang-Soo, Nationalism, Patriotic Enlightenment Movement, the literary autonomy, utilitarianism, sensitivity.

제1차 조선교육령기
『普通學校朝鮮語及漢文讀本』 수록 제재 연구[*]
– 「흥부전」을 중심으로

김혜련[**]

●차례

■ 국문초록

「흥부전」은 일제시대 보통학교 교과서에서 해방 이후 교수요목기, 그리고 제1차 교육과정기 교과서에서부터 제7차 교육과정에 따른 초등학교 교과서에 이르기까지 꾸준히 수록되어 왔다. 그 중에서 본 연구는 일제강점기 『보통학교조선어급한문독본』(1915~1918)에 수록된 「흥부전」에 주목하

* 이 논문은 제31회 돈암어문학회 정기학술대회(2010.10.14, 성신여자대학교)의 "국권침탈 전후 한국어문학의 형세"라는 기획 주제 아래 발표한 논문을 수정한 것이다. 본 논문을 위해 지정 토론을 해주셨던 성신여대 강진호 선생님께 감사의 인사를 드린다.
** 성신여자대학교 전임강사.

였다. 식민 정부가 조선어과 교과서에 「흥부전」을 선정한 까닭은 무엇일까? 일제 강점기 내내 교육과정과 교과서 등의 교과 제도 영역에 이르기까지 조선의 교육 체제 전반을 식민주의 논리에 적합한 형식으로 재구성했던 식민교육체제의 관점에서 볼 때 「흥부전」의 교재화 목적 역시 일제의 식민 통치 속에서 행해졌다. 즉 조선어과 교과서에 수록된 「흥부전」은 일본 민담을 준거로 하여 일본과 조선이 지리적으로 근접하고 있으며 인종적으로도 역사나 문화적으로도 유사하다는 동화정책을 정당화하기 위한 근거 확보의 하나로서 개작되었다. 「흥부전」은 일선동조론을 구축하기 위해 일본 민담을 준거로 삼아 재구성한 식민 교육용 이본(異本)인 셈이다.

주제어 : 제1차 조선교육령, 『보통학교조선어급한문독본』, 「흥부전」, 일선동
조론(日鮮同祖論), 식민교육용 이본.

1. 조선어과 교과서와 「흥부전」

1910년 8월 29일 "제1조, 한국 황제 폐하는 한국 정부에 관한 일체의 통치권을 완전하고도 영구히 일본국 황제 폐하에게 잉여함[制一條 韓國皇帝陛下는 韓國 全部에 關한 一切 統治權을 完全且永久히 日本國皇帝陛下에게 讓與함]"으로 시작하는 총 8개조의 '한일병합조약'이 발효됨으로써 시작된 일제 강점은 사실 그렇게 갑작스러운 통고로 닥친 것은 아니었다.[1] 교육에서도 사정은 비슷했다. 이미 대한제국 학부 시기부터 제도나 정책 등의 거시적인 영역에서 각급 학교 체계나 교과의 편성 및 시간표, 방과 후 학교 활동이나 학교 규율 등 미시적인 영역에 이르기까지 조선의 교육 체제 전반에 대한 성형시술을 실행해왔으며 강제 병합 이후에는 식민지 정부인 조선총독부가 통감부의 대한(大韓) 교육정책을 능동적으로 승계하면서 조선 교육의 전반을 식민지 체제도 재편했던 것이다. 일례로 대한제국 학부 시기부터 한국 교육에 관여하고 간섭했던 구마모토의 초안과 일본 제국교육회의 건의안을 토대로 만들어진 '조선교육령'(칙령 229호, 1911년 8월 23일)의 경우만 보더라도 일제 강점기와 대한제국기 통감 통치 하의 교육 지배의 거리가 그다지 멀지 않다는 점을 보여준다.[2] 1910년 8월 29일

---

1) 권보드래(2008)는 1910년 8월 일본의 한국 강점은 1905년의 외교권 박탈이나 1907년의 고종 강제 퇴위 당시 일었던 전면적이고 대대적인 저항은 없었다고 한다. 이미 언론과 경찰을 비롯한 제반 제도가 일제에 완전히 장악된 상황에서 1910년 일제의 강점의 오히려 '정적(靜的)'이기까지 했다는 것이다.

2) 주지하는 바와 같이 1905년 11월 9일 이토으 히로부미의 지휘로 11월 17일 대한제국의 외부대신 박제순과 일보의 특명 전권 공사 하야시 사이에 제2차 한일협약, 즉 을사조약이 체결되었다. 일본의 위협과 강요로 체결된 을사조약으로 1906년 2월 1일 서울에 '통감부'(統監府)가 설치되었다. 칙령 제26호 「統監府及理事廳官制」제2조에 의하면 '통감'은 친임관(親任官)으로서 일본 천황(天皇)에 직예(直隷)한다고 하여 실제로는 일본 국왕권의 대행자로 그 지위와 권한을 부여하였다. 이러한 통감의 지

은 명분으로만 잔존해 있던 대한제국의 교육 주권이 완전히 소멸된 연대 기점 시점에 불과했던 것이다.

그러나 강제 병합 이후 '조선교육령'을 근간으로 실행한 식민교육 통치는 대한제국기 통감부가 두 차례에 걸쳐 공포한 학교령과 그에 따른 교육 간섭에 비하면 목적이나 내용면에서 보다 치밀하고 구체적이었다. "새로 생긴 同胞에 대한 施政 중에서 敎育만큼 그 社會民心의 本質에 깊이 作用하는 것이 없다. 따라서 新領土 統治 成敗의 根本이 첫째로 그에 달려 있다고 해도 過言이 아닐 것이다"(大野謙一, 1936:2~3)라는 총독부 학무국장의 강변을 굳이 상기하지 않더라도 '교육'은 일본의 식민 통치의 성패를 결정짓는 절대적인 변수로 인식되었다. '조선교육령'은 교육 일반의 목적이나 이념과는 관계없이 식민지 조선인을 일본의 충량한 신민으로 체계적으로 훈육하기 위해 조선의 교육을 전면적으로 포획하기 위한 정치적 기획안이었을 뿐이다. 조선총독부 산하 조직 33개 부서 중에서 11개를 교육 관련 조직으로 편성했던 것이나 교육 관련 담당 조직을 독립적인 행정 부서가 아닌 총독부의 내무부 산하 조직으로 설치했던 사실 역시 조선의 교육을 정치적으로 접근한 사례들이다. 식민지 조선의 교육은 일본의 '신영토 통치'를 위한 수단에 불과했다.

정치를 위한 교육의 수단화는 교육 일반 이념은 물론 개별 교과교육학

휘 아래 통감부는 대한제국 국정 전반을 장악하여 1909년 10월에는 통감부 훈령 제10호로 통감부 관방 내에 문서과, 인사과, 회계과와 외무부, 지방부에는 생산, 금융, 종교, 교육, 사법, 경찰 등에 관한 사무를 담당하게 하는 부서를 설치했다. 1909년 12월 현재 통감부의 일본인 관리만 하더라도 고등관 466명, 판임관 1,614명, 순사 1,548명에 이르렀다. 대한제국의 법령, 칙령, 각령, 부령 등을 행사하기 위해서는 통감의 승인을 받아야 하는 등 대한제국의 황제권은 완전히 해체되었고 통감이 실질적인 최고통치권자가 되었다. 1910년 강제 병합 직후 설치한 총독부 및 부속 관서를 보면 1905년 이후의 통감부를 연장하여 강화한 것에 지나지 않았다. 이를 보면 이후 총독부와 총독은 통감부와 통감을 개칭한 것에 지나지 않았다. 통감부에 관한 자세한 논의는 서영희(2000:199~219), 박경용(2002:79~110) 등 참조 아울러 대한제국 통감부 시기 한국 교육의 식민화 과정에 관해서는 김혜련(2008:24~25) 참조.

64

에도 일관되었다. 조선어 교과는 민족어문교과로서의 자격을 찬탈당한 채 외국어 교과 정도로 그 지위가 변경되었을 뿐만 아니라 결국에는 교과교육의 역사에서 거세되는 운명으로 전락되었던 것이다. 조선어과 교육을 대상으로 한 식민 정부의 가학적 조처들은 교육 일반의 내적 논리나 요구와는 무관하게 실행된 식민통치의 산물이었을 뿐이다. 이와 같은 사실은 일제 강점기에 편찬된 조선어과 교과서의 일부만 일독해보더라도 어렵지 않게 확인할 수 있다. 조선어과 교과서는 '조선어급한문(朝鮮語及漢文)'이라는 교과명에서 비롯하여 교과서 체제나 내용 구성 등에 이르기까지 조선의 식민화 프로젝트를 성공적으로 실행하기 위한 식민 정부의 정치적 기획물이었다.

이와 같은 관점을 배경으로 본 연구는 『普通學校朝鮮語及漢文讀本』(1915~1918)에 수록된 「흥부전」을 대상으로 삼는다.[3] 제1차 조선교육령에 근거하여 편찬된 『보통학교조선어급한문독본』은 총 308단원으로 구성되어 있으며 이를 문종으로 구분해보면 설명문(52과)과 논설문(33과) 등과 함께 설화(5과)와 시(6과) 등의 문학적인 교재도 함께 수록되어 있다(허재영, 2009). 그 중 설화 교재로서 「혹잇는노인」, 「방휼지쟁」과 함께 「흥부전」이 수록되어 있다.[4] 적어도 현재로서는 제1차 조선교육령에 따른 『普通學

---

3) 강제 병합 이후 조선총독부는 보통학교용 교재로 1907년 학부에서 편찬한 『普通學校 學徒用 國語讀本』(총8권)에 '교수상의 주의 및 자구 정정표'를 만들고 임시로 자구 수정을 반영한 형태로 1911년 『朝鮮語讀本』을 출판했다. 시기적으로는 이 교과서가 식민 초기 최초의 교과서에 해당하지만 실제로는 통감부 체제 하에서 만들어진 교과서에 자구 정정만 한 것이어서 식민 통치하의 교과서라고 간주하기는 다소 미흡하다. 따라서 조선을 식민지화하고 조선의 교육을 식민 교육체제로 전면 선언한 조선교육령(1911)에 근거하여 조선총독부 학무국이 주체가 되어 편찬한 『普通學校朝鮮語及漢文讀本』(1915~1918)을 일반적으로 일제 강점기하의 최초의 조선어 교과서로 간주한다. 이에 대한 상세한 논의는 허재영(2009)를 참조.

4) 한편 『조선어급한문독본』 권2 제24과와 제25과에는 「혹잇는老人」이 실려 있다. 특히 「혹부리영감」은 비슷한 시기 일본의 「소학독본」에도 실려 있다. 이에 주목하여 한국과 일본의 교과서에 수록된 「혹부리영감」에 천착한 김용의(1999)와 「혹부리영감談」의 형성 과정에 관한 김종대(2006)는 의미 있는 연구들이다.

校朝鮮語及漢文讀本』 권3(1917)에 수록된 「흥부전」(제48과 「흥부전」(1), 제49과 「흥부전」(2))이 국어 교과서의 교재(敎材)의 신분으로 수록된 최초에 해당한다.5) 이후 「흥부전」은 일제시대 보통학교 교과서에서 해방 이후 교수요목기, 그리고 제1차 교육과정기 교과서에서부터 제7차 교육과정에 따른 초등학교 교과서에 이르기까지 꾸준히 수록되어6) 이른바 '교육정전'으로서의 위상을 확보해왔다. 사실 이것만으로도 해방 이후 국어교육사와 「흥부전」이 맺어온 관계에 대한 정밀한 추적이 요구되지만 본 연구는 우선 일제 강점기 특히 1910년대 식민 정부가 선정한 「흥부전」에 주목하고자 한다. 식민 정부가 조선어과 교과서에 「흥부전」을 호명한 까닭은 무엇일까? 교과서의 편찬 주체였던 조선총독부 학무국 편수관들은 「흥부전」을 교육적 보편성과 조선의 언어문화적 특질과 관계 깊은 교과적 특수성을 동시에 충족시킬 수 있는 제재로 인식한 것일까? 적어도 일제 강점기 내내 규율이나 위생 등 학교 일상의 내밀한 영역에서부터 교육과정과 교과서 등의 교과 제도 영역에 이르기까지 조선의 교육 체제 전반을 식민주의 문법에 적합한 형식으로 재구성했던 식민교육체제의 관점에서 볼 때 다른 제재와 마찬가지로7) 「흥부전」의 교재화 의도 역시 교육 외부에 존재하는 것으로 보인다.8)

---

5) 『普通學校朝鮮語及漢文讀本』(1915~1918) 교과서는 조선총독부에서 '제1차 조선교육령'(1911)을 공포하여 그 이전의 '조선어'와 '한문' 과목을 통합하여 편찬한 교과서이다. 이 교과서 편찬 작업에는 오쿠라 신뻬[小倉進平]가 편수관으로, 역사학자인 오다 쇼우고[小田省吾]가 편수과장으로 관여하였다.

6) 해방 이후 「흥부전」의 수록 양상은 다음과 같다. 건국기 초등 국어4-1/1차 국어 4-1/1차 국어 4-2/2차 국어 4-1/3차 국어 4-1/4차 국어 4-1/5차 초등학교 국어 쓰기 4-1/ 6차 국어 읽기 4-1/ 6차 국어 말하기·듣기 3-1/7차 국어 읽기 1-2/7차 국어 쓰기2-2/7차 국어 말하기 듣기 3-1/7차 국어 읽기 4-1/7차 국어 읽기5-1 등. 이에 관한 자세한 논의는 조희정(2006) 참조.

7) 김혜련(2008)은 일제강점기 중등학교 조선어과 교과서를 대상으로 제재 선정의 의도를 제재의 형식과 내용으로 검토한 바 있다.

8) 이와 관련하여 김용의(1999)는 조선총독부가 "內鮮一體라는 이데올로기를 강화할 목적으로" 「혹부리 영감」과 「세 개의 병」, 「흥부전」 등을 정치적으로 활용했다는 흥미로운 주장을 제기한 바 있다.

　본 연구는 근대 국어교육사에서 일제시대 조선어과 교과서에 수록된 「흥부전」을 논의 대상으로 삼아 그 수록 의도를 파악하고자 한다. 이를 위해 조선어과 교과서에 수록된 「흥부전」을 저본(底本)에 해당하는 경판본 「흥부전」과 비교하여 그 개작 양상을 검토하고(2절) 이어 조선어과 교과서 이전에 「흥부전」을 수록한 바 있는 『朝鮮の物語集附俚諺』(1910)을 논의 범주로 끌어와 『朝鮮の物語集附俚諺』에 수록된 「흥부전」과 『보통학교 조선어급한문독본』에 수록된 「흥부전」을 비교할 것이다(3절). 이 과정에서 「흥부전」에 관한 식민 정부의 정치적인 해석과 1910년대 식민통치 기획의 일단을 확인할 수 있을 것이다(4절).

2. 독본본(讀本本) 「흥부전」의 중심 내용

　『普通學校朝鮮語及漢文讀本』에 수록된 「흥부전」(이하 '독본본(讀本本)')을 고찰할 때 우선적으로 검토할 문제는 이 제재가 저본으로 삼은 텍스트가 무엇인가 하는 점이다. 일반적으로 「흥부전」은 필사본 29종, 경판본 2종, 활자본 7종, 판소리 창본 17종[9]을 비롯하여 모두 50여 종의 이본이 전한다고 알려져 있다(조희웅(1999:890~892); 김창진(1991ㄱ). 이 중에서 '독본본' 「흥부전」은 등장인물이나 서사 구조 및 전개 등을 고려할 경우 경판 25장본을 원본으로 삼은 것으로 보인다.[10]

　독본본 「흥부전」은 형제담(兄弟談)이나 선악담(善惡談), 동물보은담(動物報恩談) 같은 핵심 서사와 핵심 서사를 추동하는 소화소(小話素) 등에서 경판본 「흥부전」의 구조와 내용이 크게 다르지 않다. 그러나 독본본 「흥부전」의 내

---

9) 경판본, 활자본, 판소리 창본의 숫자는 김창진(1991) 참조.

10) 일제시대 일본어로 번역된 고전 소설은 대개 경판 25장본을 저본으로 삼은 것으로 알려져 있다. 「흥부전」만 하더라도 인물들의 이름, 화소의 구성이나 서사의 전개 등이 경판본을 저본으로 삼았다.

부로 들어가면 화소의 생략이나 변이, 진술의 축소 현상 등을 서사 곳곳에서 목도할 수 있다. 25장본이라는 적지 않은 경판본 분량이 여섯 면 정도로 축약되어 수록된 독본본을 검토할 때 주목해야 하는 것은 축약의 방식과 내용이다. 독본본 「흥부전」의 수록 의도는 경판본 「흥부전」을 교재로 축약하는 과정에서 유지한 화소와 생략한 화소 그리고 새롭게 부각하거나 변개한 화소는 무엇인가에 대한 분석에서 그 일각이 드러날 것으로 보인다.

먼저 독본본 「흥부전」의 교재화 양상을 분석하기 위해 경판본 「흥부전」을 중심 화소별로 정리하기로 한다. 지금까지 「흥부전」을 중심 화소에 따라 88장면에서 적게는 4장면에 이르기까지 다양하게 분류하고 있지만 본고에서는 김창진(1991)을 따라 다음과 같이 15개 장면으로 나누어 보고자 한다.11)

제1단락　　초앞
제2단락　　놀부가 흥부를 내쫓다
제3단락　　흥부가 가난에 시달리다
제4단락　　흥부가 놀부를 찾아가다
제5단락　　흥부가 살기 위해 애쓰다
제6단락　　도승이 집터를 잡아주다
제7단락　　흥부가 제비를 구해주다
제8단락　　제비가 박씨를 갖다주다
제9단락　　흥부가 박을 타서 부자 되다
제10단락　　놀부가 흥부를 찾아오다
제11단락　　놀부가 제비를 해치다
제12단락　　제비가 박씨를 갖다주다
제13단락　　놀부가 박을 타서 망하다
제14단락　　마무리
제15단락　　뒷풀이

---

11) 예를 들면 김태준(1966)은 48장면으로 구분하고, 강용권(1976)은 88장면, 권영호(1984)는 55장면, 황숙(1980)의 경우는 4장면으로 그 내용을 구분한 바 있다. 장면을 너무 세분하면 서사의 큰 줄기를 파악하기 어렵고, 지나치게 대략화할 경우에는 정밀한 분석이 되지 못할 우려가 있다.

제1단락 '초앞'은 판소리에서 첫머리 부분을 가리키는 말로서 본이야기가 시작되기 전에 작가 등의 작품 외적 존재가 하는 말이고 제15단락 '뒷풀이'는 작품 외적 존재가 소리를 끝맺는 부분으로 본이야기 뒤에 덧붙이는 이야기이다. 따라서 작품 외적 상황에 해당하는 제1단락과 제15단락은 이본에 따라 존재하지 않는 경우가 많다. 위 15개 장면에 따라 독본본 「흥부전」의 내용을 경판본 「흥부전」과 제시하면 다음과 같다.

<표 1> 경판본 「흥부전」과 『보통학교조선어급한문독본』「흥부전」의 내용 비교

	김창진(1991)	京板 25장본	『朝鮮語及漢文讀本』 권3(1917)
제1단락	초앞	○	×
제2단락	놀부가 흥부를 내쫓다	○	△(간략 제시)
제3단락	흥부가 가난에 시달리다	○	×
제4단락	흥부가 놀부를 찾아가다	○	×
제5단락	흥부가 살기 위해 애쓰다	○	×
제6단락	도승이 집터를 잡아주다	×12)	×
제7단락	흥부가 제비를 구해주다	○	○
제8단락	제비가 박씨를 갖다주다	○	○
제9단락	흥부 박을 타서 부자되다	○	○
제10단락	놀부가 흥부를 찾아오다	○	○
제11단락	놀부가 제비를 해치다	○	○
제12단락	놀부가 제비를 갖다주다	○	○
제13단락	놀부가 박을 타서 망하다	○	○
제14단락	마무리	○13)	○
제15단락	뒷풀이	×	×

---

12) 제6단락 '도승이 집터를 잡아주다'는 경성본을 비롯하여 구활자본이나 박문서관본과 필사본 하버드대본 등 4종에는 들어 있지 않다. 김창진(1991:123~124) 참조

13) 경판본은 이 제14단락에서 '놀부가 흥부를 찾아가는 것'을 끝으로 마무리된다. 물

경판본과 비교할 경우 독본본 교재화는 주로 제7단락에서 제14단락까지
에 해당하는 '제비의 박' 화소를 중심으로 이루어졌다는 사실을 알 수 있다.
다시 말해 독본본은 제비가 흥부의 은혜를 갚는다는 보은담(報恩談)과 제비
가 놀부의 악행을 벌한다는 보수담(報讎談)을 핵심 서사로 삼아 구성되었다.
'제비의 박' 화소의 진입로에 배치되어 있는 놀부의 심술 타령, 흥부 처의
가난 타령, 흥부 자식들의 음식 타령이나 흥부 부부의 품팔이와 매품팔이
대목 등 등장인물과 그들의 삶을 형상화하는 풍요로운 서사들이(제3단락~
제6단락) 독본본에서는 거의 대부분 삭제된 것이다. 그 결과 조선어과 교과
서에 교재화된 「흥부전」은 놀부와 흥부를 비롯한 등장인물에 대한 풍부한
서사적 정보와 그들의 대립 관계를 형상화하는 다채로운 미학적 장치들은
대부분 거세되고 단지 '제비의 박' 화소를 중심으로 하는 보은·보수의 대
립적인 모방담(模倣談)으로 '다시 쓰여진' 것이다. 그렇다면 독본본의 개작은
방대한 저본(底本) 텍스트를 교재화하기 위한 단순한 축약의 결과인 것일까?

3. 독본본 「흥부전」의 교재화(敎材化)와 축약 양상

3.1. 해학과 풍자의 거세

독본본 「흥부전」은 서사의 입구부터 경판본과 다른 모습으로 펼쳐진다.
이를테면 독본본에서는 「흥부전」의 일반적인 미학적 특질로 거론되는 해
학이나 풍자를 경험하기가 쉽지 않다. 놀부의 못된 심사를 소개하는 서두
만 보더라도 경판본의 경우는 해학적인 관용 표현이나 과장, 열거 등을 통

론 15단락 '뒷풀이'도 없다. 다시 말해 놀부가 흥부를 찾아간 뒤 두 형제가 살림을
반분한다든가 형제가 우애 있게 잘 살았다는 그 뒤의 이야기는 존재하지 않는다.
이는 『조선어급한문독본』 역시 마찬가지이다. 이 점 역시 『조선어급한문독본』이 경
판본을 개작의 저본으로 사용했다는 근거이기도 하다.

해 놀부를 희극적으로 형상화한다.

> 놀부 심수를 볼작시면 초상난 뒤 춤츄기 불붓는 뒤 부치질ᄒᆞ기 희산훈 뒤
> 기닭 잡기 장의가면 억미 흥정ᄒᆞ기 집의셔 못쓸 노릇ᄒᆞ기 우는 ᄋᆞ히 볼기치
> 기 갓난 ᄋᆞ히 똥먹이기 무죄훈 놈 썜치기 빗갑시 계집 썩기 늙은 영감 덜믜
> 잡기 ᄋᆞ해 빈 계집 비츠기 우물 밋틱 똥누기 오려논의 물터놋키 잣친밥의돌
> 퍼붓기 퓌는 곡식 삭즈르기 논두렁의 구멍 뚤기 호박의 말쑥 박기 곱장이
> 업허놋코 발꿈치로 탕탕 치기 심수가 모과나모의 ᄋᆞ들이라 이 놈의 심슐은
> 이러ᄒᆞ되 집은 부즈라.
>
> — 경판 25장본 1−앞

> 兄 놀부는 욕심이 만코, 못된 짓을 단히 하야, 이웃까지 不安케 하얏소
>
> — 독본본, 163쪽

이러한 내용을 독본본에서는 "兄 놀부는 욕심이 만코, 못된 짓을 만히
하야, 이웃까지 不安케 하얏소"라는 짧은 문장으로 요약하고 있다. '욕심
많고 못된 짓을 많이 하는 나쁜 인물' 정도로 인물에 대한 간략하고 핵심
적인 정보만 제시하고 있을 뿐이다. 인물의 대강화(大綱化)는 흥부에 대해
서도 마찬가지다.

> 흥부는 집도 업시 집을 지으려고 집지목을 니려가량이면 만첩청산 드러
> 가서 소부동 디부동을 와드렁 퉁탕 버혀다가 안방 디쳥 힝낭 몸치 뉘의분
> 합 물님퇴의 살미살창 가로다지 입구즈로 지은 거시 아니라 이놈은 집지
> 목을 니려ᄒᆞ고 슈슈밧 틈으로 드러가셔 슈슈딕 훈 뭇슬 뷔여다가 안방 디
> 쳥 힝낭 몸치 두루지퍼 말집을 꽉 짓고 도라보니 슈슈딕 반 뭇시 그져 남
> 앗고나 방 안이 널던지 마던지 양쥐 드리누어 기지게 켜면 발은 마당으로
> 가고 디골이는 뒷겻트로 밍즈 ᄋᆞ리 디문ᄒᆞ고 엉덩이는 울트리 밧그로 나
> 가니 동니 스룸이 출입ᄒᆞ다가 이 엉덩이 불너드리소 ᄒᆞ는 소리 흥뷔 듯고
> 깜작 놀ᄂᆞ 디셩통곡 우는 소리
>
> — 경판 25장본 1−뒤, 진한 글자 인용자

> 아우 興夫는, 형 놀부와 判異하야, 마음이 極히 正直하고, 山밋 數間斗屋
> 속에서, 여러 子息을 다리고 家勢가 赤貧한 살님을 하얏소
>
> — 독본본, 163쪽

경판본의 경우 너무나 가난해서 의식(衣食)은 물론이고 주(住)까지 해결하지 못하는 홍부네 형상을 표현하고 있는 위 대목에서 독자들은 홍부에 대한 연민과 함께 해학을, 슬픔과 함께 웃음을 동시에 맛보는 미학적 경험을 하게 된다. 그러나 이를 개작한 독본본은 "아우 興夫는, 형 놀부와 判異하야, 마음이 極히 正直하고, 山밋 數間斗屋 속에서, 여러 子息을 다리고 家勢가 赤貧한 살님을 하얏소" 정도로서 간략하게 사실 정보만 제시한다. 특히 경판본 위 장면은 홍부가 형 놀부로부터 쫓겨난 뒤 변변찮은 재료로 집을 짓는 과정과 그 집이 집 구실도 못해 기괴한 모습이 되었다는 것을 알려준다. 물론 이때 홍부는 비루하고 처절하기까지 한 인물로 형상화된다.

그러나 여기서 눈여겨 읽어야 할 대목은 홍부에 대한 창자(혹은 독자)의 시선이다. 진한 글자로 처리한 '이놈은'은 집을 짓는 홍부의 모습을 통해 홍부의 삶의 방식이나 인간됨에 대한 창자-독자의 조소적, 비판적 태도를 담아내고 있기 때문이다. 인간답게 살아보려고 하는 홍부의 선한 욕망과 그 욕망을 실현하는 과정에서 노출된 비합리적인 삶의 방식에 대하여 창자(독자)는 동정적인 시선과 조소적인 시선을 동시에 보내고 있는 것이다. 따라서 홍부가 손수 지은 집의 기괴한 모습에서 발산되는 '웃음'이라는 코드는 홍부의 가난과 비루함을 향한 독자의 연민을 차단하는 것은 물론 오히려 전체 서사를 긴장시키는 동력으로 기능한다. 「홍부전」을 서사 내적으로 결속시키는 '웃음'이라는 장치는 쌀을 얻기 위해 형을 찾아가면서도 의관정제(衣冠整齊)를 갖추고 가는 대목에서도 이내 발견된다. 등장인물을 향한 동정과 조소라는 두 상반된 시선은 팽팽하게 길항 관계를 형성하면

서 「흥부전」을 해학과 풍자가 풍부하게 공존하는 미적 텍스트로 구조화한
다. 그러나 독본본 「흥부전」은 열거와 고장, 장면의 극대화를 통한 해학과
풍자, 그로 인한 웃음을 제거하여 보통학교 학습독자들이 체감할 수 있는
「흥부전」의 미학적인 경험을 차단해버린 셈이다.

3.2. 흥부와 놀부, 인물 서사의 약화

<표 1>을 통해서도 확인했듯이 독본본 「흥부전」은 '제비의 박'을 중심
으로 하는 보은·보수담이 핵심 서사이다. 두 과로 구성되어 있는 「흥부
전」은 전체 지면이 8면 65줄 정도의 분량에 걸쳐 있으며 그 중 제7단락부
터 제14단락에 해당하는 제비의 보은·보수담이 7면 59줄 정도의 분량을
차지한다. 물론 경판본 「흥부전」 역시 제비의 보은·보수담이 중심 서사
를 형성하고 있다. 그러나 '제비의 박'을 중심으로 전개되는 보은·보수담
이 「흥부전」 전체에서 핵심 화소이자 결정 서사로 기능할 수 있는 것은
선행하는 소화소들의 인과적인 파급력에 힘입은 바 크다. 이를테면 「흥부
전」의 초입에 배치된 흥부 선심선행(善心善行) 사설들은 흥부에 대한 제비
의 보은 박씨담에 개연성을 부여하고, 놀부가 제비의 보수(報讐) 박씨로 인
해 망하는 결말 역시 선행하는 놀부의 심술타령과 악행 관련 사설들이 서
사적 계기로 기능하기 때문이다. 결국 「흥부전」의 미학은 놀부와 흥부라
는 인물 그리고 그들의 삶, 나아가 서사의 곳곳에서 드러나는 창자(독자)
의 시선 등이 '제비의 박' 이야기라는 핵심 서사를 탄탄하게 보좌하는 데
서 형성되는 것이다. 다음은 경판본 서두에 제시되고 있는, 형 놀부가 동
생 흥부를 내쫓는 장면이다.

> 놀부 심ᄉ 무거ᄒ여 부모싱젼 분지젼답을 홀노 ᄎ지ᄒ고 흥부갓튼 어진
> 동싱을 구박ᄒ여 건넌산 언덕밋희 니쩌리고 나가며 조롱ᄒ고 드러가며 비

양ᄒ니 엇지 아니 무지ᄒ리.

– 경판 25장본 1-앞

　놀부는 부모의 유산을 독차지한 후 동생을 집에서 내쫓을 뿐만 아니라 그것도 부족해서 동생을 '조롱'하고 '비양'하기까지 하는 악한 인물로 그려진다. 즉 놀부라는 인물을 동생을 구박하고 천대할 뿐만 아니라 부모의 유산까지 독차지하는 '나쁜 형'으로 형상화하여 창자(독자)로 하여금 서두에서부터 이미 동생 흥부에게는 연민을, 놀부에게는 적대감을 갖게 한다. 놀부에 대한 창자(독자)의 반감은 바로 뒤에 이어지는 놀부 심술사설에서, 흥부에 대한 연민은 다시 그 뒤에 이어지는 '건넌산 언덕밑'으로 쫓겨난 흥부가 수숫대로 집을 짓는 장면에서 보다 깊어진다. 특히 형에게 내쫓긴 후 형에 대한 어떤 불평도 없이 주어진 처지에서 나름대로 가족과 함께 살아갈 집을 만들어가는 흥부의 모습은 형의 악행을 묵묵히 받아들이는 '착한 동생'의 전형으로 서서히 창조된다.14) 비록 수숫대로 집을 짓는 모습이나 지어놓은 집이 "드러누어 기지게 켜면 발은 마당으로 가고 디골이는 뒷겻트로 밍즈 ᄋ리 디문ᄒ고 엉덩이는 울ᄐ리 밧그로 나가"는 형국일 만큼 어수룩한 인물로 그려내고는 있지만 기본적으로 창자가 흥부를 바라보는 시선을 따뜻한 연민으로 유도하고 있는 것이다.

　흥부에 대한 창자(독자)의 정서적 호의는 흥부와 흥부 아내가 갖가지 품팔이를 하면서 삶을 연명해나가는 모습에서 더욱 절실해진다. 예컨대 흥부 아내가 "용정방아 키질하기, 매주가에 술 거르기, 초상집에 제복 짓기, 제사집에 그릇 닦기, 제사(祭祀)집에 떡 만들기, 언손 불고 오좀 치기,

---

14) 신재효본에서 보이는 흥부의 태도는 경판본과는 다소 다르다. 이를테면 신재효 본의 경우는 쫓겨난 이후 흥부 가족들이 객사(客舍)나 사정(射亭)에서 묵기도 하는 등 유랑민으로 전락하는 삶을 살다가 겨우 복덕촌의 한 빈 집에 정착하는 것으로 그려진다. 그러나 이와 같은 장면의 삽입 역시 경판본과 마찬가지로 흥부와 놀부의 인물됨을 형상화하는 요소들이라는 점에서는 크게 다르지 않다.

74

해빙하면 나물 뜯기, 춘모 갈아 보리 좋기, 온갖으로 품을 팔고 홍부는 정이월에 가래질하기, 이삼월에 붙임하기, 일등전답 못논 갈기, 입하 전에 면화 갈기, 이집 저집 이영 엮기, 더운 날에 보리 치기, 비 오는 날명석 걷기, 원산근산 시초(柴草) 베기, 무곡주인(貿穀主人) 역인 지기, 각읍(各邑)주인 샀길 가기, 술만 먹고 말짐 싣기, 오푼 받고 마철 박기, 두푼 받고 똥 재치기, 한푼 받고 비 매기, 식전애 마당 쓸기, 저녁에 아해 만들기, 온가지" 일을 다 해보지만 홍부네 삶의 질은 결코 향상되지 않는다. 그래서 "가지 마오. 부모 혈육을 가지고 매샀이란 말이 우엔 말이요"라는 아내의 만류에도 불구하고 홍부는 매품팔이까지 시도한다. 그러나 그 일마저 뜻대로 되지 않는다. 다음은 그들이 서로 나누는 대화 장면이다.

> 홍부 안히 ᄒ는 말이 우지마오. 졔발 덕툰 우지 마오 봉졔ᄉ ᄌ손되여 ᄂ서 금화금벌 뉘라 ᄒ며 가뫼 되여ᄂ셔 낭군을 못 살니니 녀ᄌ 힝실 참혹ᄒ고 유ᄌ유녀 못 출하니 어미 도리 업는지라 이룰 엇지ᄒ고 이고이고 셜운지고 피눈물이 반듁 되던 아황녀영의 셜움이오 조작가 지어닉던 우마시의 셜움이요 반야산 ᄇ회틈의 슉낭ᄌ의 셜움을 격ᄌ ᄒ들 어닉 칙의 다 젹으며 만경창파 구곡슈롤 말말이 두량ᄒ량이면 어니 말노 다 되며 구만니 쟝텬을 ᄌᄌ이 지이란들 어니 ᄌ로 다 ᄌ힐고 이런 셜움 져런 셜움 다 후리쳐 ᄇ려두고 이계 나만 듁고지고 ᄒ며 두 듀머괴롤 불근 뒤여 가슴을 쾅쾅 두ᄃ리니 홍뷔 역시 비감ᄒ여 이른 말이 우지 말소 안연갓튼 셩인도 안빈낙도ᄒ엿고 부암의 담 쏫턴 부열이도 무졍을 맛ᄂ 지상이 되엿고 산야의 밧 가던 이윤이도 은탕을 맛ᄂ 귀히 되엿고 한신갓튼 영웅도 초년궁곤ᄒ다가 한ᄂ라 원융이 되여스니 엇지 아니 거록ᄒ뇨 우리도 ᄆ음만 올케 걱고 되는 ᄶ롤 기ᄃ려봅식
>
> — 경판 25장본 6-앞, 6-뒤

이 장면은 생계를 위해 온갖 일을 시도해도 개선되지 않는 삶에 대한 서러움과 회한이 홍부 아내를 통해 표출되고 있는 전반부와 온갖 고난들이 닥쳐도 '마음만 옳게 먹고' 살아가다 보면 '때'가 올 것이라고 홍부가 아내를 위로하고 격려하는 후반부로 구성된다. 여전히 현실을 직시하지 못

하는 흥부를 질타할 수도 있겠지만 형에게 내쫓긴 후 온갖 품팔이로도 최소한의 생계조차 해결되지 않아 매품팔이까지 시도했던 자신들의 삶에 대하여 흥부 아내가 내지르는 절규와 그를 위로하는 흥부의 말은 처연하리만큼 안타깝게 들린다. 보은담(報恩談) 서사가 위 대목 이후에야 제시되는 것은 '제비의 보은을 통한 흥부의 복(福)'이라는 전체 서사의 결말을 극적으로 조명하기 위한 서사적 배치인 셈이다. 이러한 방식은 놀부의 징치(懲治)라는 결말에 이르기 위해 놀부의 악행 사설들을 경판본 서두에 꼼꼼하게 심어놓은 데서도 동일하다. 결국 '제비의 박' 화소가 「흥부전」의 극적인 핵심 서사로 옹립되는 것은 풍부하게 제시되어 있는 소화소들이 핵심 화소의 서사적 계기로 작용하고 있기 때문인 것이다. 그러나 독본본 「흥부전」은 이 모든 서사들을 다음과 같이 간략하게 요약하고 있을 뿐이다.

> 옛날, 어느 곳에, 놀부와 興夫라 하는 사람 兄弟가 잇섯소. 兄 놀부는 慾心이 만코, 못된짓을 만히하야, 이웃까지 不安케 하얏소. 아우 興夫는, 형 놀부와 判異하야, 마음이 極히 正直하고, 山밋 數間斗屋속에서, 여러 子息을 다리고 家勢가 赤貧한 살님을 하얏소.
>
> — 독본본, 163쪽

이 부분에서는 '놀부와 흥부라는 형제', '욕심 많고 못된 짓 많이 하는 놀부', '정직하고 가세 적빈한 흥부'라는 인물 요소만을 만날 수 있을 뿐 그 이상의 서사적 정보는 체득하기 어렵다. '놀부는 나쁘고, 흥부는 착하며, 그들은 형제이다' 정도 이상의 그 어떤 정보도 존재하지 않는다. 이것만으로는 이들 형제가 서사의 중심이 될 만큼 특별한 내적 관계를 형성하는 것으로 보이지 않는다. 지극히 단순하고 서로 무관하기까지 해 보이는 이러한 인물 소개 방식은 독본본 「흥부전」의 대부분을 차지하는 '제비의 박' 이야기조차 '흥부의 보은담'과 '놀부의 보수담'이라는 두 개의 작은 서사를 병렬적으로 나열하는 방식으로 전이되기도 한다. 독본본 「흥부전」은

「흥부전」의 등장인물들이 서로 얽히고 설키면서 살아온 삶의 맥락들을 대부분 제거하고 단지 동물의 보은·보수담과 모방담이라는 기본 골격만 살려낸 셈이다.

3.3. '조선'의 삭제

김창진(1991)의 구분에 따르면 제2단락 '놀부가 흥부를 내쫓다'는 구체적으로 (1) 사는 곳 (2) 사는 사람 (3) 놀부 소개 (4) 흥부 소개 (5) 놀부가 흥부를 내쫓음(① 재산 독차지 ② 내쫓음 ③ 기타) 등의 다섯 화소로 세분된다.

	단락 내 소화소(小話素)[15]	경판 25장본	독본(讀本)본
제2 단락	(1) 사는 곳	○(경상 전라 양도지경)	옛날, 어느 곳
	(2) 사는 사람	○	○
	(3) 놀부 ① 오장칠부	×	×
	② 심술타령	○	△(간략 제시)
	③ 부자	○	×
	(4) 흥부 ① 집 모습	○	×
	② 음식타령	○	×
	③ 처(妻)의 권유	○	×
	(5) 내쫓음 ① 재산 독차지	○	×
	② 내쫓음	○	×
	③ 기타	○(건넌산 언덕밑)	×

제2단락-(1)을 비교해보면, 경판본은 흥부전의 공간적 배경을 '경상 전라 양도지경'으로 제시하여 흥부전이 조선의 이야기라는 점을 명백히 밝히고 있다. 그러나 독본본은 구체적인 지명을 '어느 곳'이라는 불특정 배

---

15) 김창진(1991)의 구분을 필자가 재구성한 것임.

경으로 바꾸었다. 「홍부전」을 교재로 수록하기 위해 실행한 또 하나의 기획은 '조선 지우기'였다. 조선의 삭제 작업은 위의 제2단락 외에도 서사의 곳곳에서 실행했으며 교재화 과정에서 가장 많은 분량이 살아난 보은·보수담에서도 마찬가지다. 이를테면 놀부의 세 번째 박에서 나온 상제는 놀부의 애통을 위한 제물로 놀부에게 오천 냥을 내놓으라고 호통을 친다. 이 장면에서 놀부의 애통을 '강릉 삼척 꿀통'을 빗대어 표현하고 있으며 네 번째 박에서 나온 무당은 강신(降神)을 위한 내림굿에서 "안광당 국수당 마누라, 개성부 덕물산 최영 장군 마누라, 왕십리 아가씨당 마누라, 고개고개 두좌하옵신 성황당 마누라" 등을 부른다. 이러한 조선을 대유하는 이러한 기표들이 독본본에 와서 모두 삭제된 것은 두말할 필요도 없다.

사실 학교의 공식적인 수업 매체인 교과서 안에서 '조선'을 함축하는 표현들을 모두 삭제하는 것은 강제 병합 이후 조선총독부 학무국이 가장 긴급하게 실행한 작업이다. 조선을 식민지 교육 체제로 재편하면서 제국 국민의 품성 함양과 일본어 보급이라는 국가적 과제를 효율적으로 수행하기 위해서 총독부가 가장 역점을 둔 부분은 교육 내용에 대한 전면적인 정비와 관리 즉 교과서 문제였다.[16]

식민 당국이 교과서 편찬을 얼마나 중시했었는지는 본격적인 식민 통치 이전 식민 교육 체제의 모델을 구상한 바 있는 시데하라가 해임된 이유에서도 확인된다. 통감부 초대 통감으로 부임한 이토는 대한제국 학부의 학정 참여관으로 고빙되어 일제의 식민지 교육 체계를 정초한 인물로 알려진 시데하라를 교과서 편찬 작업에서의 부진을 이유로 들어 전격 해임했다(백광렬, 2005:72). 시데하라를 해임한 후 교과서 편찬 업무만을 집중적으로 담당할 실무자로 이토는 미츠지를 임명했고[17] 1908년 미츠지가 중

---

16) 식민지 조선의 교육과 교과서의 관계에 대해서는 김혜련(2008) 참조.

17) 이토는 통감부 교육 정책을 수행하기 위하여 각급 학교의 교육과정을 개편하고 교과서를 편찬하는 등 향후 식민지 교육 체제의 순조로운 착근을 위한 시스템을 구축

의원 선거 출마를 위해 일본으로 귀국하자 교과서 편찬직 후임으로 일본에서 사범학교 교수 및 중학교 교장 등으로 재직하고 있던 오다 쇼우고[小田省吾]를 데려왔다. 그러나 식민 통치 체제에 적합한 새로운 교과서 편찬 작업이 완료되기 전까지는 당분간은 학부 때 발간된 교과서(1907)를 사용할 수밖에 없었다. 한시적으로 구학부 발간 교과서를 사용하되 급한 대로 식민 체제에 부적합하다고 판단된 내용을 수정하는 작업부터 우선 시행했다.

> 그리하여 드디어 병합이 되고 보니, 구한국정부 학부에서 재작했던 교과서도 부적당하게 되었습니다. 예를 들면, 수신서와 같은 것에는 한국의 축제일 등이 기재되어 있었는데, 병합 후에는 일본의 축제일을 가르쳐야 했던 것입니다. 기타 많은 것이 종래 그대로는 시세에 적합하지 않게 되었습니다. 그래서 종래 인가해 왔던 다수의 교과서를 철야로 매우 급하게 다시 내용을 조사하여 틀린 부분을 정정하고, 일본제국이 되었기 때문에 이러이러하게 교육해야 된다는 주의서를 각 사항마다 써서 그것을 인쇄하여 각 학교에 배포했던 것입니다. (『今昔三十年座談會速記錄』, 1938:31)

오다는 병합 이전에 사용했던 교과서가 식민 통치 이념에 비추어 '부적당하'고 '시세에 적합하지 않'은 내용이 많아 새로운 교과서를 편찬해야 했으나 현실적으로 당장 실현할 수는 없었으므로 우선 기존의 교과서를 수정하는 작업부터 시작해야 했다고 술회하고 있다. 자구의 수정 작업을 '철야'를 하면서까지 진행했다는 것은 그만큼 조선의 식민 통치에서 교과서가 중요한 통치 대상으로 인식되었다는 것을 의미한다. 오다는 우선 조선의 국가적 지위의 변동에 따른 부적합한 교재(教材)나 자구(字句)를 정정

하는 데 주력하였다. 그 중 이토가 가장 중시한 분야는 교과서 편찬 사업이었다. 이토는 교과서 편찬 업무를 주관하던 시데하라의 성과가 부진하다고 파악하여 그를 해임한 후 다와라 마고이치와 미츠지 츄조에게 교과서 편찬 전담 업무를 할당했다. 통감부 서기관 다와라에게는 교육 제도의 개편 및 일본어교육의 보급업무를, 동경사범 출신의 미츠지에게는 교과서 편찬 업무를 각각 분담시킴으로써 보다 체계적이고 조직적으로 한국 교육의 식민화 프로젝트를 추진해 나갔다(弓削幸太郎, 1923:71).

하고 교수상 주의해야 사항을 철야 작업을 통해 완성하여 「舊學部編纂普通學校用教科書竝二舊學部檢定及認可ノ教科用圖書二關スル教授上ノ注意竝二字句訂正表」라는 책자를 만들어 인쇄 배포하였다. 이 책자는 조선의 전국 백여 개의 관공립학교와 이천 수백 여 개의 사립학교에 배포되어 1911년 첫 학기부터 적용하도록 강제되었다(小田省吾, 1917:2, 이명화, 2006:152 재인용). 이 문서는 실질적으로 총독부가 식민체제에 적합한 교과서 편찬 작업과 관련하여 가장 먼저 발포한 문서에 해당한다. 이 문서의 '例言'에는 총독부가 실행하는 교과서 정정 및 개정 작업의 기준을 '내용'으로 제시하고 있다. 즉 총독부는 "조선에 있어서의 청년 및 아동의 학수할 교과서로서, 그 내용이 매우 부적당한 것이 있"어서 교과서를 정정 출판한다고 분명하게 밝히고 있으며 예컨대 한국 병합의 사실, 축제일에 관한 건, 신제도의 대요 등은 새롭게 교수해야 하는 '대단히 중요'한 교수 내용으로 간주했던 것이다.[18] 이에 따라 조선총독부는 보통학교용 교과서를 재출간하였으며 이 교과서의 주된 의도는 '식민 상황 주지' 및 '황민화'를 목표로 하는 것이었다(허재영, 2009:78~83).

그러나 '조선교육령'의 공포 이후 식민지 조선의 교육은 일본 교육칙어의 정신을 조선 교육의 기조로 하여 일본의 교육 이념이 식민지 조선 교육의 이념적 바탕이 되어야 함을 천명했으며(제2조) '시세와 민도에 적합한 교육'(제3조)으로 식민지 조선의 교육을 전면적으로 재편할 필요가 있었다. '조선교육령'의 최고 행정권자였던 당시 조선 총독 데라우치[寺內正毅]는 일본과는 달리 조선에만 해당되는 '시세와 민도에 적합한' 교육의 지향과 내용에 대해 다음 '유고(諭告)'를 통해 밝히고 있다.

생각건대 조선은 아직도 내지(內地)와 그 사정이 같지 않은 바 있다. 따라

---

18) 朝鮮總督府 內務部 學務局, 『舊學部編纂普通學校用教科書竝二舊學部檢定及認可ノ教科用圖書二關スル教授上ノ注意竝二字句訂正表』, 1910.

서 그 교육은 특히 역점을 덕성(德性)의 함양(涵養)과 국어(國語)의 보급에
둠으로써 제국신민(帝國臣民)다운 자질과 품성을 갖추게 해야 한다. 가령 공
리(空理)를 논하고 실행(實行)을 멀리하며, 근로(勤勞)를 싫어하고 안일(安
逸)에 흘러, 실질(實質), 돈후(敦厚)의 미속(美俗)을 버리고 경조부박(輕佻浮
薄)의 악풍에 빠지는 것과 같은 일이 있다면, 그것은 교육의 본지에 위배될
뿐만 아니라, 마침내는 일신(一身)을 그르치고 국가(國家)에 누를 끼치게 될
것이다. 따라서 이를 실행함에 있어 모름지기 시세(時勢)와 민도(民度)에 적
응시켜 양선(良善)한 효과(效果)를 거두도록 힘써야 할 것이다.[19]

이 유고의 내용은 크게 세 가지로 정리할 수 있다. 첫째, 조선과 일본의
관계를 위계화하고 있다는 점이다. 조선이 '내지(內地)와 그 사정이 같지
않은 바' 즉 조선과 일본 사이에는 차이가 존재하기 때문에 일본의 교육
이념을 그대로 적용할 수는 없다는 것이다. 이는 식민지 조선의 교육이 시
세와 민도에 적합한 '특수한' 교육으로 재편되어야 한다는 식민주의 교육
의 방향을 제시한 것이다. 이러한 논리는 식민지 조선에서 별도로 수행되
어야 할 교육 내용의 선정에 타당성을 부여한다. '덕성의 함양'과 '국어의
보급'이 그것이다.

그렇다면 시데하라가 제시한 바 있는 '선량'의 식민주의적 변용어에 해
당하는 '덕성'을 구성하는 구체적인 내용은 무엇일까? 데라우치의 문맥을
좀 더 따라가보자. 그는 조선의 교육이 전통적으로 '공리(空理)'와 '안일(安
逸)' 그리고 '경조부박(輕佻浮薄)'의 악풍에 젖어 있었다고 비판한다. 그리고
일신(一身)과 국가(國家)의 양선(良善)을 위해서 조선인이 함양해야 하는 정신
적, 윤리적 세목으로서 '실행(實行)'과 '근로(勤勞)', '실질(實質)', '돈후(敦厚)'
등의 '미속(美俗)'적 가치를 제안한다. 이들 세목은 식민지기 내내 조선인들
이 함양해야 하는 수행적 태도이자 식민지 교육의 이념태인 '덕성'을 구성
하는 항목들로 강조되었다. 데라우치가 강조한 '덕성'이 '조선교육령' 제2

---

19) 大野謙一, 『朝鮮敎育問題管見』, 京城·朝鮮敎育會, 1936(『植民地朝鮮敎育政策資料集成』
28권, 大學書院, 1990), 52쪽.

조를 통해 식민주의 교육이 형성하고자 하는 '충량한 국민'의 내면을 구성하는 핵심적 자질임은 물론이다.

조선인을 제국 일본의 '충량한 국민'으로 재편하기 위한 교육적 프로젝트이자 식민 교육 체제의 최초의 선언[20]에 해당하는 '조선교육령'에 의한 조선어과 교과서는 조선인을 '충량한 국민'으로 새롭게 구성해내기 위해 편찬한 기획 상품이었던 셈이다. 그 구체적이고도 실제적인 작업의 시초가 이미 1910년 병합 직후 완성하여 배포한 「舊學部編纂普通學校用敎科書竝二舊學部檢定及認可ノ敎科用圖書二關スル敎授上ノ注意竝二字句訂正表」였으며 이후 편찬하는 교과서를 통해서는 조선(조선인)이라는 국가(민)적 정체성을 드러내는 기호들은 모두 일본(일본인)으로 정정하여 제시되거나 아예 삭제되었다. 그런데 교과서 안의 '조선 지우기'가 「흥부전」의 경우 보다 문제적인 것은 그 출전이 문부성 편찬의 다른 교과서에서 추출한 텍스트나 혹은 조선의 식민 상황에 적합하도록 교과서 편수관들이 새롭게 쓴 텍스트와는 그 사정이 다르기 때문이다. 「흥부전」은 조선의 전통적인 구비 전승 텍스트이며 조선인의 역사적, 사회적, 문화적 맥락과 자질들을 풍부하고 다채롭게 함축하는 텍스트이다.[21] 조선인이라면 누구나 공감할 수 있는 웃음과 눈물이 어우러진 조선의 언어문화 텍스트를 식민통치를 위한 교육 기획 자료인 조선어과 교과서에 수록하면서 원본이 가지고 있는 역사적, 사회적인 맥락을 제거한 것이다. 독본본 「흥부전」에서

---

20) 조선교육령은 대한제국 학부 시기부터 조선 교육에 간섭해 온 구마모토의 초안과 일본 제국교육회의 건의안을 바탕으로 성립되었다. 이에 관한 자세한 논의는 백광렬(2005:73~79) 참조.

21) 사실 「흥부전」의 핵심 서사에 해당하는 동물의 보은(보수)담이나 모방담 등은 동양에서는 매우 보편적인 민담의 구조이기도 하다. 「흥부전」의 근원 설화로 알려져 있는 '박타는 처녀 설화'만 하더라도 몽고의 설화로 알려져 있다. 따라서 조선총독부가 조선의 이야기로서 「흥부전」을 수록했다기보다는 일본에도 있고, 몽고에도 있고, 또 동아시아는 물론 그 어딘가에도 무수히 존재하는 보편적인 이야기로 간주했을 가능성 또한 부정하기 어렵다.

'조선'은 사라지고 말았다.[22)]

4. '일선동조론(日鮮同祖論)'과 「흥부전」의 이념적 호명

독본본이 경판 25장본에서 거의 그대로 가져온 부분은 제비의 보은·보수 담이다. 다시 말해 흥부 집에 둥지를 짓고 살았던 제비가 강남에 가서 제비황 제에게 자신을 구해준 흥부에 대해서 고한다. 그러자 제비황제는 흥부의 '친 절함'을 고맙게 여기고 '보은(報恩)박'을 주어 흥부의 은혜에 보답하며 그를 부 자로 만들어준다. 하지만 제비에게 해악을 가했던 놀부에게는 '보수(報讐)박' 을 주어 놀부를 징벌하고 그의 전 재산을 빼앗아버린다는 서사의 기본 골격 은 거의 그대로 살아남았다. 제시하고 있는 박의 순서만 다를 뿐 박 안의 내 용물도 거의 유사하다. 흥부 박의 경우 경판본에는 네 개의 박이 나오며 그 내용물은 청의동자, 선약(첫 번째 박), 온갖 세간(두 번째 박), 집, 곡, 돈, 비단, 남녀 종(세 번째 박), 양귀비(네 번째 박) 등이다. 독본본 역시 네 번째 박에서 나온, 흥부의 첩이 되는 양귀비가 삭제되었을 뿐 나머지는 순서와 내용물이 거의 비슷하다. 놀부 박은 경판본이 열 두 개로 제시된 데 비해서 독본본의 놀부 박은 모두 열 개다. '가야금 타는 놈', '늙은 중', '喪人', '팔도 무녀', '큰 샹즈를 진 놈', '초란이탈 쓴 놈', '스당거사', '왈쟈', '八道쇼경', '뚱' 등은 모 두 동일하되 경판본에 있는 '양반'과 '장비' 등 두 가지 내용물이 독본본에서

---

22) 실증적 자료에 근거하여 이 교과서를 꼼꼼하게 분석한 바 있는 허재영(2009)은 이 교과서의 내용을 '교훈적인 내용', '황민화나 식민 정책을 직접적으로 반영하는 내 용', '실업 교육과 위생 담론' 등으로 구분한 바 있다. 또한 이전의 보통학교 조선어 과 교과서와는 달리 이 교과서의 경우 설화나 시 등도 수록하고 있어 체계상 언어 교과의 정서 교육을 고려하고 있다는 평가드 내리고 있다. 그가 언급하는 '언어교과 의 정서교육'이 함축하는 의미가 무엇인지어 대해서는 더 이상의 설명이 없어 확인 하기는 어렵지만 설화나 시' 등의 정서적 교재가 교과용 도서에 왜 수록되었는가에 대한 치밀한 분석이 아울러 요구된다. 이를 규명하기 위해서는 무엇보다 수록 교재 의 내용 분석이 선행될 필요가 있다. 이 연구 또한 그러한 맥락에서 실행된 것이다.

는 삭제되었다.23) 독본본 「흥부전」은 '흥부와 놀부라는 형제 소개-흥부의 제비 이야기-놀부의 제비 이야기' 등 세 부분으로 원작을 개작한 것이다.

그러나 여전히 풀리지 않는 것은 풍부한 해학적, 골계적 요소와 반복과 열거, 과장을 통해 형상화하는 등장인물에 대한 서사적 정보는 물론 서사의 배경을 형성하는 역사적, 사회적인 맥락까지 삭제하여 원본 서사의 미학적 특질을 대폭 축소하거나 변개하면서까지 「흥부전」을 수록한 의도에 관한 것이다. 이를 위해 보통학교 조선어과 교과서 이전에 「흥부전」을 수록한 바 있는 『朝鮮の物語集附俚諺』(1910)을 살펴보기로 한다.

주지하듯이 『朝鮮の物語集附俚諺』은 다카하시 도오루24)가 조선의 민속적이며 언어문화적인 특질을 보여주는 자료들을 수집한 것으로 강제 병합 직후인 1910년 9월 5일 경성의 일한서방(日韓書房)에서 간행했다. 여기에는 조선의 구비설화 24편과 고전소설 4편을 비롯하여 모두 28편의 서사 작품과 547개의 속담이 일본어로 기록되어 있다. 『朝鮮の物語集附俚諺』은 「선녀와 나무꾼(仙女の羽衣)」, 「혹부리영감(瘤取)」, 「말하는 남생이(解語龜)」, 「도깨비방망이(鬼失金銀棒)」, 「거울을 처음 본 사람들(韓樣松山鏡)」, 「사람과 호랑이의 다툼(人と虎との爭ひ)」과 같은 구전 설화를 활자화한 문헌이라는 점에서 일단 사료적인 가치가 인정되며 「흥부전」과 함께 「장화홍련전」, 「재생연」, 「춘향전」 등이 축약된 형식이긴 하지만 거의 최초로 일본어로 번역되었다는 점에서도 연구의 가치가 있다.25)

---

23) 이후 『조선동화집』에서는 1915년 독본본에서 삭제되었던 '양반'과 '장비'가 각각 일곱 번째 박과 열한 번째 박의 내용물로 다시 등장한다. 그 이유에 대해서는 별도의 고찰이 필요하다.

24) 다카하시 도오루(1878~1967)는 1903년에 조선에 건너와서 우리나라 최초의 관립 한성중학교에서 교사생활을 시작한 이래 대구고등보통학교 교장, 경성제대 교수, 혜화전문학교 교장 등을 역임하며 조선의 문학, 종교, 철학, 문화, 역사 등을 적극적으로 연구한 일인 학자이다. 아울러 『朝鮮の物語集附俚諺』에 관한 자세한 논의는 권혁래(2008)를 참조하였다.

25) 권혁래(2007ㄴ)에 의하면 이에 앞서 1882년 나카라이 도스이[半井桃水]가 「춘향전」을 '鷄林情話 春香傳'이라는 제목으로 아사히신문에 번역 소개한 바 있다. 이에 대

84

『朝鮮の物語集附俚諺』에서 먼저 주목해야 할 것은 1910년 9월 5일이라는 간행 시기이다. 강제 병합의 공식적인 기점이 1910년 8월 29일이라는 사실만 보더라도 자료를 채록하고 수집한 일련의 작업은 이미 강제 병합 이전부터 실행되었던 것이다. 다카하시는 조선의 구전 설화와 속담을 무엇 때문에 수집한 것일까? 아래 인용문은 역사학자이자 일본문학자인 하기노 요시유키[萩野由之]가 쓴 『朝鮮の物語集附俚諺』에 쓴 서문의 일부이다.

> 한국과 일본은 같은 나라이기 때문에 옛 전설에는 동일한 형태(同型)가 많다. 하지만 정교(政敎)가 분리되고, 시간의 흐름에 따라 각각 변화하게 되면서 각각의 국민성을 나타내게 되었다. 지금 이 책에 관해 한 두가지 예를 든다면, 도깨비에게 혹을 떼어주는 이야기는 『宇治拾遺物語』의 전설에 동일하게 있으며, 「하고로모덴세츠」는 한국과 일본의 국민성의 차이를 보여준다. 즉 우리는 이것을 바닷가를 배경으로 하고 있고, 그들은 선녀의 승천을 추적하여 구름에까지 들어가려고 하지만 우리는 집착하지 않고 담백한 부분에서 그 국민성을 엿볼 수 있다.

하기노는 먼저 위 인용문의 앞에서 "한국의 현상을 조사해서 우리 中古史의 半面과 비교"하기 위해서 『朝鮮の物語集附俚諺』을 편찬한 것이라고 밝힌 후 다카하시의 연구 과정을 상세하게 기술하고 있다. 그렇다면 이들은 무엇 때문에 '한국의 현상'을 '일본의 中古史의 半面'과 비교하고자 했던 것일까? 그것은 '한국과 일본은 같은 나라'라는 점을 강조하기 위해서이다. 양국이 현재로서는 정교(政敎)가 분리된 모습이지만 원래는 한국과 일본이 '같은 나라'라는 단정적 기술은 그들이 식민통치의 핵심으로 삼았던 동화정책과 '동화'의 근거 논리로 활용한 '일선동조론(日鮮同祖論)'과 상당부분 겹친다. 이렇게 보자면 『朝鮮の物語集附俚諺』은 '일선동조론'을 이론화하여 식민통치를 정당화하고 미화하기 위하여 조선의 언어문화 자료

한 연구 논저는 권혁래(2007ㄴ:365, 각주4) 참조.

들을 채록하여 재구성한 자료집에 해당하는 셈이다. 나아가 "읽는 사람들이 민정(民情)을 쉽게 파악하여 나라의 풍속을 구별할 수 있는 방법적 수단"으로 활용하기 위해서 조선의 설화를 수집하고 비교한다는 서문 마지막의 진술은 『朝鮮の物語集附俚諺』이 원활한 식민 통치를 위한 기초 조사의 성격으로 간행한 것이라는 점을 보여준다.

『朝鮮の物語集附俚諺』의 편찬 의도는 그 안에 수록된 「흥부전」에도 그대로 적용된다. 문제는 「흥부전」이 어떤 모습으로 수록되었는가 하는 점이다. 『朝鮮の物語集附俚諺』의 성격과 문학사적 의의를 정밀하게 고구한 바 있는 권혁래(2008)는 『朝鮮の物語集附俚諺』에 수록된 「흥부전」을 두고 "짧은 분량이지만, 5개의 흥부 박, 11개의 놀부 박 화소를 포함하여 경판 25장본에 있는 화소들이 모두 포함되어 있다"고 언급하고 있다. 『朝鮮の物語集附俚諺』본 「흥부전」을 저본으로 삼은 경판본 「흥부전」, 그리고 독본본 「흥부전」과 비교해보기로 한다.

	소화소(小話素)[26]	京板 25장본	『朝鮮の物語集附俚諺』(1910)	『朝鮮語及漢文讀本』 권3(1917)
제2단락	(1) 사는 곳	○(경상 전라 양도지경)	×(옛날)	×(옛날, 어느 곳)
	(2) 사는 사람	○	○	○
	(3) 놀부 　① 재산 독차지 　② 내쫓음 　③ 조롱·비양	○ ○ ○	○ × ×	× × ×
	(4) 놀부 　① 오장칠부 　② 심술타령 　③ 부자	× ○ ○	× × ×	× △(간략 제시) ×
제3단락	(1) 흥부 　① 집	○	○	○
	② 신세 한탄	○	○	×
	③ 자식	○	×	×
	④ 굶주림	○	×	×

86

제4 단락	흥부 (1) 놀부를 찾아감	○	○	×
	(2) 맞고 쫓겨나옴	○	○	×
	(3) 흥부 아내 기다림	○	×	×
	(4) 흥부가 형 변호	○	×	×
제5 단락	(1) 장자집 찾아감	○	×	×
	(2) 품팔기	○	×	×
	(3) 매품팔기 및 실패	○	○27)	×
제6 단락	도승 화소	×	×	×
제7 단락	(1) 제비가 찾아옴	○	○	○
	(2) 제비가 다치다	○	○	○
	(3) 흥부가 제비를 치료	○	○	○
	(4) 제비 날아감	○	○	○
제8 단락	(1) 제비왕이 보은 박씨 하사	○	○	○
	(2) 제비가 박씨 가져옴	○	○	○
	(3) 흥부 박씨 심음	○	○	○
	(4) 박 네 통 열림	○	○	세 통
제9 단락	(1) 박 타기 전	○	○	×
	(2) 선약·쌀궤돈궤·비단·미인	○	○	○(미인×)
제10 단락	놀부 (1) 놀부가 소문 들음	○	○	×
	(2) 흥부 찾아와 사연 들음	○	○	○
	(3) 흥부집에서-양귀비, 화초장	○	×	×
제11 단락	(1) 놀부 제비 몰러 감	○	○	×
	(2) 제비 찾아옴	○	○	○
	(3) 제비 다리 부러뜨림	○	○	○
	(4) 제비가 살아남	○	○	○
제12 단락	(1) 제비왕 분노-보수 박씨	○(황제)	○(국왕)	○(왕)
	(2) 제비가 박씨 가져옴	○	○	○
	(3) 놀부 박씨 심음	○	○	○
	(4) 박 십여 통 열림	○	○(11통)	○(10통)
제13 단락	(1) 박 타기 전	○	○	×
	(2) 가얏고쟁이 등.	○	○	○

제14 단락	(1) 놀부 잘못 깨닫고 뉘우침	×	×	○
	(2) 놀부가 흥부 찾아감	○	○	○
	(3) 흥부가 집을 지어줌	×	○	×

　제1단락 초앞과 제15단락 뒷풀이를 제외하고『朝鮮の物語集附俚諺』의 개작 양상을 경판본과 비교하여 정리하면 다음과 같다. 우선『朝鮮の物語集附俚諺』본「흥부전」은 제7단락에서 제13단락까지에 해당하는 제비의 보은·보수담이 중심이다. 그리고 흥부와 놀부 즉 등장인물에 관한 서사적 형상화도 대폭 축소되어 있다. 예를 들면 놀부의 심술타령이나 놀부가 동생 흥부를 내쫓고 박대하는 모습 등(제2단락)이나 흥부와 흥부 처, 흥부 자식들의 가난과 품팔이와 매품팔이에 관한 화소들(제3단락)을 모두 생략하여 놀부라는 인물에 대한 정보를 대강화하였다. 또한 '조선'을 표상하는 구체적인 배경 정보 역시 수록 과정에서 삭제한 것도 확인된다. 결과적으로『朝鮮の物語集附俚諺』수록「흥부전」의 모습은 독본본「흥부전」과 유사하다. 1917년『보통학교 조선어급한문독본』「흥부전」의 기본적인 틀은 1910년『朝鮮の物語集附俚諺』「흥부전」과 유사한 관점에서 재구성된 것으로 볼 수 있다는 얘기다. 두 이본의 화소를 정리하면 다음과 같다.

　　① 옛날, 어느 곳
　　② 놀부와 흥부라는 형제
　　③ 제비 박씨를 중심으로 하는 보은·보수담

　이 두 사례에서 알 수 있듯이「흥부전」의 식민주의적 호명은 조선의 역사, 문화 등 조선의 전통으로 인식되어온 설화나 민담, 풍속 등이 실은 일본의 전통과 '동형(同型) 관계'를 형성하는 실증적인 근거로 활용된 셈이다.

---

26) 김창진(1991)의 구분을 연구자가 재구성한 것임.

27)『朝鮮の物語集附俚諺』에는 매품팔이 화소 이후에 흥부가 놀부를 찾아갔다 쫓겨나오는 화소가 나와 경판본 화소의 순서와 다르다.

이와 관련하여 1912년 다카기 토시오[高木敏雄]가 발표한 「日韓共通の民間
說話」는 「홍부전」의 동형성과 관련하여 흥미로운 단서를 제공한다. 다카기
는 『東亞之光』에 2회에 걸쳐 연재한 「日韓共通の民間說話」에서 일본의 '腰
切雀 혹은 舌切雀'과 「홍부전」이 같은 유형의 설화라고 주장한 바 있다(高
木敏雄, 1912.11:62~69; 1912.12:41~52; 조희웅, 2005:11 재인용). 또한 1919년 미와
다마키[三輪 環] 역시 『傳說の朝鮮』을 편찬하면서 그 안에 「홍부전」을 수록
했다. 이때 「홍부전」의 제목을 일본의 「혀 잘린 참새」와 동일한 구형(句型)
인 「다리 부러진 제비」로 변형하여 수록했다. 일본 설화의 관점에서 「홍
부전」을 읽은 셈이다.

　여기서 「홍부전」과 동형의 이야기로 간주되는 일본의 이야기 중에서 「혀
잘린 참새[舌切雀]」를 잠깐 살펴보기로 하자. 「혀 잘린 참새」는 「복숭아 도
령」, 「원숭이와 게의 싸움」, 「꽃 피우는 할아버지」, 「딱딱 산」과 함께 일본
의 5대 동화로 손꼽히는 이야기로서 「홍부전」과 마찬가지로 구전 과정에
서 다양한 이본을 탄생시키면서 전승되어온 적층 문학으로 알려져 있다.
중심 화소를 기준으로 두 이야기를 비교해보면 다음과 같다.

홍부전	혀 잘린 참새
① 옛날, 어느 곳에 놀부와 홍부라는 형제가 살았다.	① 옛날에 할아버지가 참새를 귀여워하며 키웠다
② 형 놀부는 욕심이 많고 못된 심성을 가졌다.	② 할머니가 세탁을 하는데 참새가 풀을 먹어 버렸다.
③ 아우 홍부는 가난하지만 정직하다.	③ 화가 난 할머니는 참새의 혀를 잘라 버린다.
④ 어느 해 봄 홍부네 둥지를 틀었던 제비 한 마리가 다쳐 정성껏 치료해 준다.	④ 혀 잘린 참새는 울면서 산으로 간다. 할아버지가 그 사정을 알고 실망한 후 다음 날 산에서 참새를 만난다.
⑤ 제비 날아가 보은박씨 물고 온다.	⑤ 할아버지는 참새에게 환대를 받고 참새에게 상자 두 개를 받는다.

⑥ 심은 박씨에서 금은보화가 나와 부자가 된다.	⑥ 할아버지는 그 중 작은 상자를 안고 돌아 왔는데 집에 와서 열어보니 금은보화가 가득했다.
⑦ 소식을 들은 놀부가 제비의 다리를 일부러 부러뜨리고 치료해 준다.	⑦ 할아버지에게 정황을 들은 할머니도 산으로 간다.
⑧ 제비 날아가 보수 박씨 물고 온다.	⑧ 할머니에게도 참새가 상자 두 개를 내밀었는데 할머니는 그 중 큰 상자를 갖고 온다.
⑨ 심은 박씨에서 온갖 몹쓸 것들이 나와 집안이 망한다.	⑨ 할머니가 집에 와서 큰 상자를 열어보니 뱀, 지네 등이 가득했다.

일견하더라도 두 이야기는 한국과 일본에서 오랫동안 전승되어 왔다는 점 외에도 내용 면에서도 유사한 부분이 많다. 가령 두 이야기 모두 동물에 대한 인간의 태도를 통해서 보은보수(報恩報讎)나 권선징악(勸善懲惡)을 강조한다. 「혀 잘린 참새」는 참새가, 「흥부전」에서는 제비가 보은보수를 관장하는 존재로 등장한다. 그리고 두 이야기에 등장하는 인물들의 관계가 대립 관계로 설정되어 있다는 점도 공통적이다. 「혀 잘린 참새」에서는 할아버지와 할머니라는 부부가 대립관계로, 「흥부전」에서는 흥부와 놀부라는 형제가 대립관계로 그려져 있다. 그 대립 양상이 매우 분명한 선악 관계로 제시되어 있다는 점 역시 공통적이다. 그리고 이들 대립적인 인물들 즉 인간의 선악을 판단하는 존재가 「혀 잘린 참새」에서는 참새이고, 「흥부전」에서는 제비라는 점 역시 유사하다. 이를 다시 중심 화소로 정리하면 다음과 같다.

흥부전	혀 잘린 참새
① 옛날, 어느 곳	① 옛날
② 놀부와 흥부라는 형제	② 할머니와 할아버지라는 부부
③ 제비 박씨를 중심으로 하는 보은·보수담	③ 참새의 상자를 중심으로 하는 보은·보수담

독본본 「흥부전」은 경판 25장본 「흥부전」에서 해학이나 풍자적 요소와 '조선'을 상징하는 화소들을 걷어내고 단지 선악 대립이 분명한 인물 관계와 동물의 보은·보수라는 요소를 추출하여 일본의 「혀 잘린 참새」와 유사한 구조로 재구성되었다. 앞서도 언급한 바 있지만 일본 설화를 준거로 한 「흥부전」의 개작은 일본과 조선이 지리적으로 근접하고 있으며 인종적으로도 역사나 문화적으로도 유사하다는 동화정책을 정당화하기 위한 근거 확보의 일환으로 추진된 것이다. 특히 일본을 준거로 설정하여 전체 서사 중 일부를 생략하거나 변개하는 일련의 개작 행위는 단군이 기기신화에 나오는 스사노오 노미고토[素戔鳴尊]의 아들과 동일인이라고 하는 식으로 일본을 우위에 두는 일선동조론적 역사 기술과도 동일한 맥락에서 나온 것이다.[28] 이렇게 본다면 독본본 「흥부전」은 일선동조론을 구축하기 위해 일본 민담을 준거로 삼아 재구성한 식민 교육용 이본인 셈이다.

---

28) 주지하듯이 일선동조론은 1890년 시게노 야스쓰구[重野安繹], 구메 쿠니다케[久米邦武], 호시노 히사시[星野恒] 등 3명의 도쿄저국대학 국사과 교수들이 『古史記』와 『日本書記』를 분석하여 편찬한 『國史眼』에서 스사노오미노미고토가 조선의 지배자가 되고 신화에서 1대 신무천황(神武天皇)의 형으로 전해지는 이나히노미고토[稻永命]가 신라의 왕이 되며 그의 아들이 일본에 귀복하고 신공황후가 삼한을 항복시켜 신종(臣從)시켰다고 기술하면서 본격적으로 이론화되었다.

■ 참고문헌

1. 기본자료

조선총독부, 『보통학교조선어급한문독본』 권1～권6, 강진호·허재영 편(2010), 『조
　　　　선어독본』 2, 제이앤씨.
高橋亨, 『朝鮮の物語集附俚諺』, 日韓書房, 1910.
김진영 외 역주, 「경판 25장본 <흥부전>」, 『흥부전 전집』 2권, 박이정, 2003.

2. 저서 및 논문

강용권, 「판소리 唱本의 硏究」, 『東亞論叢』 제12집, 동아대학교, 1976.
권보드래, 『1910년대, 풍문의 시대를 읽다-매일신보를 통해 본 한국 근대의 사회
　　　　문화 키워드』, 동국대출판부, 2008.
권혁래, 「다카하시(高橋)본 <춘향전>의 특징과 의의」, 『고소설연구』 제24집, 한국
　　　　고소설학회, 2007(ㄱ).
______, 「일제하『흥부전』의 전래동화화 작업에 대한 고찰」, 「동화와 번역」 제13
　　　　집, 건국대출판부, 2007(ㄴ).
______, 「근대 초기 설화·고전소설집『조선물어집』의 성격과 문학사적 의의」, 『한
　　　　국언어문학』 제64집, 한국언어문학회, 2008.
김용의, 「한국과 일본의 「혹부리 영감瘤取り爺)」譚」, 『日本語文學』 제6집, 1999.
김종대, 「<혹부리영감談>의 형성 과정에 대한 試考」, 『우리문학연구』 제20집,
　　　　2006.
김창진, 「흥부전의 이본과 그 계열」, 인권환 편(1991), 『흥부전 연구』, 집문당,
　　　　1991(ㄱ).
______, 『흥부전의 이본과 구성 연구』, 경희대 박사학위논문, 1991(ㄴ).
김태준, 「흥부전의 비교 고찰」, 『동악어문논집』 제4집, 동악어문학회, 1966.
김혜련, 『식민지기 중등학교 국어과 교육 연구』, 동국대 박사학위논문, 2008.
박경용, 「統監府의 조직과 역할 고찰」, 『아시아문화』 제18호, 한림대 아시아문화
　　　　연구소, 2002.
백광렬, 「일제의 대한(對韓) 식민지 교육 체제의 구상과 실행」, 서울대 석사학위논문,

2005.

서영희, 「대한제국의 보호국화와 일제 통감부」, 『역사비평』 제52집, 역사문제연구
　　　소, 2000.

이명화, 「조선총독부 학무국 운영과 식민지 교육의 성격」, 『향토서울』 제69호, 서
　　　울특별시편찬위원회, 2007.

조희웅, 「일본어로 쓰여진 한국설화/한국설화론(1)」, 『어문학논총』 제24집, 국민대
　　　어문학연구소, 2005.

조희정·서명희, 「교과서 수록 고전 제재 변천 연구(1)」, 「문학교육학」 제19호, 한국
　　　문학교육학회, 2006.

허재영, 『일제강점기 교과서 정책과 조선어과 교과서』, 경진문화사, 2009.

황 숙, 「「興夫傳」 中心의 판소리 辭說과 판소리系 小說의 特質 對比考」, 『국어교육
　　　연구』 제2집, 원광대, 1980.

弓削幸太郎,, 『朝鮮の敎育』, 東京;自由討究社, 1923.

경성전기주식회사, 『今昔三十年座談會速記錄』, 1938.

小田省吾, 『朝鮮總督府編纂敎科書槪要』.

이 논문은 2010년 10월 31일 투고되어

2010년 11월 1일부터 11월 30일까지 심사위원이 심사를 하고

2010년 12월 10일에 심사위원 및 편집위원 회의에서 게재 결정된 논문임.

■ **Abstract**

Chosuneo Language Textbooks used in primary school in Japan's Colonial Rule of Korea and *HeungbooJeon*

Kim, Hye-Ryun
(Sungshin Women's Univ.)

HeungbooJeon, one of Korean traditional stories, has steadily been published and appeared ranging from primary school textbooks during the Japanese colonization age, and Curriculum textbook after the liberation from the Japan's Colonial Rule of Korea from the 1st National Korean Language to the 7th National Korean Language textbook for elementary schools. Among other things, this research thesis focused on Heungboo appearing in Chosun-uh-geup-Hanmoon-Dokbon for primary school(1913~1918) in primary school.

Why did the Colonized government select *HeungbooJeon* as one story to appear in Chosuneo Language Textbook?

The Teaching Materials of *HeungbooJeon* was pursued under the Japanese colonization age from the perspectives of colonization educational systems, which reconstructed the overall Chosun educational systems ranging from curriculum to teaching methods during the Japanese imperial colonization, on the basis of logics which was promoted in the colonization age.

In other words, *HeungbooJeon* appearing in Chosuneo language textbooks was

94

revised according to the Japanese folk tales for the purpose of establishing the fact that Japan and Chosun are close geographically and, justifying the assimilation policy that the two nations are similar in aspects of race, history and culture *HeungbooJeon*o can be cited as the colonized education version, which was restructured according to the Japanese folk tales, in an attempt to build the discourse of same genealogy between Japan and Chosun.

Key Words : the 1st Educational Ordiance in Japan's Colonial Rule of Korea, Chosun-uh-geup-Hanmoon-Dokbon for primary school, *HeungbooJeon,* the discourse of same genealogy between Japan and Chosun, the colonized education version.

1910년 전후의 신어 수용 양상[*]

이지영[**]

●차례

■ 국문초록

이 논문에서는 1910년 전후의 어휘자료집을 검토하여 이 시기의 신어 수용 양상을 살펴보았다. 이 시기에 나타나는 신어 수용의 주요 특징은, 이전 시기와 달리 신어를 일상어와 전문어로 구분하여 받아들이는 것이라고 할 수 있다. 일상어의 수용 과정을 확인하기 위한 자료로는 官立漢城外國語學校(1911)의 「朝鮮語國語用字比較列」, 朝鮮總督府(1911)의 「國語朝鮮語用語比較例」, 朝鮮總督府(1917)의 「朝鮮語國語用字比較例」, 奧山仙三

---

* 본고는 제31회 돈암어문학회 정기학술대회(2010년 10월 14일)에서 발표된 원고를 수정 보완한 것이다. 토론을 맡아 주신 이병기 선생님(한림대)과 본고의 논의에 대해 많은 도움 말씀을 주신 선생님들께 이 자리를 빌어 감사의 뜻을 전한다. 그럼에도 불구하고 남아 있는 본고의 문제들은 여전히 필자의 몫이다.
** 한국학중앙연구원 교수.

(1928)의 「朝鮮語國語用字比較例」를 살펴보았으며, 전문어의 수용에 대한 자료로는 『大韓民報』에 실린 「新來成語問答」(1909~1910), 唯一書館에서 발행한 『增補 最新尺牘』(1912)에 실린 「現用新語」를 살펴보았다. 이 논문에서는 이들 자료의 검토를 통해 신어들의 목록을 작성하고 그것을 朝鮮總督府의 『朝鮮語辭典』(1920)과 文世榮의 『朝鮮語辭典』(1938)에서 등재 여부를 확인하여 1910년 전후에 신어로 인식된 단어들이 한국어 안으로 수용되어 가는 과정을 통계적으로 확인하였다.

주제어 : 신어, 일상어, 전문어, 官立漢城外國語學校(1911)의 「朝鮮語國語用字比較例」, 朝鮮總督府(1911)의 「國語朝鮮語用語比較例」, 朝鮮總督府(1917)의 「朝鮮語國語用字比較例」, 奧山仙三(1928)의 「朝鮮語國語用字比較例」, 『大韓民報』에 실린 「新來成語問答」(1909~1910), 唯一書館 발행의 『增補 最新尺牘』(1912)에 실린 「現用新語」.

1. 서론

잘 알려져 있다시피 19세기 말부터 『韓佛字典』, 『韓英字典』과 같은 외국인에 의한 사전과 『國漢會語』와 같은 한국인에 의한 어휘집이 편찬되어 왔다. 이러한 움직임은 이전 시기의 類解類에서 집합적으로 어휘를 모아 두었던 전통에서 벗어나 어휘를 체계적으로 정리하고 현대적 사전을 집필하게 되는 시도들의 밑거름이 되었다. 어휘에 대한 이 같은 관심은 사실상 당시의 시대적 분위기와도 관련이 있었으니, 그것은 바로 근대 문물의 수용과 함께 새로운 어휘도 수용되어 이미 1910년 전후에는 상당히 많은 외래어가 사용되고 있었다는 점이다.

1910년을 전후한 시기에도 한국어의 수집과 정리에 대한 일반적인 관심은 지속되었는데, 지석영의 『言文』(1907)이나 『大韓民報』의 어휘 정리 작업이 대표적이다.[1] 특히 『大韓民報』 175호(1910.1.16)부터 269호(1910.5.10)까지 모두 94회가 연재된 「辭典研究草」는 비록 사전 편찬으로 연결되지는 못했지만,[2] 이병근(1988/2000)의 지적처럼 언어사전의 성격을 지니는 사전 초고로 볼 수 있다.[3] 다만, 이 시기가 이전과는 구분되는 지점이 있다

---

1) 이에 대해서는 이병근(1988/2000, 1998/2000)을 참조할 수 있다.

2) 이 「辭典研究草」의 목적과 체재에 대해서는 이병근(1988/2000)에서 이미 상세하게 다루어진 바 있다. 다만, 이병근(1988/2000:150)에서는 "이렇게 연재하기 시작한 『辭典研究草』는 『大韓民報』의 제269호(1910.5.10)까지 모두 95회에 걸쳐 계속되었다"고 하였지만, 240호(1910.4.6)에는 「辭典研究草」가 실리지 않았으므로, 모두 94회가 연재된 셈이다.

3) 「辭典研究草」에는 '新語'나 '淸語' 등으로 표시된 예들이 존재하지만, 그 수는 많지 않다. 아마도 『大韓民報』에서 「新來成語問答」이라는 형식으로 이 시기의 신어를 소개하는 지면이 있었기 때문이 아닌가 한다. 「辭典研究草」에 실린 이 같은 예들은 다음에 제시한 것이 전부다. 여기에는 이병근(1988/2000:151~152)에서 제시한 (ㄱ, ㄴ, ㄹ) 외에 (ㄷ)이 추가되었다.

면, 그것은 '사전'이라는 이름 아래 어휘의 성격과 무관하게 최대한 많은 분량의 어휘를 수록하려 하는 경향에서 벗어나려는 시도들이 나타난다는 점이다. 이 시기에는 소위 '신어' 소개를 하는 다양한 자료들이 나타나고 있는데, 이들 대부분이 전문적인 분야에 속하는 어휘들을 소개하고 있다.4) 따라서 1910년을 전후한 시기의 어휘 정리와 수집에 대한 일련의 시도들은 일상어와 전문어라는 측면으로 분화되기 시작했으며, 이것은 1920년대 이후에도 지속된다.

바로 이러한 맥락에서 본고는 1910년을 전후한 시기의 신어 수용을 일상어와 전문어로 나누어 살펴보고자 한다. 일상어의 수용에 대한 자료로는 官立漢城外國語學校(1911)의 「朝鮮語國語用字比較例」, 朝鮮總督府(1911)의 「國語朝鮮語用語比較例」, 朝鮮總督府(1917)의 「朝鮮語國語用字比較例」, 奧山仙三(1928)의 「朝鮮語國語用字比較例」가 대상이 되며, 전문어의 수용에 대한 자료로는 『大韓民報』에 실린 「新來成語問答」(1909-1910), 唯一書館에서 발행한 『增補 最新尺牘』(1912)에 실린 「現用新語」가 대상이 된다. 본고는 이들 자료에서 일본어에서 수용된 신어들의 목록을 작성하고 그것을 朝鮮總督府의 『朝鮮語辞典』(1920)과 文世榮의 『朝鮮語辞典』(1938)에서 등재 여부를 확인하여 1910년 전후에 신어로 인식된 단어들이 한국어 안으로 수용되어 가는 과정을 확인할 것이다.5)

<hr>

ㄱ. 갸디 假的 ㅣ 니 贋造호 物(淸語) <185호(1910.1.28)>
ㄴ. 가마니 日本俵 ㅣ 니 新語 <179호(1910.1.21)>
ㄷ. 라샤 羅紗 ㅣ 니 氈의 摠名(新語) <225호(1910.3.18)>
ㄹ. 파마유 巴麻油 塗物(新語) <257호(1910.4.26)>

이병근(1988/2000)에서는 (ㄹ)의 의미를 '塗物, 新話'라고 하였는데, 본고에서는 '塗物(新語)'로 고쳐 놓았다. 이것은 이 단어가 실린 『大韓民報』 257호가 보존 상태가 매우 좋지 않아 정확한 글자를 파악하기 어렵기 때문인데, 본고는 '新語'를 제시한 『大韓民報』의 일반적 방식, 즉 (ㄴ, ㄷ)의 방식을 따라 적어놓았다.

4) 이에 대해서는 박형익(2004)을 참조할 수 있다.

5) 본고에서 참고한 자료들에서 정리된 한자어들의 한국어(고유어)/일본어의 구분 문제

2. 일상어의 수용

1910년을 전후한 시기에 일상어에도 많은 외래어가 수용되었을 것임은 짐작할 수 있다. 그러나 실제 자료에서 신어의 출처를 확인할 수 있는 경우는 그리 많지 않다. 이러한 점 때문에 1911년 9월 관립한성외국어학교(官立漢城外國語學校)에서 발행한 『國語朝鮮語字音及用字比較例』에 실린 「朝鮮語國語用字比較例」는 주목을 받아 왔다.6) 이 자료는 "朝鮮語"와 "國語"(=일본어)를 대조하는 방식으로 정리된 어휘집이기 때문에 특정 단어가 한국어인지 일본어인지를 분명하게 확인할 수 있다.7) 관립한성외국어학교에서 발행한 『國語朝鮮語字音及用字比較例』에는 「朝鮮語國語用字比較例」와 「國語朝鮮語字音比較例」가 포함되어 있다. 서언에서는 "朝鮮語"와 "國語"가 한자의 용법에 있어서 차이가 있으므로, 이들의 교육에 있어서 참고 자료가 되게 하려는 목적으로 간행하였다고 밝히고 있다.8)

는 좀 더 복잡한 문제를 안고 있다. 본고는 일본인들이 발행한 자료에서 그들이 '朝鮮語/日本語'로 구분한 것을 그대로 수용하고 있는데, '日本語'로 되어 있는 어휘들 중에는 당시 이미 조선에서 쓰이고 있었던 것들도 있기 때문이다. 따라서 본고에서 '朝鮮語/日本語'의 구분은 당시 일본인들의 어휘 구분을 온전히 수용하여 이루어진 것이라는 점을 다시 한 번 밝히는 바이며, 이러한 그들의 인식이 온당한 것이었는가의 문제는 고려하지 않았다.

6) 이병근(1998/2000)에서도 이러한 점에 주목하여 『朝鮮總督府月報』 제7권 1호에 실린 「朝鮮語國語用字例比較」(1911)를 池錫永의 『言文』에 정리된 한자어들을 검토하는 과정에서 활용한 바 있다.

7) 본고에서는 이후 원문 자체를 인용하는 경우에만 '朝鮮語, 國語(혹은 일본어)'라는 용어를 사용하며, 일반적인 설명을 하는 경우에는 '한국어, 일본어'라는 용어를 사용하기로 한다.

8) 김민수(1985)에 따르면, 관립한성외국어학교는 1895년 칙령에 의해 설립된 외국어학교의 후신으로 1907년에 관립한성외국어학교로 교명을 바꾸었다가 1910년에 경술국치와 더불어 폐지되었으므로, 1911년에는 이미 이 학교가 경성고등보통학교에 합병된 뒤였다. 따라서 『國語朝鮮語字音及用字比較例』의 발행자로 되어 있는 '관립한성

『國語朝鮮語字音及用字比較例』(1911)에 포함되어 있는 「朝鮮語國語用字比較例」는 이후『朝鮮總督府月報』제1권 제7호(1911년 12월 20일)에 「國語朝鮮語用語比較例」라는 이름으로 다시 실렸으며, 1917년 6월에 朝鮮總督府에서 편찬한『朝鮮語法及會話書』의 부록으로 실렸는데, 이때는 제목이 '朝鮮語國語用字比較例'라고 되어 있다. 이외에도 1928년에 京城의 日韓書房에서 발행된 奧山仙三의『語法會話 朝鮮語大成』의 부록으로 「朝鮮語國語用字比較例」라고 하여 다시 실렸다.9) 이것은 관립한성외국어학교의 「朝鮮語國語用字比較例」가 당시에 상당히 활용도가 높았던 자료임을 보여 주는 것으로 볼 수 있다.10)

『朝鮮總督府月報』의 「國語朝鮮語用語比較例」는 '國語'와 '朝鮮語'의 순서를 바꾸고, '用字'를 '用語'로 바꾸는 등 그 제명(題名)이 관립한성외국어학교의 「朝鮮語國語用字比較例」와 차이를 보인다. 그러나 분류 항목은 14개(人事, 性行, 身體, 衣食, 建築, 器具, 慶吊, 交際, 職業, 經濟, 地理, 文書, 時, 雜)로 같으며, 행이나 단어의 종류와 수는 동일하다.11) 다만, 「용자례」(官)에서 정오표를 통해 수정된 바를 반영하지 않은 점,12) 몇몇 단어의 한

외국어학교'는 명목상의 교명(校名)이라고 보았다.

9) 奧山仙三은 東京外國語學校에서 朝鮮語를 전공하였고, 그의 은사는 金澤庄三郎이다. 이는『語法會話 朝鮮語大成』에 실린 田中德太郞(당시 조선총독부통역관)의 「序」와 저자 자신의 「上梓に當つ」에서 확인할 수 있다. 이 점은 김민수(1985)의 해제에서도 지적되었다.

10) 이후 필요에 따라 '관립한성외국어학교의 「朝鮮語國語用字比較例」(1911)'는 「용자례」(官)으로, '『朝鮮總督府月報』의 「國語朝鮮語用語比較例」(1911)'는 「용어례」(總)으로, '朝鮮總督府의『朝鮮語法及會話書』(1917)에 실린 「朝鮮語國語用字比較例」'는 「용자례」(總)으로, '奧山仙三의 「朝鮮語國語用字比較例」(1928)'는 「용자례」(奧)로 줄여 표기한다.

11) 이병근(1998/2000:185)에서는 '372개의 <u>한자어</u>'라고 했다. 그러나 한국어와 일본어가 대응을 이루는 1행에 여러 단어가 포함되어 있는 경우가 있으므로, 본고에서는 각각의 단어를 가리키는 경우와 구분하기 위해서 '행'이라고 한 것이다. 또한 「朝鮮語國語用字例比較」에 제시된 예들을 '한자어'라고 부를 수 있는지도 명확하지 않다. 일본어의 예 중에는 가타카나가 포함되어 있는 '구(句)'도 있고, 가타카나만으로 제시된 단어도 있기 때문이다.

자가 이체자(혹은 이형자)나 의미가 유사한 다른 한자로 수정된 점13)에서 차이가 나타난다. 그러나 「용자례」(官)과 「용어례」(總)의 가장 큰 차이는 전자에서는 제시되지 않았던 단어의 발음을 후자에서는 제시하고 있다는 점이다. 대부분은 한자의 발음을 각각 한국어와 일본어의 발음으로 옮겨 적은 것이지만,14) 한국어 단어 중에는 한자음 그대로가 아니라 한자어에 대한 당시 한국어 발음대로 '泥匠(미쟝이), 石手匠(셕슈쟝이), 蓋瓦匠(기와쟝이), 家賃(집세)'와 같이 제시하고 있는 경우도 있다.15)

『國語朝鮮語字音及用字比較例』(1911)에 대한 본격적인 수정은 1917년 6월에 朝鮮總督府에서 편찬한 『朝鮮語法及會話書』에서 이루어진다. 분류 항목은 14개로 「용자례」(官)와 같지만, 분류 항목명에서는 '地理'를 '天文·地理'로 바꾸었다. 행이나 단어의 수정도 상당히 많이 보인다. 「용자례」(總)의 수정은 奧山仙三의 『語法會話 朝鮮語大成』(1928)에 부록으로 실린 「朝鮮語國語用字比較例」에 거의 반영되었으며, 「용자례」(奧)는 여기에 행이나 단어의 수정이 좀 더 추가되었다. 「용자례」(總)과 「용자례」(奧)의 유사성은 『語法會話 朝鮮語大成』(1928)에 실린 저자의 「上梓に當つ」에서 확인된다. 이에 따르면, 1917년에 조선총독부는 조선인 교육에 종사하는 일본인(=內地人)을 위해 3개월의 강습회를 개설하였는데, 이것은 이후 수년 동안 계속되었으며, 자신은 여기에서 강사 중 한 명으로 가르쳤다고

---

12) 「용자례」(官)는 정오표를 통해 '根地, 伴同, 怪病, 園庭'을 각각 '根秪, 同伴, 怪疾, 庭園'으로 수정하였다. 그러나 「용어례」(總)에서는 이러한 수정을 전혀 반영하지 않은 채, 원문 그대로를 싣고 있다.

13) 이체자 혹은 이형자의 예로는 '点心→點心, 鐵→鐵, 苔狀→答狀' 및 '閭閻'의 '閻', '回章'의 '回'가 있고, 의미가 유사한 다른 한자로 교체된 예는 '坐浦團, 坐鍾'의 '坐'를 '座'로 바꾼 것, '冊糸→冊絲', '怪疾→怪病'이 있다.

14) 조선어의 단어 중 '本'이 포함된 경우 '本金(번금)'처럼 그 발음을 '본'이 아니라 '번'으로 적고 있는 것을 볼 수 있는데, 이는 일본인들이 'ㅓ'와 'ㅗ'를 잘 구분하지 못했기 때문이 아닌가 한다. 「용자례」(奧)에서는 '본'으로 제시되어 있다.

15) 이들 단어의 발음은 「용자례」(奧)에서는 각각 '니쟝, 셕슈쟝, 기와쟝, 가셰'로 제시되어 있다.

한다. 이때 저술한 강습용 대본이 바로『朝鮮語法及會話書』(1917)라고 한
다. 奧山仙三은『朝鮮語法及會話書』를 보완해야 한다는 생각을 가지고 수
정을 해 왔으며, 1927년에 비로소『語法會話 朝鮮語大成』의 원고를 완성
했다고 회고하고 있다. 따라서 「용자례」(總)과 「용자례」(奧)의 유사성은
당연하다고 볼 수밖에 없다.

이상에서 살펴본 「용자례」(官), 「용어례」(總), 「용자례」(總), 「용자례」
(奧)가 보이는 대략적인 체제를 비교해보면, 아래의 <표 1>과 같다.16)

<표 1> 「朝鮮語國語用字比較例」類의 비교

자료 유형	「용자례」(官)	「용어례」(總)	「용자례」(總)	「용자례」(奧)
분류 항목	14개 항목	14개 항목	14개 항목	14개 항목
행	372행	372행	382행17)	386행
한국어 예	445개	445개	453개	446개
일본어 예	373개	373개	393개	401개
한국어 발음	없음	있음	없음	있음
일본어 발음	없음	있음	없음	없음

<표 2>는 「용자례」(官)과 「용자례」(總) 및 「용자례」(奧)의 행을 비교한
것이다.18)

---

16) 아래의 <표 1>에서 한국어 예와 일본어 예는 한 행에 유의어로 제시된 다수의 예
를 모두 각각 계산한 것이다. 일본어 예에는 히라가나 혹은 가타카나로 표기된 예
까지도 포함하여 제시했다.

17) 「용자례」(總의 '天文・地理'항에서 한국어에 '東'만 제시되어 있고 대응되는 일본어
가 빈 칸으로 되어 있는 행이 있다. 이와 관련된 것으로 「용자례」(官), 「용어례」
(總), 「용자례」(奧)에는 '東山-庭園'이 있는데, 「용자례」(總의 '東'만 제시된 행은 인
쇄에 문제가 있었던 것으로 보인다. 따라서 본고에서는 「용자례」(官), 「용어례」(總),
「용자례」(奧)의 예를 따라 「용자례」(總에서 '東'만 제시된 경우를 '東山-庭園'으로
추정하여 행의 총수에 포함시켰다.

18) <표 2>에서 행의 수는 「용자례」(官), 「용자례」(總), 「용자례」(奧)의 「용어례」(總에

104

<표 2> 「용자례」(官)과 「용자례」(總) 및 「용자례」(奧)의 행 변화 비교

유형	행
① 「용자례」(官)=「용자례」(總)=「용자례」(奧)	310행
② 「용자례」(官)=「용자례」(總)≠「용자례」(奧)	23행
③ 「용자례」(官)≠「용자례」(總)=「용자례」(奧)	64행
④ 「용자례」(官)=「용자례」(奧)≠「용자례」(總)	1행
⑤ 「용자례」(官)≠「용자례」(總)≠「용자례」(奧)	5행

①유형은 「용자례」(官), 「용자례」(總), 「용자례」(奧)에서 행이 동일한 경우이다. ②유형은 「용자례」(官), 「용자례」(總)의 양상이 동일하고, 「용자례」(奧)가 다른 경우인데, 다음의 (1)과 같이 「용자례」(奧)에서 추가되거나 삭제된 행, 그리고 「용자례」(官), 「용자례」(總)의 행이 「용자례」(奧)에서 수정된 경우가 포함된다.19)

(1) ㄱ. 「용자례」(官), 「용자례」(總)에 없던 행을 「용자례」(奧)에서 추가 : 6행
　　西洋木－金巾, 火爐－火鉢, 銀河水――天の川, 郵票－印紙, 瞥眼間－瞬間, 貌樣－形
　ㄴ. 「용자례」(官), 「용자례」(總)에 있던 행을 「용자례」(奧)에서 삭제: 2행
　　文字－熟語, 文具－空文
　ㄷ. 「용자례」(官), 「용자례」(總)에 있던 행이 「용자례」(奧)에서 수정 : 15행
　㉮ 한국어를 수정: 11행
　　感氣/外感/毒感[→感氣/外感]-風邪, 　客說/客談/客言[→客說/客談]－贅言,
　　內子/內相/室人[→內子/內相]－妻, 唐木/白木/西洋木[→唐木/廣木]－金巾,
　　圖章/圖書/套書[→圖章/圖書]－印判, 路需/路資/路費[→路需/路資]－旅費,

서 동일한 경우뿐만 아니라 변화가 있는 모든 행을 포함한 것이다. 따라서 추가된 경우나 삭제된 경우가 모두 포함되어 있으므로 전체 행의 수가 <표 1>과 차이가 있는 것이다. 「용어례」(總)는 「용자례」(官)과 동일하므로 이 비교에서 제외하였다.

19) (1)에서 ‘[→]’ 표시는 「용자례」(官), 「용자례」(總), 「용자례」(奧)에서 변화가 있는 경우를 표시한 것이다. 이후의 예에서도 같다.

文書/文券/文記[→文書/文券]－證券, 病/身病/憂患[→病/身病]－病氣, 設或
/設使/假使[→設或/設使]－假令, 手標/手記/明文[→手標/手記]－證書, 言
約/相約/約條[→言約/相約]－約束
㉯ 일본어를 수정 : 4행
舍廊－客間[→客室], 求景－見物[→見物/傍聽], 所聞－噂[→噂/風聞], 尾
星－慧星[→箒星]

③유형은 「용자례」(總)와 「용자례」(奧)의 양상이 동일한 경우인데, 다
음의 (2)와 같이 「용자례」(官)에서 삭제된 행과 「용자례」(總), 「용자례」
(奧)에서 추가된 행, 그리고 「용자례」(官)의 행이 「용자례」(總), 「용자례」
(奧)에서 수정된 경우가 포함된다.

(2) ㄱ.「용자례」(官)에 없던 행을 「용자례」(總), 「용자례」(奧)에서 추가 : 23행
   到任－赴任, 違錯－行違, 變通－融道, 兒患－子供の病, 判數－盲人, 切
   草－刻煙草, 吐手－腕貫, 床－御膳, 進支－御飯, 洋襪－靴下, 房－部屋,
   厠間－便所, 門－戶, 賻儀－香典, 問議－承合, 作別－訣別, 交接－交際,
   役夫－人夫, 會計－勘定, 放賣－販賣, 洑－貯水, 文字－熟字, 井間紙－
   罫紙
  ㄴ.「용자례」(官)에 있던 행을 「용자례」(總), 「용자례」(奧)에서 삭제 : 15행
   女卜－女ノ盲人, 消暢－鬱散, 脫眞/氣脫－衰弱, 肩皮－肩掛, 鍾－時計,
   地衣－薄緣, 面當－對面, 變通/區處－周旋, 取利－營業, 無面－不足, 洞
   里/洞內－町村, 冊糸－綴紐, 居甲－一番, 口招/供招－口供, 都講－試驗
  ㄷ.「용자례」(官)에 있던 행이 「용자례」(總), 「용자례」(奧)에서 수정 : 26행
㉮ 한국어를 수정 : 12행
   埋沒[→昧沒]－無情, 木布/布木[→白木/布木]－木綿類, 失言[→失言/食
   言]－違約, 理致[→理致/涇渭]－理屈, 一家/一哥[→一家]－親類, 的實[→
   的實/分明]－確實, 餞送/餞別/作別[→餞送/餞別]－見送, 点心[→點心]－
   晝飯, 酒幕[→酒幕/旅閣]－宿屋, 鐵丸[→鐵丸]－彈丸, 根柢[→根地]－身
   元, 大端[→大端/大段]－大層
㉯ 일본어를 수정 : 12행
   答狀－返事[→返書], 始作－始[→開始], 窮究－工夫[→工夫/硏究], 牌－

群[→群/組], 氣運－氣分[→氣分/力], 年歲－年[→年齡], 妄發－妄言[→妄言/失言], 張數/冊張數－枚數[→枚數/頁數], 誤入－道樂[→放蕩], 上草－上等刻煙草[→上等煙草], 口味－食氣[→食欲], 形便－有樣[→有樣/都合]
㉯ 한국어와 일본어 모두 수정 : 2행
食前/朝飯前[→食前]－朝[→朝/朝飯前], 耳面[→義面]－廉恥[→廉恥]

④유형은 「용자례」(官), 「용자례」(奧)가 동일하고, 「용자례」(總)만 다른 경우이다.

(3) 典當舗[→典當舗/典當局→典當舗]－質屋

⑤유형은 「용자례」(官), 「용자례」(總), 「용자례」(奧)가 모두 다른 경우이다. 이들은 (4ㄱ)과 같이 「용자례」(官)에 없던 행이 「용자례」(總)에서 추가되었는데, 이를 다시 「용자례」(奧)에서 수정한 예와 (4ㄴ)과 같이 「용자례」(官)의 행을 「용자례」(總), 「용자례」(奧)에서 각각 수정한 경우가 포함된다.

(4) ㄱ. 「용자례」(官)에 없던 행을 「용자례」(總), 「용자례」(奧)에서 추가 : 2행
恒茶飯－常に/尋常[→平素/尋常], 發記－書出シ[→書出]
ㄴ. 「용자례」(官)의 행을 「용자례」(總), 「용자례」(奧)에서 각각 수정 : 3행
標/於音[→手標/於音→동일]－手形[→동일→手形/割札], 冊[→冊/書冊→동일]－本[→동일→本/書籍], 曲折－子細[→仔細/委曲/理由→仔細/委曲]

그러나 「용자례」(總)과 「용자례」(奧)가 「용자례」(官)이나 「용어례」(總)의 내용을 상당히 수정하였음에도 불구하고, 이러한 수정의 내용에는 어떤 원칙이 있었던 것으로 보기는 어렵다. 추가되거나 삭제되어 이전의 예들과 변화가 나타난 경우를 『朝鮮語辭典』(1920)에서 확인해보아도 등재 여부에 있어서 별다른 차이가 나타나지 않는 데다가 이들이 속한 분류 항

목에서도 특별한 경향은 나타나지 않는다.

「용자례」(官), 「용자례」(總), 「용자례」(奧)의 한국어 단어와 일본어 단어를 모두 종합하여 비교해본다면, 이것은 1910년을 전후한 시기의 한국어와 일본어 대조 목록이 될 수 있다. 이를 조선총독부 편 『朝鮮語辭典』(1920)과 文世榮 편 『朝鮮語辭典』(1938)에서 등재 여부를 확인한다면,[20] 1910년 전후의 일본어가 한국어에 수용되는 일련의 과정을 확인할 수 있다.

우선 이 세 자료에서 한국어 단어는 491개, 일본어 예는 429개가 확인된다. 그러나 일본어 예 중 히라가나 혹은 가타카나 표기이거나 이러한 표기가 포함된 단어 12개를 제외하면, 일본어 단어의 총 수는 417개이다. 이외에도 동일한 형태의 단어가 한국어 내에서, 일본어 내에서, 그리고 한국어와 일본어에 중복하여 쓰인 경우가 있는데, 이를 각각 대응되는 단어와 함께 행으로 보이면 다음의 (5)와 같다.[21]

(5) ㄱ. 한국어 내에서 중복되는 단어 : 8개
　　　文字－熟語‖熟字, 白木－金巾‖木綿類, 變通－周旋‖融道, 本金－原價‖元金/資本, 西洋木－金巾‖金巾[22], 手標－證書‖手形/割札, 作別－見送‖訣別, 形便－都合‖有樣/都合
　　ㄴ. 일본어 내에서 중복되는 단어 : 3개

---

20) 이후 이들 사전은 각각 『朝鮮語辭典』(總), 『朝鮮語辭典』(文)으로 표기한다.

21) (5)의 예에서 '‖'는 행의 구분을, '/'은 동일 행에서 유의어로 제시된 것을 구분하여 나타낸다. 이후에도 동일하다. (5ㄷ)의 ' : '는 관련되는 '한국어 행'과 '일본어 행'을 묶어 표시한 것이다.

22) '西洋木'의 경우 다음의 두 가지 행이 있다. 첫째는 「용자례」(官), 「용자례」(總)에서 '唐木/白木/西洋木－金巾'으로 제시된 행이 「용자례」(奧)에서 '唐木/廣木－金巾'으로 수정된 경우이고, 둘째는 「용자례」(官)과 「용자례」(總)에서 제시되지 않았던 '西洋木－金巾'의 행이 「용자례」(奧)에서 추가된 경우이다. 결과적으로 「용자례」(官)과 「용자례」(總)에서는 '西洋木'을 '唐木/白木'과 유의어로 제시한 반면, 「용자례」(奧)에서는 '西洋木'을 「용자례」(官)과 「용자례」(總)의 '唐木/白木'과 유의어인 '唐木/廣木'과 유의어인 것과 그렇지 않은 것으로 구분하여 제시한 셈이다. 본고에서는 「용자례」(奧)의 구분을 따라 '西洋木'이 한국어 내에서 중복된 것으로 처리하였다.

108

相從/追逐 ‖ 交接－<u>交際</u>,　西洋木 ‖ 唐木/白木/西洋木/廣木－<u>金巾</u>,　形便
‖ 事勢/形便－<u>都合</u>
　　ㄷ. 한국어와 일본어에서 공통적으로 쓰인 단어 : 9개
　　　<u>境遇</u>－場合 : 至境·<u>境遇</u>,　<u>工夫</u>－稽古 : 窮究－<u>工夫</u>,　<u>門</u>－戶 : 大門－<u>門</u>,
　　<u>手袋</u>－鞄 : 掌甲－<u>手袋</u>,　<u>是非</u>－爭論 : 不可不－<u>是非</u>,　<u>食前</u>－朝/朝飯前 :
　　空心－<u>食前</u>,　<u>失言</u>－違約 : 妄發－<u>失言</u>,　田－畑 : 沓/畓土－<u>田</u>,　<u>朝飯前</u>－
　　朝/朝飯前 : 食前/朝飯前－<u>朝飯前</u>

　이들 중 (5ㄱ, ㄴ)은 한국어 단어와 일본어 단어의 전체 목록에서 하나
의 단어로 처리할 필요가 있다. 그러나 (5ㄷ)은 비록 한국어와 일본어에서
같은 형태의 한자어라고 하더라도, 각각 별개의 단어로 처리하여 전체 목
록에 포함시키기로 한다. 이러한 내용을 반영한다면 「용자례」(官), 「용자
례」(總), 「용자례」(奧)에서 확인되는 한국어 단어는 483개, 일본어 단어는
414개가 된다.

　이러한 방식으로 「용자례」류에서 추출된 목록의 한국어 단어와 일본어
단어가 『朝鮮語辭典』(總)나 『朝鮮語辭典』(文)에 등재되었는지의 여부를
확인할 때에 주의해야 할 점이 있다. 동일한 형태의 한자어가 『朝鮮語辭
典』(總)나 『朝鮮語辭典』(文)에 등재되었다고 하더라도 「용자례」류에서 대
응되는 한자어를 통해 추정되는 의미와 이들 사전에서 확인되는 의미가
동일한지를 먼저 확인해야 한다. 이는 해당 단어가 이들 사전에 등재되었
다고 하더라도, 그 의미가 목록에 있는 것과 다를 경우 아직은 외래적 요
소에 의한 새로운 의미를 획득했다고 보기 어렵기 때문이다. 이러한 예로
는 다음의 (6)과 같은 예들이 있다.

　(6)　ㄱ. 形便 ‖ 事勢/形便－<u>都合</u>
　　-『朝鮮語辭典』(總) : 總計. (都總, 都統).
　　-『朝鮮語辭典』(文) : 전부를 합한 계산. (都總, 都統, 總計, 合計)
　　ㄴ. 冊/書冊－<u>本</u>

- 『朝鮮語辭典』(總)：① '本錢'(본전)の略. ② '貫鄕'(관향)に同じ. ③ '본보기'の略.
- 『朝鮮語辭典』(文)：① '관향'(貫鄕)과 같음. ② '본전'(本錢)의 준말. ③ '본보기'의 준말.

　ㄷ. 沙工－<u>船頭</u>
- 『朝鮮語辭典』(總)：'이물'に同じ.
- 『朝鮮語辭典』(文)：이물.

　ㄹ. 不可不－<u>是非</u>
- 『朝鮮語辭典』(總)：① 正否. (黑白). ② 爭論. (是是非非).
- 『朝鮮語辭典』(文)：① 옳은 것과 그른 것. 黑白. ② 다투는 것. 싸우는 것.

　ㅁ. 取利－<u>營業</u>
- 『朝鮮語辭典』(總)：經營すろ産業.
- 『朝鮮語辭典』(文)：① 영리하는 사업. ② 일을 경영하는 것. ③ 장사하는 것.

　ㅂ. 辭讓－<u>遠慮</u>
- 『朝鮮語辭典』(總)：未來を考慮すること.
- 『朝鮮語辭典』(文)：앞일을 헤아리는 멀고 깊은 생각.

(6)의 예에서 일본어 '都合, 本, 船頭, 是非, 營業, 遠慮'는 각각 대응되는 한국어가 '사정/형편, 책, 뱃사공, 반드시, 돈놀이, 사양'의 의미를 가지는 것이지만, 『朝鮮語辭典』(總)나 『朝鮮語辭典』(文)에 등재된 의미를 보면, 이러한 의미와 차이가 있다. 따라서 본고에서는 '都合, 本, 船頭, 是非, 營業, 遠慮'는 일본어의 의미를 수용한 새로운 한자어로 보지 않고 『朝鮮語辭典』(總)나 『朝鮮語辭典』(文)에 등재되지 않은 것으로 처리한다.

앞서의 논의를 반영하여 전체 목록의 한국어 단어 483개와 일본어 단어 414개에 대한 등재 여부를 『朝鮮語辭典』(總)과 『朝鮮語辭典』(文)에서 확인해보면, 다음과 같다.[23]

---

23) 해당 단어가 『朝鮮語辭典』(文)에서 '-하다'형으로만 제시된 경우도 등재된 것으로 본다. 예를 들면, '稽古'는 '계고하다'로만 등재되어 있지만, 풀이에서 그 한자를 '稽古'로 제시하고 있는데, 이때 '稽古'는 『朝鮮語辭典』(文)에 등재된 것으로 파악한다.

110

<표 3> 한국어 단어와 일본어 단어의 등재 여부 변화

유형 \ 사전		『朝鮮語辭典』(總)		『朝鮮語辭典』(文)	
한국어 단어	등재	407	(84.27%)	410	(84.89%)
	미등재	76	(15.73%)	73	(15.11%)
계		483	(100%)	483	(100.00%)
일본어 단어	등재	152	(36.71%)	215	(51.93%)
	미등재	262	(63.29%)	199	(48.07%)
계		414	(100%)	414	(100%)

<표 3>을 보면, 한국어 단어의 등재율은 『朝鮮語辭典』(總)보다 『朝鮮語辭典』(文)에서 0.62%가 높아진 반면, 일본어 단어의 등재율은 15.22%가 높아졌음을 확인할 수 있다. 사실상 이러한 등재율 변화는 『朝鮮語辭典』(總)보다 『朝鮮語辭典』(文)의 사전 규모가 더 크다는 점을 감안한다면 당연한 것으로 볼 수 있다. 그러나 한국어 단어의 등재율 증가보다 일본어 단어의 증가율이 훨씬 더 높다는 점은 주목되는 부분이다.

『朝鮮語辭典』(總)와 『朝鮮語辭典』(文)에서 한국어 단어의 등재 여부 변화를 좀 더 자세히 보면, 다음의 <표 4>와 같다.

<표 4> 한국어 단어의 등재 여부 변화

등재 유형			계
『朝鮮語辭典』(總)	→	『朝鮮語辭典』(文)	
① 등재	→	등재	391
② 등재	→	미등재	16
③ 미등재	→	등재	19
④ 미등재	→	미등재	57

위의 <표 4>에서 주목되는 변화는 ②유형이다. 이들은 『朝鮮語辭典』(總)에서 등재되었던 단어가 『朝鮮語辭典』(文)에서 등재된 경우로서 그 예는 다음과 같다.

(6) ㄱ. 計除, 雇價, 根柢, 內相, 一手, 掌記, 清帳, 虛行
    ㄴ. 駕馬, 苦草, 大段, 同生, 埋沒, 點心
    ㄷ. 典當舖, 丁寧

(6ㄱ)은 『朝鮮語辭典』(文)에 전혀 등재되지 않은 단어들이다. (6ㄴ)의 단어들은 『朝鮮語辭典』(總)에 제시된 의미와 『朝鮮語辭典』(文)에 제시된 의미가 동일하다. 그러나 『朝鮮語辭典』(文)에서는 이들은 한자어가 아닌 고유어로 파악하여 '가마, 고초, 대단, 동생, 매몰24), 점심'과 같이 한글표기로만 되어 있다. 이러한 차이는 「용자례」류에서 한글 표기를 사용하지 않고 모두 한자 표기로만 단어를 제시한 데서 비롯된 것으로 생각된다. (6ㄷ)은 『朝鮮語辭典』(文)에서 다른 한자를 사용한 단어로 등재된 경우이다. 즉 『朝鮮語辭典』(總)에서는 '典當舖, 丁寧'으로, 『朝鮮語辭典』(文)에서는 '정녕(叮嚀), 전당포(典當舖)'로 등재되어 있다.25)

---

24) '埋沒'은 일본어 단어 '無情'에 대응되는데, '無情'의 의미는 『朝鮮語辭典』(總)에서 '同情なきこと.'로, 『朝鮮語辭典』(文)에서 '① 동정심이 없는 것. ② 인정이 없는 것.'으로 제시되어 있다. 따라서 『朝鮮語辭典』(總)에서 '미몰(埋沒) : 人情又は風致のなきこと.'과 '미몰(埋沒)스럽다 : 風流乏し(正直に過ぐるにいふ).'로 제시한 것은 자연스럽게 연결된다. 그러나 『朝鮮語辭典』(文)에서는 이를 한자어가 아니라 고유어로 파악하여 관련 단어로 '매몰스럽다 : 매몰한 태도가 있다.', '매몰차다 : 매우 매몰하다.', '매몰하다 : ① 인정이 없다. ② 풍치가 없다.'로 제시하고 있다. 『朝鮮語辭典』(文)에서 한자어 '埋沒'은 '매몰하다 : 파묻히다, 파묻다. 埋沒.'라고 하여 『朝鮮語辭典』(總)와는 다른 단어로 파악하고 있다.

25) (6ㄴ, ㄷ)의 경우는 『朝鮮語辭典』(總)나 『朝鮮語辭典』(文)에서 모두 등재된 단어로 처리할 가능성도 있다. 그러나 1910년을 전후한 시기의 어휘를 고찰함에 있어서 어떤 한자가 사용되는가 하는 점이 그것의 유래를 알 수 있는 증거가 될 수 있다는 점에서 본고는 이들을 모두 별개의 단어로 처리하였다.

『朝鮮語辭典』(總)와 『朝鮮語辭典』(總)에서 일본어 단어의 등재 여부 변화를 좀 더 자세히 보면, 다음의 <표 5>와 같다.

<표 5> 일본어 단어의 등재 여부 변화

등재 유형			계
『朝鮮語辭典』(總)	→	『朝鮮語辭典』(文)	
① 등재	→	등재	146
② 등재	→	미등재	6
③ 미등재	→	등재	69
④ 미등재	→	미등재	3

위의 <표 5>에서 가장 의미가 있는 변화는 ③유형이다. 이들은 『朝鮮語辭典』(總)에서 등재되지 않았던 단어가 『朝鮮語辭典』(文)에서 등재된 경우로서 그 예는 다음과 같다.

(8) 刻煙草, 勘定, 客間, 見本, 稽古, 階段, 高利, 曲馬, 罫紙, 口供, 露店, 亂, 滿開, 面識, 名刺, 毛皮, 墓地, 變死, 便所, 辨解, 兵士, 保證人, 奉送, 奉迎, 不具者, 商品目錄, 小賣, 小作人, 送狀, 手形, 熟語, 熟字, 瞬間, 外出, 優等, 原價, 元金, 元利, 爲替, 引繼, 自白, 醬油, 全減, 全快, 庭園, 眺望, 調査, 組合, 終, 株券, 株金, 證書, 質, 妻, 天幕, 贅言, 取調, 取締, 平素, 表紙, 品物, 下水, 行幸, 現金, 形, 慧星, 虎列剌, 化粧, 懷中時計

마지막으로 살펴볼 부분은 <표 4>에서 한국어 단어가 ④유형인 '미등재 →미등재' 유형에 속하는 단어 중 그에 대응되는 일본어 단어가 <표 5>의 ①유형인 '등재→등재' 유형이나 ③유형인 '미등재→등재'유형에 속하는 경우가 있는지의 여부이다. <표 4>의 ④유형에 속하는 한국어 단어는 모두 57개인데, 이중 대응되는 일본어가 <표 5>의 ①유형에 속하는 경우는 13개이고, ③유형에 속하는 경우는 12개이다. 그 예는 아래의 (9)와 같으며, 이러한 예들은 한국어와 일본어의 경쟁에서 일본어가 우세한 예라고 볼 수 있다.

(9) ㄱ. 한국어 ④유형－일본어 ①유형 : 13개
穀屬－穀物, 空心－食前, 氣脫/脫眞－衰弱, 內坪－內容, 磨練－設計, 味沒－無情, 未練－愚鈍, 石手匠－石工, 義面/耳面－廉恥, 鍾－時計, 至境－境遇, 毁妨－妨害, 鐵丸－彈丸
ㄴ. 한국어 ④유형－일본어 ③유형 : 12개
干醬－醬油, 客言－贅言, 股金/股本金－株金, 股本票/股票－株券, 氣運－氣分, 丹粧－化粧, 馬上技－曲馬, 名啣－名刺, 本邊－元利, 本金－原價/元金/資本

3. 전문어의 수용

1910년을 전후한 시기에는 '新語'라는 이름으로 전문 분야의 어휘를 소개하기 시작한다. 이러한 경향의 대표적인 것으로는 『大韓民報』 제2호(1910.6.13)부터 제136호(1909.11.26)까지 연재된 「新來成語問答」이 있다.[26] 「新來成語」는 매회 1개씩의 신어를 소개하는 것이 원칙이었지만, 제10호에서 '心得書, 仕樣書, 模樣書', 제11호에서 '豫金, 据置', 제15호에서 '仕舞, 仕事'가 소개되었고, '步合'이 제41호와 제108호에서 중복 소개되었기 때문에 「新來成語」에서 소개한 전체 신어의 수는 138개이다.[27] 노검영(2010)은 『大韓民報』의 「新來成語問答」에 대한 전반적 고찰을 하면서 이것이 『增補 最新尺牘』(1912)의 부록에 소개된 「現用新語」와 유사함을 지적하고 있다.[28] 「現用新語」에는 134개의 신어가 제시되어 있는데, 이중 120개는 「新

---

26) 「新來成語問答」은 제2호부터 제24호까지는 「新來成語問答」으로, 제25호부터 제136호까지는 「新來成語(問答)」이라는 제목으로 실렸다. 본고에서는 이후 이를 「新來成語」로 지칭하기로 한다.

27) 이병근(1998/2000:184)에서는 「新來成語」에 소개된 신어가 139개라고 하였지만, 노검영(2010)에서 정확하게 지적되었듯이 모두 138개이다.

28) 『增補 最新尺牘』(1912)의 부록에 소개된 「現用新語」에 대해서는 박형익(2004)에서 상세하게 논의된 바 있다. 이 논문에서는 『增補 最新尺牘』이 1912년 4월 8일에 초판이 나왔지만 확인할 수 없기 때문에 필자가 소장한 4판(1916)을 중심으로 논의한

來成語」와 일치하고, 다른 단어로 대체된 경우가 7개, 추가된 경우가 7개가 있으며, 11개는 삭제되었다.[29] 「新來成語」를 기준으로 하여 「現用新語」에서 변경된 예들을 보이면 다음과 같다.

(10) ㄱ. 다른 단어로 대체된 경우[30]
隔地間(←隔地者), 競買(←競賣), 公債證劵(←公債証書), 任樣書(←仕樣書), 時效(←時効), 必得書(←心得書), 入札(←入扎)
ㄴ. 추가된 경우
相續, 水引, 役人, 義務, 後見人, 斗入地, 多分

다고 밝히고 있다. 아울러 이 논문에서 부록으로 제시한 「現用新語」의 내용은 이 4판을 기준으로 한 것이며, 4판이 증보판이기 때문에 1912년의 초판에서도 「現用新語」가 『增補 最新尺牘』에 실려 있는지는 확인할 수 없다고 하였다. 본고는 박형익(2004)에서 자료로 제시한 「現用新語」를 중심으로 논의하는 것이며, 박형익 선생의 지적에도 불구하고 이것의 연도는 초판인 1912년으로 표기한다.

29) 노검영(2010)에서 제시한 「現用新語」의 전체 숫자와 「新來成語」와 「現用新語」를 비교한 결과는 본고의 것과 다르다. 본고에서는 「現用新語」의 '必得書任樣書, 飛入地斗入地, 當分又多分'을 각각 '必得書'와 '任樣書', '飛入地'와 '斗入地', '當分'과 '多分'으로 나누어 별개의 단어로 처리한 반면, 노검영(2010)에서는 '當分又多分'만 두 단어로 처리하였다. 또한 '裏書'는 「新來成語」에 있지만 「現用新語」에는 없는데, 노검영(2010: 29)에서는 이를 빠뜨렸다. 그 외에도 한자가 다른 경우, 예를 들면 「新來成語」의 '入扎'이 「現用新語」에서 '入札'로 되어 있는 예나 단어 자체가 다른 경우, 예를 들면 「新來成語」의 '隔地者'가 「現用新語」에 '隔地間'으로 되어 있는 것을 동일하지만 약간 변화가 있는 것으로 처리하였다는 점에서 본고의 입장과는 다르다.

30) 「新來成語」의 '緣組'는 「現用新語」에서 '綠組'로 되어 있다. 이들의 의미는 「新來成語」에 '緣組(日語예ㄴ구미)눈 親戚 關係롤 云홈이니 例젼대 他人 間에 婚姻 嫁娶의 事롤 行홈이 是라'로, 「現用新語」에는 '成親의 意니(婚姻 嫁娶 等에 用ᄒ눈 語)'라고 되어 있으므로 사실상 같다(노검영 2010: 30). 또한 「新來成語」의 '取消'는 「現用新語」에 '消取'로 되어 있다. 이들의 의미는 「新來成語」에 '取消(日語도리게시)눈 前事나 或 前約을 無效로 ᄒ눈 意ㅣ니 例컨대 官署에셔 旣히 允許ᄒ 權利어나 或 旣히 會會ᄒ 事項이어나 新聞社에서 前日 收錄의 記事롤 無效로 ᄒ눈 것을 云홈이니 卽 緻消의 意와 如ᄒ니라'로, 「現用新語」에 '前事 或 前約을 爻消ᄒ눈 意라'로 되어 있으므로 사실상 같다. 『朝鮮語辭典』(文)에서는 '取消'라 하여 '①기재 또는 진술을 말살하는 것. ②한번 성립한 법률행위를 그 행의가 있기 전의 상태로 만드는 것.'이라고 되어 있다. 이상과 같은 사실을 바탕으로 본고에서는 「新來成語」의 '緣組'와 「現用新語」의 '綠組', 「新來成語」의 '取消'와 「現用新語」에 '消取'는 다른 단어로 대체된 경우로 보지 않고, 「新來成語」와 「現用新語」에서 일치하는 단어로 파악하기로 한다.

ㄷ. 삭제된 경우
擔保責任, 裏書, 模樣替, 保証, 仕事, 水先, 魚附, 玉突, 意思表示, 切上,
充當

따라서 「新來成語」에 제시된 신어 138개, 「現用新語」에서 다른 단어로
대체된 경우 7개(10ㄱ), 추가된 신어 7개(10ㄴ)를 합하면 「新來成語」와 「現
用新語」의 신어 목록은 모두 152개가 된다. 이들을 대상으로『朝鮮語辭典』
(總)와『朝鮮語辭典』(文)에서 등재 여부를 확인해보면 다음과 같다.

<표 6> 「新來成語」와 「現用新語」의 신어의 등재 여부

유형 \ 사전	『朝鮮語辭典』(總)		『朝鮮語辭典』(文)	
등재	9	(5.92%)	80	(52.63%)
미등재	143	(94.08%)	72	(47.37%)
계	152	(100.00%)	152	(100.00%)

『朝鮮語辭典』(總)와『朝鮮語辭典』(文)의 사전 규모를 감안하더라도, 『朝
鮮語辭典』(總)와『朝鮮語辭典』(文)에서 보이는 등재율 변화는 상당한 것
이다. 더구나 이것을 앞의 <표 3>에서 살펴본 일상어의 일본어 단어 등재
율 변화와 함께 생각해 볼 때, 이 시기의 일본어 수용 속도와 양을 짐작할
수 있게 한다. 『朝鮮語辭典』(總)와『朝鮮語辭典』(文)를 통한 일본어 등재
율 변화를 기준으로 볼 때, 일상어의 일본어 단어 수용보다는 전문어의 일
본어 단어 수용이 더 폭넓고 빨랐을 것이라는 일반적인 추측도 확인되는
셈이다.
「新來成語」와 「現用新語」에서는 신어의 뜻풀이에서 '~의 意'와 같은
방식으로 일본어인 신어에 대응되는 한국어를 보여 주는 경우가 있다. 이
중 「新來成語」와 「現用新語」에서 동일하게 제시한 한국어가 있는 경우는
모두 23개인데, 이들 중에는 앞의 2장에서 살펴보았던 「용자례」류에서 확

116

인되는 예들도 있다.

    (11) ㄱ. '한국어-일본어'의 대응이 「용자례」류와 동일한 경우
          都賣-卸賣, 放賣-拂下, 事勢/變通[31]-都合
        ㄴ. '한국어-일본어'의 대응이 「용자례」류에서 확인되지 않는 경우
          告別-暇乞, 變更-更改, 暫時間/當座-當分, 貸給-貸付, 官許/公認-
        免許, 分配-配當, 報償-辨濟, 慰勞金/報酬金-手當金, 色絲-水引, 任員-
        役員, 官人/公吏-役人, 票-切手, 指揮/指示-切手, 準備-支度, 廷吏-支度,
        閉鎖-締切, 仕進-出勤, 出席/使待-出頭, 推尋-取立, 比例-割合

  (11ㄱ)의 예 중 한국어는 모두 『朝鮮語辭典』(總)와 『朝鮮語辭典』(文)에
등재되어 있지만, 일본어의 경우는 『朝鮮語辭典』(總)에서는 모두 등재되
지 않고 '拂下'만이 『朝鮮語辭典』(文)에 등재되었다. (11ㄴ)의 한국어 26개
중에는 『朝鮮語辭典』(總)와 『朝鮮語辭典』(文)에 모두 등재된 경우가 19개
이고, '公吏'는 『朝鮮語辭典』(總)에는 등재되지 않았지만, 『朝鮮語辭典』
(文)에는 등재되어 있다. 그 외 '慰勞金, 報酬金, 當座, 任員, 票, 使待'는 『朝
鮮語辭典』(總)와 『朝鮮語辭典』(文) 모두에 등재되지 않았다. 일본어의 경
우는 '役人, 貸付'만이 『朝鮮語辭典』(總)와 『朝鮮語辭典』(文)에 모두 등재
되고, '免許, 配當, 出勤, 役員, 執達吏, 出頭, 切手'사 『朝鮮語辭典』(文)에서
추가로 등재되었다.

4. 결론

  근대 문물의 수용과 더불어 시작된 새로운 어휘의 수용은 새로운 문물
에 대해 언급하는 여러 문헌들에서 확인된다. 19세기 말부터는 이러한 어

---

31) 「용자례」류에서는 대응되는 한국어가 '事勢/形便'으로 되어 있다.

휘들이 어휘집이나 사전의 형식으로 정리되기 시작하였는데, 이로부터 신어들이 한국어에 수용되고 정착되는 과정들을 확인할 수 있다. 1910년을 전후한 시기에는 신어의 정리는 좀 더 세분된 방식으로 진행된다. 이전 시기와 마찬가지로 일반 언어사전 혹은 어휘집과 같은 형식을 통해 신어의 성격에 대한 고려 없이 해당 신어가 총망라되는 관행도 지속되었지만, 1910년을 전후한 시기에는 특정 전문 분야의 '전문어'에 대한 관심에 집중하여 관련 서적 혹은 자료들이 출판되기 시작하는 모습을 보이는 것이다.

본고는 이러한 점에 주목하여 1910년을 전후한 시기의 신어 수용 양상을 일상어와 전문어로 나누어 살펴보았다. 일상어의 수용에 대한 자료로는 官立漢城外國語學校(1911)의 「朝鮮語國語用字比較例」, 朝鮮總督府(1911)의 「國語朝鮮語用語比較例」, 朝鮮總督府(1917)의 「朝鮮語國語用字比較例」, 奧山仙三(1928)의 「朝鮮語國語用字比較例」를 대상으로 하였으며, 전문어의 수용에 대한 자료로는 『大韓民報』에 실린 「新來成語問答」(1909-1910), 唯一書館에서 발행한 『增補 最新尺牘』(1912)에 실린 「現用新語」를 대상으로 하였다. 전자의 자료에서는 자료의 성격상 '朝鮮語/日本語'의 구분을 명시하여 외국어로서의 '日本語' 목록을 확인할 수 있으며, 후자의 자료에서는 기획 의도를 통해 제시된 어휘가 '日本語'임을 분명하게 알 수 있다. 따라서 이들에 제시된 어휘를 조선총독부 편 『朝鮮語辭典』(1920)과 문세영 편 『朝鮮語辭典』(1938)을 통해 확인함으로써 日本語가 신어로서 한국어에 수용되는 과정을 통계적으로 확인할 수 있었다.

본고의 논의는 한정된 자료와 제한적인 방법론을 통해 1910년 전후의 신어 수용 양상을 살폈다는 점에서 이 시기의 신어 수용 양상 전반에 대한 논의라고 보기는 어렵다. 따라서 본고의 논의는 이 시기의 신어 수용 양상의 한 단면으로 이해될 수 있으며, 이후 논의의 확충을 통해 19세기 말 이후의 신어 수용 양상이 좀 더 체계적으로 다루어질 수 있기를 기대한다.

■ 참고문헌

1. 기본자료

官立漢城外國語學校 편, 「朝鮮語國語用字比較例」, 「國語朝鮮語字音及用字比較」. 『역
　　대한국문법대계』 3 13(1985, 탑출판사) 영인본, 1911.
朝鮮總督府 편, 「國語朝鮮語用語比較例」, 『朝鮮總督府月報』 제1권 제7호. 고려서
　　림(1989) 영인본, 1911.
朝鮮總督府 편, 「朝鮮語國語用字比較例」, 『朝鮮語汯及會話書』, 朝鮮總督府總務局
　　印刷所. 『역대한국문법대계』 2 36(1985, 탑출판사) 영인본, 1917.
奧山仙三, 「朝鮮語國語用字比較例」, 『語法會話 朝鮮語大成』, 京城: 日韓書房. 『역
　　대한국문법대계』 2 43(1985, 탑출판사) 영인본, 1928.
大韓民報社 편, 「新來成語問答」, 『大韓民報』, 1909~1910.
唯一書館 편, 「現用新語」, 『增補 最新尺牘』. 박형익(2004:162-169)에 입력된 제4판
　　이용, 1912.

2. 저서 및 논문

김민수, 「漢城外國語學校 「國語朝鮮語字音及用字比較」 해설」, 『역대한국문법대계
　　』 3 13, 탑출판사, 1985.
______, 「奧山仙三 「語法會話 朝鮮語大成」 해설」, 『역대한국문법대계』 2 43, 탑출
　　판사, 1985.
김윤희, 「한국 근대 신조어 연구(1920년~1936년) -일상·문화적 맥락을 중심으로-」,
　　2010년 여름 국어사학회 전국학술대회 발표문, 2010.
노검영, 「『大韓民報』(1909-10) 「新來成語問答」의 新漢字語에 대한 硏究」, 한국학중
　　앙연구원 석사학위논문, 2010.
박형익, 「1910년대 출간된 신어 자료집의 븐석」, 『한국어학』 22, 153~183쪽, 『한
　　국의 사전과 사전학』(2004, 월인)에 「1910년대 출간된 신어 자료집」으로
　　수록, 2004.
______, 『한국의 사전과 사전학』, 월인, 2004.
송　민, 「신생 한자어의 성립 배경」, 『새국어생활』 9-2, 국립국어원, 1999.

이병근, 「朝鮮總督府 編『朝鮮語辭典』의 編纂目的과 그 經緯」, 『震檀學報』 59, 진
　　　단학회, 1985, 135~154쪽, 『한국어 사전의 역사와 방향』(태학사, 2000)에
　　　수록.

______, 「國語辭典 編纂의 歷史」, 『국어생활』 7, 국립국어원, 1986, 8~35쪽. 『한
　　　국어 사전의 역사와 방향』(태학사, 2000)에 수록.

______, 「開化期의 語彙整理와 辭典編纂 -『大韓民報』의 경우」, 『周時經學報』 1, 탑
　　　출판사, 1988, 69~87쪽, 『한국어 사전의 역사와 방향』(태학사, 2000)에
　　　수록.

______, 「統監府 時期의 語彙整理와 그 展開 -池錫永의 『言文』을 중심으로」, 『韓國
　　　文化』 21, 서울대 한국문화연구소, 1998, 1~24쪽, 『한국어 사전의 역사
　　　와 방향』(태학사, 2000)에 수록.

______, 『한국어 사전의 역사와 방향』, 태학사, 2000.

이지영, 「사전편찬사의 관점에서 본 『韓佛字典』의 특징 -근대국어의 유해류 및 19
　　　세기의 『國漢會語』, 『韓英字典』과의 비교를 중심으로」, 『한국문화』 48,
　　　서울대 규장각한국학연구원, 2009.

조남호, 「『現代新語釋義』考」, 『어문연구』 118, 한국어문교육연구회, 2003.

이 논문은 2010년 10월 31일 투고되어
2010년 11월 1일부터 11월 30일까지 심사위원이 심사를 하고
2010년 12월 10일에 심사위원 및 편집위원 회의에서 게재 결정된 논문임.

■ Abstract

Some aspects of accepting newly coined words around 1910

Lee, Ji-Young
(The Academy of Korean Studies)

This paper aims to examine some vocabularies published around 1910, and to show some aspects of accepting newly coined words in this period. The main tendency of accepting newly coined words in this period is that newly coined words were divided into two kinds of terms, namely ordinary terms and technical terms. It was distinguished from the previous tendency that all of newly accepted words were collected irrespective of the characteristics of terms, and enrolled in a kind of dictionaries or vocabularies.

For investigating the acceptance of ordinary terms, we examined four vocabularies: The Comparative Examples of Korean-Japanese Words by the Han-Sung Foreign Language Public School published in 1911, The Comparative Examples of Japanese-Korean Words by the Japanese Government General of Korea published in 1911, The Comparative Examples of Korean - Japanese Words by the Japanese Government General of Korea published in 1917, The Comparative Examples of Korean - Japanese Words by Okuyama Senyama published in 1928. For investigating the acceptance of technical terms, we examined two vocabularies: The Q&A on Newly Accepted Words published serially in the newspaper The Daehanminbo from 1909 to 1910, The Newly Accepted Words in Use published as a appendix of the revised edition of The Newest Letters by Yuilseokwan published in 1912.

We compared words found in above-mentioned vocabularies with words found in two dictionaries, namely the Korean Dictionary by the Japanese Government General of Korea published in 1920 and the Korean Dictionary by Moon, Se-Young published in 1938. As a result, we statistically and concretely identified the process of accepting newly accepted words around 1910.

Key Words : the newly accepted words, the ordinary terms, the technical terms, *The Comparative Examples of Korean-Japanese Words* by the Han-Sung Foreign Language Public School(1911), *The Comparative Examples of Japanese-Korean Words* by the Japanese Government General of Korea(1911), *The Comparative Examples of Korean -Japanese Words* by the Japanese Government General of Korea(1917), *The Comparative Examples of Korean -Japanese Words* by Okuyama Senyama(1928), *The Q&A on Newly Accepted Words* published serially in the newspaper *The Daehanminbo*(190 9~1910), *The Newly Accepted Words in Use* published as a appendix of the revised edition of *The Newest Letters* by Yuilseokwan(1912).

제2부

현대 한국어문학의 형세

정지용 산수시 연구*

박명옥**

•차례

■ 국문초록

지용은 일제 말 운신의 폭이 좁아졌기 때문에 새로운 시 형식을 추구하게 된다. 지용은 새로운 시 형식, 즉 우리의 고전을 빌어 와 본인이 추구하는 예술세계를 그리고자 하였다. 고전 중에 산수시를 미학적 원천으로 삼았는데 이것은 내용에 비해 형식의 제약을 덜 받기 때문이었다. 내용은 현실에 대한 직접적인 관심의 부분이기 떠문에 자유롭지 못했고, 그에 비해 형식은 별 제약을 받지 않았기 때문이었던 것이다.

---

* 이 논문은 고려대학교 BK21 한국어문학교육연구단의 지원을 받아 작성하였음.
** 고려대학교 박사수료, 방송대학교 강사.

친일도 배일도 하지 못한 상황에 지용은 불안정한 현실 극복하고자 우리 국토를 여행하면서 현실의 시공간을 뛰어넘어 현실도 과거도 아닌 초월적 시공간을 취한다. 결국 지용은 친일과 변절을 강요당하던 일제의 압력 속에서 자신을 지키기 위해 시간과 공간을 무화시켜 산수 자연에 침잠했던 것이다.

무한히 순환하는 자연의 시간은 일차적으로 공간화의 방식으로 인식된다. 그리고 공간화된 시간은 또 다시 자연 경물을 통해 시 안에 표현된다. 시간과 융합된 공간은 '사실 그대로'를 넘어 '구성된 사실'로서 형상화 된다. 이러한 산수시의 세계는 지용에게 유토피아이다. 그러나 유토피아는 현실 어느 곳에도 존재하지 않는다. 그렇기 때문에 지용은 산수자연에 파묻혀 시간과 공간을 무화시킴으로써 영원성을 추구하고자 하였던 것이다.

주제어 : 정지용, 전통수사법, 전설, 동양경전, 동양시학.

1. 들어가며

이 글은 지용의 시가 감각적인 모더니스트에서 정신적인 전통주의자로 변화해갔다는 논의에서 출발한다. 연구자들은 『鄭芝溶詩集』(1935)에서 보여준 감각적인 서구적 모더니스트로서의 지용[1]과 『白鹿潭』(1941)에 나타난 정신적인 전통론자[2]로서의 지용으로 대립적이고 단절적으로 보고 있

[1] 송욱, 「한국 모더니즘 비판-정지용 즉 모더니즘의 자기 부정」, 『사상계』, 1962.12 ; 오세영, 「모더니스트, 비극적 상황의 주인공들」, 『문학사상』, 1975.1 ; 마광수, 「정지용의 모더니즘 시」, 『홍대논총』 11, 1979 ; 이기서, 「정지용 시 연구-언어와 수사를 중심으로」, 『고려대 문리대 논집』 4집, 1986.12 ; 민병기 「30년대 모더니즘시의 심상체계연구」, 고려대 박사학위논문, 1987 ; 최두석, 「정지용의 시 세계-유리창 이미지를 중심으로」, 『창작과 비평』, 1988. 여름호 ; 정효구, 「정지용시의 이미지즘과 그 한계, 모더니즘 연구」, 『자유세계』, 1993 ; 문혜원, 「정지용 시에 나타난 모더니즘 특질에 관한 연구」, 『관악어문연구』 18, 1993.12 ; 이기형, 「1930년대 한국모더니즘시 연구-정지용을 중심으로」, 인하대 박사학위논문, 1994 ; 김용희, 「정지용 시의 어법과 이미지의 구조 연구」, 이화여대 박사학위논문, 1994 ; 이미순, 「정지용 시의 수사학적 일고찰」, 『한국의 현대문학』 3, 모음사, 1994 ; 진순애, 「한국현대시의 모더니티 연구」, 성균관대 박사학위논문, 1997 ; 사나다 히로코, 「모더니스트 정지용 연구」, 인하대 박사학위논문, 2001.

[2] 오탁번, 「지용시 연구」, 고려대 석사학위논문, 1970 ; 이숭원, 「백록담에 담긴 지용의 미학」, 『어문연구』 12집, 1983.12 ; 최동호, 「정지용의 산수시와 은일의 정신」, 『민족문학연구』 19집, 1986.1 ; 최승호, 「1930년대 후반기 시의 전통지향적 미의식 연구-문장파 자연시를 중심으로」, 서울대 박사학위논문, 1993 ; 최승호, 「정지용 자연시의 은유적 상상력」, 『한국시학연구』 1, 한국시학회, 1998.11 ; 한영옥, 「정지용 시, 산정으로 오른 정신」, 『한국현대시의 의식탐구』, 새미, 1999 ; 김종태, 「정지용의 백록담에 나타난 동양 정신」, 『한국현대시와 전통성』, 하늘연못, 2001 ; 최동호, 「정지용 산수시와 성정의 시학」, 『시와 시학』 2002년 여름호 ; 이태희, 「정지용 시의 창작방법 연구」, 경희대 박사학위논문, 2003 ; 김문주, 「한국현대시의 풍경과 전통 : 정지용과 조지훈 시를 중심으로」, 고려대 박사학위논문, 2006 ; 이상오, 「정지용의 산수시 고찰」, 『한국시학연구』 6, 한국시학회, 2002.5 ; 「정지용 시의 자연 은유 고찰」, 『한국현대문학회』 16, 한국현대문학연구, 2004, 12 ; 박명옥, 「정지용의 「長壽山 1」과 漢詩의 비교연구-『詩經』의 「伐木」과 두보의 「題張氏隱居」를 중심으로」, 『한국문학이론과 비평』, 한국문학이론과 비평학회, 2005 ; 「정지용의 「玉流洞」과 이백의 「望廬山瀑布」 비교연구」, 『한국문학이론과 비평학회』, 한국문학이론과 비평학회, 2006 ; 「정지용 시에 나타난

는 경향이 있다. 그러나 지용은 초기의 감각적 지향성을 버리고 후기에 와서 갑작스럽게 전통주의를 표방한 산수시의 세계로 나아간 것이 아니다. 이 글에서는 지용이 왜 산수시로 나아갈 수밖에 없는지를 살펴보고, 지용이 산수전원에서 직접 체험하고 관찰한 '경'과 자연과의 접촉을 통해 유발되는 '정'을 노래한 산수시의 시간의식의 특성에 주목하려 한다. 이를 위해 산수가 가진 시간의 특성이 지용의 삶과 접촉하여 어떠한 방식으로 표현되었는가를 살펴보려고 한다.

지용은 초기시부터 시간과 시계에 대한 관심을 드러낸다. 지용의 초기시는 시간에 대한 두려움과 부정적 인식을 드러내는 작품이 많다. 근대와 전통이 착종되는 시기에 식민지 청년이 경험하는 시간은 혼돈 그 자체였을 것이다. 그래서 지용의 초기시에는 밀려들어오는 근대의 시간을 부정적으로 바라보았고, 특히 일제 말 침략전쟁으로 궁지에 몰린 일본이 조선말을 사용하지 못하게 하는 상황에 이르러서는 산수에 숨어 시간의 흐름을 의식하지 않았다. 친일도 배일도 하지 못하는 불안정한 상황에서 지용은 시적 변모를 거듭하면서 현실을 극복하고자 하였다. 그 극복양상은 현실과의 치열한 대결의식이 아닌 새로운 시 형식인 산수시를 추구했던 것이다.

지용은 "시작이란 언어문자의 구성이라기보담도 먼저 성정의 참담한 연금술이오 생명의 치열한 조각법"이라고[3] 하였다. 지용에게 있어 시작이란 결코 자연을 묘사하는 것이나 신비주의가 아닌 '경'(자연)과 '정'(인간)을 하나로 아우르는 동양의 전통적인 자연관에서 비롯되었던 것이다. 즉 지용은 자연의 움직임을 통해서 자연과 인간의 정신적 교감을 통해 성정을 이끌어낸 것이다.

지용 시의 시간의식은 시기에 따라 변화하고 있다고 보고 그 변모의 동인을 밝히기 위해 춘설, 조찬, 구성동을 분석하고자 한다.

한시수용연구」,『한국시학회』 27, 한국시학연구, 2010.4.
3) 정지용, 「영랑과 그의 시」,『정지용 전집』 2, 민음사, 2003, 343쪽.

2. 본론

2.1. 산수시의 창작배경

지용은 「長壽山」, 「白鹿潭」을 발표한 이후 「詩의 擁護」(1939.6), 「詩의 發表」(1939.10), 「詩의 威儀」(1939.11), 「詩와 言語」(1939.12) 네 편의 시론을 발표하며 1920년대 중반 이후의 꾸준한 시적 모색과 변화에 대한 이론적 입지를 마련한다. 이 중 「詩의 擁護」를 통해 지용의 이론적 토대가 산수시 쪽으로 기울지 않을 수 없었던 이유를 발견할 수 있다. 먼저 지용은 이 시론을 통해 그는 시를 쓸 때 중요한 것은 기술이 아니라 정신이라고 여러 번 강조한다.[4] "시는 언어의 구성이기보다 더 정신적인 것의 열렬한 정황 혹은 旺溢한 상태 혹은 황홀한 사기임으로 시인은 항상 정신적인 것을 조준한다"[5]면서 시를 쓸 때 중요한 것은 언어적 표현보다 정신의 우위성을 강조한다. "시의 신수에 정신 신상의 열락이 깃들임"은 곧 인간이 자연 속에 숨어 살며 자연과 융합하여 생겨난 정경교융의 정신이야 말로 山水畵의 정신이며 山水詩에 담긴 동양의 정신일 것이다. 변절과 친일을 강요당하던 30년대 말의 식민지 상황에서 지용 자신을 지키는 길은 산수 속에 자신을 숨기는 일이었을 것이다. 그러나 그는 山水에 숨을 수는 없었으며, 그 자신의 시에서나마 山水詩의 세계로 나아감으로써 자신의 역경을 감내하그자 하였을[6] 것이다.

---

4) "시는 安當을 지나 詩髓애 사무치지 않을 수 없으니, 시의 신수에 정신 지상의 열락이 깃들임이다." 정지용, 「詩의 擁護」, 『정지용 전집 2-산문』, 민음사, 1988, 242쪽. "기법을 파악하되 체구에 올리라. 기억력이란 빈약한 것이요. 손끝이란 수공업자에게 필요한 것이다. 究極에서는 기법을 망각하라." 같은 책, 243쪽.

5) 정지용, 「시의 옹호」, 『정지용 전집』, 민음사, 1988, 243쪽.

6) 최동호, 「鄭芝溶의 山水詩와 隱逸의 精神」, 『민족문화연구』 19집, 고대민족문화연구소, 1986, 96~97쪽.

이외에도 지용이 산수시의 세계로 나아가는데 영향을 끼친 것으로 당대의 '고전부흥운동'이다. 1920년 이후 문단에서 유력한 세력을 형성했던 카프는 두 차례의 검거사건을 통해 조직이 와해되고 1930년대 중후반의 문단은 문학의 전통·고전 회귀 경향으로 이어진다. 물론 '조선적인 것'에 대한 관심과 탐구는 이전부터 다양하게 존재해 왔다. 이미 신채호의 조선고대사 서술, 1920년대 '국학파', 그리고 조선어연구회(1921년 결성, 1931년 조선어학회로 명칭 변경) 등에 의해 조선의 역사, 언어 및 고전문학에 대한 관심이 지속적으로 존재해왔다. 또한 최남선의 조선 광문회(1910)가 고전문헌을 수집·간행하여 조선 연구의 기초를 마련했고, 1920년대 시조부흥운동, 민요시운동 등은 조선의 과거문학을 정신적·형식적으로 계승하고자하는 시도들을 보여준 바 있다. 그러나 1920년대까지만 해도 '조선적인 것=과거적인 것'에 대한 관심은 특정학파나 유파에 국한되어 있었으며, 그 사상적 기반도 낭만적 민족주의에서 크게 벗어나지 못했다.[7] 이에 반해 1930년대 중후반의 '조선적인 것'은 전 문단적인 것이었다. 특히 1930년대 중반, 신문과 잡지에서 눈에 많이 띄는 단어는 '조선'이라는 단어이다.

만주사변을 일으킨 일본이 1933년 국제연맹을 탈퇴한 후 1937년 중일전쟁을 일으킨다. 동아시아의 패권을 장악한 일본은 1938년 조선 중등학교에서의 조선어 교육을 폐지시키고 내선일체를 강요한다. 식민지 약소국가인 조선은 조선민족의 존재 자체를 위협하는 심각한 억압에서 민족의 고유성을 지키려면 조선적인 전통을 지켜야 하는 것뿐이라고 생각하기에 이르렀다. 그런가 하면 이 시기에 일본문단에서 일본낭만파가 주도했던 '일본적인 것'에 대한 탐구경향은 특히 조선의 전통을 찾고자하는 민족주의 계열의 문학인들에게 하나의 중요한 준거가 되기도 했다.[8] '고전부흥운동'은 조선어와 조선문학의 고유성과 역사성을 확인하여 존립의 근거를

---

7) 차승기, 『반근대적 상상력의 임계들』, 푸른역사, 2009, 94쪽.
8) 김윤식, 『한국근대문학사상비판』, 일지사, 1995.

찾으려는 조선문단의 자구책으로서 힘을 얻을 수 있었다. 역사 방면, 문화 방면, 모어의 연구, 그리고 문학 방면에 조선적 연구가 활발해지고 역사 연구 단체 및 민족 문화 연구 출판물의 출현, 조선학에 관한 논의가 분분해지고 있는 것이 당시 조선 사회의 특징이었다. 1930년대 중반 조선학운동과9) 전통·고전 탐구의 경향은 신문과10) 잡지를 통해 확산되고 문학인들이 참여하면서 하나의 유행을 형성할 정도였다.

이런 사회문화적 흐름 속에서 『정지용 시집』이 출간되는 1935년을 전후로 하여, 조선 문학의 진로와 방향을 논하는 조선문단의 특집과 기획 글에 민족의 고유한 문화적 전통과 조선어에 대한 정지용의 언급이 빈번하게 등장한다. 그리고 1939년 발행하기 시작한 『문장』을 중심으로 이병기, 이태준, 김용준, 길진섭 등과의 영향 관계 속에서 지용은 근대적 감각을 유지하면서도 어떻게 동양적인 정신을 수용할 수 있을까 고민한다. 지용은 "시의 자매 일반 예술론에서 더욱이 동양화론 書畵에서 시의 방향을 찾는 이는 비뚤은 길에 들지 않는다."11)라고 말하며, 전통과 고전의 새로운 창조와 변용을 주장하고 있다. 즉 미술인과 문인들이 『문장』을 통해 구현하고자 한 것은 단순한 복고가 아니라 고전 속에서 나아갈 지표를 발견하여 그것을 현대적인 것으로 번안하는 것이었다.12) 정지용의 경우 전통으로부터 얻고자 한 것은 바로 정신성인데, 그는 이것을 한시와 동양화론의 세계에서 얻고자 한 것이다.

---

9) 이 명칭은 『조선일보』 중심의 '조선학운동'과 『동아일보』 중심의 '문화혁신운동' 등 민족주의 계열에서 진행된 '조선적인 것'에 대한 탐구운동을 통칭한다. 이 명칭에 대해서는 박현호, 『이태준과 한국 근대 소설의 성격』, 소명, 1999, 95쪽 참조..

10) 1935년 1월 『조선일보』, 『동아일보』, 『조선중앙일보』는 일제히 '고전·전통 재검토'를 신년 특집으로 다루었다. 특히 조선일보는 "새로운 문학이 탄생할 수 없는 불리한 환경 아래 오히려 우리들의 고전으로 올라가 우리들의 문학유산을 계승함으로써 우리들 문학의 특이성이라도 발휘해보는 것이 時運에 피할 수 업는 良策" '조선문학상의 복고사상검토'이라는 일부 논자의 말을 옮기고 있듯이 고전·전통을 중시하고 있다.

11) 정지용, 「시와 발표」, 『문장』, 1939.10.

12) 문혜원, 「국토 여행과 '조선시'의 형식」, 『한국문학이론과 비평』 11권 4호, 한국문학이론과 비평학회, 2007.

지용은 1939년 6월부터 12월까지 『문장』에 게재했던 시론과 1939~
1940년까지 『문장』의 고선(考選)위원으로서 고정적으로 '시선후(詩選後)'란
에서 시의 근본에 대한 탐구를 지속적으로 보여준다. 시조나 내간체 문장
에도 관심을 보였는데, 이는 새로운 시 형식을 추구하는 지용의 탐구로 볼
수 있으며 이는 작시법이나 시 의식을 전통적인 것에 뿌리를 찾으려는 노
력으로13) 볼 수 있다.

> 詩의 技法은 詩學 詩論 혹은 詩法에 依托하기에는 그들은 意外에 無能한
> 것을 알리라. 技法은 차라리 練習 熟通에서 얻는다.…… 究極에는 技法을
> 망각하라.…… 무엇보다도 突然한 變異를 꾀하지 말라. 自然을 속이는 變
> 異는 嶄新할 수 없다.…… 詩人은 完全히 自然스런 姿勢에서 다시 飛躍할
> 뿐이다. 優秀한 傳統이야말로 飛躍의 발디딘 곳이 아닐 수 없다.14)

이 글에서 '자연', '시', '전통'이 동일선상에 놓여 있으며 문장이 추구하
는 전통지향성과 창작정신이 어떻게 결합되었는지 단적으로 드러난다. 기
법은 그 자체 자연이 될 때, 참된 시를 지을 수가 있다. 그렇지 않은 기법
은 "突然한 變異", "自然을 속이는 變異"를 초래할 뿐이다. 지용은 "究極
에는 技法을 망각하"고 "完全히 自然스런 姿勢에서" 참다운 시적 비약을
이룰 수 있다는 것이다. 기법의 인위성을 극복하여 시인과 자연이 구별되
지 않는 자유자재의 경지에 이르러서야 비로소 참다운 시를 쓸 수 있다는
것이다. 지용에게 전통은 자유자재의 경지를 지향한 오랜 시적 전통인 동
시에 그 자체가 시인의 '자연'이기도 하다. 지용에게서 발견되는 '전통'은
'자연'과 동일시되고 있는데 창작주체와 시적 대상과의 관계 속에서 '자연

---

13) 「인동차」, 「비」, 「조찬」, 「구성동」, 「난초」, 「폭포」 등 전통적인 한시작법인 2행 1연
　　의 간결하고 정제된 짜임으로 이루어져 있으며 이러한 형식은 전통적인 고전적 격
　　조이다. 기승전결이라는 한시작법을 근간으로 했기 때문에 새로우면서도 자연스럽
　　게 우리의 시정을 자극하고 우리 사상의 흐름을 환기시키기도 한다.

14) 정지용, 앞의 글.

성'이 구현되는 방식을 취하고 있다.[15]

2.2. 과거와 현재의 동시성

시간과 공간은 사물의 인식과 밀접한 관련을 갖는다. 한 시인이 어떤 대상을 인식하여 언어로써 표현할 때 이미 그 속에는 시간과 공간이 동시에 담기게 마련이다. 이처럼 모든 시는 시간과 공간을 갖고 있으며, 시간과 공간은 분리할 수 없다.[16] 중국 후한 때 편찬된 『說文解字·日部』에 "時는 四時이다. 日을 따르며 寺는 소리이다"라고[17] 하였다. 이를 보면 時는 본래 日이라는 시간 개념과 寺라는 공간개념이 포함된 글자이다. 이처럼 시간은 추상적인 특성 때문에 공간과 관련을 맺을 수밖에 없다.

시간은 인간의 구체적인 감각을 거쳐야만 인식된다. 첫째, 인간은 외부 세계의 빛과 소리의 변화를 감각기관을 통해 느껴서 시간의 흐름을 감지한다. 이와 같은 외부적인 감각 외에 둘째로 인간은 인간 스스로 시간을 감지하기도 한다. 인간은 인체의 시계를 통해서, 즉 출생과 성장, 노화와 죽음 등을 경험하면서 삶의 유한성을 깨닫게 된다.

이와 같은 두 가지 시간에 대한 인식으로 인하여 문학에서 차지하는 시간은 중요하다. 첫 번째 외부적인 감각을 이용한 시간의 구체화는 산수의 경색으로 인하여 시간이 구체화된다. 산수는 사시사철 아름다운 옷을 갈아입으며 자연의 순환을 산수의 경물 그 자체에 그대로 투영한다. 시간에 반응하는 경물은 다변적이고 순환하는 무한성 때문에 유한한 시간을 가진 인간에게 경외의 대상이 된다. 이와 같이 '경'에서 '정'으로 향하는 과정은

---

15) 차승기, 앞의 책, 137쪽.

16) 문덕수, 『한국 모더니즘 시 연구』, 시문학사, 1981.

17) 許愼, 『說文解字·日部』, "時, 四時也. 從日 寺聲."

산수시의 일반적인 전통이다.

그런데 근대 이후 기계문명이 발달함으로써 인간의 의식과 생활이 물리적 시간에 지배당하기 시작했다. 근대사회의 변화는 인간이 경험했던 시간개념에 대해 끼친 영향이 크다. 시계에 의해 정확하게 측정된 시간은 인간에게 갈등과 공포를 준다. 기계적 시간에 인간의 의식이 지배당하기 시작한 근대의 시인들은 물리적인 시간을 거부하고 주관적으로 체험되는 시간을 소중하게 다룬다.

시간은 객관적인 시간과 주관적인 시간으로 나눌 수 있다. 객관적인 시간은 자연의 계절적인 변화나 생물의 성장과 노화과정에서 흐르는 시간이다. 이 같은 시간은 '양'으로 측정이 가능하다. 그것을 가리켜 '분할될 수 있는 시간'이라고 말하는데, 분할된 양은 일정하다. 따라서 시간의 흐름은 일정한 양, 즉 균질한 시간들의 사슬이다. 주관적 시간은 시간을 체험하는 사람들에 따라 다르게, 주관적으로 인지되는 시간이다.[18] 그러므로 객관적인 시간은 누구에게나 어떤 상황에서든지 동일하게 적용한다. 이 같은 시간에는 개인적인 시간이나 각 개인에게 고유한 의미가 개입되지 않는다.

지용의 시간의식을 보여주는 작품으로는 「이른 봄 아침」, 「아츰」, 「春雪」, 「인동차」, 「時計를 죽임」, 「귀로」, 「무서운 時計」, 「지는 해」, 「바다 4」, 「발열」, 「유리창 1」, 「유리창 2」, 「풍랑몽」, 「밤」, 「임종」 등이다.

이 중에서 지용이 시간에 대해 직접적으로 인식을 한 작품은 「時計를 죽임」, 「무서운 時計」이다. 이 작품들은 시계를 직접적으로 시적 제재로 삼았다. 「時計를 죽임」은 인간의 주관적인 인식이 끼어들 여지가 없는 시간의 냉혹한 흐름을 보여주고 있다. 지용은 이 시에서 시계바늘을 목 졸라 죽이거나 시계의 시간에 순응하는 듯한 포즈를 취하면서, 시간의 압박으로부터 부단히 벗어나려는 욕망을 펼친다.[19]

---

18) 이상욱, 「맺음변수와 미토콘드리아브 : 자연과학에서의 시간 이해에 관하여」, 『이다』 창간호, 문학과 지성사, 1996.7, 122~124쪽.

이와는 달리 시간의 인식을 근대 이전의 문인들이 느꼈던 있는 그대로의 자연의 시간을 그린 작품이 「春雪」, 「인동차」 등이다. 지용은 근대적인 시간과 단절하고 전대의 시간의 개시를 시도한다. 근대의 시간에서 과거는 철저히 '지나간 것'으로 이해된다. 과거는 현재에 의해, 현재는 미래에 의해 초과되기 때문이다. 그러나 전통주의 입장에서 과거는 단순히 지나간 것, 현재에 의해 극복되거나 소멸된 것은 아니다. 전통주의자에게 과거는 '지나간 것(das Vergangene)' 또는 '사라진 것'이 아니라 오히려 '있어온 것(das Gewesene)'이다. 따라서 과거적인 것은 있어온 만큼 권위를 지닐 수 있는 것이다. '근대성의 가치 전도'를 통해 과거가 새롭게 복권되어 우월한 지위를 획득하게 되었다면, 이 같은 과거의 복권은 단지 과거에 존재했던 것을 복원하거나 그 자체 가치 있는 것으로 격상시키고자하는 태도에 의해서만이 아니라, 과거적인 것을 현재까지 지속하고 있는 어떤 것으로 이해하는 태도에 의해 수행되기도 하는 것이다.[20] 결국 과거의 시간과 현재의 시간이 동시에 있는 것이다.

　　　　　문 열자 선뜻!
　　　　　먼 산이 이마에 차라.　　　　　　　　　　①

　　　　　雨水節 들어
　　　　　바로 초하로 아츰,　　　　　　　　　　②

　　　　　새삼스레 눈이 덮힌 뫼뿌리와
　　　　　서늘옵고 빛난 이마받이 하다.　　　　　③

　　　　　어름 금가고 바람 새로 따르거니

---

19) 조해옥, 「시계판을 옮겨가는 금속의 근대인」, 『다시 읽는 정지용 시』, 월인, 2003, 141쪽.

20) 차승기, 앞의 책, 139쪽.

　　　흰 옷고롬 절로 향긔롭어라.　　　　　　　　④

　　　옹숭거리고 살어난 양이
　　　아아 꿈 같기에 설어라.　　　　　　　　⑤

　　　미나리 파릇한 새순 돋고
　　　옴짓 아니긔던 고기입이 오믈거리는,　　⑥

　　　꽃 피기전 철아닌 눈에
　　　핫옷 벗고 도로 칩고 싶어라.　　　　　⑦

— 「春雪」 전문21)

「春雪」은 『백록담』에 실린 작품으로 2행 1연의 전형적인 한시 작법으로 쓴 시이다. 「春雪」은 흐름상 ①~③연, ④~⑥연 그리고 ⑦연으로 나눌 수 있다. ①~③연은 우수절 초하루 아침의 정황을 그렸고, ④~⑥연은 새봄의 환희를 얼음이 풀리는 봄바람, 파랗게 싹이 돋아나는 미나리, 겨우내 움츠렸다가 입질하는 물고기 등으로 생동감 있게 형상화 했고, ⑦연에 이르러 비로소 화자의 마음이 드러난다. 한시작법의 하나인 선경후정의 형식을 따랐다.

①연에서 화자는 문을 연다. 문을 연 순간, 먼 산이 바로 이마 가까이 보인다. 선뜻 하는 차가움으로 다시 바라보니 산 정상에 눈이 쌓여있다. 우수가 지난 초하루 아침에 때 아닌 눈이 내린 것이다. '나(이마)'와 '산'은 주체—대상으로 환원될 수 없는 상호소통의 관계 속에 있다. '먼 산'과 "나의 이마"는 둘이 아니다. 이미 첫 연부터 나와 산은 하나이다. 나는 자연의 일부가 아닌 자연이 되어 버린 것이다. 이 같은 상호 교감의 세계는 ③연에 이르러 깊어진다. '눈이 덮힌 뫼뿌리'와 나는 서늘하고 빛나게 합일한다. 우수라는 자연의 시간 속에서 '어름', '바람', '미나리', '고기', '나'까지

---

21) 정지용, 『원본 정지용 시집』, 이숭원 주해, 깊은샘, 2003, 242~243쪽.

136

모두가 서로의 생명의 리듬을 따르면서 평화롭게 공존한다. 자연의 시간 속에서 발견되는 조화의 세계가 지용이 추구하는 산수시의 세계인 것이다.

산수시에서 산은 천지를 포괄할 수 있는 가능성을 가진 장소이다. 전대의 시인들은 산 정상에 올라 자신의 회포를 노래했으며, 발 아래 인간의 세계를 굽어보고 머리 위의 하늘을 우러러보며 아득히 펼쳐져 있는 바다를 조망하기도 했다. 산 정상은 인간의 시계를 초월하여 먼 곳까지 굽어보며 조망할 수 있기도 하거니와 하늘과 아주 가깝기 때문에 하늘의 영역에 속해 있는 곳이다.

④～⑥연에서는 화자는 자아세계를 잃지 않고 자연과 친화하면서 자연의 섭리를 그대로 따른다. 자연의 섭리는 그대로 이미 하늘의 영역에 속한 화자는 흰 옷고름으로 표상된 고고한 화자 삶의 섭리로 이어져가는 것이다.

⑦연에 이르러 "꽃 피기전 철아닌 눈에/ 핫옷 벗고 도로 칩고 싶어라."에 이르러 초봄의 시간은 겨울의 시간으로까지 역행하면서 근대적인 시간을 무화시키며 시간을 창조적으로 재구성한다. 이러한 시간의 재구성은 자아와 동일성을 이루려는 주관적 시간의식의 의지이다. 지용이 현실 시간을 부정하고 새롭게 추구한 시간의식을 통해 이루어낸 세계는 주관적으로 인식한 자연이자 자연의 구성요소이기도 한 '산수'를 통해 제시됨으로써 현실 초월적인 면모를 보인다. 권영민은 이 시를 단순히 계절적 감각을 묘사한 작품으로 보고, "핫옷 벗고 도로 칩고 싶어라."를 겨울의 감각을 다시 돌아보는 시적 자아의 모습으로 보고 있다.22) 그러나 '핫옷'을 벗으면서 시적 자아가 왜 도로 춥고 싶은지에 대한 이유가 해명되지 않고 있다. 반면에 이활은 「春雪」을 무위자연(無爲自然), 허무자연(虛無自然), 무차별자연(無差別自然), 만물제동(萬物齊同)의 사상을 언급하면서 "인위(人爲)의 발자취가 없는 자연속의 지용"으로23) 설명하였다. 자연 속의 지용은 이 시

---

22) 권영민, 앞의 책, 647～648쪽.
23) 권영민, 앞의 글, 39쪽.

에서 단순히 계절적인 감각을 묘사한 것이 아니라, 새로운 시간을 창조한 것이다. 이러한 지용의 작품으로 「春雪」 외에 「忍冬茶」가 있다. 지용의 시간과 시계에 대한 관심은 초기작품에서부터 나타나는데 시간의 흐름을 '과거의 눈'으로 현재를 보는 작품으로 「春雪」과 「忍冬茶」가 있다.

> 山中에 冊曆도 없이
> 三冬이 하이얗다.

— 「忍冬茶」 ⑤연

　「忍冬茶」에서 '삼동', '풍설'이라는 계절의 시간이 표면적으로 드러나지만 그러한 시간을 뛰어넘으려는 의지가 엿보이는 시이다. 삼동 속에서도 자작나무는 도로 피어 붉고, 무는 순이 돋아 파릇하다. 밖의 세상은 풍설 소리가 들리고 하얀 눈이 가득 쌓여있지만 안에 있는 무는 현실의 시간, 즉 삼동과는 다른 시간에 따라 파랗게 순을 돋으며 움직인다. 삼동이라는 정지된 과거의 시간 속에서 파란 순은 끊임없이 새로운 시간을 창조한다. 지용은 '산수시'로 대표되는 독특한 시적 성취로 '과거'를 현재화한 것이다. 김신정[24]은 근대적 시간표상에 대해 연속적으로 흘러가는 시간의 방향이 진보와 발전이 아닌, 파멸과 파괴를 향하고 있다는 생각, 시간은 창조의 원천이 아니라 자아의 정체성을 위협하는 존재라는 생각이 시간을 거부하려는 의도로 이어진다는 부정적이고 비판적인 태도를 보여 온 것으로 평가한다. 그러나 지용은 「忍冬茶」에서 보듯이 오랜 과거로부터 전수되어 오고 있는 '삼동'과 '책력'을 뛰어넘어 시적인 순간에 파란 순이 돋아나는 새로운 시간의 개시를 시도하였다. 지용은 현재의 눈으로 과거를 대상화하는 것이 아니라 과거의 눈으로 현재를 보는 것이다. 지용에게 있어서 '과거의 눈'은 다름 아닌 산수시의 형식이다. '과거의 눈'이 '자연'과

---

24) 김신정, 『정지용시의 현대성』, 소명, 2000, 217쪽.

일치되고자 할 때 그것은 "내편으로 산수를 끌어들이는 것이 아니라 내가 산수 쪽으로 가서 어느덧 물과 아가 경계를 잃고 하나가 되는 동화가 있어야"[25] 산수시의 이념과 맞닿아 있는 것이다.

2.3. 서러운 시간의 개시

해ㅅ살 피여
이윽한 후,　　　　　　　　　①

머흘 머흘
골을 옮기는 구름.　　　　　②

桔梗 꽃봉오리
흔들려 씻기우고.　　　　　③

차돌부리
촉 촉 竹筍 돋듯.　　　　　④

물 소리에
이가 시리다.　　　　　　　⑤

앉음새 갈히여
양지 쪽에 쪼그리고,　　　　⑥

서러운 새 되어
흰 밥알을 쫏다.　　　　　⑦

— 「朝餐」[26]

---

25) 정민, 『한시 미학 산책』, 솔, 1997, 410쪽.
26) 정지용, 『정지용시집』 1, 민음사, 1988, 145쪽.

이 시는 『文章』 23호(1941.1)에 실린 시이다. 조찬도 전형적인 2행 1연의 전경후정의 한시작법이다. 극히 절제된 언어로 표현되어 있으면서 연과 연 사이에 여백을 두어 여백의 미를 함축하고 있다. 이 시에서 여백은 비어 있는 공간이 아니라 시간의 흐름을 담고 있는 공간이다. 각각 연은 정지되어 있는 것이 아니라 서서히 움직인다. ①연에서 '햇살이 이윽하다'[27]는 표현으로 알 수 있듯이, 이 시의 시간은 햇살이 비치기 시작하고 꽤 시간이 흐른 여름 아침이다. ②연은 아침 햇살을 받은 구름이 골짜기 사이로 뭉게뭉게 흘러가는 모습을 묘사하고 있다. ③연에서 이 시의 계절이 나타나는데, 즉 桔梗(도라지)이 막 꽃봉오릴 내미는 초여름으로[28] 드러난다. ②연에 "머흘 머흘", ③연 "꽃봉오리 흔들려 씻기우"면서 조용히 움직이다가 ④연에 이르러 "차돌부리에 촉 촉 竹筍 돋"아나는 역동성으로 변화한다. ①~④연까지 경을 지배하고 있는 이미지는 햇살과 구름, 桔梗, 차돌부리이다. 이들은 햇살이 피어나는 시간동안에 서로 서로가 함께 따뜻하게 호흡하면서 생명의 리듬을 공유하고 있는 것이다. 햇살이 퍼지고, 구름이 흘러가고, 죽순처럼 돋는 차돌부리는 생명의 역동성을 그대로 보여준다.

　⑤연에 이르러 지금까지 전개된 생생한 아침 풍경과는 상반된 이미지가 제시된다. "이가 시리다"라는 구절과 함께 돌연하게 화자가 나타난다. 배면에 숨어 있던 화자가 ⑤연에 와서 전면에 드러나는 것이다. ⑤연에 이어 ⑥, ⑦연도 양지쪽에 쪼그리고 앉은 서러운 새가 등장한다. ①~④연의 따뜻하고 풍요로운 '아침 이미지'에서 ⑤~⑦연은 서럽고 측은한 '새의 이미지'로 전환되고 있다. 즉 산수시의 전형적인 선경후정의 세계로 전반부의 '경' 속에 화자의 '정'을 후반부에 표현하고 있는 것이다. "이가 시리다"라는 것은 화자의 의식에 전달된 정신이다. 그러므로 '시리다'는 화자에게

---

27) '이윽하다'는 "① 밤이 꽤 깊다, ② 지난 시간이 얼마간 오래다"의 뜻을 갖고 있다. 이 글에서는 ②의 뜻을 취한다(최동호 편, 『정지용 사전』, 고려대출판부, 2003, 263쪽).
28) 도라지꽃은 7, 8월에 피므로 계절은 초여름으로 볼 수 있다.

서러운 현실을 견디게 해줄 삶의 정신을 일깨운다. '시리다'가 일깨워준 '정'은 '쪼그리고 앉아 흰 밥알을 쪼는 자세'로 표현된다. 지용은 생기로운 초여름 아침의 햇살 속에서 오히려 '차갑고 시린 물소리'를 부각시켜 정신적 고결함을 보여주고 있다. 여기서 물의 시린 감각은 배면의 화자를 호출하여 자연과 만난다.

①~④연의 따뜻하고 풍요로운 '아침 이미지'는 근대 이전에 아름답고 평화로운 시간에 대한 욕망을 현현한 것이고, ⑤~⑦연에서는 연속적으로 흘러가는 시간의 방향이 파멸로 치닫고 있는 부정적인 인식과 관련된다. 본질적인 가치들을 그대로 간직하고 있는 원초적인 시간은 사라지고 현재의 시점에서 이루어질 수 없는 꿈들은 서러운 새가 되어 생존할 수밖에 없는 현실을 그리고 있는 것이다. '있어온 시간' 대신 '서러운 시간'이 존재하고 있는 냉엄한 시간을 지용은 어떻게 시 속에서 형상화하고 있는지 「구성동」을 살펴보자.

2.4. 허정무위의 무시간화

골작에는 흔히
流星이 묻힌다.   ①

黃昏에
누뤼가 소란히 싸히기도 하고,   ②

꽃도
귀향 사는곳,   ③

절터ㅅ드랬는데
바람도 모히지 않고   ④

　　山그림자 설핏하면
　　사슴이 일어나 등을 넘어간다.　　　　　　　　　　⑤

- 「九城洞」 전문

「구성동」(『청색지』, 1938.8)은 「옥류동」과 함께 지용의 금강산시편을 대표하는 작품 중 하나이다. 지용은 첫 시집을 발간한 후에 국토순례를 하면서 만나게 된 것이 산수의 세계이다. 시대적 억압으로 지용이 찾게 된 산수의 세계는 현실시간을 벗어나고자 하는 무시간의 세계를 추구하게 된다. 친일도 배일도 하지 못하는 지용으로서는 현실의 시간이 아닌 상상의 시간을 추구하게 되면서 시간을 재창조한다. 「구성동」, 「비로봉」, 「옥류동」, 「장수산」1·2, 「백록담」 등이 이 경우에 해당한다.

최동호의 "구성동의 세계는 한 폭의 산수화의 세계이다. 그리고 이 산수화는 산수에 숨고 싶었던 지용 자신이 그리던 이상의 세계인 동시에 관념의 세계이다"라는[29] 지적대로 이 시는 2행 5연의 짧은 시이지만 절제된 언어와 응축된 심상을 담은 산수시의 미덕을 갖추고 있다. 「구성동」은 지용 자신이 그리던 이상적인 세계를 형상화하는 데 성공한 작품이다.

이 시에서는 공간이 확실하게 제시된다. 그러나 구성동이라는 현실적인 공간에 비현실적인 공간, 즉 유성이 묻히는 골짜기와 바람도 모이지 않는 절터가 나타난다. 사찰은 인간의 고뇌와 욕망을 지양하는 마음들이 만든 곳이다. 가장 탈속적인 사찰마저 허물어진 절터의 공간을 바라보는 화자는 이곳에서 새로운 시간과 새로운 공간의 역사를 꿈꾼다.

①연은 오래전부터 별똥별이 떨어져 쌓여있는 깊은 산골, 즉 과거의 시간이 축적된 골짜기라는 공간이 제시되고, ②연에 이르러서는 황혼이 내릴 무렵 우박이 내려 쌓이는 현재의 시간을 보여준다. 황혼은 하루가 소멸하는 시간이다. 하루가 소멸되는 시간과 구성동이라는 공간에 누뤼가 소

---

29) 최동호, 『하나의 도에 이르는 시학』, 고려대출판부, 1997, 140~141쪽.

142

란히 내려 쌓이고 있다. ①연의 고요함이 ②연에 와서는 청각적인 심상으로 표현되어 역동적인 느낌을 자아낸다. ③~④연은 시간과 공간의 흐름이 멈춰있음을 보여준다. ③연의 꽃은 인간의 유한성과 생명의 덧없음을 상징한다. 여기에서 꽃은 지용 자신을 투영한 매개체로 볼 수 있다. 현실세계에서 귀양 온 지용은 이곳에서 새로운 시공간을 획득하고자 한다. 마지막 ⑤연에서는 인간이 살고 있는 일상의 시간을 넘어선 자연이 지닌 절대의 시간을 보여주고 있음을 알 수 있다. 또한 현재진행으로 끝나는 어미처리는 생생한 현재성을 부가시키는데, 그것이 지금 어디선가 진행되고 있다는 현실적 시간에 속한 계기적 상황이라기보다는 과거와 현재, 그리고 미래가 같은 공간에서 동시에 현존하는 세계의 현존성을 느끼게 해준다.30)

⑤연에서 "사슴의 동작은 그대로 꽃드 귀양 사는 곳에 처한 인간의 동작"이다. '산그림자'가 '설핏'하게 기울어지는 순간 이 구성동의 생명체인 '사슴'이 일어나 산등성이를 넘어간다는 것은 "지금까지 묘사된 구성동이라는 새로운 시공을 위한 카오스를 딛크 새로운 코스모스를 형성하는"31) 것으로 볼 수 있다. 그림자는 시간에 의해 생성된다. 시간의 흐름이 없다면 그림자는 생기지 않는다. 구성동이라는 시공의 그림자가 기울어진다는 것은 기존의 공간과 시간의 의미가 잠시 '기우뚱' 흔들리는 순간이며 새로운 시공이 잉태되는 순간이다.

지용은 골짝 유성, 누뤼, 꽃, 황혼, 절터, 사슴, 산 등을 모아 현실세계를 무화시키고 전체 시공간을 상상적으로 재현한다. 결국 지용은 변절과 친일을 강요당하던 일제의 압력 속에서 자신을 숨기는 일은 산수에 숨기는 일이고 자연에 숨어 자신을 드러내지 않는 은일의 정신이었다.32) 그러기

---

30) 이숭원, 「백록담에 담긴 지용의 미학」, 『정지용시의 심층적 탐구』, 태학사, 1999, 322~323쪽.

31) 이상오, 「정지용의 산수시 고찰」, 『한국시학연구』 제6호, 한국시학회, 2002.5, 161쪽.

32) 최동호, 「산수시와 은일의 정신」, 『하나의 도에 이르는 시학』 고려대출판부, 1997, 144쪽.

위해서는 시간과 공간을 무화시켜 산수자연에 침잠해야했다. 결국 지용은 구성동이라는 산수자연에 파묻혀 시간과 공간을 무화시킴으로써 영원성을 추구하고자 하였던 것이다.

식민지 지식인 중 한 사람인 지용은 근대에 대한 동경과 환멸을 동시에 느낀다. 특히 당대에 변화해가는 조선인의 삶과 같이 지용은 근대적 삶에 대한 환멸, 더 나아가 그것을 거부하려는 태도를 보이고 있다. 그 거부의 몸짓은 일상적 시간을 거부하고 우리 국토를 순례하면서 무시간의 세계로 침잠하게 된다. 산수자연은 현실생활에서 일어나는 시간을 버리고 '허정무위'의 세계를 마련해주기 때문이다. 산수자연을 바라보는 지용의 시세계는 지용의 정신인 '정'과 자연의 정신 '경'이 교감하는 순간의 일체감을 추구하고 있는 것이다.

3. 나가며

산수자연은 인간의 삶과 대비되는 공간으로 인간의 유한성을 반추하는 공간이자 영원히 추구해야 할 지고의 가치로 사유된다. 산수만큼 오랜 세월동안 문학적인 소재로 애호된 것도 없을 만큼 산수와 문학은 밀접한 관계를 맺어왔다.

첫 시집을 발간한 후 지용은 국토순례를 하면서 우리 고전의 형식인 산수시의 형식과 내용을 빌려온다. 산수시란 산수의 경치를 묘사하면서 그 속의 함의나 유추를 통해서 시인의 의중을 말하는 것이다. 지용의 산수시에는 단순한 산수의 묘사에 그치는 것이 아니라 식민지 시인의 심정이 그대로 드러나 있다.

근대의 시간에서 과거는 철저히 지나온 것으로 이해된다. 그러나 지용에게 있어 과거는 단순히 지나간 것이 아니라 오히려 있어 온 것이다. 「춘설」에서 보듯이 과거의 시간과 현재의 시간이 동시에 있는 것이다. 시간이 란 변화의 양상으로 나타나며 변화된 결과는 공간 속에서 실체화 될 때 인 간이 감지하게 된다. 그러므로 시간과 공간은 뱉개가 아니라 밀접한 관련 을 맺고 있다. 우주의 모든 존재는 시간과 공간을 통해 끊임없이 운동과 변 화를 계속한다. 「조찬」에서도 시간은 여백을 통해 끊임없이 움직이는 역동 적인 자연과 함께 흐르고 있다. 자연이라는 공간은 고정되어 있지 않고 움 직이며 그 공간에 따라 화자의 시간도 서럽게 움직인다. 「조찬」은 '있어온 시간' 대신 '서러운 시간'이 존재하고 있는 냉엄한 현재의 시간을 그렸다.

　지용은 「구성동」에서 현실의 시간을 무시하고 지용 자신이 주관적으로 재구성한 시간을 취하면서 현재도 과거도 아닌 초월적 시점을 취하고 있 다. 지용은 변절과 친일을 강요당하던 일제의 압력 속에서 자신을 숨기기 위해 시간과 공간을 무화시켜 산수자연에 침잠했다. 결국 지용은 일제의 폭압 앞에서 산수자연에 파묻혀 시간과 공간을 무화시킴으로써 영원성을 추구하고자 하였던 것이다. 지용이 그의 시에 나타나는 시간은 '사실 그대 로'를 넘어 '구성된 사실'로 형상화 된다. 지용은 시에서 과거의 시간과 현 재의 시간을 동일시하기도 하며, 냉엄한 현실을 서러운 시간으로 구성하 여 정체성을 위협하는 시간으로, 또 한편으로는 현재도 과거도 아닌 초월 적 시간으로 구성하기도 하였다. 그가 추구한 시간은 본질적인 가치들을 보존하는 시간이었다. 그러나 현실에서는 이루지 못하기 때문에 산수시라 는 작품 속에서 현현시키고자 하였다. 이글에서 다룬 「춘설」, 「조찬」, 「구 성동」 외에도 산수시의 주요한 특질을 밝혀줄 「호랑나비」, 「예장」 등의 시편을 분석하지 못했음이 한계로 남는다. 후일 연구를 기약한다.

■ 참고문헌

1. 기본자료

정지용,『정지용 전집 1』(개정판), 민음사, 1988.
______,『정지용 전집 2』(개정판), 민음사, 1988.
이숭원,『원본 정지용 시집』, 깊은샘, 2003.
최동호 편저,『정지용 사전』, 고려대출판부, 2003.

2. 저서 및 논문

권영민,『정지용 詩 126편 다시 읽기』, 민음사, 2004.
김문주,「韓國 現代詩의 風景과 傳統」, 고려대 박사학위논문, 2005.
김신정,『정지용문학의 현대성』, 소명출판, 2000.
김용희,「정지용 시의 어법과 이미지의 구조 연구」, 이화여대 박사학위논문, 1994.
김윤식,『한국근대문학사상비판』, 일지사, 1995.
김종태,「정지용의 백록담에 나타난 동양 정신」,『한국현대시와 전통성』, 하늘연
　　　　못, 2001.
김준오,『시론』, 삼지사, 2002.
마광수,「정지용의 모더니즘 시」,『홍대논총』11, 1979.
문덕수,『한국 모더니즘 시 연구』, 시문학사, 1981.
문혜원,「국토 여행과 '조선시' 형식」,『한국문학이론과 비평』, 한국문학이론과 비
　　　　평학회, 2007.
______,「정지용 시에 나타난 모더니즘 특질에 관한 연구」,『관악어문연구』18,
　　　　1993.12.
민병기,「30년대 모더니즘시의 심상체계연구」, 고려대 박사학위논문, 1987.
박명옥,「정지용의「長壽山 1」과 漢詩의 비교연구」,『한국문학이론과 비평』, 한국
　　　　문학이론과 비평학회, 2005.
______,「정지용의「玉流洞」과 이백의「望廬山瀑布」비교연구」,『한국문학이론과
　　　　비평』, 한국문학이론과 비평학회, 2006.
______,「정지용 시에 나타난 한시수용연구」,『한국시학연구』27, 한국시학회, 2010.4.

박혜숙, 「한국 현대시의 한시적 전통계승에 대한 고찰」, 『국어국문학』 92호, 국어
　　　　국문학회, 1984.
사나다 히로코, 「모더니스트 정지용 연구」, 인하대 박사학위논문, 2001.
송　　욱, 「한국 모더니즘 비판－정지용 즉 모더니즘의 자기 부정」, 『사상계』,
　　　　1962.12.
오세영, 「모더니스트, 비극적 상황의 주인공들」, 『문학사상』, 1975.1.
오전진, 유병례 역, 『중국시학의 이해』, 태흔사, 2003.
오탁번, 「지용시 연구」, 고려대 석사학위논문, 1970.
＿＿＿, 『현대문학산고』, 고려대출판부, 1976.
윤동재, 『한국현대시와 한시의 상관성』, 지식산업사, 2002.
윤인현, 『한국 한시 비평론』, 아세아문화사, 2001.
윤해연, 「정지용 후기 시와 선비적 전통」, 『시와 시학』 통권 제50호, 2003.
이기서, 「정지용 시 연구－언어와 수사를 중심으로」, 『고려대 문리대 논집』 4집,
　　　　1986.12.
이기형, 「1930년대 한국모더니즘시 연구－정지용을 중심으로」, 인하대 박사학위논
　　　　문, 1994.
이미순, 「정지용 시의 수사학적 일 고찰」, 『한국의 현대문학』 3, 모음사, 1994.
이병한 편, 『중국 고전 시학의 이해』, 문학과지성사, 1992.
이상오, 「정지용의 산수시 고찰」, 『한국시학연구』 6. 한국시학회, 2002.5.
＿＿＿, 「정지용 시의 자연 은유 고찰」, 『한국현대문학회』 16, 한국현대문학연구,
　　　　2004.12.
이상욱, 「맺음변수와 미토콘드리아브 : 자연과학에서의 시간 이해에 관하여」, 『이
　　　　다』 창간호, 문학과 지성사, 1996.7.
이숭원, 「「백록담」에 담긴 지용의 미학」, 『어문연구』 12집, 1983.12.
＿＿＿, 『정지용 시의 심층적 탐구』, 태학사, 1999.
＿＿＿, 『정지용』, 문학세계사, 1996.
이태희, 「정지용 시의 창작방법 연구」, 경희대 박사학위논문, 2003.
전형대·정요일·최웅·정대림, 『韓國古典詩學史』, 기린원, 1988.
정　　민, 『한시 미학 산책』, 솔, 1997.
정요일 외, 『고전비평용어연구』, 태학사, 1998.
정효구, 「정지용시의 이미지즘과 그 한계, 모더니즘 연구」, 『자유세계』, 1993.
조동일, 「산수시의 경치·흥취·주제」, 국어국문학, 1987.

조해옥, 「시계판을 옮겨가는 금속의 근대인」, 『다시 읽는 정지용 시』, 월인, 2003.
진순애, 「한국현대시의 모더니티 연구」, 성균관대 박사학위논문, 1997.
차승기, 『반근대적 상상력의 임계들』, 푸른역사, 2009.
최동호, 『현대시의 정신사』, 열음사, 1985.
______, 「정지용 자연시의 은유적 상상력」, 『한국시학연구』 1, 한국시학회, 1998.11.
______, 「정지용의 산수시와 은일의 정신」, 『민족문학연구』 19집, 고대민족문화연
        구소, 1986.1.
______, 『하나의 道에 이르는 시학』, 고려대출판부, 1997.
최두석, 「정지용의 시 세계–유리창 이미지를 중심으로」, 『창작과 비평』 여름호,
        1988.
최승호, 「1930년대 후반기 시의 전통지향적 미의식 연구–문장파 자연시를 중심
        으로」, 서울대 박사학위논문, 1993.
______, 「이병기, 근대에 대한 서정적 대응방식」, 『한국적 서정의 본질 탐구』, 다
        운샘, 1998.
______, 『서정시와 미메시스』, 역락, 2006.
한영옥, 「정지용 시, 산정으로 오른 정신」, 『한국현대시의 의식탐구』, 새미, 1999.
홉스봄랑거 편, 최석영 역, 『전통의 날조와 창조』, 서경문화사, 1999.

이 논문은 2010년 10월 31일 투고되어
2010년 11월 1일부터 11월 30일까지 심사위원이 심사를 하고
2010년 12월 10일에 심사위원 및 편집위원 회의에서 게재 결정된 논문임.

■ **Abstract**

A Study of Jung, Ji-Yong's Landscape Poetry with A Focus on His Treatment of Time-Space

Park, Myong-Ock
(Doctoral Candidate in Korean Literature Korea Univ.)

The increasingly tight surveillance over dissident literati during the final years of Japanese occupation forced Ji-Yong to seek a new form of writing poetry. His quest led to the classical canon of Korean literature in which he found a model that he wanted to use to portray the world of art.

The model he discovered was landscape poetry, which he employed as a source of esthetics because it allowed him greater latitude with respect to format as opposed to content. Since the content matter had a direct relationship with reality that concerned him, there wasn't much he could do about it; however, the new format posed little constraint. That is why he opted for it, it seems.

Under circumstances in which he could neither accept nor reject Japan, Ji-Yong decided to overcome the unstable conditions of his time by taking a tour of his homeland. This enabled him to apply the transcendental time-space approach to his activities as a poet in a state that was neither in the past nor in the present. In a situation where he had to fend off the oppressions of imperial Japan, landscape poetry became his mode of expression as it allowed him to immerse himself in the landscapes of nature by neutralizing the effects of time and space therein.

Ji-Yong saw nature's time in perpetual motion as a mode of spatialization, as it were, and, in turn, that kind of time finds its way into his poetry via the elements of natural scenery. Space integrated with time in such a manner takes shape as a "constructed fact" above and beyond the realm of "factual reality." For Ji-Yong landscape poetry thus constructed is a utopia, which by definition does not exist anywhere in the real world. And that is why Ji-Yong pursued something of an eternity by, again, neutralizing the effects of time-space as he remained buried in nature.

Key Words : landscape poetry, feel, scenery, time, space, classical canon, eternity.

김광균 시 연구[*]

− 이미지의 조형성을 중심으로

박민영[**]

•차례

■ 국문초록

김광균이 「서정시의 문제」에서 말한 '형태의 사상성'은 자신의 시론을 함축하는 핵심어로서 이미지의 조형성과 연관 지어 이해할 수 있다. 필자는 이 논문에서 이미지의 조형성을 통해 표현된 정신의 풍경과 도시적 삶의 모습을 비유의 구성 양식, 감각의 재현, 대상과의 거리라는 시작(詩作) 기법으로 나누어 살펴보았다.

2장에서는 비유의 구성 양식에 대하여 알아보았다. 비유는 김광균 시에 나타난 이미지의 대표적인 조형 양식이다. 시 「秋日抒情」에서와 같이, 시인은 원관념인 자연을 보조관념인 도시생활과 관련된 사물과 연결함으로

* 이 논문은 2010학년도 전기 성신여자대학교 학술연구조성비 지원에 의해 연구되었음.
** 성신여자대학교 교수.

써 한층 자신의 정서를 효과적으로 전달하고 있다.

3장에서는 감각의 재현 양상을 알아보았다. 김광균 시에서 감각의 재현은 주로 정서의 시각화로 나타난다. 김광균은 시 「해바라기 感傷」에서와 같이 사물 고유의 색채를 변화시킴으로써 자신의 내면세계를 드러낸다. 이때 나타나는 흰빛과 푸른빛은 본래의 색이 탈색되거나 변색된 것으로, 시인의 상처 입은 마음을 대변한다. 촉각 이미지는 시각이나 청각 이미지와 융합되어 공감각적으로 재현된다. 시 「瓦斯燈」에서의 "차단-한 불빛"이 그것이다.

4장에서는 시적 대상과 거리를 시 「눈오는 밤의 詩」를 중심으로 살펴보았다. 이 시에서 시적 화자의 시선은 근경에서 중경으로, 다시 원경으로 확산되고 있으나, 원거리 풍경에 화자의 마음이 투사되면서 그것은 다시 내면의 풍경으로 전환된다. 김광균은 자신의 정서를 대상에 투사시킴으로써 주체와 대상과의 거리를 소멸시키고 있다.

이렇게 김광균은 자신의 정서와 감성을 전달하는 도구로서 이미지를 사용하고 있다. 그는 비유를 사용하고, 공감각적 표현을 통해 감각을 재현하고, 주체와 대상과의 거리를 소멸시킴으로써 이미지 속에 자신의 애상적인 정서와 상실감을 보다 효과적으로 담아내었다. 이러한 특성으로 김광균 시는 관념과 정서의 대립 개념으로 발생한 서구 모더니즘 시와 구별된다. 그러나 김광균이 모더니즘 시인으로서 가진 한계는 1930년대 한국 모더니즘의 한계이기도 하다.

김광균은 서구적인 의미에서 정통 모더니즘 시인은 될 수 없었지만, 이미지를 조형하는 작업으로써 소박하게나마 자신의 시론인 '형태의 사상성'을 실천하고자 했다. 감상과 애상의 정서를 이미지의 조형을 통해 표현하고자 한 점은 이른바 '한국적 모더니즘 시인'으로서 그만이 가진 시적 개성으로 평가되어야 할 것이다.

주제어 : 형태의 사상성, 이미지의 조형성, 비유, 감각, 거리, 모더니즘, 감상(感傷), 정서, 한국적 모더니즘 시인.

1. 시작하는 말

김광균(1914~1993)은 1926년 『중외일보』에 시 「가는 누님」을 발표하면서 시단에 등장하였으며 『시인부락』(1936) 동인, 『자오선』(1937) 동인으로 활동했다. 시집으로 『瓦斯燈』(1939), 『寄港地』(1947), 『黃昏歌』(1957), 『秋風鬼雨』(1986), 『壬辰花』(1989), 산문집으로는 『臥牛山』(1985)이 있다.

지금까지 김광균 시에 대한 논의는 주로 모더니즘과 관련되어 이루어졌다. 널리 알려졌듯이, 김광균은 T. E. 흄, E. 파운드, T. S. 엘리엇 등 영국 주지주의 시운동을 소개한 김기림의 이론과 시작품에 영향을 받아 회화성을 강조하는 시를 썼다. 그러나 그의 작품이 가진 모더니즘 시로서의 성과에 대해서는 의견이 엇갈린다. 모더니즘 시인으로서의 김광균에 대한 평가는 김기림의 "소리조차를 모양으로 번역하는 기이한 재주"를[1] 가졌다는 찬사 이후 모더니즘 이론을 시작(詩作)으로써 실천했다는 긍정적인 입장과, 실패한 모더니스트로 간주하는 부정적인 입장으로 나누어진다.

부정적인 입장은 김광균이 이른바 '진정한 모더니스트'로서의 면모를 갖추지 못했다는 것에서 비롯되는데, 주된 이유로 그의 시에 주조를 이루는 감상성을 들고 있다. 즉 감상을 배격해야 할 모더니즘 시인이 바로 그 감상성에 경도되었다는 것이다. 이 말은 김광균 시에 대한 부정적인 평가가 시 자체의 완성도 여부나 미학적 개성에서 나왔다기보다는, 모더니즘 시인으로서의 부적합성에 초점이 맞춰져 이루어졌다는 사실을 방증한다.

모더니즘 시인이라는 정의 하에 김광균의 시적 성과는 분명 부정적인 측면이 강조될 수 있다. 그러나 김광균은 김기림의 영향을 받아 회화성이 강조된 시를 썼으되, 정작 그 자신은 스스로를 모더니즘 시인이라 생각하

---

1) 김기림, 「삼십년대 掉尾의 시단동태」, 『김기림 전집 2』, 심설당, 1988, 69쪽.

지 않았으며2), 본격적인 모더니즘 시론을 피력하지도 않았다. 그를 모더니즘 시인이라는 울타리에 가둔 것은 당대의 비평가와, 그의 관점을 계승한 후대의 연구자들이다.

이 연구는 김광균이 이른바 '진정한 모더니즘 시인'이 아니라는 것에서 출발한다. 따라서 그의 시에 빈번히 등장하는 상실감과 감상성은 실패한 모더니스트로서의 부정적인 양상이 아니라, 오히려 김광균 시의 미학적 개성으로 간주될 수 있다. 이것을 굳이 모더니즘이라는 용어를 다시 빌려 설명한다면 감상적 모더니즘, 혹은 한국적 모더니즘이라고 부를 수 있을 것이다. 정통 모더니즘 시인이 아닌, 한국적 모더니즘 시인으로서 김광균 시의 개성을 찾는 것이 이 연구의 목적이다.

그러면 한국적 모더니스트로서의 김광균은 시에 대해 어떠한 생각을 가지고 있었을까. 김광균은 소박하게나마 자신의 시론을 피력한 바 있다. 1940년 『인문평론』에 발표한 「서정시의 문제」라는 글에서인데, 이것은 본격적인 시론이라기보다는 당시의 문단을 비판하며 시에 대한 자신의 견해를 밝힌 글 정도로 간주될 수 있다.

이 글의 핵심어는 '형태의 사상성'이다. 다소 의미가 모호한 이 핵심에 대하여, 조동민은 형태의 사상성이란 "문학의 내용과 형식을 분리하여 그 형태의 중요성을 강조한 것"이라고3) 말하면서, 여기서 형태란 단순히 form만을 가리키지 않고, genre, style, nuance 등 다의적인 의미를 포괄하고 있으며, 나아가 그 시대의 사상을 대변하고 상징할 수 있는 양식이라고 하였다. 또한 그는 형태의 사상성을 이미지의 상징성과 연계하여 엘리엇이

---

2) "나는 모더니스트가 아니다. 굳이 모더니즘이라는 것을 의식하고 시작(詩作)을 한 적은 없다. 물론 나의 시에는 시각적 회화적인 이미지가 많이 나타나고 있는 것은 사실이다. 그러나 그것은 내가 오랫동안 서울에 거주했기 때문인지도 모르겠다." 김광균, 「작가의 고향―꿈속에 가보는 선죽교」, 『월간조선』, 1988.3, 494쪽.

3) 조동민, 「김광균 시의 모더니티」, 구상·정한모 편, 『삼십년대의 모더니즘』, 범양출판부, 1987, 134~135쪽.

말한 객관적 상관물과 같은 뜻이라고 해석하였다. 조용훈은 "김광균이 언급한 '형태'란 형식적 차원에서 정신을 담은 단순한 생태학적 형태가 아니고, 인간 고유의 정신이 요청하고 그것이 형성한 양식적 개념"이라고[4] 하였다. 박현수는 형태의 사상성이란 형태를 형식과 동일한 것으로 간주하는 태도라고 하면서, '사상성'이라는 어휘를 덧붙인 것은 형태의 지위를 강화하기 위한 전략의 일환이라고 보았다. 즉 형태의 사상성은 그동안 내용에 주어졌던 사상의 가치를 형식 및 방법론에 부여하고자 하는 의도라고 해석하면서, "현대에 알맞은 시 형식 속에 시대성이 담겨져야 한다는 주장"이라고[5] 하였다. 여기서 한 단계 나아간 논의가 한영옥의 연구다. 그는 형태의 사상성을 "형식과 내용이라는 이분법을 극복하는 기제"라고[6] 전제한 후, 김광균의 「서정시의 문제」에서 다음과 같은 구절을 인용한다.

> 새로운 시가 자연의 풍경에서 노래할 것을 발견하지 못하고 정신의 풍경 속에서 대상을 구했고, 거기 사용된 언어도 목가적인 고전에 속하는 것보다는 도시생활에 관련된 언어인 것도 사실이다. 오늘에 와서 현대시의 형태가 조형으로 나타나고 발달된다는 사실은 석유나 지등(紙燈)을 켜든 사람에게 전등의 발명이 '등불'에 대한 개념에 중요한 변화를 주듯이 형태의 사상성을 통하여 조형(造型) 그 자체가 하나 사상성을 대변하고 나아가 그 문학에도 어느 정도의 변화를 일으키는 데까지 갈 것도 생각할 수 있다.[7]

한영옥은 인용한 글의 분석을 통해, 형태의 사상성이 비교적인 관점에서 추론되고 있다고 하였다. 즉 자연의 풍경이 아니라 정신의 풍경, 목가

---

4) 조용훈, 「새로운 감수성과 조형적 언어」, 『김광균 연구』, 국학자료원, 2002, 262쪽.

5) 박현수, 「형태의 사상성과 이미지즘의 수사학」, 『한국 모더니즘 시학』, 신구문화사, 2007, 55쪽.

6) 한영옥, 「김광균론—차단-한 등불의 감각」, 『한국 이미지스트 시인 연구』, 푸른사상, 2010, 77쪽.

7) 김광균, 「서정시의 문제」, 김학동·이민우 편, 『김광균 전집』, 국학자료원, 2002, 14쪽.

적인 것보다는 도시생활, 노래가 아니라 조형으로서의 시를 언급하고 있다는 것인데, 실제로 김광균의 시편들은 정신의 풍경, 도시적 풍경, 시각적 이미지의 조형성을 통해 해명될 수 있다고 하였다.[8]

한영옥이 읽은 바와 같이, 정신의 풍경을 그리고, 도시생활에 관련된 언어를 사용하고, 시각적 이미지의 조형성을 통해 만들어진 새로운 시는 김광균 자신의 시와 연결된다.

필자는 이와 같은 선행 연구를 바탕으로, 김광균이 피력한 형태의 사상성, 즉 이미지의 조형성을 통해 표현된 정신의 풍경과 도시적 삶의 모습을 살펴보고자 한다. 이러한 시도는 김광균 시의 개성을 시작 기법이라는 측면에서 가늠하고자 한다는 점에서 의미 있는 작업이 될 것이다.

2. 비유의 구성 양식

상상력은 비유를 통해 이미지로 나타난다. 비유는 일종의 비교로서, 이질적이 두 사물을 유사성으로 연결시키는 결합 양식이다.[9] 김광균은 대부분의 시에서 은유와 직유 같은 비유를 사용함으로써 자신의 정서를 보다 효과적으로 전달하고 있다.

비유는 김광균 시에 나타난 이미지의 대표적인 조형양식이거니와, 이 장에서는 시 「秋日抒情」을 중심으로 비유의 구성 원리와, 비유를 통해 이미지로서 재구성된 정신의 풍경에 대해 살펴보겠다.

시 「秋日抒情」은 1940년 『인문평론』에 발표된 시로, 김광균 시의 경향을 잘 나타내 보이는 작품이다. 한국문단에는 1930년대 중반부터 모더니즘적인 경향을 지닌 시인들이 등장하였다. 주지파(主知派)라고도 불리는 이

---

8) 한영옥, 앞의 글, 78쪽 참조.

9) 김준오, 『시론』, 삼지원, 1997, 174~175쪽.

들은 낭만적이며, 주정적(主情的)인 20년대의 시풍을 거부하고 지적인 태도로 시를 쓰고자 했는데, 특히 음악성을 중시하는 시문학파의 시작 태도를 거부하고 도시 감각과 현대 문명을 시각적 이미지를 통하여 형상화하려고 노력하였다. 최재서는 영·미 주지시 이론을 소개하였고, 김기림은 모더니즘 이론을 확립하였으며, 김광균은 시의 회화성을 강조한 시를 씀으로써 당시 주지주의 운동에 동참하였다. 그러나 앞에서도 말했듯이, 모더니즘 운동의 일환으로서의 김광균의 시적 성과는 독특하다. 시「秋日抒情」에서처럼 시인은 자신의 관념이나 정서를 전달하기 위한 도구로서 서구적인 이미지를 사용했다.

시인은 자신이 느끼는 가을의 정서를 낙엽과 길, 구름과 같은 이미지를 통하여 드러내고, 각각의 이미지들을 다시 지폐, 넥타이, 셀로판지와 같은 서구적인 이미지에 비유한다. 즉 시인은 자신의 관념을 보다 효과적으로 표현하기 위하여 당시로는 낯설고, 그만큼 신선한 문명의 이미지를 빌려온 셈인데, 이러한 시인의 시작(詩作) 태도는 관념과 정서에 대립개념으로 발생한 서구 모더니즘과는 거리가 있다. 이러한 양상은 모더니즘 시로서의 김광균 작품의 한계이자, 1930년대에 전개된 우리나라 모더니즘 시운동을 특징짓는 한 경향이라고도 볼 수 있다.

그러면 서구의 이미지를 빌려 나타내고자 한 시인의 정서는 무엇이었을까. 필자는 이 시를 비유의 구성 원리를 중심으로 읽음으로써 시인의 상상력의 세계를 가늠해보고자 한다.

落葉은 폴-란드 亡命政府의 紙幣
砲火에 이즈러진
도룬市의 가을 하늘을 생각케 한다.
길은 한줄기 구겨진 넥타이처럼 풀어져
日光의 폭포 속으로 사라지고
조그만 담배 연기를 내어 뿜으며

새로 두시의 急行車가 들을 달린다.

포플라나무의 筋骨 사이로
工場의 지붕은 흰 이빨을 드러내인채
한가닥 꾸부러진 鐵柵이 바람에 나부끼고
그 우에 세로팡紙로 만든 구름이 하나.
자욱-한 풀벌레 소리 발길로 차며
호을로 荒凉한 생각 버릴 곳 없어
허공에 띄우는 돌팔매 하나.
기울어진 風景의 帳幕 저쪽에
고독한 半圓을 긋고 잠기어간다.

— 「秋日抒情」 전문10)

이 시는 '추일서정'이라는 제목이 말해주듯이 가을날의 서정을 그리고
있다. 이 시는 전체적으로 시적 화자의 생각(1~3행), 풍경묘사(4~11행),
화자의 행동(12~16행) 세 부분으로 나눌 수 있다. 이를 편의상 a, b, c로
부르기로 한다.

먼저 a에서 시적 화자는 낙엽을 폴란드 망명정부의 지폐에 비유한다.
망명정부의 지폐가 그렇듯이, 낙엽이 갖고 있는 가치 없음을 강조한 것이
다. 폴란드 망명정부는 제2차 세계대전이 일어나면서 독일과 소련에 의해
분할점령된 직후인 1939년 9월 프랑스 파리에 세워졌다. 이 망명정부는
파리와 런던을 전전하며 10만 명이나 되는 군대를 조직해 나치 독일과 맞
서 싸웠다. 그러나 1944년 소련의 공작으로 폴란드에 공산당 임시정부가
수립되면서 소멸되고 만다.

낙엽을 폴란드 망명정부의 지폐에 비유한 상상력의 근저에는 이 시가
씌어졌을 당시인 1940년 일제강점기의 절망적인 상황이 자리하고 있다.

---

10) 김광균, 김학동·이민호 편, 『김광균 전집』, 국학자료원, 2002. 이후의 시는 이 책에
    서 인용하였다.

즉 '낙엽=망명정부의 지폐'라는 비유 속에는 우리나라 : 일본=폴란드 : 독일이라는 비유의 축이 숨어 있다.

마치 우리나라가 그랬던 것처럼, 폴란드는 독일에 의해 강제 점령당한다. 그 모습은 "포화에 이즈러진 도룬 시의 가을 하늘"이라고 묘사되는데, 여기서 도룬 시는 바르샤바 북쪽에 있는 폴란드의 아름다운 고도(古都) 토룬(Torun)을 말하는 것이다. 토룬은 독일과의 접경지대에 위치해 있으므로 제2차 세계대전 시 독일의 침공을 받아 폐허가 되었다. 이 시의 화자는 일제 강점기 어느 가을 날, 낙엽과 하늘을 보면서 독일에게 침공당한 폴란드의 슬픈 운명을 떠올리며 동병상련의 정서를 느끼고 있는 것이다.

이러한 망국의 슬픈 정서는 가을의 이미지를 빌려 나타나며, 시적 대상들은 제 모습을 잃은 훼손된 모습으로 변형된다. 떨어진 낙엽은 가치를 상실한 망명정부의 지폐에 비유되고, 가을 하늘은 포화에 훼손되어 맑고 푸름을 상실한 모습이다. 낙엽과 하늘 같은 전통적인 이미지들이 폴란드 망명정부의 지폐와 토룬의 하늘 같은 서구적인 이미지에 비유되었지만, 그것은 문명에 대한 비판이라기보다는 심화된 상실의 정서로 읽힌다.

상실과 하강을 공통분모로 한 물질문명에 대한 비유는 b에서 '길=넥타이'로 반복된다. 길은 쭉 뻗어 있는 것이 아니라, 구겨진 넥타이처럼 풀어져 있으며 쏟아지는 햇빛 속으로 사라진다. 잘 뻗은 길이 보편적으로 미래지향적인 희망을 상징함을 고려할 때, 구겨진 넥타이처럼 풀어진 길이란 길 본래의 모습이 훼손된 암울한 미래를 상징한다고 볼 수 있다.

들을 달리는 급행차는 길고, 연기를 내뿜는다는 점에서 담배에 비유된다. 원경의 묘사임을 감안하더라도 크고 육중한 열차가 작고 가는 담배에 비유된 것 역시 본래의 크기와 무게를 상실한 모습이다.

포플러 나무는 앙상하게 근골을 드러내고 있다. 나무의 근골이 보인다는 것은 잎을 상실해서다. 1행의 폴란드 망명지폐와 같은 낙엽은 이 나무에서 떨어졌을 것이다. 그리고 나뭇가지 사이로 공장의 지붕과 철책이 보

인다. 지붕 역시 나무의 근골에 해당하는 뼈대("흰 이빨")를 드러낸다. 철
책도 구부러져, 쇠의 중량과 굳기를 상실한 채 한 가닥 실오라기처럼 바람
에 나부낀다. 황폐하고 황량한, 제 모습을 잃고 심하게 훼손된 모습들이다.

다음의 비유는 '구름=셀로판지'다. 시인은 셀로판지라는 지극히 얇고 투
명한, 당시로서는 새로운 사물에 구름을 비유하고 있다. 이것은 일반적으
로 양떼나 새털에 비유되는 뭉게구름 고유의 부피와 질감을 상실한 모습
이다. 이러한 제 모습을 잃은 사물들은 후에 "기울어진 風景의 帳幕"으로
통합된다.

a와 b에서 쓰인 비유의 특징은 전통적이거나 자연적인 원관념을 서구
적이거나 물질적인 보조관념으로 치환했다는 것이다. 김광균은 시작품에
서 달을 양철조각에 비유하거나(「星湖附近」), 눈을 아스피린 분말에(「눈
오는 밤의 詩」), 눈 내리는 모양을 영화관의 낡은 필름에 비유하기도 한다
(「장곡천정에 오는 눈」). 이것은 익숙한 대상을 새롭게 인식하는 일종의
'낯설게 하기'의 기법으로 이해할 수 있다.

c에서는 시적 화자의 행동이 나타난다. 그는 풀벌레 소리를 듣고 있는
데, 소리를 '자욱하다'고 시각의 감각을 빌려 표현하고 있다. 화자의 답답
한 감정을 이입한 것으로, 공감각적 표현에 해당한다(공감각에 대해서는
다음 장에서 다시 살펴보겠다).

이 시에서 풀벌레 소리가 안개처럼 자욱하다고 표현한 것은, 안개가 한
치 앞을 내다보기 힘들게 한다는 점에서 b의 일광의 폭포 속으로 사라지
는 길과 일맥상통한다.

시적 화자는 자욱한 풀벌레 소리를 돌멩이처럼 차고 있다. 이것은 두
가지 사실을 시사한다. 소리의 하강과, 하강된 그 소리가 응결되어 돌처럼
딱딱해진다는 것이다. 시각적 이미지로 표현된 소리가, 다시 촉각적 이미
지로 전환되었음을 알 수 있다. 소리를 찬다는 것은 듣기를 거부하는 행동
이다. 이것은 다음에 나오는 허공에 띄우는 돌팔매와도 연결된다.

화자는 "호을로 荒凉한 생각 버릴 곳 없어" 돌팔매를 하나 띄운다고 한다. 즉 돌팔매는 황량한 생각을 벗어나고자 하는 의지라고 볼 수 있다. 아니, 정반대로 돌팔매질 자체가 갖고 있는 속성으로 미루어 화자의 이 행동은 이미 추락을 예견한 덧없는 몸짓일지도 모른다. 어쨌거나 돌팔매는 기울어진 풍경의 장막 저쪽에 고독한 반원을 긋고 잠긴다. 낙엽이나 일광의 폭포나 풀벌레 소리와 마찬가지로, 시적 화자의 의지 또한 가을의 풍경 저편으로 추락하고 마는 것이다.

여기서 기울어진 풍경은 포화에 이지러지고, 낡은 공장의 지붕과 구부러진 철책이 보이는, 그러니까 시적 화자의 황량한 정신세계가 투영된 훼손된 풍경을 의미한다. 이러한 풍경이 장막처럼 드리워져 있다는 데서 화자는 사실상 그 속에 감금되어 있었음을 알 수 있다.

황량함, 고독함. 시적 화자는 작품의 말미에 이르러 직설적으로 자신의 정서를 드러낸다. 가을날의 일그러진 풍경은 화자의 외로운 정신세계가 투영되었기 때문이며, 그는 스스로 만든 마음의 장막에 갇혀 있었던 것이다.

이렇게 「秋日抒情」은 김광균 시인의 감상적 모더니스트로서의 면모를 확인할 수 있는 작품이다. 망국의 설움과 가을날의 고독이라는 정신의 풍경을 시인은 이미지의 조형을 통하여 자연의 풍경에 투사하고 있다. 여기에 사용된 비유는 원관념인 자연을 보조관념인 도시생활과 관련된 사물과 연결함으로써 한층 자신의 정신세계를 효과적으로 표현하는 역할을 하고 있다.

3. 감각의 재현

김광균 시의 특징 중에 하나가 공감각적 표현이다. 공감각(共感覺)이란 시각·청각·후각·촉각·미각의 다섯 가지 감각 중 두 개 이상의 감각이 결합한 형태로, 대상과 접하여 촉발된 한 감각이 다른 감각으로 전이되는 것을 의미한다.[11] 소리를 들으면 빛깔이 느껴진다거나 하는 것인데, 예술에서 공감각은 창조적 영감의 원천이 된다.

가령 칸딘스키는 색채를 각종 악기의 소리로 전환시켰다. 빨간색은 튜바, 혹은 강하게 두들긴 북소리에, 파란색은 명도에 따라 플루트·첼로·콘트라베이스의 소리에, 주황색은 교회 종소리나 비올라 소리에, 보라색은 잉글리시 호른이나 갈대피리의 음향에 비유하였다.[12]

랭보 역시 소리와 색채를 연결시켰다. 그의 시 「모음(Voyelles)」을 보면 "검은 A, 흰 E, 붉은 I, 푸른 U, 파란 O"라고[13] 각각의 알파벳 모음이 색채로 표현된다.

이러한 공감각적 표현은 우리나라에서 1930년대 모더니즘 시인들이 적극적으로 시작(詩作)에 응용하였으며, 그 중 김광균의 시적 성과는 주목할 만하다. 공감각을 설명할 때면 예외 없이 예문으로 등장하는 "噴水처럼 흩어지는 푸른 종소리"는 그의 시 「外人村」의 마지막 구절이다.

공감각적 표현은 김광균 시의 감각을 보다 풍요롭게 재현하고 있다. 그러면 공감각적인 표현과 같은 감각의 재현을 통하여 김광균이 나타내고자 한 것은 무엇이었을까. 이 장에서는 시 「해바라기 感傷」과 「瓦斯燈」을 중심으로 김광균 시의 감각의 재현 양상과 원리에 대해 알아보겠다.

> 해바라기의 하얀 꽃잎 속엔
> 退色한 작은 마을이 있고
> 마을 길가의 낡은 집에서 늙은 어머니는 물레를 돌리고

---

11) 김준오, 앞의 책, 171쪽 참조.

12) 칸딘스키, 권영필 역, 『예술에 있어서 정신적인 것에 대하여』, 열화당, 1979, 78~91쪽 참조.

13) "A noir, E blanc, I rouge, U vert, O bleu : voyelles," Rimbaud, 김현 역, 「모음(Voyelles)」, 『지옥에서 보낸 한 철』, 민음사, 2000.

보랏빛 들길 위에 黃昏이 굴러내리면
시냇가에 늘어선 갈대밭은
머리를 헤뜨리고 느껴울었다.

아버지의 무덤 위에 등불을 키려
나는 밤마다 눈멀은 누나의 손목을 이끌고
달빛이 파-란 산길을 넘고.

― 「해바라기 感傷」 전문

　인용시 「해바라기 感傷」은 1935년 9월 『조선중앙일보』에 발표된 작품이며, 정서의 시각화라는 김광균 시의 특징을 잘 보여주고 있다. 하얀 해바라기로 대표되는 일련의 시각적 이미지들은 늙은 어머니와 죽은 아버지, 그리고 눈 먼 누나라는 불행한 가족의 모습과, 그로 인해 상처받은 시인의 마음을 나타낸다. 앞서 살펴본 「秋日抒情」에서의 가을 풍경이 황량하고 고독한 시인의 정신세계를 표현하고 있는 것과 동일하다. 다만, 「秋日抒情」이 비유라는 이질적인 두 사물의 결합 양식에 의해 새로운 이미지를 만들고 있다면, 인용시 「해바라기 感傷」은 사물 고유의 색채를 변형시킴으로써 시인의 정서를 효과적으로 드러낸다.

　1연에서 시인은 해바라기 하얀 꽃잎이라는 대개물을 통해 과거의 시간과 공간으로 들어간다. 해바라기는 원라 황금빛으로, 찬란하게 빛나는 태양을 상징한다. 그러나 이 시에서 해바라기는 하얀색이다. 노란빛이 탈색된 이 해바라기는 색채와 함께 꽃 고유의 역동적인 에너지마저 상실한 것처럼 보인다. 탈색된 해바라기는 다음 행의 '退色'이라는 시어와 만나면서 고향의 풍경과 연계된다. 그것은 하나같이 낡거나 늙은 모습들이다.

　2연은 고향 들길의 모습이다. 황혼녘의 들길은 붉은 빛이 아닌 보랏빛으로 물들어 있다. 그리고 들길의 갈대는 "머리를 헤뜨리고 느껴 울었다"라고 표현된다. 화자의 비통한 정서가 투사된 것이다.

3연은 이 시의 애상적인 정조가 아버지의 죽음과 눈 먼 누나에게서 기인됨을 보여주고 있다. 저녁의 시간을 지나 밤이 된 이 연에서, 고향은 달빛이 파랗게 내린 공간으로 다시 한 번 변모된다.

「해바라기 感傷」의 공간은 실제의 공간이 아닌 회상을 통해 이끌어낸 내면의 공간이다. 이 내면의 풍경은 낮→저녁→밤이라는 시간의 흐름에 따라 흰빛→보랏빛→푸른빛으로 채색된다. 기억 속의 풍경이 애상이라는 렌즈를 통과하면서 마치 흑백 사진처럼 창백한 색으로 인화되고 있음을 알 수 있다.

김광균이 시에서 흰색과 푸른색을 즐겨 사용한다는 것은 잘 알려진 사실이다.[14] 김광균 시의 흰색과 푸른색은 사물 고유의 색인 경우와, 시 「해바라기 感傷」에서와 같이 본래의 색이 탈색되거나 변색된 것으로 나눌 수 있으며, 후자의 경우 대부분이 시인의 상처 입은 마음을 대변한다. 또한 김광균은 사물이라는 매개 없이 관념 그 자체를 흰색과 푸른색으로 시각화시키기도 하는데, 이 역시 내면 풍경을 시각적인 감각으로 재현한 결과다.

> 여윈 두 손을 들어 창을 내리면
> 하이얀 追憶의 벽 위엔 별빛이 하나
> 눈을 감으면 내 가슴엔 처량한 파도 소리뿐.
>
> — 「午後의 構圖」 부분

> 午後
> 하이얀 들가의 외줄기 좁은 길을 찾아나간다
>
> — 「蒼白한 산보」 부분

---

14) 양왕용은 김광균 시집 『瓦斯燈』에 수록된 23편의 시에서 73개의 색채 감각어를 찾았다. 이 중 흰색이 36개, 파란색이 18개로, 김광균 시에는 흰빛과 푸른빛이 압도적으로 많이 쓰였음을 알 수 있다. 양왕용, 「30년대의 한국시의 연구」, 『어문학』 제26호, 1972, 26~27쪽 참조.

하이한 暮色속에 피어 있는
山峽村의 고독한 그림 속으로
파-란 驛燈을 달은 마차가 한 대 잠기어 가고
(…중략…)
退色한 敎會堂의 지붕 위에선
噴水처럼 흩어지는 푸른 종소리

― 「外人村」 부분

낯설은 흰 장갑에 푸른 장미를 고이 바치며
초라한 街燈 아래 홀로 거닐면

― 「밤비」 부분

푸른 옷을 입은 송아지가 한 마리
조그만 그림자를 바람에 나부끼며
서글픈 얼굴을 하고 논둑 위에 서 있다.

― 「星湖附近」 부분

시 「午後의 構圖」에서 하얀색으로 시각화된 추억은 화자의 처량한 마음과 연계된다. 시 「蒼白한 산보」 역시 서러운 옛 생각에 잠겨 산책을 하는 화자의 마음을 하얀 들길로 표현하였다. 시 「外人村」의 저녁 풍경 또한 하얀색으로 탈색되어 있으며, 이 흰빛을 배경으로 종소리는 푸른빛으로 흩어진다. 여기서 푸른 종소리는 희망과 긍정을 표상한다기보다는, 앞의 행에 나오는 "退色한 교회당 지붕"을 배경으로 울려 퍼지는 차갑고 우울한 소리를 나타낸다고 볼 수 있다. 시 「밤비」에서의 푸른 장미와 시 「星湖附近」의 푸른 송아지는 화자의 초라하고 서글픈 마음을 대변하기 위해 원래의 색을 변색시킨 경우이다.

이렇게 김광균은 애상이라는 정서를 사물에 투사하면서 사물 고유의 색채를 탈색시키거나 변색시킨다. 이것은 김광균 시에 재현된 시각적 감각을 해석하는 중요한 원리다. 정통 모더니스트들이 감정의 세계를 벗어나 주지주의적 태도를 견지하였던 것에 비하여, 김광균은 시각적 이미지를 감정표현의 도구로 사용했음이 다시 한 번 드러난다.

　김광균 시에는 시각 이미지뿐만 아니라 촉각 이미지도 등장한다. 촉각 이미지는 시각 이미지만큼 다양하게 나타나지는 않는다. 주로 쓰인 것이 차가운 감각이다. 이 차가운 감각은 시각이나 청각과 융합되어 공감각적 재현 양상을 보여준다. 김광균의 대표 시 「瓦斯燈」은 등불이라는 시각적 이미지를 차가운 촉각적 이미지로 묘사하면서, 도시문명에서 소외된 화자의 슬픈 마음을 나타낸다.

> 차단-한 등불이 하나 비인 하늘에 걸려 있다.
> 내 호을로 어딜 가라는 슬픈 信號냐.
>
> 긴-여름해 황망히 나래를 접고
> 늘어선 高層 창백한 墓石같이 황혼에 젖어
> 찬란한 夜景 무성한 雜草인양 헝클어진채
> 思念 벙어리되어 입을 다물다.
>
> 皮膚의 바깥에 스미는 어둠
> 낯설은 거리의 아우성 소리
> 까닭도 없이 눈물겹고나
>
> 공허한 군상의 행렬에 섞이어
> 내 어디서 그리 무거운 悲哀를 지니고 왔기에
> 길-게 늘인 그림자 이다지 어두워
>
> 내 어디로 어떻게 가라는 슬픈 信號기
> 차단-한 등불이 하나 비인 하늘에 걸리어 있다.

― 「瓦斯燈」 전문

　인용시 「瓦斯燈」은 1938년 『조선일보』에 발표된 작품이다. 이 시에서 중심 이미지는 제목과 같은 와사등(가스등)이다. 화자는 여름날 밤 도심의 한복판에서 와사등을 바라본다. 그것은 "비인 하늘에 걸려 있다"라는 말에서 알 수 있듯이 멀리 아련하게 보이는 빛이다. 화자는 와사등의 빛을 마치 신호등처럼 인식하고 있다. 차들이 신호등의 지시에 따라 망설임 없이 움직이듯이, 화자 역시 와사등의 불빛이 정해주는 대로 가고 싶다는 것이다. 이것은 군중의 행렬 속에서 갈 길을 정하지 못하고 홀로 방황하는 화자의 절박한 마음을 역설적으로 드러낸다.

군중 속에서의 외로움은 화려한 도시 풍경을 쓸쓸한 시골 풍경으로 바꾸어놓는다. 늘어선 고층 빌딩은 창백한 묘석이 되고, 찬란한 야경은 무성한 잡초가 된다. 한마디로 도시는 무덤처럼 인식되는 것이다. 도시가 무덤으로 변하는, 당시로는 매우 획기적이었을 이 극단을 넘나드는 상상력은 무더운 여름밤을 밝히는 와사등을 '차갑다'고[15] 인식하는 데까지 이른다.

시각이 원거리 감각이라면, 촉각은 주체와 대상과의 거리가 밀착되는 근거리 감각이다. 여름 하늘에 멀리 걸려있는 와사등의 불빛을 차갑게 느낀다는 것은 지금까지 풍경으로서 사물을 대하면서, 시적 대상에 화자의 개입을 최대한 절제한 것처럼 보였던 김광균의 시작 태도를 다르게 해석할 수 있는 여지를 마련한다. 그는 시에서 회화성을 강조하면서 멀리 있는 풍경을 객관적으로 묘사한 것처럼 보이지만, 사실상 시를 통해 드러난 것은 주관적 내면의 풍경이다. 시 「瓦斯燈」에서 볼 수 있는 것처럼, 그는 멀리 켜져 있는 등불을 근거리 감각인 촉각으로 인식한다. 그리고 그 촉각은 뜨거움이 아닌 차가움으로, 지극히 주관적으로 인식된다.

김광균은 시각적 이미지인 여름밤의 와사등을 근거리 감각인 촉각을 사용하여 주관적 이미지로 재현하였다. 그러면, 여기에서 와사등의 존재에 대해 다시 한 번 살펴볼 필요가 있다. 와사는 가스(gas)를 지칭하는 일본어를 음차해서 만든 단어로, 가스등을 이른다. 이 시가 씌어진 1930년대

---

15) "차단-한"은 김광균 시에 자주 나오는 시어로, 차갑다는 의미로 해석된다.

말 서울의 길거리에는 가스등이 설치되어 있지 않았다.[16] 와사등은 원래 유럽에서 흔하게 사용되었으며, 일본에서는 1859년 개항 이후 도입되어 메이지 시대에 빠르게 전파되었다.[17] 따라서 와사등은 문명의 상징물이기에 앞서, 유럽이나 일본을 떠올리는 이국적인 풍물이라고 볼 수 있다.

인용시에서, 화자가 실제로 보는 것은 와사등이 아니라 전등일 수도 있다. 실제로 김광균은 이 시에 대하여 "1938년 5월 어느 날, 용산역에서 전차를 타고 다동(茶洞)의 하숙방으로 가던 중 전차가 남대문을 돌아 설 무렵 차창 밖 빌딩 사이에 홀로 서 있는 가로등을 보고 떠올린 시상을 정리한 것"이라고[18] 말한 바 있다. 그러나 와사등이 전등이라는 그 사실보다 중요한 것은, 와사등이 없는 거리에서 와사등을 보고 있는 시적 화자의 시선이다. 이 시에서 와사등이 켜진 거리는 김광균이 살았던 1930년대 말 조선의 거리가 아니라, 그 거리에서 상상하는 이국의 거리, 즉 '내면에 존재하는 공간'이라고[19] 볼 수 있다. 김광균은 이 시에서 자신이 실제로 살고 있는 도시의 풍경이 아닌, 마음속의 풍경을 그린 것이며, 그는 외롭고 슬픈 마음을 와사등이 켜진 이국의 거리에서 방황하는 화자의 모습으로 형상화했다고 볼 수 있다. 따라서 저 하늘 멀리 켜져 있는 와사등은 사실 김광균의 마음속에서 빛나는 등불이었으며, 그 불빛은 화자의 쓸쓸한 내면 풍경을 차갑게 밝혀주고 있다.

---

16) 김유중은 당시 서울의 길거리에 와사등이 설치되어 있지 않았다는 점을 고려할 때, 이 시에서 말하는 와사등이란 결국 전등을 뜻하는 것으로 보았다. 그러나 김광균이 전등을 와사등이라고 쓴 이유에 대해서는 설명하지 않았다. 김유중, 『김광균』, 건국대출판부, 2000, 130쪽 참조.

17) 일본은 메이지시대(1868~1912)부터 서구문물을 적극적으로 수용하였다. 가스등도 그 중 하나인데, 당시 긴자거리에는 벽돌로 지은 서양식 건물이 들어서고, 그 거리의 가스등과 인력거는 도쿄의 명물이 되었다고 한다. 최관, 『우리가 모르는 일본인』, 고려대출판부, 2007, 303쪽 참조.

18) 김광균, 「작가의 고향-꿈속에 가보는 선죽교」, 『월간조선』, 1988.3, 494쪽.

19) 도심의 한 복판에서 이국의 거리를 상상하는 김광균의 공간의식은 시 「눈오는 밤의 詩」에서도 동일하게 나타난다. 이 시에 대해서는 다음 장에서 살펴보겠다.

4. 대상과의 거리

주체와 대상 사이에는 언제나 거리가 존재한다. 시에서 이것은 시적 화자와 대상과의 거리로 나타나는데, 이 거리가 멀어질수록 시는 그림으로 말하면 풍경화가 된다. 필자는 앞에서 시 「瓦斯燈」에 나타난 감각의 재현 양상을 살펴보면서, 주체와 대상과의 거리에 대해 언급하였다. 이 장에서는 시에서 회화성을 강조하면서 주로 원거티적 태도를 취했다고 알려진 김광균의 시를 시적 대상과의 거리라는 측면에서 보다 상세히 살펴보겠다.

> 서울의 어느 어두운 뒷거리에서
> 이 밤 내 조그만 그림자 우에 눈이 나린다.
> 눈은 정다운 옛이야기
> 남몰래 호젓한 소리를 내고
> 좁은 길에 흩어져
> 아스피린 粉末이 되어 곱—게 빛나고
>
> 나타-샤 같은 계집애가 우산을 쓰고
> 그 우를 지나간다.
> 눈은 추억의 날개 때묻은 꽃다발
> 고독한 都市의 이마를 적시고
> 公園의 銅像 우에
> 동무의 하숙 지붕 우에
> 캬스파처럼 서러운 등불 위에
> 밤새 쌓인다.

— 「눈오는 밤의 詩」 전문

인용시 「눈 오는 밤의 詩」는 시 「秋日抒情」과 같은 해인 1940년 『여성』에 발표한 작품이다. 이 시는 특히 회화성이 강조된 시로, 눈 오는 밤의 풍경이 마치 한 폭의 그림처럼 펼쳐져 있다.

김광균은 이 시에서 눈 내리는 밤의 서정을 이국적 이미지를 써서 묘사하고 있다. 눈은 아스피린 분말이 되고, 등불은 캬스파처럼 서럽고, 우산을 쓴 계집애는 나타샤라는 러시아식 이름으로 불린다. 이는 앞에서도 말한 '낯설게 하기'의 시작법으로 이해할 수 있다. 이 이미지들은 「秋日抒情」에서와 마찬가지로 시인의 애상적인 관념을 표출하는 도구로서 사용되며, 궁극적으로 고독함이나 서러움과 같은 시인의 정서를 표출한다. 이 시 역시 한국적 모더니즘 시로서의 특징을 고스란히 내보이고 있는 셈이다.

시 「눈 오는 밤의 詩」는 시적 대상과 그것을 바라보는 화자의 거리에 따라서 세 부분으로 나눌 수 있다. 화자가 자신의 그림자를 바라보는 근경(1~2행)과 저만치 걸어가는 소녀를 바라보는 중경(3~8행), 그리고 도시 전체를 묘사하는 원경(9~14행)인데, 이것을 각각 a, b, c로 부르기로 한다. 이 시에서 화자의 시선은 a→b→c 순으로, 즉 근경에서 중경으로, 다시 원경으로 확산되고 있다.

a에서 시적 화자는 눈 내리는 밤 서울의 어두운 뒷거리에 있다. 대낮의 밝은 대로변과는 달리, 도시의 어두운 뒷거리라는 공간은 무의식이 드러나는 공간이라고 볼 수 있다. 그곳에서 화자는 자신의 그림자를 발견한다. 그림자는 인간의 마음속에 잠재된 어두운 부분을 상징한다. 그는 이것을 '조그만'이라고 표현함으로써 거대한 도시 속에 왜소한 존재일 따름이라는 쓸쓸한 자기인식 태도를 나타낸다.

그 위에 눈이 내리는데, 화자는 이것을 "눈이 나린다"라고 표현한다. '나린다'는 '날다'를 연상시킨다는 점에서 '내린다'보다 어감이 가벼우며, 뒤에 나오는 "추억의 날개"에 연결된다.

b에서 눈은 정다운 옛이야기가 된다. 현재의 눈은 과거의 추억을 이끌어낸다. 그러나 그것은 정답지만 호젓한 소리로 인식된다. 조용하고 쓸쓸한 소리인 것이다. 결국 추억은 번잡하고 시끄러운 도시의 일상과 대조되

는 소리 없는 소리로 존재한다.

여기서 눈을 아스피린 분말에 비유한 그 유명한 구절이 나온다. 아스피린이 해열제임을 상기할 때, 눈은 도시의 열기를 가라앉혀 주는 역할을 하고 있음을 알 수 있다. 그리고 아스피린 분말에 비유된 눈이 곱게 빛난다는 긍정적인 서술어에 미루어, 열기에 들떠 있었던 도시가 부정적인 상황이었음을 짐작할 수 있다. 이렇게 눈은 정다운 추억에 비유되고, 정다운 추억은 부정적인 현재의 상황을 치유한다. 그러면서 서울의 좁은 뒷골목길은 몽환적이며 낯선 거리로 변모하고, 눈 위를 지나가는 계집아이는 나타샤라는 러시아식 이름을 가진 이국의 소녀가 된다.

그런데 나타샤 같은 계집아이는 눈을 맞지 않으려고 우산을 쓰고 있다. 우산은 눈을 피하고 싶어 하는 소녀의 마음을 나타낸다. 여기서 눈의 이중성이 드러난다. 눈은 정다운 옛이야기임에 틀림없지만, 그렇다고 마냥 즐길 수 없는 것이기도 하다.

이것은 c에서 추억의 날개와 때 묻은 꽃다발이라는 등가적인, 그러나 상반된 의미의 비유로 발전한다. 추억은 아름답지만, 언젠가는 버려야 할 것이기도 하다. 한때 아름다웠던 꽃다발이 지금은 먼지를 뒤집어쓰고 말라 있는 것처럼 말이다. 이렇게 추억에 대한 이중적 인식은 고독과 서러움이라는 정서를 환기한다.

아스피린 같은 눈은 열에 들뜬 도시의 이마를 적신다. 그리고 마치 영화에서 카메라 앵글을 통하여 도시 구석구석을 내려다보는 것처럼, 이 시의 화자는 공원의 동상과 동무의 하숙 지붕과 캬스파처럼 서러운 등불 위에 쌓이는 눈의 모습을 바라본다. 그런데 여기서 "캬스파처럼 서러운 등불"의 캬스파란 무엇일까.

캬스파는 원어로 Casbah(카스바)인데, 북아프리카나 에스파냐에서 볼 수 있는 중세 및 근세에 만들어진 태수(太守)·수장(首長)의 성채를 말한다. 알제리·튀니지 등의 카스바가 좋은 예이다.[20]

카스바하면 떠오르는 영화가 <望鄕(원제 Pepe le Moco)>이다. 카스바는 1930년대에 국내에서 상연된 영화 <望鄕> 속의 남자 주인공이 범죄를 저지르고 쫓기는 몸이 되어 알제리로 갔을 때 머물렀던 곳의 지명이다. 서준섭은 "김광균의 시에는 영화의 이미지를 수용한 것, 영화에서 착상한 것이 적지 않다"라고[21] 하면서, 「눈 오는 밤의 詩」에서의 이 캬스파를 예로 들었다.

영화 <望鄕>은 1937년에 만들어진 줄리앙 듀비비에르 감독의 프랑스 영화다. 프랑스에서 은행 강도를 하다가 쫓겨 온 페페는 당시 식민지였던 알제리의 한 도시 카스바에 숨는다. 카스바의 주민들은 페페를 숨겨주고 도망치게 해준다. 영화 속에서 알제리의 형사는 카스바에 대하여 이렇게 말한다.

> 어둡고 좁은 골목길과 계단이 개미굴처럼 엉켜있어서 한 번 발을 들여놓으면 쉽게 빠져나오기 힘든 악취와 오물이 뒤범벅인 그런 곳, 각종 인종들, 세계 각지의 범죄자들이 숨어사는 곳, 매춘부가 호객하고 장사꾼이 들끓어 경찰의 힘이 미치지 않는 무법지대에 페페는 왕자로 군림하고 있소…….
>
> — 영화 <望鄕>에서

이 골목에서 영웅처럼 군림하던 페페는 갸비라는 아름다운 프랑스 여인을 만나 이루어질 수 없는 사랑에 빠지고 결국 자살한다. 페페가 쓰러진 부둣가에 뱃고동 소리만 길게 울려 퍼지는 영화의 라스트 신은 유명하다.

이 영화에서 카스바는 빈민굴처럼 그려져 있으나, 그럼에도 불구하고 알제리 사람들에게는 자랑스러운 도시다. 제2차 세계대전이 끝난 후 프랑스의 지배를 벗어나고자 반란이 일어났던 대표적인 도시가 바로 이 카스바이며, 당시 독립운동의 지도자들은 카스바에 숨어 조직을 결성했다고

---

20) 김광균, 앞의 책, 75쪽, 편자 주해 참조.
21) 서준섭, 『한국 모더니즘 문학연구』, 일지사, 1999, 155쪽.

172

한다. 영화 <望鄕>은 카스바를 중심으로 한 알제리의 독립을 마치 예언이나 한듯하다.

김광균 시인은 이 시를 쓸 때, 서울의 어두운 뒷거리에서 카스바의 골목길을 떠올리고 있었음이 분명하다. 프랑스에 강제 점령당한 알제리 카스바의 주민들이나, 망국의 설움을 가슴 깊이 묻어둔 서울의 시민들이나 다를 바 없기 때문이다.

카스바처럼 서러운 등불은 비극적으로 죽은 영화 속 주인공 페페와 겹쳐지면서, 더 이상 원거리의 풍경이 될 수 없다. 그것은 화자의 마음이 투사된 내면의 풍경으로 전환된다. 주체와 대상이 가장 멀리 떨어진 순간, 김광균은 원거리 풍경에 고독과 서러움이라는 정서를 담음으로써 그 거리를 소멸시킨다. 객관적인 풍경에서 주관적인 풍경으로 전환되는 것이다. 이것은 앞 장에서 살펴본 와사등이 켜진 거리가 실제의 거리가 아닌 마음속의 풍경이었다는 사실과 동일한 맥락에서 이해될 수 있다. 김광균은 자신의 정서를 대상 속에 투사함으로써 주체와 대상과의 거리를 소멸시키고 있으며, 이는 한국적 모더니즘 시인으로서의 김광균의 시적 개성으로 간주될 수 있을 것이다.

5. 맺음말

김광균이 「서정시의 문제」에서 말한 '형태의 사상성'은 자신의 시론(詩論)을 함축하는 핵심어로서 이미지의 조형성과 연관 지어 이해할 수 있다. 필자는 이미지의 조형성을 통해 표현된 정신의 풍경과 도시적 삶의 모습을 비유의 구성 양식, 감각의 재현, 대상과의 거리라는 시작(詩作) 기법으로 나누어 살펴보았다.

비유는 김광균 시에 나타난 이미지의 대표적인 조형 양식이다. 시 「秋

日抒情」에서와 같이, 시인은 원관념인 자연을 보조관념인 도시생활과 관련된 사물과 연결함으로써 한층 자신의 정서를 효과적으로 전달하고 있다.

감각의 재현 양상은 주로 정서의 시각화로 나타난다. 김광균은 시 「해바라기 感傷」에서와 같이 사물 고유의 색채를 변화시킴으로써 자신의 내면세계를 드러낸다. 이때 나타나는 흰빛과 푸른빛은 본래의 색이 탈색되거나 변색된 것으로, 시인의 상처 입은 마음을 대변한다. 촉각 이미지는 시각이나 청각 이미지와 융합되어 공감각적으로 재현된다. 시 「瓦斯燈」에서의 "차단-한 불빛"이 그것이다.

시적 대상과 거리는 시 「눈 오는 밤의 詩」를 중심으로 살펴보았다. 이 시에서 화자의 시선은 근경에서 중경으로, 다시 원경으로 확산되고 있으나, 원거리 풍경에 화자의 마음이 투사되면서 그것은 다시 내면의 풍경으로 전환된다. 김광균은 자신의 정서를 대상에 투사함으로써 주체와 대상과의 거리를 소멸시키고 있다.

이렇게 김광균은 자신의 정서와 감성을 전달하는 도구로서 이미지를 사용하고 있다. 그는 비유를 사용하고, 공감각적 표현을 통해 감각을 재현하고, 주체와 대상과의 거리를 소멸시킴으로써 이미지 속에 자신의 애상적인 정서와 상실감을 보다 효과적으로 담아내었다. 이러한 특성으로 김광균 시는 관념과 정서의 대립 개념으로 발생한 서구 모더니즘 시와 구별된다. 그러나 김광균이 모더니즘 시인으로서 가진 한계는 1930년대 한국 모더니즘의 한계이기도 하다.

김광균은 서구적인 의미에서 정통 모더니즘 시인은 될 수 없었지만, 이미지를 조형하는 작업으로써 소박하게나마 자신의 시론인 '형태의 사상성'을 실천하고자 했다. 감상과 애상의 정서를 이미지의 조형을 통해 표현하고자 한 점은 이른바 '한국적 모더니즘 시인'으로서 그만이 가진 시적 개성으로 평가되어야 할 것이다.

■ 참고문헌

1. 기본자료

김광균, 김학동·이민호 편, 『김광균 전집』, 국학자료원, 2002.

2. 저서 및 논문

구상·정한모 편, 『30년대의 모더니즘』, 범양출판부, 1987.
김광균, 「작가의 고향-꿈속에 가보는 선죽교」, 『월간조선』, 조선일보사, 1988.3.
김기림, 『김기림 전집 2』, 심설당, 1988.
김유중, 『김광균』, 건국대출판부, 2000.
김준오, 『시론』, 삼지원, 1997.
김학동 외, 『김광균 연구』, 국학자료원, 2002.
김현자, 『한국시의 감각과 미적 거리』, 문학과 지성사, 1995.
듀비비에르, 영화 <望鄕(Pepe le Moco)>, 1937.
랭보, 김현 역, 『지옥에서 보낸 한 철』, 민음사, 2000.
박현수, 『한국 모더니즘 시학』, 신구문화사, 2007.
서준섭, 『한국 모더니즘 문학연구』, 일지사, 1999.
양왕용, 「30년대의 한국시의 연구」, 『어문학』 제26호, 1972.
최관, 『우리가 모르는 일본인』, 고려대출판부, 2007.
칸딘스키, 권영필 역, 『예술에 있어서 정신적인 것에 대하여』, 열화당, 1979.
한영옥, 『한국 현대 이미지스트 시인 연구』, 푸른사상, 2010.

이 논문은 2010년 10월 31일 투고되어
2010년 11월 1일부터 11월 30일까지 심사위원이 심사를 하고
2010년 12월 10일에 심사위원 및 편집위원 회의에서 게재 결정된 논문임.

■ **Abstract**

A Study on Kim, Gwang-Gyun's Poetry
— Focusing on Formation of Images

Park, Min-Young
(Sungshin Women's Univ.)

'Thoughts of Forms' Kim, Gwang-Gyun mentioned in his "Considerations on Lyrical Poems" can be understood in association with formation of images as the keyword that implies the Kim, Gwang-Gyun's poetics. This study examines mental landscape and urban life expressed through formation of images in terms of three composition techniques of organizational patterns of metaphors, reproduction of senses, and distance from objects.

Chapter 2 addresses the organizational patterns of metaphors. Metaphors are representative forms of the images in Kim, Gwang-Gyun's poems. As in "Lyrical ballad on an Autumn Day," the poet successfully delivers his sentiments by connecting the tenor of nature with the vehicle of objects related to urban life.

Chapter 3 examines the reproduction of senses. It is mainly expressed through visualization in Kim, Gwang-gyun's poems. For example, in his poem "Reflections on Sunflower," the poet reveals his inner world by changing idiosyncratic colors of things. The white and blue in the poem are actually decolorized or discolorized colors, which symbolizes the poet's wounded heart. Tactile images are represented synaesthetically in combination with visual or auditory images. The "cold lights" in "Street Lamp" is the example.

Chapter 4 deals with the distance from poetic objects, especially in the poem, "A Poem on a Snowy Night." The persona's sight expands from close-range landscape to a little distant landscape to very distant landscape. The persona's thought is projected to very distant view and returns to the internal landscape. In this poem, Kim, Gwant-Gyun eliminates the distance between the subject and object by projecting the persona's mind to the distant landscape.

Likewise, Kim, Gwang-Gyun utilizes images as a tool to deliver his sentiments and sensibility. He effectively expresses his sorrow and sense of loss in images by using metaphors, representing senses through synaesthetic expressions and eliminating the distance between subject and object. These characteristics distinguish Kim, Gwang-Gyun's poems from Western modernist poems that emerged from the conflicts from ideas and sentiments. However, Kim, Gwang-Hyun's limits as modernist poet can be accounted for as those of Korean modernism in the 1930s.

Though Kim, Gwang-Gyun failed to be an authentic modernist poet from the standards of Western modernism, he tried to develop his simple poetics, 'thoughts of forms,' in his work of forming images. His trial to express sentiments of sensibility and sentiment of sorrow through formation of images should be given a credit for his unique poetic characteristics as a Korean modernist poet.

Key Words : thoughts of forms, formation of images, metaphor, sense, distance, modernism, sensibility, sentiment, Korean modernist poet.

박목월 시의 이본과
결정판의 확정에 관한 연구

이상호[*]

•차례

■ 국문초록

이 논문은 최상의 작품을 남기고 싶어 하는 예술가들의 창작심리에 입각하여, 박목월 시를 대상으로 작품의 수정과 기준 판본이 되는 결정판의 확정 문제를 살펴보는 것을 주요 목적으로 연구되었다. 박목월은 이른바 청록파인 세 시인 중에서 누구보다도 시적 언어에 대해 민감하였고, 그에 따라 작품의 완성도를 극대화하기 위해 많은 노력을 기울인 것으로 파악된다. 이러한 시인의 치열한 시정신에 초점을 맞추어 본고에서는 완성도를 높이기 위한 한 과정인 작품 수정 사례를 검토한 다음, 이를 바탕으로

___

* 한양대학교 교수.

결정판을 확정할 때 반드시 고려해야 할 기본 조건을 제시하였다.

목월의 치열한 시정신을 고려할 때, 후대인들도 그에 버금가는 애정으로 목월 시를 다룰 필요가 있다. 특히 기존에 발표된 원본과 그것을 재수록하는 과정에서 수정하여 생긴 이본 가운데 결정판을 선택하는 경우, 시간적으로 나중에 이루어진 수정본에 시인의 표현 의도가 더 잘 구현되었다는 점을 충분히 고려할 필요가 있다. 즉 가능한 작품 창작 주체인 시인의 뜻을 최대한 수용하여 그 범위 안에서 미학적인 문제를 따지고 수정 효과를 검토하는 것이 더 바람직하다고 하겠다.

박목월은 작품의 완성도를 높이기 위해 창작과정은 물론이고 이미 발표된 작품까지도 많은 검토와 고민을 하면서 퇴고를 거듭하였다. 이러한 그의 태도는, 최상의 작품을 남기고 싶은 치열한 시정신의 발로인 동시에 예술 작품이란 완벽한 경지에 이르기가 매우 어렵다는 인식을 보여주는 것이며, 또한 시인으로서의 성실성을 가졌음을 단적으로 증명하는 것이기도 하다. 따라서 후대인들은 되도록이면 그와 같은 목월의 치열한 시정신을 존중하고 수용하는 태도로 결정판을 확정하는 것이 바람직하다고 하겠다.

주제어 : 현대시, 박목월, 예술가 정신, 수정, 이본, 선택 기준, 결정판.

1. 머리말

　다듬기의 가치와 의의를 설명하는 자리에서 '推敲'의 어원에 얽힌 고사가 자주 인용되듯이, 창작과정에서 글자 하나를 바꾸는 것도 결과적으로 작품의 표현 효과와 수준을 가늠하는 데 큰 영향을 미치기 마련이다. 특히 양식적 특성상 고도의 압축과 함축으로 이루어지는 시의 경우에는 문장부호 하나 음절 하나의 변화에 따라서도 큰 차이가 생긴다. 이 때문에, 모든 작가들이 그렇겠지만, 시인들은 더욱 창작과정에서 작품의 완성도를 높이기 위해 퇴고에 퇴고를 거듭하는데, 이것은 사실 작품 발표 이전의 개인적인 행위이므로 그의 창작노트를 검토하지 않는 한 문학적/사회적 의미를 갖기 어렵다.

　그러나 시인이 공적인 지면에 발표한 작품을 첨삭하여 다른 지면에 재수록할 경우에는 차원이 달라진다. 그것은 어떤 형태로든 독자(연구자)들에게 관심의 대상이 되기 때문이다. 물론 이때 시인이 작품을 수정한 것과 그에 따라 연구자들이 처음 발표된 초간본과 나중에 수정된 이본의 차이와 질적 여부를 따지는 것은 별개의 문제이다. 즉 시인의 수정 욕구는 독자를 의식하기 이전에 시적 완성도를 높이려는 예술가 정신(창작심리)의 근본에 해당하는 것이기 때문이다. 그래서 언어에 민감하고 작품의 완성도에 예민한 시인일수록 당연히 수정의 빈도가 높을 수밖에 없다.[1]

---

[1] 자작시 해설의 한 대목을 통해서 시어에 대한 목월의 민감한 반응을 엿볼 수 있다. "나는 위에서 생각이라는 '말을 사랑했다'고 말했다. 참으로 당시(초회 추천작인 <길처럼>을 쓰던 1939년 무렵-인용자 주)에 나는 한 개의 어휘(語彙)로서 모든 感情을 端的으로 표현하고 상징하는 습성이 있었다. 또한 한 편의 詩想을 다만 한 개의 낱말 안에서 발견하고 구현시키는 일이 있었다 이런 '말' 혹은 '낱말'에 대한 執着-執着이기보다 '말'에 대한 애착(愛着)이 때로는 나자신 조차 의아할 정도로 강했었다." 박목월, 『보라빛 素描』, 신흥출판사, 1958, 48~49쪽(이하 인용은 원문대로 하고 꼭 필요한 경우에만 '인용자 주'로 표시한다).

본 연구 과정에서 확인된 결과에 따르면 박목월의 「年輪」이라는 작품은 이본이 네 가지나 되었다. 이것은 특이한 예이지만, 목월 시에서 수정 사례를 검토하면 전체의 1/3에 가까울 정도로 흔히 발견되는 사례이다. 가령, 최근에 발간된 한 자료를 참조하면, 기존에 발표한 작품을 다른 지면에 재수록하면서 수정한 실태는 적게는 문장부호 하나를 바꾸는 것에서부터 많게는 완전히 뜯어 고치는 개작에 이르기까지 다양하게 드러난다.2) 이처럼 목월 시에는 많은 작품들이 이본 형태로 존재하는데, 이는 결국 시적 완성도를 극대화하려는 시인의 표현의도에 기인한 것이라고 볼 수 있다. 이런 관점에서 본고는 목월 시의 수정 사례 중에 가장 주목되는 몇 가지 사례를 검토하여 시인의 창작심리의 특성을 가늠해보고, 나아가서 원전비평 방법을 통하여 초간본과 수정본(이본)을 검토한 다음 그 중에 하나를 결정판(definitive edition)으로3) 확정하는 바람직한 기준을 제시하려고 한다.

2. 작품 수정과 결정판의 확정에 관한 기준 문제

2.1. 작품 수정 사례에 나타난 창작심리와 그 의의

이남호 편찬의 『박목월시전집』에 실린 작품들을 대상으로 편찬자의 원

---

2) 이남호는 목월시의 수정 사례에 대해 다음과 같이 언급하였다. "전면적으로 개작된 경우도 있었고, 행과 연의 구분이 달라지거나 시어와 시구가 달라진 경우도 있었고, 제목이 바뀐 경우도 있었다. 한글이 한자로, 한자가 한글로 바뀐 경우, 맞춤법과 띄어쓰기가 달라진 경우, 문장부호가 바뀌거나, 없던 문장부호가 생기거나, 있던 문장부호가 없어진 경우 등은 숱하게 많았다. 또 원래 시집에는 없던 시가 『박목월 자선집』의 해당 시집 편에 수록되기도 했다 이러한 사정이 박목월 시의 기준 판본을 확정하는 일을 어렵게 했다." 이남호 엮음·해설, 『박목월시전집』, 민음사, 2003, 13쪽.

3) 일단 지면에 발표된 작품을 작자가 직접 수정하여 재발표하거나 시집으로 출간할 경우에 기본텍스트가 둘이 되므로 이 중에 작품성이 더 나은 것을 선택하여 결정판(또는 권위본, 최선본)을 확정할 필요가 생긴다. 이선영, 『문학비평의 방법과 실제』, 삼지원, 1993, 36~37쪽.

전비평 결과만을 참조하면4) 목월이 기존에 발표한 작품을 수정하여 재수록한 사례를 확인할 수 있는 시집은 1~6부에 해당하는 ①『靑鹿集』(1946), ②『山桃花(1955)』, ③『蘭·其他』(1959), ④『晴曇』(1964), ⑤『慶尙道의 가랑잎』(1968), ⑥『無順』(1976) 등이다.5) 이 여섯 권에 실린 작품의 편수와 수정된 작품의 편수(비율)를 대비해보면6) ① 15 : 5편(33%), ② 29 : 10편(34.5%), ③ 59 : 14편(23.7%), ④ 44 : 12편(27.3%), ⑤ 72 : 23편(31.9), ⑥ 88 : 19편(21.6%) 등으로 집계되었다. 이를 합산하면 총 307편 중 83편에서 변화된 점이 확인되어 수정 비율은 27.04%에 이른다. 이 자료만을 근거로 하더라도 거의 3편 중에 1편 꼴로 원본이 수정되었을 만큼 목월은 이미 발표한 작품도 많이 손질을 하였다.

한편, 수정된 작품들을 사례별로 유형화하면, 먼저 양적인 측면과 질적인 측면으로 대별된다. 양적인 측면에서는 앞서 언급한 대로 문장부호 한두 개를 첨삭하는 아주 단순한 수정에서부터 다른 작품으로 오인될 만큼 대폭적인 수정/개작에 이르기까지 편차가 매우 크다. 특히 전기시에 해당하는 『산도화』와 『난·기타』에서는 시집이나 문예지에 발표했던 원본을 수정하여 재수록한 경우가 많다. 수정한 경우의 일부 예를 들어보면, 「임 1」(『산도화』)이 「임」(『박목월자선집』)으로 제목만 바뀐 것, 「月夜」처럼 '그리움의 달무리'(『문학과 예술』, 1955.11)를 '달무리'(『산도화』)로 바꾸어 감상적인 시어 하나를 삭제한 것, 또는 「山桃花 1」의 마지막 연 "사슴이 내려와/ 발을 씻는다"(『산도화』)를 현재 유통되는 형태인 "사슴은/ 암사슴/ 발을 씻는다"(『박목월자선집』)와 같이 한 연 전체를 수정한 것도 있다. 또한 「山色」·「年輪」(이상 『산도화』), 「墓碑銘」·「山·素描 1」·「少

---

4) 이 책에는 편찬자가 정한 기준 원칙에 따라 작품이 실려 있기 때문에 어떤 것은 원본을 명확하게 확인하기 어렵다.

5) 이남호, 앞의 책, 31~597쪽.

6) 중복 수록된 작품들은 어느 한 쪽의 것만 실었기 때문에 원본 시집의 작품 숫자와는 차이가 있다.

年」(이상 『난·기타』) 등에서는 대폭적으로 수정한 경우도 발견할 수 있다. 둘째로 질적인 측면에서는, 미적 판단에 관한 것이라서 분명한 판단이 어렵지만, 결과적으로 향상된 경우와 효과가 아주 미미한 것(또는 개악된 것)으로 나눌 수 있다.

다음, 동일한 작품을 대상으로 수정한 횟수에 따라 구분할 수도 있다. 대부분 일차 수정으로 확정하였지만, 일부는 수정한 것을 다시 수정하여 원본으로 환원시킨 경우도 있다.

위와 같은 유형 이외에도 더 치밀하게 분석하면 또 다른 수정 유형이 밝혀질 가능성이 있을지 모르겠으나, 이들을 일일이 구체적으로 분석하고 유형화하여 그 의미를 규정하기 위해서는 상당한 시간과 노력과 지면이 필요하다. 그래서 본고에서는 일차적으로 시인이 작품의 완성도를 높이기 위해 치열하게 고민한 흔적을 확인할 수 있는 사례를 중심으로 몇몇 특성을 추출하면 다음과 같다.

첫째, '원본→수정(확정)'의 형태이다. 이 경우는 수정된 작품의 대부분을 차지할 만큼 많으므로, 여기서는 수정 사례의 특성이 잘 나타나는 것으로 판단되는 「묘비명」과 「生土」 두 편을 예로 들어 시인이 원본에 얼마나 많은 첨삭을 가했고, 또 그 효과는 무엇인지 확인해본다. 먼저 「묘비명」의 원본과 수정본의7) 형태를 대비하면 다음과 같다.8)

---

7) 맨 처음 지면에 발표된 작품은 '원본(X), 그 작품을 수정한 것은 '수정본(X^1)'이라 칭한다. 만약 여러 차례 수정되었다면 '1차 수정본(X^1)', '2차 수정본(X^2)'… 등으로 구분한다.

8) 이남호, 앞의 책, 148~149쪽 참조.

㉠ 원본(『자유춘추』, 1957.3)	㉠' 수정본(『난·기타』, 1959)
멜로디가 끝나고 오히려 그 豊盛한 餘韻 그런 終焉. 그런 終焉의 感動을…… 눈을 감으리라. 버림으로 차라리 充滿한것 함박눈이 멎고 서럭서럭 오는 싸락눈을. 夜半에 비롯하는 소내기를 芭蕉나 이슬젖은 나무잎새나 그런 것은 달빛과 함께 내것임을 그 확고한 證據. 祈禱가 차라리 속절없다. 求하는 것의 쑥스러움. 삶이란 늘 버림으로 淨潔하여 여기 하얗게 뼈만 묻친다. 그것마저 고스란히 삭아진다. 그 安睹感. 한쪼각 碑石마저 짐스럽다. 다만 이슬을. 밤하늘을. 해질무렵에 오는 눈발을. 그리고 바람을. 구름을. 흘러서 머 물지 않는 먼 강물의 울음을……아아 영 혼만의 환한 눈으로 우르러 볼 은핫수를.	멜로디가 끝나고 오히려 그 豊盛한 餘韻. 그런 終焉 그런 終焉의 感動을 — 아아 눈을 감으리 함박눈이 멎은 후에 서럭서럭 오는 싸락눈 나는 잠든다.

위의 대비를 통해 확연히 드러나듯이 ㉠과 ㉠'은 차이가 크다. ㉠'은 ㉠에서 1연 전체(마침표 위치는 바뀌었음)와 2연의 두 행만 살리고 나머지 관념적인 것들은 모두 삭제한 후 "나는 잠든다"는 한 행으로 대체해버렸다. 이는 "祈禱가 차라리 속절없다", "한 쪼각 碑石마저 짐스럽다"고 표현한 것과 그 나머지의 관념적이고 수다스런 표현의 불일치를 뒤늦게 깨닫고 그것을 모두

"나는 잠든다"라는 표현 속에 묻어버린 것으로 짐작된다. 그리하여 결과적으로 "버림으로 차라리 充滿한 것"이라는 역설적 의미를 구현하게 된다.9)

이렇듯 시인이 기존에 발표한 작품을 스스로 수정하는 것은 작품성을 강화하기 위한 노력임에 틀림없다. 물론 이 과정에는 시간이 경과함으로써 변할 수 있는 여러 가지 사정—가령, 사회와 자아의 변화 및 시정신과 가치관의 변화 등이 작용할 수도 있고, 또 시적 경험의 축적으로 시를 보는 안목과 창작 역량이 향상되기도 하며, 그밖에 우리가 짐작하지 못하는 어떤 요인이 작용할 수도 있기 때문에 작품을 수정하게 된 배경이 무엇인지 정확하게 판단하기는 매우 어렵다. 그럼에도 불구하고 일반적으로 판단할 때 가장 확실한 것은 작품의 질적 수준에 대한 불만을 가지고 그것을 개선하고 싶은 바람이 컸기 때문이라 할 수 있다. 이에 관하여 목월이 고백한 다음 대목은 매우 큰 암시를 던져준다.

> 이 작품은 스스로 靑春의 아름다운 回想처럼 마음에 간직해 두는 것이기는 하나, 二聯의 修辭가 부족해서 늘 꺼림직하다.
> 지금 같으면, '구름을 보며'나 '초저녁별을 보며' 中 어느 하나를 省略해 버렸으리라. 그렇게 되면, 五行 四聯의 균형이 잡힌 작품이 되었을 것이다.
> <u>작품집에 수록할 무렵, 추고할 수도 있었으나, 미숙한대로 한번 발표한 것에 손을 대는 일이, 그것이 決定的인 험이 아닌 이상 삼가기로 했던 것이다.</u>10)

---

9) 『世代』지 1963년 3월호에 실린 작품 「青瓷·梅花」 다음에 시작노트 형식으로 게재된 '나의 告白' 말미에 "詩人의 多辯함은 어떤 경우에도 有益한 것이 못된다. 大地는 깊은 沈默속에 한포기의 꽃나무를 키운다. 그것이 기다리는 者의 모습이다."(박동규 편, 『강나루 건너서 밀밭 길을』, 심상사, 1998. 47쪽)라는 대목이나, "또한 감정을 담은 팽창한 언어야말로 시(詩)라는 특수한 세계를 창조할 수 있는 생명의 팽창감과 능력이 깃든 것이라 할 수 있다. 그러므로 시인에게 아쉬운 것은 고독한 침묵의 시간이며, 또한 시(詩)는 감정의 발산이기보다는 집중(集中)이요, 감정의 분출(噴出)이기보다는 명상의 소산이다."(박목월, 「無題」, 『구름에 달 가듯이』, 228쪽)에서 잘 드러나듯이 목월은 추기에 주로 '다변'의 시보다는 절제의 시를 선호하였다.

10) 『보라빛 소묘』, 55쪽(밑줄 : 인용자).

이 고백은 목월이 2회로 추천받은 작품인 「산그늘」에 대해 자작시 해설을 통하여 밝힌 것이다. 여기에는 목월 시의 수정에 관련하여 다음과 같은 매우 중요한 정보들이 담겨 있다. 첫째는 시적 '修辭'에 대한 관심이 컸고, 둘째는 표현의 정제와 균형 잡힌 구성에 대한 관심이 많았으며, 셋째는 '결정적인 흠'(원문의 '험'은 출판 과정의 오류이거나 경상도 사람들의 발음 습관에 따른 시인의 표기 오류로 보임)이 아닌 이상 일단 발표한 것에는 미숙하더라도 '손을 대는 일'을 '삼가기로' 했다는 점 등이 그것이다. 이들 고백을 거꾸로 생각하면 한 번 발표한 작품에 손을 댄 경우는 말 그대로 '결정적인 흠'은 아니라 하더라도 대체로 미숙한 부분이 많았기 때문이라고 볼 수 있다. 이런 그의 인식을 참조하면 앞의 시가 대폭 수정된 이유뿐만 아니라, 다음에 예시한 「생토」에[11] 대하여 이미 발표된 작품임에도 불구하고 시인이 굳이 다시 손질을 가한 까닭을 짐작할 수 있다. 이를 테면 그만큼 원본을 '미숙'한 작품으로 판단한 결과라는 점이다.

㉡ 원본(『신동아』, 1968.1)	㉡' 수정본(『경상도의 가랑잎』, 1968)
生土 ―慶尙道 詠嘆調 5	生土
蔚山接境에서도 迎日에서도 그들을 만났다. 億萬年을 산듯한 얼굴들. 奉化에서도 春陽에서도 그들을 만났다. 마른 논바닥같은 얼굴들. 人蔘이 名物인 豊基에서도 그들을 만났다. 척척 금이 간 얼굴들. 다만 聞慶새재를 넘는 길목에서 히쭉히 웃는 그 얼굴은	蔚山接境에서도 迎日에서도 그들을 만났다. 마른 논바닥 같은 얼굴들. 奉化에서도 春陽에서도 그들을 만났다. 億萬年을 산듯한 얼굴들. 人蔘이 名物인 豊基에서도 그들을 만났다. 척척한 금이 간 얼굴들.

---

11) 이남호, 앞의 책, 421~422쪽 참조.

싯벌건 生土 같았다.	다만 **聞慶** 새재를 넘는 길목에서 히죽이 웃는 그 얼굴은 시뻘건 生土 같았다.

ⓛ은 잡지에 처음 발표된 형태인 원본이고, ⓛ¹은 그것을 시집에 재수록하면서 수정한 것이다. 여기서 보면 전체적인 의미의 변화는 없고, 구성상 울산접경→영일→봉화→풍기→문경까지 북쪽으로 이동해가는 지명의 나열도 달라진 것이 없지만, 언어 체계와 형식 즉, 미적 구조는 상당히 변화되었다.

이에 대해 구체적으로 살피면 다음과 같다. 먼저 ⓛ의 경우, 형식적으로 '경상도 영탄조'라는 연작시 중 다섯 번째에 해당하고, 單聯詩이며, 도치법이 많이 드러난다. 이 작품을 시집에 재수록하면서 시인은 도치법을 제외한 두 가지 형식을 ⓛ¹과 같이 바꾸었다. 즉 연작시 형태를 해소하여 단독 작품으로 완결된 형태를 갖게 하였고, 聯詩로 만들면서 이른바 行數律을 적용하면서 3행과 6행을 맞바꾸어 재배치하였다. 행의 맞바꿈은 이 두 행의 의미가 현실적인 것과 상상적인 것이라는 차이를 갖는다는 점을 고려하면, ⓛ의 1~3연의 구조에 해당하는 부분을 상상→현실→현실(abb)로 구성하기보다는 ⓛ¹의 현실→상상→현실(aba)로 교차시켜 변화와 역동성을 지니게 하는 것이 더 효과적인 표현이라고 본 결과로 짐작된다.[12] 이 밖에 바뀐 부분은 ⓐ 논바닥같은⇒논바닥 같은, ⓑ척척⇒척척한, ⓒ 히쭉히⇒히죽이, ⓓ 싯벌건⇒시뻘건 등이 있다. 여기서 ⓐ는 띄어쓰기를 바로잡은 경우이고, ⓑ는 부사어를 관형어로 만들어 자수를 한 자 늘리고(다른 연의 3행에 비해 이 행은 2자가 적어 균형이 잘 안 맞음), '간(가다)'을 꾸

---

12) 4연도 '현실' 이미지이지만 종결부이기 때문에 연속성 개념으로 보지 않아도 된다. 1~3연이 동일한 도치 구조와 韻을 갖게 했다가 4연에서는 모두 해소한 것도 마무리를 위한 시적 기교로 봐야 한다.

188

미던 '척척'이를 '금'을 수식하는 형태도 바꾸어 현재의 동적인 의미보다
는 이미 금이 간 상태가 시간적으로 오래되었다는 의미를 갖게 하여 비극
성을 강화하였다. 그리고 ⓒ와 ⓓ는 전체적인 어조에 맞게 방언을 표준어
로 바꾼 것으로 파악된다.

　둘째, 원본을 일단 수정했지만 결과ㅈ으로 만족하지 못한 경우이다. 즉
원본에 대한 불만으로 수정했지만 그것도 마음에 들지 않아 원본에 대한
미련을 떨쳐 버리지 못하는 것을 뜻한다. 이 경우는 시인이 원본과 수정본
을 모두 만족하지 못한 형태인데 초회 추천작의 하나인 「그것은 年輪이다」
가 그 대표적인 사례이다. 이 작품은 시적 완성도에 대한 목월의 신념이
얼마나 강렬했는지 알게 하는 단적인 예이다. 이 작품에 관련된 공식적인
판본(잡지, 시집, 선집)만 네 가지이며, 여기에 자작시 해설에서 재인용한
것을 더하면 목월에 의해서 출판된 것만 다섯 가지의 유형이 있다.13) 이
들은 완전히 개작되거나 조금씩 첨삭되어 모두 다른 형태를 지니기 때문
에 다섯 가지 이본으로 취급할 수도 있지만, 이 가운데 자작시 해설서에
실려 있는 작품의 경우에는 성격이 다르므로 여기서는 이것을 제외한 나
머지 판본만을 분석 대상으로 하여 그 차이를 알아보기로 한다. 먼저 원본
과 '개작'(목월의 표현)된 작품을 나란히 인용하면 다음과 같다.

---

13) 목월의 자작시 해설서인 『보라빛 소묘』에 따르면 다섯 가지이만, 실제로는 한 가지
　　가 더 있어 여섯 가지이다. 후술 참조.

㉢ 원본 : 「그것은 年輪이다」[14]	㉣¹ 개작된 수정본 : 「年輪」[15]
어릴적 하잔한 사랑이나 가슴에 백여서 자랐다. 질곱은 나무에는 紫朱빛年輪이 몇차례나 감기었다. 새벽꿈이나 달그림자처럼 젊음과 보람이 멀리간뒤, ⋯⋯나는 자라서 늙었다, 마치 歲月도 사랑도 그것은 애달픈 年輪이다.	슬픔의 씨를 뿌려놓고 가버린 가시내는 영영 오지를 않고⋯⋯한해 한해 해가 저 물어 質고운 나무에는 가느른 가느른 피 빛 年輪이 감기었다 　　(가시내사 가시내사 가시내사) 목이 가는 少年은 늘 말이 없이 새까아 만 눈만 초롱 초롱 크고⋯⋯귀에 쟁쟁쟁 울리듯 차마 못잊는 애달픈 웃녘 사투리 年輪은 더욱 새빨개졌다 　　(가시내사 가시내사 가시내사) 이제 少年은 자랐다 구비구비 흐르는 은하수에 꿈도 슬픔도 세월도 흘렀건 만⋯⋯먼 수풀 質고운 나무에는 상기 가 느른 가느른 피빛 年輪이 감긴다 　　(가시내사 가시내사 가시내사)

　자세히 분석하지 않으면 ㉣¹은 전혀 다른 작품으로 보일 만큼 전면적으로 개작되었다. 우선 형식상으로 시적 화자를 '나'에서 제3자인 '소년'으로 바꾸어 고백적 성격에서 객관적 전달자의 기능을 하게 만들었고, 자유시 중심에서 산문시형에 자유시 형식(연 구분)을 가미하였으며, 소년 시절에 사모하던 소녀에 대한 그리움을 강조하기 위해 "가시내사 가시내사 가시내사"(괄호로 처리한 것은 마음속으로 간절히 부르짖는 것을 나타내려 한 듯함)라고 같은 구절을 3번 반복한 것을 매 연마다 배치하였다. 그리고 '영영', '한해 한해', '가느른 가느른', '초롱 초롱', '쟁쟁쟁' 등의 어휘를 반복하여 음악성을 강화하여 산문성을 중화하려고 노력했다. 이 밖에도 "나는

---

14) 『文章』 제1권 제8호, 1939.9, 127쪽.

15) 박목월·조지훈·박두진, 『청록집』, 을유문화사, 1946, 26~27쪽. 이 작품은 단순한 수정이기보다는 완전히 개작된 것으로 판단하여 ㉢¹로 하지 않았고, 또 개작된 원본 (㉣)이 따로 있기 때문에 '개작된 수정본(㉣¹)'이라 했다. 후술 참조.

자라서 늙었다”를 “이제 少年은 자랐다”로 바꾸어 젊은이의 감성에 잘 맞지 않던 것을 해소했고, 전체적으로 시적 의미도 다소 모호하던 것을 산문시답게 상당히 구체적으로 표현하여 초점이 더 분명해졌다. 이런 점에서 개작된 ㄹ'은 ㄷ에 비해 질적으로 향상되었다고 보아도 된다. 이렇게 형태 자체가 다르게 개작됨으로써 다른 작품처럼 보이지만, “질곱은/ 質고운 나무”, “자주빛/ 피빛 연륜이 감기었다”, “나는 자라서”/ “소년은 자랐다” 등의 중심 이미지가 같은 것으로 볼 때 완전히 새로운 작품으로는 볼 수 없다. 뿐만 아니라 다음과 같은 시인의 말에 따르면 분명히 ㄹ'은 ㄷ을 뿌리로 한다.

<그것은 年輪이다>라는 作品은 가을이 이르면 '먼 수풀 質이고운 나무에 감기는 샛빨간 年輪'의 이메지를, 어질적에(어릴 적에-필자 주) 어느 소녀를 사모한 애틋한 戀情과 그 戀情이 내 가슴에 색여 놓은 아련한 상처를 노래한 것이다.
이 작품을 후에 다시 <年輪>이라는 題目으로 改作해서 『청록집』에 수록했다.

슬픔의 씨를 뿌려놓고 가버린
가시내는 영영 오지를 않고……
한해 한해 해가 저믈어 質고운
나무에는 가느른 가느른 피빛
年輪이 감기었다……
(가시내사 가시내사)

목이 가는 소년은 늘 말이
없이 새까만 눈만 초롱초롱
크고……귀에 쟁쟁쟁 울리듯 참아
못 잊는 웃녘사투리
年輪은 더욱 새빨게졌다.
(가시내사 가시내사)

이제 少年은 자랐다.

구비구비 흐르는 은하수에
슬픔도 세월도 흘렀건만……
먼수풀 質고운 나무에는 상기
가느른 가느른 피빛 年輪이
감긴다……
(가시내사 가시내사 가시내사)

지금 이 글을 쓰기 위해서, 옛날 作品을 뒤져보니, <u>개작한 것이 첫 作品보다 散漫한것 같다</u>. 다만 '귀에 쟁쟁쟁 울리듯 참아 못 잊는'이라는 귀절 중에 '듯'이 지니는 '呼吸의 屈折'과 '感動의 起伏'—이런 수사적인 妙味를 살린 것만이 대견해 보일 뿐이다. <u>그러나, 作品으로서 <그것은 年輪이다>라는 편이 題目이 좀 거치장스럽기는 하나, 역시 개작보다 한결 이메지가 뚜렷하다</u>."16)

이 글을 통해서 ㉢의 특성은 시인의 어린 시절을 제재로 하여 소녀에 얽힌 아련한 상처를 노래했음을 알 수 있다. 또한 이것을 ㉣'로 개작하고 거추장스런 제목을 간단하게 「연륜」으로 바꾸어 『청록집』에 재수록했으며, 부분적으로 "수사적인 묘미를 살린" 결실을 얻기도 했지만 "이메지"(이미지) 측면에서는 개작보다 원작이 더 뚜렷한 것으로 인식하였다는 것도 간취할 수 있다. 그러니까 밑줄 친 부분에 담긴 어감으로 볼 때 시적 형상화 차원에서는 원본이 더 낫다고 생각한 것으로 보인다. 이는 아마도 '多辯'을 싫어하고 '집중'과 '명상'을 선호한 초기의 목월의 시적 취향으로 볼 때 ㉣'과 같은 유형은 썩 마음에 들지 않았기 때문인 듯하다. 그럼에도 불구하고 ㉢으로 환원시키지 않고 약간만 수정했을 뿐 ㉣'을 그대로 둔 것은 개작의 의미를 더 크게 인정한 결과라 하겠다.

그런데 두 작품의 관계에 대하여 『보라빛 소묘』에서 언급한 목월의 말, 즉 '이 작품(㉢—인용자 주)을 후에 다시 「연륜」이라는 제목으로 개작해서 『청록집』에 수록했다.'는 술회는 착각으로 보인다. 이 작품은 이미 그 이전

---

16) 박목월, 『보라빛 소묘』, 49~51쪽(밑줄 : 인용자).

에 추천 완료를 위해 투고하여 통과된 '推薦詩' 중의 둘째 작품(첫째 작품은
「가을 어스름」)으로 『문장』에 다음과 같은 형태르 실려 있기 때문이다.

> 슬픔의 씨를 뿌려놓고 가버린 가시내는 영영 오지를 않고⋯⋯한해 한해
> 해가 저물어 質고운 나무에는 가느른 가느른 폐빛 年輪이 감기였다
>   (가시내사 가시내사 가시내사)

> 蒼白한 少年은 늘 말이없이, 새까아만 눈만 초롱 초롱 크고⋯⋯귀에 쟁
> 쟁쟁 울리듯 참아 못잊는 애달픈 웃녘 사투리.
>   年輪은 더욱 샛빩애 졌다
>   (가시내사 가시내사 가시내사)

> 이제 少年은 자랐다. 구비구비 흐르는 은하수에 꿈도 슬픔도 세월도 흘
> 렀건만⋯⋯먼 수풀 質고운 나무에는 상기 가느른 가느른 피빛 年輪이 감
> 기어 나간다
>   (가시내사 가시내사 가시내사)[17]

위에서 보듯이 『청록집』에 실린 작품(ㄹ¹)에서 "蒼白한 少年"만 "목이
가는 少年"으로 바뀌었을 뿐 뼈대는 거의 같다. 따라서 이 작품이 ㄹ¹의
원본인 ㄹ의 형태임이 분명하다.

이 사실에 따르면, 앞서 보았던 목월의 술회는 착각한 결과이고[18] 사실
은 초회에 추천 받은 작품을 전면 개작하여 3회 추천 작품으로 다시 투고
한 것이 되며, 이 점을 추천자인 정지용도 전혀 몰랐던 것이다.[19] 이 문제

---

17) 『文章』 제2권 제7호, 1940.9, 93~94쪽.

18) 자작시 해설을 위해 인용한 형태는 완전한 자유시 형식에다가 부분적으로 『청록집』
   에 수록된 원본과는 다른 점도 있다. 그렇다면 "지금 이 글을 쓰기 위해서, 옛날 作
   品을 뒤져보니"라고 한 대목은 작품이 수록된 『청록집』이나 『문장』을 뒤진 것이 아
   니라 창작노트를 찾아본 것으로 짐작된다. 이 짐작디 옳다면 목월은 이 작품을 산
   문시형과 자유시형으로 바꾸어보면서 적절한 형식을 찾으려 노력한 것으로 보인다.

19) 정지용은 목월 시에 대한 추천사인 '詩選後'의 앞부분에서 "京城電氣學校金君. <車
   窓>이 어디에 發表되었던것이나 아닙니까. 疑訝스러워 그리하니 그렇지 않다는것

에 대해 현재로서는 사실 여부를 명확하게 확인할 도리가 없지만, 두 작품이 원본과 '개작'본의 관계라는 목월의 말을 그대로 받아들인다면 ⓒ과 ⓔ의 발표 간격이 1년 정도밖에 되지 않음에도 불구하고 추천자가 그 유사성을 전혀 거론하지 않은 것은 두 작품의 거리가 그만큼 멀다는 것을 반증하는 것일 수도 있다.[20] 이렇게 두 작품 사이에는 아주 미묘한 문제가

을 알리어 주시고 다시 數篇을 보내보시요."(『문장』 제1권 제8호, 1939.9, 128쪽)라 하여, 어딘가에 투고했던 것을 다시 투고한 점을 기억하고 있다. 이런 그가 두 작품의 유사성에 대해서는 전혀 감지하지 못했다.

20) 시인이 초회 추천작을 개작해서 다른 추천 작품으로 다시 투고했다면 문제가 될 수도 있지만 당시에 아무런 문제없이 통과되었다. 만약 이것을 목월의 의도적인 일로 추정한다면, 매우 조심스럽지만, 아마도 추천자인 정지용의 지적 사항을 깊이 의식한 결과가 아닐까 짐작된다. 정지용은 1회 추천을 제외하고는 2회와 3회 때 계속 시에서 '民謠'로 전락하는 문제를 거론했는데, 2회와 3회 추천 때의 '詩選後' 평을 대조해보면 목월 시의 변모 가능성에 어떤 암시를 받을 수 있다.
　① 2회 추천 평 : "朴木月君. 民謠에 떠러지기 쉬울 詩가 詩의 地位에서 顚落되지 않었읍니다. 近代詩가 '노래하는 精神'을 喪失치 아니하면 朴君의 抒情詩를 얻을 것으로 생각합니다. 充分히 描寫的이고 色彩的이기도 합니다. 이러한 詩에서는 慶尙道 사투리도 保留할 必要가 있는것이나 朴君의 抒情詩가 製鍊되기前의 石金과 같어서 돌이 金보다 많었읍니다. 玉의 티와 美人의 이마에 사마귀 한낯이야 버리기 아까운 점도 있겠으나 抒情詩에서 말 한개 밉게 놓이는것을 容恕할수 없는것이외다. 朴君의 詩數篇中에서 고르고골라서 겨우 이한篇이 나가게 된것이외다."『문장』 제1권 제11호, 1939.12, 147쪽.
　② 3회 추천(완료) 평 : "朴木月君. 北에 金素月이 있었거니 南에 朴木月이가 날 만하다. 素月의 툭툭 불거지는 朔州 龜城調는 지금 읽어도 좋더니 木月이 못지않어 아기자기 纖細한 맛이 좋다(.-필자 주) 民謠風에서 詩에 進展하기까지 木月의 苦心이 더크다. 素月이 天才的이요 獨創的이 엇던것이 神經 感覺 描寫까지 미치기에는 너무도'民謠'에 終始하고 말었더니 木月이 謠的데쌍演習에서 詩까지의 콤포지슌에는 謠가 머뭇거리고 있다. 謠的修辭를 多分히 整理하고 나면 木月의 詩가 바로 朝鮮詩다."(『문장』 제2권 제7호, 1940.9, 94쪽)
　위에 인용한 두 추천 평에는 이미지즘을 선호한 정지용의 시적 인식이 그대로 드러난다. 즉 그는 리듬보다는 구성과 심상(감각적 묘사)을 중시하였음을 알 수 있다. 무엇보다도 2회 추천 평에서 선자의 마음에 드는 작품이 없어 '박군의 시 수편 중에서 고르고 골라서 겨우 한 편만 나가게 된 것'이라는 말에 대하여 시단에 입문하는 목월로서는 무척 신경이 쓰일 수밖에 없었을 것이다. 그 결과가 바로 '民謠風에서 詩에 進展하기까지 木月의 苦心이 더 크다.'는 변화로 이어지게 한 것으로 짐작되는데, 이런 평가를 가능하게 한 것은 아마도 같이 추천된 두 작품 중에 '謠的修辭'가 강한 「가을 어스름」보다는 산문시에 자유시 형식을 가미한 「年輪」일 것이다.

개재되어 있기는 하지만, 요컨대 시인이 원본과 수정본 사이에서 망설였던 심리적 갈등을 보여주는 예로서는 적절하다고 하겠다.

이러한 목월의 심리적 갈등은 「연륜」으로 개작한 이 작품을 부분적으로 수정하여 『청록집』에 수록한 이후 시집 『산도화』와 『박목월자선집』에 재수록하면서 계속 조금씩 수정한 결과를 통해서 더욱 적나라하게 드러난다. 『산도화』와 『박목월자선집』에서 수정된 형타를 대비하면 다음과 같다.

ㄹ² 2차 수정본 「年輪」[21]	ㄹ³ 3차 수정본 「年輪」[22]
슬픔의 씨를 뿌려놓고 가버린 가시내는 영영 오지를 않고‥한해 한해 해가 저믈어 質 고운 나무에는 가느른 가느른 피빛 年輪이 감기었다‥ (가시내사 가시내사)	슬픔의 씨틀 뿌려놓고 가버린 가시내는 영영 오지를 않고……한해 한해 해가 저물어 質고은 나무에는 가느른 피빛 年輪이 감기었다 (가시내사 가시내사 가시내사)
목이 가는 소년은 늘 말이없이 새까아만 눈만 초롱 초롱 크고‥귀에 쟁쟁쟁 울리듯 참아 못잊는 웃녘사투리 　年輪은 더욱 새빨개졌다 (가시내사 가시내사)	목이 가는 少年은 늘 말이 없이 새까아만 눈만 초롱초롱 크고……귀에 쟁쟁쟁 울리듯 차마 못잊는 애달픈 웃녘 사투리 年輪은 더욱 새빨개졌다 (가시내사 가시내사 가시내사)
이제 소년은 자랐다 　구비구비 흐르는 은하수에 슬픔도 세월도 흘렀건만‥ 　먼 수풀 質 고운 나무에는 상기 가느른 가느른 피빛 年輪이 감긴다‥ (가시내사 가시내사 가시내사)	이제 少年은 자랐다 구비구비 흐르는 은하수에 꿈도 슬픔도 세월도 흘렀건만……먼 수풀 質고은 나무에는 상기 가느른 가느른 피빛 年輪이 감긴다 (가시내사 가시내사 가시내사)

그럼에도 지용은 아직도 목월 시에 '요적 수사'가 머뭇거리고 있음을 지적하면서 이것을 정리하고 나면 그의 시가 '바로 조선 시'가 될 것임을 기대하였다. 이와 같은 추천자와 피추천자의 관계, 그리고 추천자가 파악한 목월 시의 변모 등을 참조할 때, 목월이 「그것은 年輪이다」를 개작하여 추천 완료 작품으로 투고한 것은 이 작품에서 '요적 수사'를 희석시키고 형식('콤포지순')을 아주 다르게 하여 지용에게 재심을 받아보고 싶은 호기심이 발동한 결과가 아니었을까 짐작된다.

21) 박목월, 『산도화』, 영웅출판사, 1955, 98~99쪽.
22) 박목월, 『박목월자선집』 9, 도서출판 삼중당, 1974, 30~31쪽.

위의 자료들을 참조하면 앞의 ㉢은 최초로 발표된 원본이기는 하지만 1년도 채 안 되어 ㉣형태로 대폭 개작된 뒤 작품 목록에서 완전히 사라졌기 때문에 그것으로 생명을 다 하였고, ㉣이 새로운 원본의 의미를 갖고 나중에 판본에 따라 조금씩 첨삭된 상태로 수록되었다. 따라서 여기서 ㉢과 이것을 완전히 개작한 나머지 판본들 사이의 차이를 따지는 것은 무의하므로, 개작된 원본인 ㉣과 다시 수정된 이본들인 ㉣¹~㉣³에서 수정된 요점만을 대비하면 다음과 같다.

	㉣ (『문장』)	㉣¹ (『청록집』)	㉣² (『산도화』)	㉣³ (『박목월자선집』)
1연	ⓐ않고……한해 ⓑ저믈어, ⓒ質고운 ⓓ가느른 가느른 ⓔ감기였다 ⓕ(가시내사 가시내사 가시내사)	않고……한해 저믈어 質고운 가느른 가느른 감기었다·· (가시내사 가시내사 가시내사)	않고··한해 저믈어 質 고운 가느른 가느른 감기었다 (가시내사 가시내사)	않고……한해 저믈어 質고은 가느른 감기었다 (가시내사 가시내사 가시내사)
2연	ⓖ蒼白한 少年은 ⓗ말이없이, ⓘ초롱 초롱 ⓙ크고……귀에 ⓚ참아 ⓛ(×) ⓜ웃녘 사투리. ⓝ年輪-(행갈음有) ⓞ(가시내사 가시내사 가시내사) ⓟ샛빨애 졌다	목이 가는 少年은 말이 없이 초롱 초롱 크고……귀에 차마 애달픈 웃녘 사투리 年輪-(행갈음無) (가시내사 가시내사 가시내사) 새빨개졌다	목이 가는 소년은 말이없이 초롱 초롱 크고··귀에 참아 (×) 웃녘사투리 年輪-(행갈음有) (가시내사 가시내사) 새빨개졌다	목이 가는 少年은 말이 없이 초롱초롱 크고……귀에 차마 애달픈 웃녘 사투리 年輪-(행갈음無) (가시내사 가시내사 가시내사) 새빨개졌다
3연	ⓠ少年은~자랐다. ⓡ구비구비(행갈음:無) ⓢ꿈도 ⓣ質고운 ⓤ감기어 나간다.	少年은~자랐다 구비구비(행갈음:無) 꿈도 質고운 감긴다	소년은~자랐다 구비구비(행갈음:有) (×) 質 고운 감긴다··	少年은~자랐다 구비구비(행갈음:無) 꿈도 質고은 감긴다

위의 대조표에서 보면 ㉱에서 ㉱³까지 일치되는 형태는 하나도 없으나 전체적으로 보면 대체로 ㉱과 ㉱², ㉱¹과 ㉱³이 서로 겹치는 부분이 많아 교차되는 모습을 보여준다. 즉 ㉱¹에서 ㉱²로 가는 과정에서는 부분적으로 ㉱로 환원된 경우가 있고, ㉱²에서 ㉱³으로 가는 과정에서는 다시 ㉱¹로 환원된 경우가 많다. 말하자면 시인이 수정과 환원 사이에서 오락가락한 셈이다.

수정된 부분 중에서 가장 주목되는 것은 ⓖ이다. 여기서는 "창백한"이 "목이 가는"으로 완전히 바뀌어 소년이 病色 짙은 이미지에서 高雅한 이미지로 변화했다. 그리고 문장부호는 ㉱에 있던 쉼표와 마침표를 뒤의 수정본들에서는 말줄임표만 빼고 모두 삭제하여 호흡의 단절감을 해소하였다. 이 밖에 의도적인 첨삭이기보다는 수정 당시의 맞춤법에 따르느라 생긴 변화나 단순한 띄어쓰기의 수정으로 보이는 것; ⓐ ⓑ('저믈어'→저물어 : 사투리→표준어) ⓒ=ⓣ(질 고운→질고은 : 표준어→사투리) ⓔ ⓗ ⓘ ⓙ ⓚ ⓜ 등을 제외하고, 시적 형식이나 형태 및 분위기의 변화를 꾀한 의도가 분명히 엿보이는 부분에 대해 구체적으로 살피면 다음과 같다.

첫째, 형식의 변화이다. ㉱¹과 ㉱³은 후렴구를 제외한 나머지 내용은 각 연마다 산문시의 형태를 취한 반면, ㉱은 2연에서, ㉱²는 2연 ⓝ과 3연 ⓡ에서 행을 구분하여 자유시 형태가 가미되었다. 둘째, 낱말의 첨삭이다. ⓓ는 ㉱³에서 반복 형태가 해소되었고, ⓕ=ⓞ는 ㉱²에서 1~2연만 세 번에서 두 번으로 줄었다. 또 ⓛ의 '애달픈'은 개작된 원본에는 없었는데 차후에 첨가-삭제-첨가(환원)가 반복되었고, ⓢ의 '꿈도'는 ㉱²에서 삭제되었다가 ㉱³에서 환원되었다. 끝으로 한자에서 한글로 바뀐 경우인 ⓖ=ⓠ는 ㉱²에서만 한글로 바뀌었다. 이 두 경우 변화된 부분이 양적으로는 꽤 많지만 구체적으로 시적 의미가 크게 달라질 만한 것은 거의 없다. 다만 첨삭된 것 중에서 반복을 줄이거나 늘리는 경우 리듬을 고려한 것으로 보이며, '애달픈'과 '꿈'의 첨삭은 정감을 고려하여 고민한 결과로 보인다.23)

---

23) 『문장』(1940.9)에서 『박목월자선집』(1974)까지의 간행 시차가 무려 30년을 상회하는 점

셋째, 위의 경우와 유사하면서도 그와는 달리 1차로 수정했다가 다시 원본 형태로 완전히 환원한 경우이다. 즉 원본→1차 수정→2차 수정(원본으로 환원)의 과정을 거친 경우이다. 『청록집』을 원본으로 하여 『산도화』에서 수정되었다가 『박목월자선집』에 실리면서 다시 원본으로 환원된 작품들이 대체로 이 과정을 보여준다. 그 중 대표적인 작품 4편만을 대비해본다.

작품집 작품	『청록집』	『산도화』	『박목월자선집』
「윤사월」	ⓐ봉오리 ⓑ산직이 ⓒ문설주에 귀 대이고/ 엿듣고 있다	ⓐ봉우리 ⓑ산지기 ⓒ문설주에/ 엿듣고 있네	ⓐ봉오리 ⓑ산직이 ⓒ문설주에 귀 대이고/ 엿듣고 있다
「삼월」	ⓓ골작에 ⓔ아래ㅅ마을 ⓕ내ㅅ물에 ⓖ열 두고개 넘어 가는/ 타는 아지랑이	ⓓ골짝에 ⓔ아랫마을 ⓕ냇물에 ⓖ하얗게 떠가는/ 달을 보며	ⓓ골작에 ⓔ아래ㅅ마을 ⓕ내ㅅ물에 ⓖ열 두 고개 넘어 가는/ 타는 아지랑이
「청노루」	ⓗ느릅나무/ 속ㅅ잎 피어가는 열두구비를 ⓘ靑노루/ 맑은 눈에// 도는/ 구름	ⓗ오리목/ 속잎 피는 열두구비를 ⓘ청노루/ 맑은 눈에/ 도는/ 구름	ⓗ느릅나무/ 속ㅅ잎 피어가는 열두 구비를 ⓘ靑노루/ 맑은 눈에// 도는/ 구름
「나그네」	ⓙ-술 익은⋯(副題) ⓚ江나루 건너서 ⓛ밀밭 길을 ⓜ南道 三百里 ⓝ타는 저녁 놀	ⓙ (×) ⓚ강나루 건너서 ⓛ밀밭길을 ⓜ南道三百里 ⓝ타는 저녁놀	ⓙ-술 익은⋯(副題) ⓚ江나루 건너서 ⓛ밀밭 길을 ⓜ南道 三百里 ⓝ타는 저녁 놀

위에서 보면 세 작품이 모두 두 번 수정되었으나 3차 수정은 똑같이 원본으로 환원되었으므로 이본은 『산도화』에 실린 형태 한 가지뿐이다. 『산도화』에서 바뀐 부분을 검토하면 ⓐ(모음조화 파기), ⓑ(連綴, ⓓ(경음화),

---

을 감안할 때, 이토록 긴 세월 동안 한 작품을 놓고 효과적인 표현을 위해 고민하고 수정한 이 흔적 하나만으로도 목월의 시정신이 얼마나 치열했는지 감지할 수 있다.

ⓔ(아랫마을)=ⓕ(냇물)=ⓗ(속잎)(각각 사이ㅅ 독립 해소), ⓛ=ⓜ=ⓝ(붙여 쓰기), ⓘ=ⓚ(한자→한글; '靑'→'청', '江'→'강'; 등은 표기법 문제로서 시적 표현의 효과 차이는 거의 없는 부분이다. 이에 비해 ⓒ('귀 대이고' 삭제, '있다'→'있네'), ⓖ(5연 전체를 바꿈; 다른 연은 대개 6(7)/4(5)의 음절이나 5연만 8/6의 음절로 늘어나서 차이가 났으나 수정을 통해 6/4로 바뀌어 전체에 조화되는 것으로 볼 때 리듬에 대한 배려였던 것으로 짐작됨), ⓗ('느름나무'24)→'오리목', '피어가는'→'피는', '열두구비'는『박목월자선집』에서만 '열두 구비'로 띄어쓰기를 바로 잡았음), ⓘ(4~5연을 한 연으로 합침), ⓙ('-술 익은 강마을의/ 저녁 노을이여-芝薰'이라는 부제 삭제) 등은 의미와 형식에서 크게 변화되었다. 시인은 이렇게 수정하여 변화를 꾀했다가『청록집』에 실린 원래의 형태가 더 효과적인 표현이라고 판단하여 다시 환원시킨 것으로 보인다. 이는 목월이 최상의 표현을 위해 많이 고민했음을 보여주는 단적인 사례인데, 「윤사월」에 대한 자작시 해설은 그 점을 직접 뒷받침해준다.

　　이 작품에 대해서 지금도 불만히 여기는 것은, '윤사월 해길다 꾀꼬리 울면'하고, '길다'라고한 점이다. 이왕이면 '해 길어' 혹은 '윤사월 긴 해를' 꾀꼬리 울면 했더라면 한결 어감(語感)이 가볍고 맑을 것을……그러나 그 시절에 '외딴 봉우리'(원문의 上點을 밑줄로 바꾸었음-인용자 주)하고 명사(名詞)로써 귀절을 끊은 버릇이 있었다. (…중략…) '해길어'하고 '길어'로 감정을 가볍게 굴러 넘겨버리기는 너무나 심정이 답답했으리라. 그래서 '길다'하고 '다'의 둔한 어감을 살려둔 것이리라.
　　더구나 이 작품에서 표현에 망설이며, 애를 쓴 곳이 '엿듣고 있다'라는 대목이다. 윤사월은 七・五調의 정형률을 밟은 소박한 시형이다. 그러나 내게는 정형률이 그리 安易한 것이 아니었다. 시상(詩想)을 정리함에 그것을 형식으로서 나타나기 이한 막다른, 다른 방법으로서는 불가능한 필연적인 무엇이었다. 쉽사리 읊기 위한 안이(安易)한 방법으로 七・五調를

---

24) '느름나무'는 '느릅나무'를 잘못 쓴 것인데, 철자를 정확하게 확인하지 않은 채 일상적 발음(입소리)에 따른 오류로 보인다.

잡은 것이 아니다. 언어와 언어 혹은 귀절과 귀절 사이의 움직일 수 없는 유기적(有機的)인 관련성의 막다른 방법으로써 시상을 가다듬어 정리하고 보면 三·三調나 四·三·二·三의 음수률(音數律)을 띠우게 되는 것이다. 그럼으로 '엿듣고 있다' 대신에 '엿듣네'하면, 한결 어감이 경쾌하고, 노래적인 것이 된다. 그러나 시형으로서는 감정적인 비중(比重)과 형식적인 균형이 후반에서 너무 뜨는 것 같기 때문에 '있다'를 붙였다. 요지음 흔히 정형률을 천히 하고 가볍게 보는 경향이 있으나, 나는 이해하기 어려운 일이다. 그래서 <산도화>에 이 작품을 수록할 무렵에 '엿듣고 있네'하고 다만 '다'를 '네'로 고쳐보았다. 그러나, 지나치게 맑은 語感이 과하게 노래로 흘러버리는 것 같아, 이번에 原詩을 살려서 '다'로 되바꿈으로 끝을 눌러 두려고 생각한 것이다.[25]

시인이 상세하게 설명해놓았으므로 더 부연할 필요도 없지만, 이 글에서 우리는 크게 두 가지 사실을 확인할 수 있다. 하나는 어감과 운율과 시대적 감각 등에 잘 부합하도록 하기 위해 최대한 노력을 했다는 점이고, 다른 하나는 그럼에도 불구하고 여전히 만족하지 못하고 망설이는 상태이면서도 더 이상의 수정은 가하지 않았다는 점이다. 그러니까 그는 당시의 암울하고 답답하던 시대적 정서에 맞는 표현을 선택할 것인가, 아니면 보편적 감각을 중시할 것인가로 고민하다가 결국 창작 당시의 분위기에 맞추는 것에 시적 정당성을 부여하여 원시(原詩)로 환원하기는 했지만 일말의 아쉬움을 떨쳐 버리지는 못했던 것이다. 이처럼 시인이 '길다(둔한 어감)/길어(가벼운 어감)', '있다/있네', 즉 종결어미 하나의 차이까지 민감하게 반응하며 한 음절이라도 더 나은 방향으로 바꾸기 위해 두고두고 마음에 간직하였음을 상기할 때, 후대인들로서 창작자의 치열한 시정신에서 발로된 수정 결과를 소홀히 다루거나 간과해서는 결코 안 될 것이다.

---

25) 『보라빛 소묘』, 79~80쪽.

2.2. 결정판 확정의 기준 문제

앞에서 분석한 결과를 통해서 짐작할 수 있듯이, 시인이 기존에 발표한 작품을 다른 지면에 다시 수록하는 과정에서 수정을 가한 것은 나름대로 분명한 이유(의미, 미학 등)가 있다. 그러니까 그것은 치열한 시정신의 결과인 셈이다. 그렇다면 후대인들은 아주 특별한 경우 가령, 명백하게 오자나 탈자라고 판단된 경우를 제외하고는 가능한 한 시인의 수정 의도와 그 결과를 존중하고 수용해야 한다는 결론에 이른다. 즉 시간적 순서에 입각하여 대체로 가장 나중에 수정된 것을 제일 완성도가 높은 결정판으로 확정하는 것이 바람직하다고 본다.

이러한 관점에서 볼 때, 『박목월시전집』의 편찬자가 '일러두기'에서 밝힌 기준 판본을 확정하는 데 사용한 기본 원칙은 매우 타당한 것으로 동의를 하지만, 그 중에 단서 조항들에 대해서는 완전히 동의하기 어려운 점이 『박목월 자선집』을 기준 판본으로 삼는다는 기본 원칙에 대해서는 완전히 동의한다. 그러나 "단 『박목월 자선집』에 수록된 것보다 시집에 수록된 것이 더 시적 완성도가 높다고 판단되는 몇몇 작품들의 경우, 시집에 수록된 것을 기준 판본으로 삼는다."(1항), "단 『박목월자선집』에 수록된 것이 더 시적 완성도가 높다고 판단되는 몇몇 작품들의 경우, 『박목월자선집』에 수록된 것을 기준 판본으로 삼는다."(2항), "단 사소하다고 여겨지는 차이점들(한자 표기가 한글 표기로 바뀐 것, 맞춤법과 띄어쓰기가 달라진 것, 문장 부호가 생략되었거나 바뀐 것 등)은 번거로움을 피하기 위해 일일이 설명하지 않는다…"(3항)고[26] 한 단서 조항 중에서, 다소 주관적일 수 있는 미적 판단에 대한 언급과 '사소하다고 여겨지는 차이점'이라는 인

---

26) 이남호, 앞의 책, 13~14쪽.

식에 대해서는 일부분 동의하기 어려운 점이 있다. 모두 그런 것은 아니겠지만, 시에서는 漢字 하나 바뀌는 것이 결코 '사소'한 문제가 아님은 다음과 같은 시인의 시적 인식을 통해서 분명히 확인할 수 있다.

> … '靑노루'도 마찬가지다. '靑'은 '玄'과 '黑'에 통하는 뜻에서 깨끗한 노루라고 설명한 분이 있다. 나는 그런 실상에서 노루를 노래한 것이 아니다. 그 누름하고 꺼뭇한 그야말로 동물적인 노루에 '靑'빛을 주어서 한결 정신화(精神化)한 노루를 생각했던 것이다. '靑노루'도 완전히 나의 판테지 속에 사는 노루다. 그리고, '靑노루'하고 일부러 漢字를 쓴 것은, '靑雲寺' '紫霞山'과 더부러 '漢字'가 지니는 글자의 형상성, 의미의 함축성을 살리려는 뜻과 이 작품의 청초한 '푸른 빛'의 그 색감(色感)을 主調로 하여 서럽고 은은한 것을 이루여 했으며 또한 視覺的으로 靑色感을 강조하려는 뜻에서 '靑'字를 漢字로 썼던 것이다. '靑 노루' '靑雲' '紫霞' '맑은 눈' '흰구름' 등 푸른 빛갈을 띄운 것이 서러운 정서의 분위기를 빚어내게하는 것이라 믿었던 것이다.
> 이런 色感的인 것의 配列과 調和가 작품에 구체적인 분위기를 암시하고 마련하는 것이 아닐가.27)

인용문에서 보듯이 '靑노루'에서 '靑'자를 굳이 한자로 표기한 것은 시인의 정조를 구체화하고 이 시의 전체 분위기를 조성하기 위해서 심사숙고한 결과이다.28) 물론 독자들로서는 시인의 이렇듯 내밀한 의도를 일일 확인할 도리가 없으니 제 나름대로 감상하고 이해할 수밖에 없지만, 그렇다고 언어 하나에도 민감하게 반응하는 시의 생리와 특수성을 심각하게 고려하지 않는 것은 문제의 여지가 있다. 그렇다면 가능한 한 시의 원문대로, 또는 시인의 의도에 따라 나중에 수정되었으면 수정된 것을 기준 판본으로 삼는 것이 더 온당한

---

27) 『보라빛 소묘』, 83~84쪽.

28) 『청록집』을 대상으로 총 어휘 수 대비 한자어 사용 빈도를 조사한 결과, 박목월 5%, 박두진 8.8%, 조지훈 13% 순으로 목월이 가장 적게 사용한 것으로 파악되었다. 이렇게 되도록 한자어를 사용하지 않으려 했던 목월이 작품에 한자어를 사용한 이면에는 그에 상응하는 표현 의도가 깔려 있다고 볼 수 있다. 이상호, 「청록파 연구」, 『한국언어문화』 제28집, 한국언어문화학회, 2005.12, 335쪽.

태도라고 본다. 이런 판단을 뒷받침해주는 것으로 다음 시를 예로 들 있다.
이것은 시인의 의도와 편찬자의 의도가 어떻게 엇갈리는지 잘 보여준다.

마주 보고 인사를 한다.
路上에서 우연히 만나
돌아서면 서로 적요한 목덜미
宇宙의 반이 反轉이고
길을 건너면 방향이 달라진다.
저편으로 그는 가고
이편으로 나는 가고*
동서로 하늘 끝이 아득한데
문득 그가 돌아본다.
하나의 宇宙가 反轉하고
적요한 목덜미가 向을 바꾸며
오냐, 情이 갸륵하구나.

— 「路上」 전문

　　인용한 시에서 *표 한 행, 즉 '이편으로 나는 가고'에 대해 전집 편찬자
는 "'이편으로 나는 가고'는 『박목월자선집』에는 있으나 『무순』에 수록되
면서 빠졌다. 살리는 것이 나을 듯하여 되살렸다."고[29] 명시하였다. 그런
데 이에 대한 판단 근거는 제시하지 않아 어떤 까닭에서 그 방향으로 편
집하게 되었는지는 알 수 없다. 물론 그도 이 행을 살리는 방향으로 판단
하고 결심에 이르기까지는 그에 상응하는 분석과 연구와 고민을 했을 것
으로 짐작된다. 또한 미적 인식이란 어차피 주관성이 작용할 수밖에 없으
므로 결국 독자의 관점에 따라 얼마든지 다르게 인식될 수도 있음을 감안
하면,[30] 그의 편집 의도가 잘못되었다고 비판하기는 어렵다.

---

29) 이남호, 앞의 책, 520쪽.

30) 다음 글에 따르면 목월도 작품의 존재론적 특성을 의식했다. "작자가 빚어놓으면
　　이미 그것은 작자를 떠난 제3의 창조물로써 작자의 것도 아니고 독자의 것도 아닌,

그럼에도 불구하고 한편으로 생각하면 작품에 대한 내적인 접근 차원에서 먼저 시인의 의도를 충분히 고려하는 것이 더 낫지 않을까 생각한다. 앞서 보았듯이 시인이 이미 활자화되어 발표한 작품이기에 일부 독자들이 그 작품을 보았다는 사실을 알고 있으면서도 굳이 손수 첨삭을 가한 것은 미학적으로 그만한 까닭이 있다고 보아야 한다. 그렇다면 시인과 편찬자 사이에는 어떤 인식의 차이가 있을까. 나름대로 짐작하여 시인이 그 행을 굳이 삭제한 요인을 찾아보기로 한다.

첫째, 편찬자의 견해를 긍정적인 측면에서 짐작해볼 수 있다. 그는 주로 앞부분의 구조를 염두에 둔 것으로 보인다. 즉 길에서 우연히 만난 두 사람의 행위인 서로 '마주봄'→'돌아섬'→'방향이 달라짐'의 과정에 드러난 태도를 고려하면, '저편으로 그는 가고/ 이편으로 나는 가고'라는 표현이 구조적으로 더 안정감을 준다. 그런데 이것을 '저편/이편', '그/나', '가고/가고'로 대비하면 앞의 둘은 대조적인 반면에 '가고'는 동일한 것이 되어 구조가 서로 어긋난다. 이것도 그렇지만, 뒤로 전개되는 시상을 따라가면 '이편으로 나는 가고'를 살리면 논리적으로 더 큰 문제가 발생한다. 이를테면 '그가 가고' 난 뒤에 '나'도 돌아서서 가는 것보다는 서 있어야 시적 상황에 더 잘 부합한다. '동서로 하늘 끝이 아득한데'라는 표현을 위해서는 한 방향으로 걸어가기보다는 서서 바라보아야 한다. 그래야 양쪽 하늘 끝이 아득하게 보인다는 느낌이 더 실감나기 때문이다. 또한 '문득 그가 돌아본다.'는 부분도 그가 가는 모습을 계속 바라보고 있어야 '문득' 순간적으로 돌아보는 그의 모습을 목격할 수가 있다. 그리고 '나'는 그가 문득 돌아보는 모습을 목격한 뒤에 또 '하나'의 '적요한 목덜미'를 의식하며 비로소 방향을 바꾸어 걸어가면서 속으로 생각한다. 그래 참 '정이 갸륵하구

그것 자체의 독자적인 것입니다. 그런 의미에서 한 편의 시는 작자와 독자 사이에 존재하는 것입니다. 다만 작가가 자상하게 이야기할 수 있는 것은 그 작품을 빚게 된 동기라든가, 당시의 정신적인 상황 같은 사실에 대한 것뿐입니다." 『구름에 달 가듯이』, 219쪽.

나.'라고. 이러한 과정을 통해 시인은 독자에게 서로 '反轉'하면서(등을 돌려 반대 방향으로 가면서) '적요한 목덜미'로 사는 존재에게 '정'이 얼마나 그리운 것인가 되돌아보게 한다. 이렇듯 시인이 이 작품을 재수록 하는 과정에서 '이편으로 나는 가고'를 삭제한 것은 나중에 앞뒤 관계를 치밀하게 검토한 결과 시적 완성도를 더 높이기 위해서 취한 조치라고 짐작된다.

　이와 같은 추론이 다소라도 일리가 있다면 시를 창작한 시인의 통찰이 더 세심하다고 말할 수밖에 없다. 예술작품은 그 생리상 창작자와 독자(연구자)의 몫이 서로 다르고, 때에 따라서는 좋은 비평가(연구자)를 만남으로써 작품이 훨씬 더 빛나는 경우도 있지만, 사실 어떤 측면에서 제3자는 그 실체를 창작한 사람을 앞서기는 어렵다. 그래서 분명한 오자나 탈자 등을 제외하고는 일단 창작 주체의 의도를 긍정하는 방향에서 그 내적 의미(특히 미학성)를 찾아내는 것이 더 온당하다고 본다. 이와 관련하여 더욱 사소한 예를 하나 들면, 지도비평의 관점보다는 가능한 한 표현된 그대로 바라보면서 시인의 의도를 궁구하려고 노력해야 할 까닭을 더욱 확실히 알게 될 것이다.

<blockquote>
嶺마루에서
번쩍, 閃光이 눈을 쏜다.*
저것은 레이다基地일까,
참나무 줄기가 빳빳하게 곧아진다.
</blockquote>

— 「山에서」 부분

　이 작품에서 *표 부분에 대해 편찬자는 『박목월자선집』에는 '번쩍, 閃光이 눈을 쏜다.'로 되어 있지만 『무순』에 실리면서 '번쩍 閃光이 눈을 쏜다.'로 고쳐졌다. 『박목월자선집』에 실린 대로가 낫다고 판단되므로 『박목월자선집』의 판본을 따른다."31)고 하여, 역시 시인이 수정한 것을 수용하

---

31) 이남호, 앞의 책, 508쪽.

지 않았다. 이것은 보기에 따라 쉼표 하나로서 '사소'한 문제로 취급할 수도 있지만, 사실 그리 단순한 문제가 아니라고 판단된다. 만약 시인이 그것을 사소한 문제라고 판단했다면 굳이 쉼표의 첨삭에 신경을 쓸 이유가 없기 때문이다.32) 편찬자가 시인의 의도를 수용하지 않은 이유를 구체적으로 설명하지 않아서33) 그 까닭을 잘 알 수는 없지만 나름대로 짐작하자면, 시인과 편찬자 사이의 거리는 이 구절에서 '쉼표의 기능을 인정하느냐'(편찬자), 그것을 '장애물로 보느냐'(시인)라는 관점의 차이에 연유하는 것으로 보인다. 그 차이를 구체적으로 풀어보면 다음과 같다.

먼저, 편찬자의 입장을 짐작해보면 이렇다. 쉼표가 있는 것이 '낫다고 판단'한 것은, 이런 유형의 표현을 다른 시에서도 흔히 볼 수 있듯이, 아마도 '번쩍' 다음에 쉼표를 주어 한 호흡의 휴지를 부여하면 느낌상으로 '번쩍'하는 모습이 강조되는 효과가 있는 것으로 본 듯하다. 이에 비해 시인의 의도를 짐작하면 오히려 이 구절에서 쉼표는 장애요인으로 부작용을 일으킨다. 즉 '번쩍'(우리말)과 '閃光'(한자어)은 유사한 의미를 지니므로 시인은 그 사이에 쉼표를 넣으면 의미상으로 '번쩍, 즉 섬광이 눈을 쏜다.' 처럼 다소 설명적인 효과가 나서 시적 긴장도가 떨어진다고 본 듯하다. 다시 말하면 '번쩍'과 '섬광' 사이에 쉼표를 넣지 않고 바로 연결하면 '갑자기 순간적으로 번쩍하는 불빛이 눈을 쏘았다'는 시인의 표현의도, 즉 찰나적인 의미가 더 잘 구현된다고 본 것으로 짐작된다. 이런 미묘한 효과를 인

---

32) 소월 시 「진달래꽃」의 끝 연도 이와 유사한 과정을 겪었다. 시인이 이 작품을 시집이나 다른 지면에 재수록하는 과정에서 쉼표의 첨삭을 두고 상당히 고민한 흔적이 드러난다. 이상호, 「김소월의 <진달래꽃>에 대한 재인식」, 『한국시학연구』 제23호, 한국시학회, 2008.12, 256~259쪽.

33) 시인도 자작시 해설과 같은 경로를 통해서 그 이유나 근거를 친절하게 밝힐 수도 있지만, 이는 창작자의 자유에 해당한다. 그러나 연구자는 작품의 소유권자인 시인의 수정 행위를 부정적으로 보기 때문에(좀 적극적으로 비판하면 시적 안목을 낮게 평가하는 의미로 비하될 수도 있음) 반드시 그 까닭을 논리적으로 해명하여 근거를 제시할 의무가 있다고 본다.

식하기까지 시인은 이 작품을 거듭거듭 읊으면서 쉼표의 첨삭에 따른 효과를 비교하며 더 적절한 것을 찾으려 고민했을 것이다.

이렇듯 시의 특성은 산문과는 달리 쉼표 하나에도 미묘한 표현의 차이가 난다. 이에 시인들은 시의 양식적 특성이 최대한 발휘되도록 하기 위해 시를 쓰는 과정에서는 물론이거니와 이미 발표된 작품마저도 기회가 닿는 대로 수정하는 배려와 수고로움을 아끼지 않는다. 따라서 시적 의도를 가장 효과적으로 표현하여 최상의 작품으로 완성하려는 시인의 진정성과 치열한 시정신을 받아들인다면, 시인이 작품을 수정한 결과를 일단 긍정적으로 바라보고 수용하여 그 범위 안에서 미학적 특성을 찾으려는 태도가 더 바람직하다고 하겠다.

3. 맺음말

본고는 가장 완성도가 높은 작품을 남기고 싶어 하는 예술가들의 창작 심리에 입각하여, 박목월 시를 대상으로 작품의 수정과 기준 판본이 되는 결정판의 확정 문제를 살펴보는 것을 주요 목적으로 연구되었다. 목월은 그가 남긴 자작시 해설을 통해서 보면 이른바 청록파인 세 시인 중에서 누구보다도 시적 언어에 대해 민감하였고, 그에 따라 작품의 완성도를 극대화하기 위해 많은 노력을 기울인 것으로 파악된다. 이는 기존에 발표된 작품까지도 다른 지면에 재수록하는 기회가 있을 때 다시 첨삭을 가한 작품이 전체 작품의 1/3에 육박할 정도로 많다는 사실을 통해서도 분명히 확인된다. 이러한 그의 태도는 결국 되도록이면 완벽한 작품을 남기려는 치열한 시정신의 발로라고 할 것이다. 이 점을 중시하여 본고에서는 먼저 목월이 생시에 지녔던 치열한 시정신의 실체인 작품 수정 사례를 검토한 뒤, 이를 바탕으로 결정판을 확정할 때 반드시 고려해야 할 기본 조건을 제시하였다.

　이남호 편의 『박목월시전집』을 기본 텍스트로 하여 분석한 결과, 목월 시 307편의 약 27.04%에 해당하는 83편이 재수록 과정에서 수정된 것으로 밝혀졌다. 이들을 중심으로 수정 사례들을 유형화하면, 크게 양/질적인 차원과 수정 횟수에 따른 차이로 대별된다. 여기서 질적(미적)인 문제는 주관적 성향이 작용할 가능성이 높아 매우 미묘한 문제이므로 완전히 객관화하기 어렵다는 점을 고려하여 대부분 유보하였다. 그래서 주로 편당 수정한 내용의 많고 적음과 수정 횟수에 초점을 맞추어 대표적인 작품들을 살펴보았다. 그 결과 아주 적게는 문장부호 한두 개를 첨삭하는 경우에서부터 많게는 전면적으로 개작하는 경우까지 매우 다양한 모습을 보여주었다. 또한 수정 횟수로 볼 때는 1차 수정으로 끝난 경우가 대부분이다. 이 중에 초회 추천 작품 중의 하나인 「그것은 연륜이다」의 경우에는 수정된 것에 대해서도 만족감을 갖지 못해 원본의 장점을 인정하면서도 수정본을 그대로 확정하여 작품에 대한 이중적 인식을 보여준다. 또 이와는 다르게 「윤사월」 등 일부 작품은 1차로 수정했다가 그것을 다시 수정하여 원시로 환원하는 경우도 있었다. 이와 같은 다양한 형태의 수정 사례가 첫 시집인 『청록집』(1946)에서부터 자신이 펴낸 마지막 시집인 『무순』(1976)에 이르기까지 양적으로 평균 30%에 가까운 수치를 보여주는 것을 볼 때, 작품성에 대한 목월의 치열한 인식은 평생 식지 않았던 것으로 짐작된다.

　이러한 목월의 시정신을 고려할 때, 후대인들도 그에 버금가는 애정으로 목월 시를 다룰 필요가 있다. 특히 기존에 발표된 원본과 그것을 재수록하는 과정에서 수정하여 생긴 이본 가운데 결정판을 선택하는 경우, 시간적으로 나중에 이루어진 수정본에 목월의 표현 의도가 더 잘 구현되었다는 점을 잊어서는 안 될 것이다. 물론 미학적 차원에서는 더러 시인과 다른 관점을 가질 수도 있지만, 주관적 취향이 많이 작용할 수밖에 없는 것이 미학적 판단임을 고려할 때 판단자의 관점이 반드시 옳다고만 주장하기 어렵다. 그렇다면 그것은 결국 관점의 차이에 불과한 것이므로 가능한 한 창작자의 뜻을 수용하여 그 범위 안에서 미학적인 문제를 따지고 수정 효과를 검토하는 것이 더 바람직하다고 하겠다. 이 문제는 작품에 대한 구체적인 분석을 통해서도 분명히 확인되었다.

목월이 「청노루」에 대한 자작시 해설에서 직접 밝힌 바 있듯이, 시어에 민감한 시인들은 글자 하나를 선택하는 데도 시적 효과를 위해 많은 검토와 고민을 하면서 퇴고를 거듭한다. 또한 그런 과정을 거쳐 발표한 작품임에도 불구하고 나중에 '미숙'하다고 판단되는 작품은 다시 수정을 가하여 완성도를 더 높이려 하였다. 이러한 그의 태도는 예술 작품이란 완벽한 경지에 도달하기가 매우 어렵다는 인식을 보여주는 동시에, 최상의 작품을 남기고 싶은 치열한 시정신의 발로이며, 제 작품을 끝까지 책임지려는 시인으로서의 성실성을 가졌음을 증명하는 단서이기도 하다. 따라서 후대인들은 되도록이면 그와 같은 목월의 치열한 시정신을 존중하고 수용하는 태도로 결정판을 확정하는 것이 바람직하다고 하겠다.

■ 참고문헌

1. 기본자료

박목월·조지훈·박두진, 『靑鹿集』, 을유문화사, 1946.
박목월, 『山桃花』, 영웅출판사, 1955.
박목월, 『보라빛 素描』, 신흥출판사, 1958.
박목월, 『朴木月自選集』, 도서출판 삼중당, 1974.
박목월, 『朴木月詩選』, 정음사, 1974.
박목월, 『구름에 달 가듯이』, 삼중당문고, 1975.
박목월, 『朴木月詩全集』, 서문당, 1984.
박목월, 『내 영혼의 숲에 내리는 별빛』, 문학세계사, 1979.

문예지 『文章』 제1권 제8호, 문장사, 1939.9.
문예지 『文章』 제1권 제11호, 문장사, 1939.12.
문예지 『文章』 제2권 제7호, 문장사, 1940.9.
문예지 『心象』 통권 56호, 심상사, 1978.5.

박동규 편, 『강나루 건너서 밀밭 길을』, 심상사, 1998.
이남호 엮음·해설, 『박목월시전집』, 민음사, 2003.

2. 저서 및 논문

권영민 엮음, 『김소월시전집』, 문학사상사, 2007.
목월문학포럼 엮음, 『박목월』, 국학자료원, 2008.
오하근, 『김소월 시어법 연구』, 집문당, 1995.
이상호, 「청록파 연구」, 『한국언어문화』 제28집, 한국언어문화학회, 2005.
______, 「김소월의 <진달래꽃>에 대한 재인식」, 『한국시학연구』 제23호, 한국시
　　　　학회, 2008.
이선영, 『문학비평의 방법과 실제』, 삼지원, 1993.

정한모, 『한국 현대시문학사』, 일지사, 1978.

______, 「소월시의 정착과정연구」, 『현대시연구』, 즐음문화사, 1984.

이 논문은 2010년 10월 31일 투고되어
2010년 11월 1일부터 11월 30일까지 심사위원이 심사를 하고
2010년 12월 10일에 심사위원 및 편집위원 회의에서 게재 결정된 논문임.

■ Abstract

A Study on regard to Final Decision on Different Version and Definitive Edition of Park, Mok-Wol's Poetry

Lee, Sang-Ho
(Hanyang Univ.)

Placing the Park, Mok-Wol's poetry as the text, this manuscript was studied for the purpose to examine the finalizing matter about the connection among the Corrected Edition and Different Version also with Definitive Edition. In order to do this matter, after an examination about the correction example on the work, the true nature of Mok-Wol's fierce Poetic Spirit, and based on this, I have discussed with regard to the Selection Standard on Definitive Edition. The Integrated Result of this Study is as follows:

Firstly, such various amendment examples were confirmed in Mok-Wol's poetry. Especially, during the process of reprinting the released work already to other paper or poetical work book, there were many corrected cases, for which Mok-Wol has repeated the correction at every possible opportunity as nearly as 30% of its correction ratio. In conclusion, this proves that Mok-Wol has agonized on his work so much in order to raise up the level of work.

Secondly, Mok-Wol's such intense poetic mind is the condition to be surely considered in the finalizing process on the Definitive Edition when the future generations examine the diversified Different Version of Mok-Wol's poetry. In other words, since the task what a poet corrects his work is based on an Artist Spirit which is eager to leave better work as possible as he can. It is judging that when calculate by the order relation for the works, firmly deciding generally for the most Latterly Corrected Work as the Definitive Edition is desirable.

Key Words : Korean Modern Poetry, Park, Mok-Wol, Spirit of Artist, Correction/Revision, Different Version, Standard of Selection, Definitive Edition.

김수영 시에서의 '여성', 그 기호적 의미망 읽기

임명숙*

●차례

■ 국문초록

이 글은 김수영의 시텍스트에서 드러나고 있는 여성, 그 기호적 의미 작용에 대한 논의이다. 이는 시텍스트를 다시 읽기(re-vision)함으로써 김수영의 시세계에 대하여 '저항', '참여'라는 기표에서 벗어나거나 혹은 여성 폄하 등의 시각에서 비켜나서 또 하나의 기표를 제공할 수 있다는 데 그 의의를 두고 있다. 연구 방법은 구조주의 기호학적인 측면, 즉 크리스테바의 기호학적 이론에 논의의 근거를 둔 것은 객관성을 확보하고자 함이다.

김수영 시인을 말하는 주체로 놓고 그의 시텍스트에서 발화된 양상들을 분석해 보았을 때 여성이라는 기호들은 아브젝트한 상태에서 다양하게

---

* 서울교육대학교 교수.

분화되고 있다. 말하는 주체가 여성을 여자, 여편네, 아내 등의 기호로 자신의 욕동(무의식)을 드러내고자 할 때, 그 의미 생성 과정은 무한히 열려져 있다. 아브젝션시켰던 타자성을 띤 여자는 존재의 사유 가능한 세계, 견뎌낼 수 없는 세계 저편으로 몰려난 존재로, 그래서 너무도 아브젝트한 전쟁과 같은 등가를 지닌 대상으로 자리매김이 되는 동시에 아주 가까이 있지만 매혹될 수 없는 존재인 여편네, 그 여성이 또 때로는 말하는 주체로서 자신이 통제할 수 없는 대상, 즉 대상천시당했던 아내이다. 이러한 여성은 어느 순간 되돌아와 말하는 주체 자신이 여성에게 아브젝션당하는 무의식을 드러낸다. 이 같은 기호적 의미 작용은 마치 자신이 죄짓고 단죄 받고자 하는 욕망에 사로잡힌 듯, 그래서 마치 말하는 주체의 판단과 정서, 심정의 토로, 기호들과 충동들의 혼합물로서 그 의미망을 구축하고 있다.

때문에 김수영은 말하는 주체로서 여성이라는 대상에 대하여 주체와 타자의 관계성이 아닌, 그리고 서로 대립시키거나 부조화의 관계성으로 인식하는 것이 아니라 아브젝션의 심연을 향해 기호들의 동질성, 혹은 이질성 속에서 무한한 차이들을 그러모은다. 다시 말해 김수영의 시텍스트에서 여성은 아브젝트한데, 이 아브젝션시켰던 존재인 여성이 때론 김수영 자신 혹은 말하는 주체인 자신을 곤경에 빠지게 하기도 하고, 때로는 어떤 절대성에 매달리는 욕망으로 하여금 치욕에 빠지지 않도록 보호해 주는 존재로, 그래서 여성은 다시 나에게 되돌아와 내 무의식의 바깥에서 안으로 혹은 안에서 바깥으로 끊임없이 양가적인 의미 생성을 하고 있다.

주제어 : 대상천시, 비천화, 소유, 허용, 여성, 무의식, 상징.

1. 들어가는 말

김수영 시인에 대해서 가장 먼저 혹은 깊게 각인되어 떠오르는 몇 개의 기표를 말하라면 '참여'와 '저항'이 아닐까- 싶다. 이러한 기표들이 기의 아래로 미끄러지는 과정 속에서 이상 다음으로 지금까지 지속적으로 조명을 받으며 연구되어왔다고 해도 크게 과장이 된 말은 아닐 것이다. 김수영 연구사가 30여 년이 넘는 지금 그의 시는 고정된 시각에서 벗어나 다시-보고,[1] 또 새롭게 읽어낼 필요성이 있는, 그래서 다각도에서 논의되어질 부분 가운데 '여성'이라는 기표에 주목하게 된다. 이는 그의 시텍스트에서 드러나는 여성이라는 기호의 의미 생성 과정 즉, 흔적, 목소리들이 자신을 증언하듯 때론 타자들의 사고를 대변하듯 무의식적 혹은 의식적 울림이 다양하게 기호망을 구축하고 있기 때문이다.

그동안의 문학연구, 특히 구조주의적 분석에서 말하는 주체는 에코이고, 시적 자아나 화자, 시인 자신으로 불리워져, 즉 초월적 자아로서 불리워져 왔다. 그러나 정신분석학과 언어학을 조합한 라캉의 주체이론에서부터 기호분석을 정립한 크리스테바는 현상텍스트가 아니라 발생텍스트에 관심을 갖는다. 즉 구조가 아니라 구조화로서 간주된 텍스트, 완성되고 닫혀진 텍스트로서가 아니라 충동에 무한히 구축되고 허물어지고 또다시 구축되는 기호들의 총체로서의 텍스트를 대립시킨다.[2]

---

1) 특집, 「김수영 문학의 재인식」, 『작가연구』 5호, 새미, 1998 ; 김승희 편, 『김수영 다시 읽기』, 프레스 21, 2000.

2) 크리스테바가 말하는 기호를 요약하면, 기호는 어떤 단일한 독특한 실재에 대응하지 않지만 연상된 이미지들이나 사고들의 집합을 환기시킨다. 그럼에도 불구하고 그 자신을 지탱해주는 초월적인 기호(그것은 자의적이다)로부터 거리를 취하려고 하는 경향이 있다. 또 기호는 의미(조합)의 특정한 구조의 일부분이고 그런 의미에서 상호관계적이다. 그것의 의미는 다른 기호들과의 상호작용의 결과다. 그리고 기호는 변형

이와 같은 맥락에서 볼 때 김수영 시에서 드러나고 있는 여성이라는 기호적 의미망은 열려진 텍스트로서 또 하나의 기표를 다시 만들어가는, 그래서 과정 속의 논의라고 할 수 있다. 그렇기에 완성되고 닫혀진 것이 아니라 무한히 구축하고 또다시 허물어지는 과정, 그것 자체를 열어놓고 있는 논의라고 할 수 있다. 이러한 논의가 가능한 것은 말하는 주체에 의해서 시텍스트를 구축하는 것들이 언어를 향하여 언어 안에서, 그리고 언어를 가로지르는 욕동, 즉 교환가치와 그 주역들, 주체와 그 제도들을 향하여 그 안에서 그리고 그것들을 관통하는 욕동의 끊임없는 기능 작용이기 때문이다. 때문에 시텍스트의 의미 작용은 무질서하게 분할된 토대도 아니고 구조화와 탈구조화의 실천, 즉 주체와 사회의 한계를 향한 극한에로의 이행이다.3) 때문에 김수영 시인을 말하는 주체로 보고, 시를 말하는 주체의 텍스트적 실천의 의미 작용이라 할 때, 시텍스트에서 발화되고 있는 여성이라는 기표가 주체 혹은 타자로서 의미 생성을 하는 과정 속에 '여자', '여편네', '아내'라는 기호적 의미망이 어떻게 현현되고 있는가를 밝힘으로써 김수영 시에 대하여 또 하나의 '열린 읽기'를 제공하게 될 것이다.

2. 여자, '아브젝트'로서의 분화

'여자'는 사전적 의미로는 '여성(女性)인 사람'이다.

크리스테바에 의하면 모든 사물들을 인식하고 다루는 여성은 그것을 전복시키려는 쾌락의 소음들이나 웃음, 그리고 시들의 소음에 의해서 위

(transformation)의 원리에 정박되어 있다. 이런 영역 안에서, 새로운 구조는 영원히 생성되고 변형된다. 결국 의미란 기호 개개적인 것의 문제가 아니라 한편으로는 기호계적이고 또 한편으로는 상징계적인 과정에 의해 생산되는 것이다. 줄리아 크리스테바, 『시적 언어의 혁명』, 동문선, 2000 참조.

3) 위의 책, 211쪽 참조.

협을 받는데, 사회적 속박들, 아버지의 이름의 쿠권 상징 등 사회와 현실은 그것을 쫓아내고 비천한 것으로 천시한다. 이때의 대상은 여성이자 어머니의 몸으로 곧 '아브젝션(abjection, 더상천시)'된다는[4] 것이다. 그래서 아브젝션이 나를 점령할 때, 이 정서로 이루어진 덩어리는 사실 어떤 정의된 대상(objact) 자체가 아니다. 아브젝트는 나와의 관계항이 아니다. 그것이 대상이라면 나에 대항하는 가치만을 갖는다. 그것은 내가 명명하고 상상할 수 있는, 내 앞에 있는 대상이 아니다. 내가 타자나, 혹은 다른 사물들에 기댐으로써 적어도 초연하고 자발적인 존재가 되도록 도와 하나의 대상에 하나의 자아가 있듯이, 하나의 초자아에는 하나의 아브젝트가 있는 것이다. 그것은 바로 내가 길들여진 야수적인 고통인데, 주체가 그 고통을 아버지로 바꾸기 때문에 숭고한 동시에 광적이다. 즉 타자의 욕망을 상상하기 때문에 주체는 그 야수적인 고통을 지탱한다. 전에는 잊혀졌던 삶 속에 친근하게 존재했던 그 이질성은, 이제는 나와 분리되어서 혐오스러워져 나를 집요하게 공격한다. 그런데 상징질서가 밀어내는 이 혐오스러운 것이 여성에게는 다시 상징계를 뚫는 힘으로 작용하여 부적절하거나 건강하지 않은 것이라기보다 동일성이나 체계와 질서를 교란시키는 것에 가깝다. 그래서 그것이 대상이라면 나에 대항하는 가치만을 갖는다. 그러나 만약 그렇지 않고, 대상이 바로 나로 하여금 의미가 욕망하는 이슬아슬한 틀 속에서 균형 잡도록 도와주고 모호한 상태인 내가 동일화되는 것을 도와준다면, 선택된 대상인 아브젝트는 갑자기 태타적이 되어 나를 의미가 붕괴되는 장소로 가게 한다.[5]

---

4) 줄리아 크리스테바, 서민원 옮김, 『공포의 권력』, 동문선, 21~23쪽, 319쪽 참조.

5) '아브젝트'가 되는 것은 부적절하거나 건강하지 않은 것이라기보다 동일성이나 체계화 질서를 교란시키는 것에 가깝다. 예컨대 자신을 숨긴 테러 행위, 미소 짓는 증오, 껴안는 대신 품는 육체에 대한 욕망, 티수로 '나'를 찌르는 친구 등을 크리스테바는 '아브젝션'의 예로 들고 있다. 그렇기에 '아브젝트'는 주체가 자신의 존재, 의미, 언어 드리고 욕망을 가능케 하는, 결푤을 인지할 수 있도록 하는 것이며, 그래서 주체의 경험에서 그 절정의 형태를 갖는다. 위의 책, 21~43쪽 참조.

김수영 시인은 말하는 주체로서 시텍스트에 '여자'를 발화할 때에 시적 자아를 불안에 빠뜨리거나 고통스럽게 하는 비천한 존재로 부각시키고 있는데, 즉 그의 무의식 속에서 의미 생성이 매우 불안정해 보이거나 혹은 초월적이고 힘을 지닌 것으로 기호들이 너무나 아브젝트하다. 시 「여자」에서 여자라는 기호들은 '집중된 동물'이고, '에고이스트'이며, '전쟁', '죄', '포로', '뱀' 등으로 말하는 주체의 의식 혹은 무의식 속에서 모두가 아브젝트하게 의미 작용을 하고 있기 때문이다. 다시 말해 비천한 기표들은 말하는 주체의 욕동 안에서 역동적으로 작용하여 욕망이 흘러넘치는 그곳에서 다양하게 분화되고 있다. 이는 언어의 일차적 의미만을 보더라도 매우 불안정하고, 또한 아브젝트한 것들이 말하는 주체인 나(시적 자아)와 별개항이 아니라 안과 밖, 의식과 무의식이 경계선 그곳에 존재하고 있기 때문이다.

여자란 집중된 동물이다
그 이마의 힘줄같이 나에게 설움을 가르쳐준다
　(…중략…)
이런 집중이 여자의 선천적인 집중도와
기적적으로 마주치게 한 것이 전쟁이라고 생각했다
그런 의미에서 나는 전쟁에 축복을 드렸다

내가 지금 6학년 아이들의 과외공부집에서 만난
학부형회의 어떤 어머니에게 느낀 여자의 감각
그 이마의 힘줄
그 이마의 집중도(集中度)

이것은 죄에서 우러나오는 것이다
여자의 본성은 에고이스트
뱀과 같은 에고이스트
그러니까 뱀은 선천적인 포로인지도 모른다
그런 의미에서 나는 속죄에 축복을 드렸다

－「여자」 부분

말하는 주체는 "여자란 집중된 동물"이라고 단언을 하고 있다. 여자의 존재를 묻는 것이 아니라 여자란 존재에 대하여 마치 정체성을 파헤쳐 늘어놓듯이 여자를 지칭하고 있다. "선천적"으로 "집중도"를 지닌 동물인 여자, 그 여자는 '내' 의식을 뚫고 무의식 속에 고착된 "전쟁"과 "마주치게" 하는 존재로 명명되고 있다. 이때 내 무의식 속에 고착된 전쟁과 의식 속의 여자는 등가를 이룬다. 전쟁, 그것은 아브젝트의 최정점과도 같은 기표로서 작용을 하기 때문이다. 역사 속에서 전쟁이 어떠한 상황에서 벌어졌든 전쟁 그 자체는 매우 아브젝트하기 때문이다. 때문에 시인에게 있어 한국동란이라는 기표는 무의식 속에 고착("포로")되어 결코 지워낼 수 없는 수많은 기의들을 형성하게 된다. 그것은 곧 수면(의식) 위로 뚫고 들어와 내가 현재 놓여 있는 거대한 현실 속에서("과외 공부") 나를 짓누르는("학부형") 두터운 각질층을 형성하는 또 다른 기표를 만들어내며 작동을 하기에 말하는 주체에게는 여자와 전쟁은 아브젝션시킬 수밖에 없는 당위성을 지니게 된다. 이때 내게 있어 여자는 내 존재의 축, 문화의 도화선, 바로 그곳에서 너무나 혐오스러워 아브젝트한 동물(뱀)로 위치한다.

이 시는 얼핏 표층만 읽어내면 일반 대중(필자를 포함)들에게는 소위 저항시인이라 읽혀져 왔던 '풀'의 시인, 그래서 김수영의 시처럼 잘 읽혀지지 않는 시 가운데 하나라고 여겨진다. 하지만 어떠한 기표든 확정된 의미가 아닌, 그래서 하나의 기호가 단일한 의미로 고정된 것이 아닌, 그래서 자크 데리다의 '산종'처럼 불확정적임에 주목하게 된다.

지금 말하는 주체에게 있어 여자는 너무나 아브젝트하다("여자는 마물(魔物)야"―「복중(伏中)」, "무식한 여자가 여기 있구나"―「만주(滿州)의 여자」, "나의 여자들의 더러운 발은 생활의 숙제"―「판주곡」). 여자는 마물이기에 비천한 존재로 전락되고, 무식하기에 외면해야 할 대상이며, 더러운 발을 가졌기에 천하게 여겨지고, "간음한 얼굴"(「네 얼굴은」)을 지닌 여자이기에 더더욱 아브젝션시켜야만 하는 등물이다. 이러한 여자들은 "6학년

아이들의 과외공부집에서 만난/ 학부형회의 어떤 어머니"로 혼효되어진다. 아브젝트한 존재, 곧 과외공부집에서 만난 어떤 여자의 "이마의 힘줄"조차 "죄"에서 우러나오는 것, 그래서 원죄성을 지니게 한다. 무엇인가에 잔뜩 힘을 주었을 때 튀어 나오는 힘줄, 이마에 툭 불거져 나온 여자의 본성은 원죄성을 띤 '뱀'이다. 뱀은 타자(시적 자아 혹은 아담으로 대표되는 남성)를 괴롭힌, 즉 타자를 유혹하여 죄를 짓게 한 장본인으로서 상징질서(시적 자아, 기독교적인 가치관 혹은 남성지배담론)를 교란시키고, 거스르고, 문란하게 한 존재이다. 때문에 상징질서는 이러한 존재를 아브젝션시키는 당위성을 지니게 된다. 뱀은 상징질서를 타락시켰기에 상징질서가 요구하는 어떠한 인격적인 가치나 목소리를 지닐 수 없는, 그래서 거세시켜야만 할 대상이기 때문이다. 이 뱀이 여자이고, 그 여자는 코기토(cogito)에서도 밀려난 비천한 대상이다. 이처럼 비천한 존재들인 여자는 이성적 사고나 논리적 사고와는 거리가 먼 무식한 여자다. 그래서 말하는 주체에게는 비천한 전 조건을 지닌 존재로서 아브젝트의 최정점에 놓이게 된다.

그런데 시인이 그토록 비천하게 여겼던 여자, 그 존재가 "내 몸"을 "아프"게 하고 '설움'을 주는 존재로 분화되고 있다는 점에 주목할 필요성이 있다. 이는 안정된 주체의 위치에서 말해지지 않은 것이며, 말하는 주체가 정의한, 즉 토해놓은—에고이스트, 뱀, 집중된 동물, 마물, 간음한 얼굴 등—경계선 바로 거기에 세워진 심연이기 때문이다.

먼 곳에서부터
먼 곳으로
다시 몸이 아프다

조용한 봄에서부터
조용한 봄으로
다시 내 몸이 아프다

여자에게서부터
여자에게로

능금꽃으로부터
능금꽃으로……

나도 모르는 사이에
내 몸이 아프다

- 「먼곳에서부터」 전문

　말하는 주체는 "몸이 아프다"고 언술하고 있다. 그 아픔의 원인은 모른다. "나도 모르는 사이에" 내 몸이 아프기 때문이다. 그 아픔은 "먼 곳에서부터", "여자에게서부터" 시작된 아픔이다.

　그렇다면 내 아픔의 시작인 그 먼 곳은 도대체 어디인가. 먼 곳은 기호계로서 아직 상징질서로 진입하지 않는 개체, 즉 그 개체가 원초적 어머니의 몸(Chora)과6) 하나가 되던 그런 곳이다. 그곳은 말하는 주체에게 있어 일찍이 너무도 친근하고 아늑한 공간으로 선과 악의 구별도 없고, 그래서 주체와 타자의 경계가 없는, 끝없는 욕구 속에 요구하고 욕망하는 결핍된 주체가 있는 공간이 아닌, 바로 시원의 세계이다. 그 먼 곳은 이자 관계, 즉 어머니와 구별이 없는 나와 타자가 하나가 되는 그런 공간이다. 그 먼 곳은 "여자에게로부터" 시작되었다. 그 먼 곳은 자연('봄', '능금꽃')과 인

---

6) '코라'는 크리스테바가 처음으로 사용한 말이 아니다. 플라톤의 대화편 『티마이오스』(장인·창조자·신이라는 뜻)에 따르면, 세계의 형성자인 신이 세상을 창조할 때, 우리 이전에 존재하던 우주가 파멸할 때 생긴 파편(4원소를 구성하는 삼각형)을 재료로 세상을 만들었는데, 그 재료는 수용체(receptacle, 모성적인 것, 장소)등 11종의 다양한 물질이었다. 그것은 다양성 자체로 인해 설명할 수 없고, 알 수 없는 성질을 지닌다. 즉 논리적 사고의 바깥에 위치하며, 추측이나 지각의 대상도 아니므로 그것을 추측하는 행위 자체는 하나의 몽상이다. 즉 모성처럼 삼성을 받아들이는 수용체를 플라톤은 코라라 지칭하였던 것이다. 크리스테바는 플라톤의 코라를 프로이트의 이드나 자신의 기호계의 자리에 위치하는 충동의 장소로 간주하였다. 위의 책, 324쪽 참조

김수영 시에서의 '여성', 그 기호적 의미망 읽기　▶임명숙　223

간('나', '여자')이 동일성을 이루던 곳이다. 그 먼 곳에서 나는 어머니의 몸과 하나가 되었기에 어떠한 욕망도 생기지 않는, 모든 요구와 욕구가 모두 해소되었다. 하지만 그곳에서 '나'는 영원히 살아갈 수가 없다. 나는 상징질서로 들어와야 하는 주체이기 때문이다. 다시 말해 말하는 주체인 나는 언어를 습득(아버지의 법)했기 때문이다. 그곳을(기호계, 상상계) 벗어나 상징질서로 진입하기 위해서 나는 어머니의 몸을 아브젝션시켜야만 한다. 상징질서의 명령이다. 어머니를 비천화시켜야만 아버지의 법, 즉 상징질서가 나를 용납하기 때문이다. 이제 상징질서에 진입한 내 몸은 명징한 세계, 즉 먼 곳으로부터 벗어나 있다. 먼 곳에서 멀어진 이곳이 바로 내가 살아갈 수 있는 현실태인 것이다. 그런데 이곳에서 나는 원인 모를 통증이 있다. 나도 모르게 몸이 아프기 때문이다. 이 아픔은 먼 곳에서 이미 시작된 아픔이다. 먼 곳에서 아브젝션시켰던 나는 너무도 큰 고통을 겪어야만 했는데, 그것이 사라지지 않고 내 무의식 속에 각인되었고, 이를 내 의식으로는 알 수가 없다. 때문에 말하는 주체의 통증의 순간은 무와 환각 같은, 그래서 그 먼 곳에서 여자를 최초로 비천화했던 그 사실을 깨닫게 되는 순간('속죄')이며, 그것은 아픔과 동궤에 놓인다.

이처럼 말하는 주체에게 있어 분화되는 여자는 원초적 어머니로서 마물이었고, 무식했고, 더러웠고, 간음한 얼굴을 지닌 뱀이었으며, 에고이스트로서 집중된 동물이었다. 바로 내가 비천화시켰던 여자였다. 이러한 여자의 기호적 의미 생성의 절정, 즉 시텍스트에서 아브젝트로서 여성이라는 기호가 말하는 주체의 욕동 속에서 타자성을 벗고 주체로 분화되고 있는 것이다. 이는 시텍스트에서 여자라는 기호가 전쟁과 기호적 등가를 이룸으로써 무의식과 의식의 대립처럼 의식 속에서 뱉어내는 언술과 무의식 상태에서 발화되는 언술이 나와 타자, 안과 밖의 대립이 존재하는 것이 아니라 말하는 주체의 욕동 속에서 분화되기 때문이다. 이것이 바로 김수영 시인의 무의식("나도 모르는 사이에")에 지워지지 않는 끔찍한 고통, 그것

224

이 현실태에서 여자라는 기호적 의미는 분화를 함으로써 고착('설움')을 풀어 놓아주는("축복을 드리"는), 그래서 말하는 주체에게 있어 극한에로의 이행인 것이다.

3. 여편네, 그 미혹적 존재의 거리

김수영의 시텍스트를 형성하고 있는 많은 주변적 상황, 즉 당대의 사회적, 문화적, 개인적인 요소들은 한 시인으로, 남편으로, 아버지로서 언술 행위의 주체는 끊임없는 욕망―그것이 육체적이든 정신적이든―을 언표화시키게 되고 그 언술 행위를 하는 과정 속에서 욕망의 대상에 대하여 무의식은 여러 양상으로 시텍스트에 드러날 수밖에 없다. 이러한 상태에서 여성이라는 기호가 '여편네'라는 기호로 아브젝트해질 때, 그 기호적 의미 생성과정 속에서 시인의 시선과 응시로 들어오는 성적 대상으로서의 여편네는 진정한 매혹과는 상관없이, 즉 미혹적 거리두기를 하고 있다.

여편네는 사전적 의미로 '미혼이 아닌 여자', '아내를 속되게 이르는 말'이다.

성(性), 즉 섹슈얼리티(sexuality)는 복잡한 개념이며, 다양한 영역에 걸쳐 적용된다. 단순한 성적인 욕망이나 이성에의 욕구, 즉 본능적 충동에서 더 나아가 사회적 권력 구조에 의해 영향을 받는다. 또한 가부장적인 권력 구조를 형성하는 가장 기본적인 요소이기도 하다. 이러한 섹슈얼리티가 가부장적인 사회에서는 사회적으로 규정된 성적 전형성(stereotype)이 남성의 여성지배와 폭력을 당연시 하는 데 일조하-기 때문에 이때 여성의 섹슈얼리티는 수동적이고 복종적으로 규정되기도 한다. 그러나 섹슈얼리티는 인간 의지의 산물로 상징되어야 한다. 이때 섹슈얼리티는 정치적, 제도적 틀에서 더 나아가 심리적, 철학적, 존재론적 틀에서 분리될 수 없는 근원적인 요소이기 때문에 여성의 섹슈얼리티는 안정되고 고정적인 경향이 아니라 문화적 영향을 받는 동시에 개인적인 차이를 보이기도 한다.[7] 그렇기에 대상에 대한 섹슈얼리티적 욕망을 느낄 때 주체는 그 대상이 매혹 혹은 미혹적이기 때문이다. 인간이 인간에게 사랑(욕망, 섹슈얼리티)을 느낄 때, 매혹되는 것은 자연에 매혹되는 것과는 달리 주관적인 경향이 매우 강하다고 할 수 있다. 반면 미혹은 인간의 상상력이 만들어내는 대상에 관한 사유, 즉 인간의 상상력이 만들어내는 대상에 관한 사유이다. 그래서 자연이 아닌 문명이 창조한 미는 매혹보다 미혹에 속하기 때문에 미혹은 표현의 영역 너머에 있다. 그러면서도 그것이 상징질서 안에 있지 않으면 아무런 의미가 없다.[8]

사랑은 어떠한 형태로든 동서고금을 막론하고 문학에서 되묻고 되묻는 중심테마라 해도 그다지 과언은 아닐 것이다.

시 「性」은 얼핏 표층구조만 읽어내면 꽤 이드적이고 원색적으로, 혹은 어떠한 시적 메타포가 없이 그야말로 노골적으로 언술 행위를 드러낸 것으로 읽혀진다. 가장 본능적이고 감각적이고 육체적(physical)인 성은 그야말로 아름답고 순수하고 성스러워야 하는데 「性」에서는 그러한 순간의 쥬이쌍스가 전혀 배어나지 않는다. 말하는 주체가 성적 대상인 두 기표('여편네', 혹은 '그년')에 대하여 착각을 하고 있기 때문이다. 다시 말해 정신, 육체가 순수한 상태로부터 스스로 전락("그년하고 하듯이")하고 있음으로써 말하는 주체의 '性'은 결핍되고, 언어마저 잃어버리게("지독하게 속이면 내가 곧 속고") 된다. 주체는 바로 대상을 바로 보지 못하고 있다. 주체의 시선과 응시 속에 들어오는 대상에 대한 사랑 혹은 성적 욕망은 벗겨 보면 텅 빈 베일 속의 구멍인 바로 그것(the Thing)이란 사실을 놓치고 있기 때문이다. 이는 거울 속에 비친 타자(이미지)를 보고 자신인 줄 착각하는 라캉의 거울

---

7) 이수연, 『메두사의 웃음』, 커뮤니케이션북스, 1998, 53~73쪽 참조.
8) 권택영, 『몸과 미학』, 경희대출판국, 2004, 4~5쪽.

단계와도9) 같다. 분명 그년과 여편네는 매혹 혹은 미혹적 대상이 되어야
하는데, 대상에 대한 그 자체가 착각으로 미혹적 거리를 두게 된다. 여편네
에 대한 미혹적 사유, 즉 "내가 저의 섹스를 개관하고 있는 것" 자체가 환
상이란 것, 그래서 주체는 결코 대상을 바로 볼 수가 없다.

> 그것하고 하고 와서 첫 번째로 여편네와
> 하던 날은 바로 그 이튿날 밤은
> 아니 바로 그 첫날 밤은 반시간도 넘어 했는데도
> 여편네가 만족하지 않는다
> 그년하고 하듯이 혓바닥이 떨어져나가게
> 물어제끼지는 않았지만 그래도
> 어지간히 다부지게 해줬는데도
> 여편네가 만족하지 않는다
>
> 이제 아무래도 내가 저의 섹스를 개관하고
> 있는 것을 아는 모양이다
> 똑똑히는 몰라도 어렴풋이 느껴지는
> 모양이다
>
> 나는 섬찍해서 그전의 둔감한 내 자신으로
> 다시 돌아간다
> 연민의 순간이다 황홀의 순간이 아니라
> 속아 사는 연민의 순간이다
>
> 나는 이것이 쏟고 난 뒤에도 보통때보다
> 완연히 한참 더 오래 끌다가 쏟았다
> 한번 더 고비를 넘을 수도 있었는데 그만큼
> 지독하게 속이면 내가 곧 속고 만다

— 「性」 전문

---

9) 자크 라캉, 『욕망 이론』, 문예출판사, 1994 참조.

김수영 시에서의 '여성', 그 기호적 의미망 읽기 ▶임명숙 227

시 「性」 전문이다. 이 시는 필자가 몇 해 전에 읽었던—물론 감동적이었다—파울로 코엘류의 『11분』이란 소설과 어느 부분이라고 단언할 수는 없으나 꽤 비교가 되는 측면이 있다고 여겨진다.

"나는" "그것하고 하고 와서" "여편네와 반시간도 넘게", "첫 번째"로 "첫날 밤"도, "이튿날 밤"도 그것을 하고 있다. 이때 내 성적 대상은 여편네가 우선이 아니라 "그년"이 먼저였다. 그렇다면 나에게 매혹적이고, 미혹적인 존재는 과연 누구인가. 나는 여편네에겐 "그년하고 하듯이 혓바닥이 떨어져나가게/ 물어제끼지는 않았"기에 정신과 육체가 하나가 되지 않은 상태이다. 이때 여편네는 미혹적일 수가 없다. 내 사유와 상상력으로 만들어지는 미혹, 즉 무의식에는 그년이 이미 먼저 자리하고 있기 때문에 결코 미혹적 대상이 될 수가 없다. "여편네는 만족하지 않"음을 내가 인지했고, 그래서 나는 "황홀의 순간"으로 결코 들어갈 수가 없다. 이는 이드 혹은 초자아가 지배를 받지 않는 세계, 즉 상상계로 진입하는 순간, 혹은 찰나지만 상상계로 들어가는 쥬이쌍스가 없다는 의미가 된다. 때문에 이 순간은 "황홀의 순간이 아니라/ 속아 사는 연민의 순간"이 되어 내 비스듬한 응시로 각인되는 성적 대상인 여편네는 미혹적 거리를 지닌 존재가 될 수밖에 없다. 그래서 내가 "지독하게 속이면 내가 곧 속고 마는" 것처럼 말하는 주체 스스로가 도덕을 알면서도 그 가치를 부정하는 것이기에 미혹적 거리는 더욱 멀게만 된다. 이 미혹적 거리는 '여편네'가 이미 자신의 성적 대상인 남편이 매혹적인 대상(그년)을 취한 것을 이미 알고 있기에 더욱 멀어지게 된다. "내가 저의 섹스를 다 개관하고 있는 것을 알"기에. 이 순간 나는 그런 여편네가 "섬찍해서" "둔감했던" 옛 상태로 돌아간다. 둔감했던 옛 상태는 바로 여편네를 "지독하게 속"였던 그때이다. 속였던 그때는 오히려 나만의 쥬이쌍스는 있을 수 있다. 그러나 지독하게 속였기에 여편네는 배타적이 된 미혹적 대상으로 내 상상력의 사유로 미혹에서 멀어지는 순간 나는 섬찍해지면서 "오래 끌다가 쏟았"건만 여편네는 더

거리두기를 한다. 이제 텅 빈 베일만 나는 응시하게 되는 것이다. 그렇기에 내가 "여편네의 방에 와서/ 흥분을 해도/ 애무를 해도" 아내는 나를 "소년"을 퇴행한다(「아내의 방에 와서」).

때문에 이제 소년, 즉 말하는 주체의 '性'은 에로스와 타나토스가 일치하는, 즉 황홀의 순간이 아니라 속아 사는 "연민의 순간"으로 내게서 여편네는 미혹적 대상으로서는 너무도 먼 거리를 두고 나를 갈팡질팡 헤매게 하는 미혹적인 대상으로 먼 관계항이 되어 나는 "낙오자가 되어 걸어가"(「생활」)는 존재로 전락되어진다. 결국 "여편네의 방에 와서 기거를 같이 해"(「아내의 방에 와서」)도 나는 "태양 아래의 간 하나의 어린애", "죽음"의, "언덕"의, "사유의", "애정"의, "점(點)의", "베개"의, "고민의 어린애"로 퇴행된 존재이다. 여편네와 같이 기거를 하면 할수록 나는 점점 더 어린애가 될 뿐이기에. 이때 태양, 죽음, 언덕, 사유, 애정, 점/어린애는 기호계/상징질서로 이분화되어 이 둘은 하나가 되지 못한 채 거리두기를 하는 기표로서 작용을 하게 된다. 다시 말해 말하는 주체가 지향하는 자신의 위치는 아내의 방인 상징질서에서 밀려나 어린애가 되어 상상계에 자리하게 된다. 기호계인 어린애, 즉 나는 "너를 더 사랑하"는데 여편네는 아브젝션된 존재로 상징질서에 이미 편입된 존재이다. 때문에 네가 내 사유로 미혹적인 존재가 아니라 어머니의 몸으로 아브젝션당했던 네가 나를 먼저 알아채고 나를 밀어내기에("너는 내 눈을 안다") 니 사유어서 더욱더 다가갈 수 없는 내 기억의 밑바닥에서만 존재하게 된다. 때문에 시인, 즉 말하는 주체의 언어적 욕동 속에서 여편네는 아브젝트된 존재로서 내가 말하는 것과 생각하는 것, 그러리라고 믿는 것과 뜻하고자 하는 것들에 관하여, 그래서 말하는 주체의 미혹적이어야 할 '性', 그것마저 내 안에서 유희하고 내 사유 밖에 있게 되는 것이다.

4. 아내, 되돌아오는 '대상천시'의 힘

　주체도 대상도 아닌 아브젝션에는 자신을 위협하는 것에 대항하는 존재의 격렬하고도 어렴풋한 반항이 있다. 게다가 사유 가능한 세계, 견뎌낼 수 있는 세계 저편으로 몰려나 있던 엄청난 안과 밖에 마치 육박해 올 때와 같은 주체의 반항이 있다. 그것은 아주 가까이 있지만 동화될 수 없는 곳에서 욕망을 불러일으키고, 우리를 욕망과 불안과 유혹에 빠지게 한다. 그러나 이때 욕망은 결코 유혹당하지 않는다. 또한 어떤 절대성이 욕망으로 하여금 치욕에 빠지지 않도록 보호해주며, 욕망 또한 그 사실에 긍지를 느끼고 절대성에 매달린다. 그러나 동시에 이 경련하는 이 도약은 또 다른 세계, 즉 죄 짓고 단죄 받고자 하는 욕망에 사로잡힌다. 마치 통제할 수 없이 자신으로 돌아올 수밖에 없는 부메랑처럼 지치지 않고, 문자 그대로 충동과 혐오의 양극에 놓인 자들을 자신의 바깥으로 몰아낸다.[10] 이러한 아브젝션은 모호한 것이다. 왜냐하면 모든 방해를 제거하면서 주체를 위협하는 것으로부터 주체를 분리시키는 대신, 반대로 주체에게 끊임없는 위험을 고백하기 때문이다. 그것은 아브젝션 자체가 판단과 정서, 심정의 토로, 기호들과 충동들의 혼합물이기 때문이다.[11] 그래서 아브젝트에 의해 점령당한 사람은, 스스로를 인식하거나 욕망하거나 어딘가에 속한다기보다는 밀려나고 분리되고 방황하는 존재이다. 반면, 영토나 언어, 작품의 구축자로서 던져진 자는 유동성의 경계를 지닌 자신의 세계를 한계 지으려 하지 않는다. 비대상으로 이루어진 아브젝트는 끊임없이 견고성을 찾아내고 새로이 시작하기 때문이다.[12]

---

10) 크리스테바, 『공포의 권력』, 21쪽.

11) 위의 책, 32쪽.

말하는 주체에게 있어 여자와 여편네는 대상천시된 존재였다. 비오는 거리에서 원죄를 지닌 뱀, 에고이스트, 마물이며, 집중된 동물로 비천화되었던 존재였다. 또한 "거리"에서 "우산대"로 "때려" 눕혀졌던 여편네(「죄와 벌」)는 모두 상징질서가 밀어낸, 그래서 아브젝션된 존재였다. 매를 맞는 그것 자체는 너무나 아브젝트하다. 우산대는 상징질서이다. 바로 상징질서가 대상천시했던 그 여편네, 즉 우산대로 맞고 마물인 그런 여자가 이제 말하는 주체에게는 도통 알 수 없는 존재로 되돌아와 있다. 내가 그토록 비천화하고 밀어냈던 여성, 대상천시된 존재가 지금 내가 끌어안는 아내인데 내가 끌어안는 순간("나는 발가벗은 아내의 목을 끌어안았다"—「아침의 유혹」) 아내가 지금 바로 '나'를 죽이는 존재(「거미잡이」)이고, 내 앞에서 나를 위협하는 존재이다.

아내는 "거미잡이"이다. 아내는 대단한 힘("태풍")을 발휘하면서 거미를 잡아 죽이는 존재이다. 그 힘은 한여름 밤에 이는 "태풍"이다. 태풍처럼 강력한 힘을 지닌 아내는 내가 그토록 대상천시하였던 여자였으며, 내가 그토록 비천하게 여겼고 미혹적 거리두기를 하고 있었던 내 여편네였다.

> 폴리호(號) 태풍이 일기 시작하는 여름밤에
> 아내가 마루에서 거미를 잡고 있는
> 꼴이 우습다
>
> 하나 죽이고
> 둘 죽이고
> 넷 죽이고
> ……
>
> 야 고만 죽여라 고만 죽여
> 나는 오늘 아침에 서약한 게 있다니까

---

12) 위의 책, 30쪽.

나는 오늘 아침에 어제의 남편이 아니라니까
남편은 어제의 남편이 아니라니까

ㅡ「거미잡이」 전문

　시 「거미잡이」는 김수영 시텍스트에서 말하는 주체가 여성에 대하여 의미를 생성할 때, '남편'이 아내에 대한 존재 인식을 하는 정점에 놓여 있는 시라고도 볼 수 있다. 이는 '거미'와 '나'('남편', 시인, 시적 자아)는 말하는 주체의 의식/무의식의 대응이 스며들어 주체와 타자의 관계성을 형성하면서 그 기호적 의미망을 형성하고 있기 때문이다. 다시 말해 '아내', '태풍', '거미', '남편'은 대응 구조를 띠고 있는 것이 시인의 언술("나는 오늘 아침에 어제의 남편이 아니라니까") 속에서 여성, 그 기호적 의미가 생성되기 때문이다.

　태풍("폴리호")은 인간적이거나 가공적인 어떠한 힘으로도 쉽게 물리친다거나 완벽하게 막아낼 수 없는, 그래서 인간은 어떠한 힘으로든 최대한으로 태풍의 피해를 덜 입기 위해서 수단 방법을 가리지 않을 수밖에 없다. 태풍은 자연 그대로 자연적인 것으로 강력한 힘을 지닌 기표이다. 때문에 태풍이 몰아닥칠 때 그저 인간은 그것의 피해를 덜 입기 위해 온갖 힘을 다하게 되는 것이다. 지금 '나'와 '아내'는 '태풍이 일기 시작하는 여름밤'에 함께 있다. 이때 아내의 행동이 참으로 '우습다'. 태풍이 일고 있는데 하잘 것 없는 곤충을 잡고 있는 그 "꼴"은 아브젝트하다. 말하는 주체가 이미("어제의") 여편네로 폄하시킨 존재였기 때문에 모습이 아니라 꼴이란 언표 행위는 자연스럽다. 이때의 아내가 거미를 죽이는 행위는 절대성에 매달리는 무의식이 의식 밖으로 고개를 내민 행위이다. 이러한 대상천시된 존재의 욕망은 바로 아브젝션당한 주체가 치욕에 빠지지 않도록 스스로 보호하기 위한 행위이며, 자신의 충동적 행위의 사실에 긍지를 느끼고 있기 때문이다.

　나는 아내의 꼴을 처음에는 우습게 지켜보면서 아내가 거미를 얼마를 죽이는가 찬찬히 세어본다. "하나, 둘" 숫자를 센다. 그런데 더 이상 셀 수가 없다. 아내의 거미 죽이는 행위가 멈추지를 않기 때문이다. 내가 숫자를 셀 수 있는 시간조차 없이 아내는 계속해서 너무나 빠른 속도로 수많은 거미를 잡아 죽이고 있다. 그래서 나는 "셋"이란 숫자를 미처 셀 시간이 없다("하나 죽이고/ 둘 죽이고/ 넷 죽이고/……"). 내가 미처 셋을 세기도 전에 아내는 벌써 셋 이상의 거미를 죽이고 있기 때문이다. 나는 그만 셋을 건너뛰어서 "넷"으로 넘어가 세어본다. 그러나 이제는 그것도 더 이상 셀 수가 없다. 너무 빨리 너무 많이 죽이고 있기 때문이다. 마치 태풍처럼 무서운 속도로 죽이고 있다. 이 순간 나는 더 이상 셀 수가 없을 뿐더러 말을 멈출 수밖에 없다.

　말없음표는 말하는 주체의 또 하나의 언술 행위이다. 이 기호에 담겨지는 것은 바로 아내의 거미 죽이는 행위가 끝간데 없음이다. 이러한 언술 행위는 마치 말더듬이와도 같다. 말하는 주체가 말을 더듬는다는 것은 대상이 주체적인 위치에 있다는 암시이며, 무의식적 언술 행위가 된다. 이때 시적 자아의 의식과 무의식처럼 거미와 나는 등가를 이루게 된다. 아내의 거미 죽이기는 곧 나를 죽이는 행위인 것이다("야 고만 죽여라/ 고만 죽여"). 내게 있어 "거미잡이"인 아내는 나를 죽이는 자로 둔갑된 것이다. 거미잡이인 아내의 행위를 응시하면서 "나는" 나의 의식적 언술 행위에 내 무의식이 삐죽이 고개를 내밀게 된다("나는 오늘 아침에 서약한 게 있다니까/ 나는 오늘 아침에 어제의 남편이 아니라니까/ 남편은 어제의 남편이 아니라니까"). 말하는 주체의 이 같은 언술에는 권력의 휘두름을 정지하려는 의미가 내포된다. 어제까지의 남편인 나는 아내를 대상천시시켰던 주체였다. 이때 타자는 아내로서 아브젝션당했던 여자였고, 여편네였다. 그러나 아내를 여편네로 폄하시켰던 나는 어제까지만 유효하다. 이런 나의 변화 과정을 나는 아내에게 분명히 보여주어야만 한다. 이때 확인시킬 수 있는 기표가 "아니라니까"에 모두 담겨진다. "라니까"는 대상이 아직도 말하는 주체의 말을 듣지 않고 여전히 예전대로 행동할 때, 즉 말하는 주체의 언술을 무시할 때 말하는 주체는 급해지고 답답해 하면서 덧붙이는 언표이다. 그러나 아내는 '무언의 말'을 하고 있다. 바로 이 무언의 언술에는 대상천시된 주체에게는 그 아브젝션된 확실한 희열을 보장하는 그 모든 것들이 담겨지게 된다. 이 언술에는 아브젝션당했던 대상, 그 대상을 천시했던 자신에게 대상천시당했던 존재가 부메랑처럼 되돌아오는 순간이 내재된다. 이 순간 내 무의식 속에서 대상천시했던 타자성을 지닌 존재로서 여자, 여편네가 지금 내게 되돌아와 나를 죽이는 주체적인 위치에 놓이게 된다. 이제 나는 아내처럼 아브젝션당하고, 나는 말하는 주체로서 통제력마저 잃고, 그 자체가 내 심정의 토로, 나의 기호(말)들과 혼합물이 되고 있다.

> 이 무언의 말
> 이 때문에 아내를 다루기 어려워지고
> 자식을 다루기 어려워지고 친구를
> 다루기 어려워지고
> 이 너무나 큰 어려움에 나는 입을 봉하고 있는 셈이고
> 무서운 무성의를 자행하고 있다.
>
> (…중략…)
> 이제 내 말은 말이 아니다.
>
> — 「말」 부분

> 선이 아닌 모든 것은 악이다 신의 지대(地帶)에는
> 중립이 없다
> 아내여 화해하자 그대가 흘리는 피에 나도
> 참가하게 해다오 그러기 위해서만
> 이혼을 취소하자
>
> — 「이혼취소」 부분

  아내는 "무언의 말"을 하고 있다. 이러한 언술은 대상천시를 극복하는,

그래서 아브젝션된 존재들이 갖는 힘이요, 아브젝션시킨 주체들에게는 공포가 된다. 비오는 거리에서 여편네를 마구 때렸던 어제의 주체였던 나는 지금 아내의 "무언의 말" 앞에서 "아내를 다루기 어려워" "입을 봉하고 있는" 자로 전락되어 있기 때문이다. 아내는 거미 죽이기를 하면서 나의 진실 혹은 거짓에 대답하지 않고 그저 무언일 뿐이다. 아내의 무언은 권력의 휘두름(우산대)을 방해하고, 거스르며 교란시켜 대상천시를 극복하는 원천적인 힘으로 작용을 한다.

무언은 말. 말 없는 말이다. 곧 언어의 또 다른 형태인 침묵이다. 침묵은 때로 의사소통이라는 타협된 세계를 거절하는 수단으로 작용하여 타자를 곤란에 빠뜨리게도 한다. 다시 말해 무언의 말은 말하는 주체, 즉 대상(남편)에 대하여 언어를 가로지르기 하는 또 하나의 욕동이며, 저항적 체계이다. 그래서 시적 주체인 나는 아내의 침묵으로 인해 상징질서("친구")에서 옴짝달싹 못하게 된다. 말없는 말을 하는 대상이 내 입을 봉하게 하기 때문이다. 입을 봉한다는 것은 무언의 말과는 다른 의미 생성을 한다. 상징질서에서 소통할 수 없는 존재로 만드는 것이다. 소통할 수 없는 존재는 존재 자체로서의 가치를 잃게 된다. 상징질서는 언어를 습득한 주체만이 들어온 세계이기 때문에 주체로서 입을 봉하면 상징질서에서 밀려나게 되는 것은 자명한 일이기 때문이다. 그래서 지금 남편인 나는 대상천시했던 그 여성, 그 여성인 아내로 인해 내 존재성을 잃게 된다. 바로 내가 아브젝션시켰던 아내에게 아브젝션당하고 있는 것이다. 이제 아내는 아브젝션된 주변부로서 타자성을 지닌 여성이 아니라 즉물적인 파기 행위(거미 죽이기)를 통해 자신을 대상천시했던 주체를 밀어내고 그 자리에 여성 주체로서 위치("신의 지대")를 점유하게 된다. 이제 아내는 "신의 지대"에 있는 존재로서 타자의 청유를 거부할 것인지 들어줄 것인지를 '결단'하는 주체로 자리매김 되어진다.

신의 지대는 '중립이 없는' 지대이다. 중립이 없다는 것은 '선이 아닌 모든 것은 악’일 뿐이다. 선/악은 대립한다. 신의 지대에서 악은 떼어내거나 소멸시켜야만 할 기표이다. 상징질서에서 선과 악 가운데 그 어느 하나를 선택해야만 한다. 그 선택은 바로 나의 것이 아니라 아내의 것이다. 이때 시텍스트에서 말하는 주체가 추구하는 선은 과연 무엇이고 악은 무엇인가. 말하는 주체의 욕동 속에서 그것은 곧 ‘화해’와 ‘이혼’이라는 기표를 통해 의미 생성이 된다. 안정된 주체가 상징질서에서 살아갈 때 필요한 전조건이 ‘화해’로서 선이고, 상징계에서 밀려난 이물질인 ‘이혼’은 악으로 명명되어진다. 그런데 아내가 거주하는 신의 지대에는 중립이 없기 때문에 선과 악 가운데 하나의 기표만 존재하게 된다. 이를 남편은 먼저 인지하고 있다. 말하는 주체인 남편은 선을 택하고자 “이혼을 취소하자”고 아내에게 요구를 하고 있기 때문이다. 주체가 타자에게 요구한다는 것은 무의식에 이미 욕구가 전제되어 있다는 의미이다. 지금 내가 그 욕구를 해소하기 위해 아내에게 요구하고 있는 상태는 어린애와 같은 상태로서 나는 누군가가 되기 전의 나로 이차적인 어떠한 과정을 통해 획득된 내가 아닌 붕괴되고 버려지고 아브젝트한 것이나 다름이 없다. 그래야만 나는 신의 지대인 아내(어머니의 몸)에게로 진입할 수가 있기 때문이다. 다시 말해 이혼을 취소하고 화해를 했을 때, 나는 비로소 타자를 아브젝션시키는 악한 존재가 아니라 선한 존재가 되는 것과 동궤에 놓이게 되기 때문이다.

그렇다면 신은 선한가 악한가. 시적 화자가 이혼을 취소하자는 언술 속에 이미 무의식은 들어가 있다. 무의식은 언어처럼 구조화되어 있기 때문이다. 벌써 나의 의식 속에 고개를 내민 내 무의식에서는 욕구되었기에 아내에게 화해하자고 요구를 한 것이다. 그런데 화해를 하기까지에는 통과의례가 있어야만 한다. 그것은 곧 아내가 아브젝션당했을 때 언어로 명명되어질 수 없는 고통스러웠던 정신과 육체를 대신 체험해야 하는 과정이다. 이를 내가 모를 리가 없다. 그래서 나는 “그대가 흘린 피에 나도 참가하게 해”달라고 아내에게 간절하게 요구를 할 수밖에 없다. 아내가 흘린 피는 비오는 거리에서 우산대로 침혹하게 매 맞았을 때 너무도 고통스럽게 흘렸던 피와도 같다. 그 피를 이제는 내가 흘리고자 한다. 그 피 흘리기에 동참하고자 하는 행위는 대상천시당하겠다는 의미와 상통한다. 이는 아브젝션시킨 행위에 대한 보상, 그것은 곧 아브젝트의 양 끝으로 내몰고자 하는 의지이다. 그런데 이런 나의 의지마저 결정하는 것은 오직 아내의 몫인 것이다. 말하는 주체에게 있어서 "결단은 이제 여자의 것"으로 현현되고 있기 때문이다.

> 금성라디오 A504를 맑게 개인 가을날
> 일수로 사들여온 것처럼
> 500원인가를 깎아서 일수로 사들여 온 것처럼
> 그만큼 손쉽게
> 내 몸과 내 노래는 타락했다.
>
> 헌 기계는 가게로 가게에 있던 기계는
> 옆에 새로 난 쌀가게로 타락해 가고
> 이제는 캐시밀론이 들은 새 이불이
> (…중략…)
>
> 아내는 이런 어려운 일들을 어렵지 않게 해치운다
> 결단은 이제 여자의 것이다
>
> — 「금성라디오」 부분

"금성라디오 A504"의 이미지는 옛 것/새 것, 전통/근대화, 자본 등으로 이분화되는 동시에 '나'와 '아내'의 관계성이 내재된다. "헌 것", "쌀 가게", "내 몸", "내 노래" 등의 기표와 "새 라디오", "새 책", "새 이불", "캐시밀론"은 대립 관계를 이루면서 "새"에는 자본과 상품이라는 논리가 배어난다. "일수"는 자본이고, 그 자본은 헌 것을 밀어내고 새 것을 취하는 수단이다. 아내는 헌 것을 버리고 새 것을 취할 수 있는 자본의 주체로서 모든 결단을 서슴없이 "어렵지 않게 해치우"는 존재이다. 새 것들을 사들인다는 것은 과거를 버리는 행위가 전제된다. 아내의 과거는 우산대로 맞았던 여편네, 마물 취급당했던 여자, 뱀으로 더럽고 무식한 여자, 즉 주변부 여성인 타자로서의 비천한 존재였다. 그런 비천한 존재가 이제는 자본을 스스로 움직이며 모든 결단을 하는 주체적인 존재로 "승격"된 것이다. 이런 아내 곁에서 나는 "가을날"처럼("내 몸과 내 노래는 타락했다") 현실태의 가장자리에 처해진다. 바로 헌 기계가 버려지듯 나는 물화된 존재로, 상징질서에서는 헌 기계처럼 불필요한 요소로 전락되어진다. 반면 아내의 현실은 여름날 강력한 힘으로 몰려온 태풍과도 같은 위력을 지닌 존재로 결단하는 주체이다. 그러한 존재 앞에서 나의 육체와 정신(노래)은 쇠락('타락')해질 수밖에 없다. 쇠락한 내 몸과 노래는 헌 기계가 버려지는 "쌀 가게"로 파기되어진다. 헌 기계로 버려져 피폐한 나와 새 것을 사들이는 모든 자본에 대한 결단을 내리는 주체로서의 아내, 내가 그토록 대상천시했던 아내의 정신과 육체는 다시 되돌아와 안정된 위치에 있는 반면 내 존재와 내 언어, 그리고 내 욕망마저 상실한(가을날) 타자의 자리에 위치하게 된 것이다.

이제 말하는 주체에게 있어 여성은 내가 비천하게 여겼던 여자도 아니며, 내가 미혹적 거리두기를 했던 여편네도 아니며, 모든 것을 결단하는 아내인 것이다. 대상천시당했던 아내는 천시를 극복하여 자신감을 갖게 될 때 대상천시했던 나에게는 공포의 힘으로 작용하는 순간이 된다. 이때 나는 타자를 품는 아내를 욕구하여 요구를 하게 된다("이혼을 취소하자"). 이 순간 아내는 말하는 주체의 욕동 속에서 타자화되어 배척하고 분리하고 아브젝트된 고정된 타자성을 띤 존재가 아니라 말하는 주체에게 되돌아와 대상천시된 타자성을 벗고 견고한—타자를 결단하는 존재로—자리에 위치하고 있다.

5. 나가는 말

　김수영 시텍스트에서 발화되고 있는 '여성', 그 기호적 의미는 주체와 타자의 경계선을 지우는 그곳에서 비천화되어 즉, 타자성을 띤 존재로 규정되어지는가 하면 어느 순간에 주체를 가로질러 거스르며 되돌아와 주체적인 존재로 위치되어진다. 다시 말해 시텍스트에서 말하는 주체의 욕동 속에서 여성은 언어의 안쪽도 바깥쪽도 아닌 경계선상에서 여자, 여편네, 아내라는 기호를 지닌 타자가 되어 횡단하는 동시에 거기에서 말 없는 말로 위협하고 가로지르기 하는 주체적 존재로서 기호적 의미망을 형성하고 있는 것이다. 이렇게 양가성을 지닌 이질성이 곧 여성이라는 기호가 지니는 대상인데, 말하는 주체에게 있어서 끔찍할 정도로 비천한 존재가 바로 말하는 주체인 김수영 시인 자신을 존재 지워주는 대상이 곧 여성이다. 이러한 여성은 여성 스스로가 자리매김한 것이 아니라 말하는 주체가 명명한 것으로, 의미 생성 과정 속에서 끊임없이 미끄러지고 있다. 여성은 말하는 주체의 욕동 그 자체를 가로지르기 하는 여성, 그 기호들은 말하는 주체를 위협하여 주체로 하여금 그곳에서 격렬한 유희를 통해 그 여성이 비천한 '여자'로, 또 때로는 주체에게서 미혹적 거리두기를 하고 있는 '性'적 존재로, 또 주체를 죽이고 결정하는 '거미잡이'로, 대상천시를 극복하는 존재로서 기호적 의미가 고정되거나 한계지어지지 않기 때문이다. 내 안과 바깥, 그곳에서 나를 교란시키고 가로지르기 하는 그러한 존재들인 여자, 여편네, 아내는 나와 타자, 의식, 무의식의 대립을 무화시킨다. 그렇기에 말하는 주체는 여성을 끔찍할 정도로 아브젝션시켜 단숨에 밀어내는 것이 아니라 오히려 주체적인 존재, 즉 자신이 대상천시한 존재에게 스스로 아브젝션당하여 혐오스러운 아브젝트야말로 자신의 삶을 부풀리고 넘쳐나게 하는 대상으로 되돌아오게 한다. 때문에 아브젝트한 대상이야말로 김수영 시인 자신을 떠받치고 있는 현실에서 사회적 문화적 삶을 유지하는 동인으로 그가 표출한 기호적 의미 생성 과정 속에서 무한히 열려진 상태에서 말하는 주체의 욕동이며, 무의식에 고착되어 자신의 정서를 조건 지어주는 존재가 된다. 어쩌면 크리스테바가 언급한 대로 아브젝션시켰던 대상이 부메랑처럼 자신에게 되돌아오는 순간을 김수영은 자신이 이미 알아차린 것이 아닌가 할 정도로 전혀 여과되지 않은 언술(무의식)로 담아내고 있기 때문이다. 분명 그것은 아닐 터이겠지만.

이처럼 김수영 시텍스트에서의 여성, 그들은 시인의 의식 밖으로 이미 삐죽이 고개를 내민 무의식으로 담아낸 대상들로서 여자, 여편네, 아내 등의 기호적 의미 생성 과정이 열린 과정으로 말하는 주체가 대상을 아브젝트로 인식하려 하면 할수록 주체는 즉시 소멸되고, 주체 스스로가 비천화될 때 다시 말하는 주체로서 세워지는 그 존재의 축, 문화의 도화선, 바로 거기에서 기호적 의미망을 구축하고 있다.

◼ 참고문헌

1. 기본자료

김수영, 『김수영 전집』, 민음사, 1981.

2. 저서 및 논문

줄리아 크리스테바, 김인환 옮김, 『시적 언어의 혁명』, 동문선, 2000.
_______________, 서민원 옮김, 『공포의 권력』, 동문선, 2000.
자크 라캉, 권택영 엮음, 『욕망 이론』, 문예출판사, 1994.

권택영, 『몸과 미학』, 경희대출판국, 2004.
이수연, 『메두사의 웃음』, 커뮤니케이션북스, 1998.

이 논문은 2010년 10월 31일 투고되어
2010년 11월 1일부터 11월 30일까지 심사위원이 심사를 하고
2010년 12월 10일에 심사위원 및 편집위원 회의에서 게재 결정된 논문임.

■ Abstract

'Woman', is the poems of Kim, Soo-Young new-reading the symbolic meanings

Lim, Myung-Sook
(Seoul National Univ. of Education)

This study is to as existing feminism view point displayed in the poems of Kim, Soo-Young.

Kim, Soo-Young has been discussed as a resistance poet general. However, this study was made under a necessity ti discuss his poems in various point of view. The image of woman in his poem is read as the symbol of someone's wife on married woman in depreciated expression. If his poems be read simple namely can't be restored to one meaning, we can provide another evidences or solutions in poetic texts of Kim, Soo-Young by re-visioning poetic texts got entangled like complicated bunches of thread. At this moment, in the way of study from appearances as a feminism view point, he is regarded as antifeminist poet. As a result of considering in this way, the subject of women fired from poetic texts come to be the subject holding from love and pain making birth by holding different people by having the meaning network as a body abjected in this land.

This study is to turn over this kind of view point in his poems and to makes a study of the process concerning unconsciousness and Abjection. So clarifies

242

woman ad here to unconsciousness in his poem takes in active in doing, therefore, the symbolic meanings of women in his poem break down the boundary between the subject person and a third person. To make it short through a new approach, this study is reversing the existing theory that in his poem the disparages woman. In this point this study is unique and creative.

Key Words : abjection, permission, woman, holding, unconsciousness, symbolic.

한용운 소설의 여성 인물과 주제의식

이혜숙[*]

•차례

■ 국문초록

　　만해 한용운은 불교선사, 독립운동가 그리고 시인으로서 널리 알려져 있는 반면 소설가로서의 행보는 그다지 알려져 있지 않다. 한용운은 만년에 소설을 쓰기 시작하여 장편인 『흑풍』, 『박명』과 미완성작인 『죽음』, 『후회』, 『철혈미인』이라는 다섯 편의 소설을 남겼다. 이제까지 그의 소설은 내적 완성도를 중심으로 평가되어 신소설의 단계를 못 벗어난 것으로 보는 논의가 주를 이루고 있었다. 그러나 내적 가치로만 평가하려는 관점은 그의 소설을 실패한 것으로 미리 단정하고 정당한 평가에서 도외시하려는

---

* 혜전대학 교수.

편향을 낳게 된다. 한용운의 소설은 예술적 성취도를 논하기에 앞서 시대 상황과 가치관의 산물로 보아야 한다. 이에 본 논문에서는 한용운의 소설을 대상으로 하여 여성 인물의 행위와 가치관으로 표상되는 주제의식을 분석하고자 하였다. 먼저 『흑풍』은 개인적 사랑을 초월한 사회적 사랑이야말로 참사랑임을 보여줌으로써 한용운의 대사회적 사랑론을 소설로 구현한 작품이다. 『박명』은 사랑의 이상적 상태를 그린 작품으로 주인공 순영을 통해 국가와 사회를 위해 희생해나가겠다는 결의를 촉구한다. 『죽음』은 온갖 방해와 죽음까지도 뛰어넘어 사랑의 완전한 형태를 실현하려는 여인의 순애보로 완전한 사랑에 대한 한용운의 지향을 보여주는 단초이다. 한용운은 계몽성과 윤리성이라는 공통 주제를 이처럼 여성들의 행동방식으로 현실화한다. 나아가 계몽성과 윤리성은 여성 인물들의 가치와 행동을 통해 개인적 사랑, 사회적 사랑, 종교적 사랑 등으로 확장되고 있다. 한용운의 소설은 사상적 배경과 사회구조, 지향성의 양상 등에 중심을 두고 보다 다양한 방법으로 재조명되어야 할 필요성이 있다.

주제어 : 만해 한용운, 여성성, 참사랑, 사회적 사랑, 종교적 사랑.

1. 한용운 소설의 주제와 여성

만해 한용운은 만년에 소설쓰기를 시작하여 총 다섯 편의 작품을 남겼다. 장편인 『흑풍(黑風)』(『조선일보』, 1935.4~1936.2)과 『박명(薄命)』(『조선일보』, 1938.5~1939.3), 미발표이자 미완성 유작인 중편 『죽음』 그리고 역시 미완성작인 『후회(後悔)』(『조선중앙일보』, 1936)와 『鐵血美人』(『불교』, 1937)이 그것이다. 다섯 편의 소설은 모두 1930년대 중후반 비교적 짧은 기간에 걸쳐 집필되었다. 시인으로, 사상가로 이미 높은 명망을 떨치던 그가 57세가 되어 소설이라는 새로운 장르에 관심을 갖고 집중적으로 작품을 생산한 것은 흥미로운 일이다. 한용운이 새롭게 소설을 쓰기 시작한 이유에 대해서 여러 논자들은 다양한 문학 내의적 근거를 찾아왔다.[1] 또한 이에 대해서는 만해 자신도 몇 차례 언급한 바 있다.

> 나는 소설 쓸 소질이 있는 사람도 아니오, 또 나는 소설가가 되고 싶어 애쓰는 사람도 아니올시다. … 하여튼 나의 이 소설에는 문장이 유창한 것도 아니오, 묘사가 훌륭한 것도 아니오, 또는 그 이외에라도 다른 무슨 특장이 있을 것도 아닙니다. 오직 나로서 평소부터 여러분께 대하여 한번 알리었으면 하던 그것을 알리게 된 데 지나지 않습니다.[2]

시대적 요구를 포함한 소설 외적인 이유와 작가 자신의 언급을 종합하면 그가 소설을 쓰기 시작한 가장 큰 이유는 무엇인가 대중에게 꼭 전파하고 싶은 사상이 있었고, 그 사상의 전달 방법에 소설 형식이 가장

---

[1] 이와 관련하여 김재홍(『한용운문학연구』, 일지사, 1982), 송현호(「만해소설의 탈식민주의」, 『국어국문학』 111호, 국어국문학회, 1994), 신동욱(「한용운의 세계와 문학」, 『한용운』, 문학세계사, 1994) 등의 논의가 있다.

[2] 「작가의 말」, 『흑풍』, 『한용운 전집』 5, 신구문화사, 1973, 18쪽.

적합하다고 판단했다는 추측을 할 수 있다. 그렇다면 소설이라는 영역을 통해서 그가 전달하고 싶었던 사상은 무엇이었는지, 그리고 그 사상을 전달하는데 소설을 선택한 까닭은 무엇인지 밝히는 것이 필요하다. 이는 한용운 사상의 한 축을 소설 장르와의 관련성 속에서 해명하는 중요한 지점이 되기 때문이다. 한용운이 소설을 새롭게 시도한 까닭에 대해서는 몇 가지 문학 외적 측면이 자세히 분석된 바 있다. 이명재는 일제하에서 생활하고 있던 당시 국민들의 우매함과 무기력한 생활에 대하여 독립사상을 고취하기 위한 민족주의적인 계몽의식의 발로, 또한 시창작 역량의 한계와 주변의 권유 등으로 만해가 소설 집필을 시작하였을 것이라[3] 본다. 김재홍은 장르 특성에 대한 고찰과 함께 만해 소설에 대한 연재 예고문을 검토한 후 당시 문단 사정 등을 고려하여 신문사의 집필 의뢰, 만해 자신이 소설을 논설문의 직접성과 시의 상징성을 동시에 표출할 수 있는 중간 장르로서 인식하고 있었던 점, 모더니즘 시론에 대한 반동 성향 등을[4] 소설 집필의 이유로 들고 있다. 한편 인권환은 한용운 소설을 주제의식 아래 폭넓게 검토하였다. 특히 그는 『박명』을 "한국 불교문학사상 보살의 자비행을 훌륭히 작품화한 종교문학의 명작"으로 평가하고 있다.[5] 나아가 『박명』을 분석함에 있어 소설 외적인 문제에 치중하여 민족의 비애를 암유하는 작품으로 해석하는 기존의 경향을 "억측"이라고 비판하고, 만해가 불교의 인연설이나 인과론을 효과적인 창작방법으로 사용했다는 주장은 적절한 것으로 인정하였다.[6] 그는 『박명』을 포교문학으로 단정하거나, 한용운의 작품을 구체적인 사상론에 의거하지 않고 막연히 불교적이라고 정의하는 무책임한 태도[7]에 대해서는 강한

---

3) 이명재, 「한용운 문학 연구」, 『중대논문집』 20집, 중앙대학교, 1976, 151~152쪽.

4) 김재홍, 『한용운문학연구』, 일지사, 1982, 111~112쪽.

5) 인권환, 「한용운 소설의 문제점과 그 방향」, 『한용운사상연구』 2집, 만해사상연구회, 1981, 76쪽.

6) 같은 책, 70쪽.

회의를 표명한다. 그가 『박명』을 여인의 비극적 일대기로 규정하여 독자의 눈물을 자극하는 멜로드라마로 단순화하는 이제까지의 경향에 제기한 회의적 견해는 참고할 만하다.

여러 견해를 종합할 때 그가 인생 만년에 이르러 소설을 쓰기 시작한 까닭은 일제 치하, 그중에서도 30년대라는 시대적 상황과 이를 해석하는 한용운의 가치관에 중점을 두는 것이 합당할 것이다. 그는 "시인이나 소설가이기 전에 종교인"이었으므로[8] 어떻게 쓸 것인가에 우선하여 무엇을 쓸 것인가가 더욱 중요했던 것이다. 주제의식이 강했던 한용운은 자연스럽게 소설의 대중적 효과와 전달성에 관심을 갖게 되었다고 보겠다. 이를 증명하듯 만해는 『흑풍』의 발표를 전후하여 문학관을 피력하는 장에서 소설이 예술성, 통속성 혹은 순수성과 대중성을 포괄해야 하고 그럴 수 없다면 통속성과 대중성을 우선하는 것이 좋다는 견해를 피력한다.[9] 그러나 한용운의 의욕에도 불구하고 소설의 내적 완성도에 대한 이후의 평가는 높지 못했다. 그토록 낮은 평가를 받는 것은 그의 소설에 신소설적 혹은 고대소설적 특징이 강해 30년대 여타 소설이 이미 달성했던 문학적 성취도에 미치지 못한다는[10] 생각 때문이다. 그런데 바로 이 신소설적 특징은 그가 평민대중의 독

---

7) 이명재는 『박명』을 만해문학의 여성주의적 특징과 연관하는 한편 이 작품이 포교문에 가깝다고 지적한 바 있다(이명재, 「만해소설고」, 『국어국문학』 70집, 국어국문학회, 1976, 148쪽). 김용범은 한용운의 소설이 궁극적으로 포교문학이라고 정의한다(김용범, 「만해 한용운의 소설 「흑풍」연구─포교문학 또는 고전소설의 기법적 측면에서」, 『한양어문연구』 8집, 한양대 어문학연구회, 1990, 95쪽).

8) 백철, 「시인 한용운의 소설」, 『한용운 전집』 5, 신구문화사, 1973.

9) 예술이 오늘날 일부의 문학자들이 말하는 거와 같이 (…중략…) 몇몇 개인을 위한 것이 아니고 (…중략…) 누구나 감상할 수 있는 것이다(「장편작가회의(초)」, 『한용운 전집』 5, 신구문화사, 1973, 385쪽). 신문소설(다른 소설보다도)에 있어서는 합리적으로는 예술성, 통속성, 순수성과 대중성을 겸해야 하겠지만 그러지 못할 경우 예술성보다는 통속성, 순수적인 것보다는 대중적인 편이 도리어 좋지 않을까 나는 생각한다. (…중략…) 아무리 예술성을 지키고 순수 문학적이라고 하더라도 독자 대중이 없다면(전연 없지는 않겠지만 극소수인 경우) 좀 더 통속성과 대중적인 편이 낫다고 보지 않을 수 없다(위의 책, 386쪽).

10) 김재홍, 앞의 책, 114쪽.

서 선호를 고려하고 취향에 맞춰 이해도를 높이려는 의도에서 기인한 것이기도 하다. 당시 대중적 독자들을 대상으로 공감을 얻으려면 당연히 신소설 혹은 조선 말기 소설의 독자수준을 의식하지 않을 수 없었던 문학 외적 필연성이 작용한 것이다. 그러므로 한용운에게 소설이란 불변의 어떤 내적 가치와 예술적 성취도를 우선시하기에 앞서 소설을 통해 전달하려는 주제와 상황에 따라 긴급히 요청되는 가치체계의 현실적 결과물이었다.

그렇다면 다음 단계로 한용운이 소설에서 그토록 긴급하게 드러내고 싶은 주제의식은 무엇이었는지 대한 의문이 대두된다. 이를 구명하려면 소설 속 다양한 특성들을 찾아 분석하는 작업이 필요하겠다. 이를 위해 전 작품을 통해 공통된 요소를 추출해 비교 분석하는 일이 우선적으로 이루어져야 한다. 그의 소설에서 가장 흥미로운 것은 여성 등장인물이 주요 인물군을 이루고 사건의 전개와 갈등을 주도한다는 점이다. 『박명』, 『죽음』, 『철혈미인』, 『후회』 네 편은 여성이 명실상부한 주인물이며, 『흑풍』의 경우에는 여성이 표면적 주인공인 왕한의 행동에 절대적 영향을 미치고 결정적 상황에서 사건과 플롯의 방향을 주도한다. 미완성작인 『후회』나 『철혈미인』 역시 여성의 일대기를 전면적으로 형상화하려 시도한 작품이다. 이를 볼 때 한용운은 여성의 삶과 행동을 통해 자신이 나타내고자 하는 주제들을 효과적으로 드러낼 수 있다고 확신했음을 알 수 있다. 남성과 비교되는 여성들만의 가치나 행위, 태도가 자신이 주장하는 가치나 사상을 주제화하기에 적합하다고 여겼던 것이다. 시대적 이유나 성차이적 이유로 혹은 또 다른 이유로 당시 남성들에게는 드물었던 행위나 가치관이 여성의 행위와 가치를 통해 드러나고 있는 것이다. 이는 여성을 남성보다 우월하게 여기는 태도가 아니라 그가 추구하는 보편 주제는 여성을 통해 형상화되는 것이 자연스럽다고 판단했기 때문이다. 이에 본 논문에서는 만해의 소설 전편을 대상으로 하여 여성 인물의 행위와 가치관으로 표상되는 만해의 사상과 주제의식을 구체적으로 분석하고자 한다.

2. 사랑의 대의적 승화 : 『흑풍(黑風)』

『흑풍』은 작품의 길이나 스케일 면에서 한용운의 소설 중 대표작이라 내세울 만하다. 중국 대륙을 주요 배경으로 하여 태평양을 오가는 지리적 광대함, 등장인물의 수, 사건의 복잡성, 플롯의 복합성 등을 따질 때 만해가 가장 심혈을 기울인 작품이다. 전 14장으로 구성된 『흑풍』은 청나라 말엽 부패정부와 봉건 경제제도 하에서 고통 받던 소작인의 아들로, 사회적 모순에 개인적 저항을 하던 왕한이 혁명당 조직과 연결되어 중책을 맡아 활동하는 것으로부터 시작한다. 중국과 미국을 오가며 혁명에 힘쓰던 왕한은 정부의 탄압으로 혁명운동이 침체되자 모든 사회적 꿈을 접고 개인적 사랑에 안주하려 한다. 그러자 재기하는 혁명의 기운에 동참하기를 거절하는 왕한을 설득하기 위해 아내 창순이 자살한다. 왕한은 창순의 진심을 깨닫고 사회적 사랑이야말로 개인적인 사랑을 넘어서는 가치라고 여겨 다시 혁명 활동의 길로 나아간다.

이 작품이 식민 당국의 가혹했던 검열을 피할 수 있었던 까닭은 배경이 조선이 아니라 청나라 말기 중국대륙이었으며 표면상 남녀 간의 사랑을 소재로 삼고 있었기 때문이다. 검열을 피하기 위한 우회적 방법으로 외국에서 이야기를 전개하면서도 만해는 "거기서도 우리의 생활을 찾아볼 수가 없지 않"다고 강조하여 이야기가 우리 자신의 이야기로 받아들여지기를 은연중 기대하고 있었다. 그러나 『흑풍』은 이처럼 야심찬 주제의식에도 불구하고 동시대 작품과 비교할 때 소설적 형상화에서 그 의도에 필적하는 성과를 내지 못했다고 평가되어 왔다. 지주와 소작인의 갈등, 유학, 연애, 혁명, 여성해방 등 근대화 초기의 뜨거운 주제가 용광로 속처럼 녹아드는 이 소설은 비록 혁명 활동을 기본 축으로 설정했지만 주인공 왕한을 둘러싼 세 여성의 연애 각축전이라는 형식에 머물렀기 때문이다. 또한 무협지 제목을 연상시키는 제목에서 짐작할 수 있듯이 이 소설은 근대적 영웅의 일대기를 서술한 전근대적 영웅서사 소설의 속성을 크게 벗어나지 못한다. 근대화와 혁명을 주제로 했지만 주제 표현의 방식은 추상적이고 인물은 유형성에서 벗어나지 못했으며 갈등 역시 지나치게 상투적이다. 전개는 도식성을 벗어나지 못하며 묘사 또한 당대 달성되었던 구체적 묘사와 비교할 때 추상적 묘사에 머무른다.[11] 더욱이 이 작품을 통속소설로 전락시킨 가장 큰 이유는 혁명과 근대화의 가치가 왕한의 연애문제로 말려들어 종속된다는 점을 들 수 있다. 혁명에 종사하는 인물을 내세운다고는 하지만 주인공의 연애와 관련되는 부분 외에 혁명 사업이 전개되는 그 구체적인 상황이 제시되는 경우를 찾기 힘들다. 이 소설에서 계몽성을 기대하게 되는 것은 작가인 한용운의 사상이나 행동에 대한 기대에서 오는 것일 뿐 정작 작품 속에서 구체화된 예를 찾기가 힘들다. 요약하면 소설적 전 측면에서 전근대적 요소를 떨쳐버리지 못했다고 하겠다.

그러나 수많은 단점에도 불구하고 주목할 만한 것은 플롯과 이야기의 전개과정에 전면적으로 개입하는 여성들의 가치관과 행동의 생생함이다. 사건이나 스토리가 표면적으로는 주인공 왕한의 결심과 행동에 의해 전개되는 것으로 보이나, 갈등과 사건 이면에 가장 크게 작용하는 요인은 왕한을 둘러싼 여인들의 판단과 행동력이다. 가장 중요한 인물인 창순은 민중계급 출신으로 혁명 활동에 지지를 보내는 적극적 여성을 대변한다. 창순은 왕한의 동지로 활동하다 후반부에 부인이 되어 왕한을 돕는다. 창순은 우유부단한 왕한이 결정을 미루고 갈등할 때마다 적절한 방향을 제시해주고 독려하는 조력자 역할을 충실하게 수행한다. 또한 창순은 봉건적 가치

---

11) 이와 관련하여 김우창은 만해가 그리는 작중인물들의 관계는 종종 도식적인 추상성을 띠며 고소설의 권선징악적 구조와 주제를 그대로 표방하는 결점이 있다고 지적한다(김우창, 「만해 한용운의 소설」, 『문학과지성』 5집, 문학과 지성사, 1974, 638~659쪽).

체계의 세례를 받고 성장한 여성이지만 새로운 가치를 받아들이는 일에 적극적이다. 창순의 적극성은 충돌하는 가치를 대하여 적절하게 판단하고 결정하는 영민함과 인성의 진실됨에서 비롯한 것이다. 혁명이 좌절되는 듯하자 왕한과 창순은 결혼해 초야에 숨어 개인적 행복을 추구하려 한다. 그러나 결국 대단원에 이르러 창순은 절정의 갈등과 마주쳐 하나를 선택해야 하는 어려움에 놓인다. 개인적 삶과 사랑 그리고 대의적 삶과 사랑 사이에 한 가지를 택해야만 하는 것이다. 창순은 자신이 혁명의 걸림돌이 된다고 판단하고 왕한에게 자기 대신 혁명을 애인으로 삼아달라는 유서를 남긴 채 자살한다. 창순의 결정은 극단적 갈등 상황에서 개인적 욕구와 사회적 욕구가 대립할 때 어떤 것을 선택할까에 더한 한용운의 강인한 판단을 보여주는 장치이다. 창순의 세계관은 충돌하는 두 가치관 사이에서 모순을 끌어안고 스스로와 왕한을 설득하는 한편 선택을 곧바로 실천하여 실존에 대응하는 인간의 용기를 보여준다.

창순은 혁명과 사랑의 가치를 분명히 이해하여 순수하고 강렬한 열망과 추진력으로 이를 달성하려 한다. 자신의 가치관을 논리정연하게 설명할 판단력과 능력을 구비했다는 점에서 창순은 왕한보다 한 단계 성숙한 인물이다. 겉으로는 동반자의 위치에서 왕한에게 조언을 하지만 사실은 더 멀리 보는 시야를 갖추고 왕한을 이끌어주는 스승의 역할을 감당하고 있다. 창순을 혁명적 사상을 굳건히 할 신교육을 받았음에도 전통적 미덕과 도덕관을 겸비하고 있는 인물로 그리는 까닭은, 한용운이 설정한 이상적 여성상 때문일 것이다. 창순은 봉건적 여성관의 장점과 근대적 여성관의 장점을 모순 없이 형상화하려는 작가 의도의 결과물이다. 늘 겸손한 태도를 취하지만 필요할 때마다 용감하게 자신의 의견을 피력하는 태도야말로 진정 혁명적 가치관을 소화한 여성상이라고 생각한 것이다. 또한 죽음을 불사하는 행동력이야말로 자신의 진정성을 증명하는 가장 분명한 방법이었다. 판단력과 추진력, 용기와 진정성은 남녀를 불문하고 높게 평가할 만한 가치이지만 창순은 특히 이러한 가치를 여성 특유의 부드러운 행동과 태도로 달성한다. 진정한 혁명적 여성관은 거친 행동과 외침이 아니라 행동에 있는 것이며 이는 봉건성과 근대성이라는 단순 잣대를 뛰어넘는 보다 근원적 가치임을 창순은 보여주고 있다. 창순이 여성으로서 이러한 복합성을 표현하는 용어는 한마디로 '참사랑'인데 참사랑이 대단원을 맺는 14장의 소제목이라는 점 역시 의미심장하다.

> 사랑이라는 것은 실로 위대한 것입니다. 사랑의 본능으로 말하면, 사랑이라는 것은 전적(全的)이요, 최고 이상이라고도 할 수가 있는 것입니다. 진정한 사랑은 그것이 곧 지기요, 행복이요, 이상의 실현입니다. 그러므로 사랑을 위해서는 부(富)도 명예도 생명까지도 돌아보지 않는 것입니다. 사랑이라는 것은 정신과 육체가 부합되어야 되는 것입니다. 그러므로 애인이라는 것은 지기요, 동무요, 스승이요, 그 외의 모든 것입니다. 진정한 사람은 사람에게 있어서 시간도 되고 공간도 되는 것입니다. 나의 아내 창순은 나에게 있어서 그러한 모든 것입니다. 그러므로 나는 혁명보다 사랑입니다.12)

> 나는 당신을 사랑하기 위하여 죽어요, 당신은 나의 죽음을 용서할 줄로 믿습니다. 나 같은 사람은 이 세상에 있어도 많을 것이 없고, 죽어도 없을 것이 없으므로, 나의 생명이 그다지 큰 것은 없으나 나에게 그 이상의 무엇이 없으므로, 부족하나마 죽음으로 당신의 사랑을 갚는 것입니다.13)

위의 인용문은 개인의 행복에 안주하려는 왕한을 다시 혁명의 대열로 재기시키기 위해 자살하는 창순의 유서 중 일부이다. 한용운은 창순의 희생적 사랑을 현재화하여 인간존재와 그 지향성을 보여주려 한다. 죽음이라는 극단적 선택을 통해 달성하고자 하는 '참사랑'이란 남녀 간의 사랑보다 큰 사랑, 국가와 혁명을 위한 사회적인 사랑임을 역설하는 만해의 분신역을 창순이 해내고 있는 것이다.

---

12) 『한용운 전집』 5, 297쪽.
13) 같은 책, 306쪽.

254

　『흑풍』에서 한용운은 창순의 행위로 대변되는 가치를 보다 선명히 하기 위해 비교의 대상으로 삼는 두 여성상을 창출한다. 봉숙과 콜란 역시 왕한을 둘러싸고 소설의 사건과 갈등을 증대시키는 주도적 인물들이다. 창순의 친구이자 왕한을 사모하는 유학생 출신의 간호부 봉숙은 친구와의 의리를 지켜 사랑을 동지애로 승화시킨다. 그리고 혁명자금을 마련하기 위해 정조마저 초개처럼 버리는 희생까지 해가며 혁명 활동에 몰두함으로써 '사랑'의 또 다른 축을 이룬다. 창순과 결혼하여 혁명의 꿈을 접은 채 편안하고 조용한 삶에 만족하려는 왕한을 찾아와 끈질기게 설득하고 결국 창순의 자살 결심을 간접적으로 이끌어내는 것이다. 한용운은 봉숙 역시 사회적 가치를 우선시해 개인의 행복과 가치를 희생하며 그 선택에 의심이나 후회를 하지 않는 강한 자아를 지닌 여성으로 형상화한다. 그러나 봉숙은 개인적 사랑을 돌아보지 않고 오직 사회적 가치만을 중요시한다는 점에서 창순에 비해 균형을 상실한 여성이다. 이와 대조적으로 미국 유학생인 콜란은 개인적 사랑의 범주를 벗어나지 못한 채 애욕의 번뇌에 시달리다 결국 파멸하고 만다. 왕한의 사랑을 갈구했으나 결국 얻지 못한 콜란은 왕한의 행복을 우선시한 사랑이 아니라 자신의 행복을 추구하는 편협한 가치를 대표한다. 나중에는 부친의 살해범이 왕한으로 드러나자 거침없이 그에게 복수하려다 목숨을 잃고 마는 것이다. 왕한을 얻지 못한 괴로움에서 빠져나오지 못한 콜란을 통해 한용운은 자신의 욕망만을 바라보는 이기적인 사랑의 허망함을 분명히 보여준다. 감정으로 들끓는 맹목적 사랑의 부정성과 비생산적 파괴성을 콜란의 파멸로 증명한 것이다. 콜란은 개인적 가치만을 중심으로 한다는 점에서 봉숙과 또 다른 대조적 축에 서는 인물이라 하겠다. 개인적 가치를 추구하다 파멸하는 콜란, 사회적 가치만을 추구하며 개인에게 그것을 강요하는 봉숙은 모두 균형을 상실한 여성이다. 창순은 두 여성의 가치에서 무엇이 결락되었는지 보여주는 대상이자 이 두 가치를 한 차원 높게 종합하는 인물상인 것이다.

　한용운이 소설을 집필한 30년대는 러시아와 일본, 서유럽으로부터 여성상에 대한 새로운 주의와 사상이 급격히 수입되던 시기였다. 만해가 이상적으로 생각한 여성관은 전통에 안주하는 봉건적 여성도 혁명만을 부르짖는 급진적 여성도 아니었다. 소수의 지식인 계층이 직접 세례 받던 여성관은 급진성이 내포한 위험성과 파급력에도 불구하고 제대로 검증될 여건이 갖춰지지 못한 상태였다. 순종과 희생으로 일관하던 전통적 여성상 역시 선택이나 자율성이 거세된 채 복종을 강요당한다는 점에서 새 시대의 흐름을 반영할 수 없었다. 유교적 여성관의 장단점, 신여성관의 장단점을 분명히 파악하고 시대적 요구에 부합할 만한 가치관을 갖기에는 당시 사회는 미성숙했던 것이다. 한용운은 여성의 가치와 행위의 올바른 정립이야말로 사회를 변화시킬 커다란 기틀로 작용할 것이라고 판단한다. 여성관의 충돌로 현실화되었던 사회 문제들을 직시하고 나름의 해결방안을 제시한 것이 창순의 행동으로 나타난 것이다. 창순, 콜란, 봉숙이라는 개성 강한 여성들의 행동을 비교 종합해 한용운은 작품 맨 끝에 그의 주제의식을 제시한다.

　『흑풍』은 봉건 지배층과 민중의 갈등, 관리의 부패상, 민중의 성장과 저항 등 의미 있는 요소들이 다양하게 발견되지만 결국 인간이 추구해야 할 '참사랑'을 중심에 놓는다. 표면적 주인공 왕한은 개인의 행복에 칩거하려하다가 결국 창순이라는 자극에 의해 사랑을 깨닫는다는 점에서 수동적 인물이다. 그는 창순의 자기희생에 의해 비로소 외부로 나아가 자신과 세계를 모두 구원하려는 인물로 변화한다. 작품 중반부에서부터 추구하는 인간구원 의식은 이후 또 다른 장편『박명』으로 나아가는 단초를 제공한다.『흑풍』은 개인적 사랑을 초월한 사회적 사랑이야말로 참사랑임을 보여줌으로써 한용운의 대사회적 사랑론을 소설로 구현한 작품이다.

3. 개인적 사랑의 두 양상 : 『박명(薄命)』과 『죽음』

3.1. 자기희생과 사랑의 완성

『흑풍』을 만해의 대표작으로 꼽을 수 있다면 『박명』은 그가 가장 심혈을 기울여 현실에서 달성할 수 있는 사랑의 이상 상태를 표현한 작품이었다. 이는 연재 소감에서 "나는 내 일생을 통하여 듣고 본 중에 가장 거룩한 한 사람의 여성을 그려볼까 합니다."라고[14] 언급한 말에서도 추측할 수 있다. 『박명』은 서술 양식상의 문제, 식민지 현실의 고발, 포교 문학적 특징 등으로 논해진 바 있었으나 역시 만해의 다른 업적에 눌려 높은 평가를 받지는 못했다.

강원도 두메산골에서 계모의 학대로 고생하던 순박한 순영은 서울에서 색주가가 된 동무와 퇴기의 꼬임에 빠져 상경한 후 색주가가 된다. 서울로 오는 길에 물에 빠진 순영을 구해준 대철을 만난 순영은 대철을 위해 헌신하지만 대철은 순영을 죽을 때까지 이용한 탕자일 뿐이다. 그러나 순영은 그녀를 버리고 급기야 아편중독이 된 대철을 최후의 순간까지 한 마음으로 열심히 돌본다. 과거 그녀를 꼬여낸 운옥은 순영의 박명한 삶이 작은 복수심과 이기심에서 비롯된 것임을 밝히고 죽는 순간 참회한다. 자신을 살려준 진짜 은인인 스님을 찾아나선 순영은 그녀가 이미 죽었다는 사실을 알고 불가에 귀의한다. 이 소설은 주인공 순영이 계모, 송씨, 운옥, 대철 등 사악한 인물들에 둘러싸여 계속 고난을 당하지만 원망하지 않고 선량함으로 대처하여 결국 스스로 내면의 구원을 찾는다는 서사구조로 이루어져 있다. 평면적 구성이나 단순한 선악 대결 등이 당대 소설의 수준에

---

14) 『한용운 전집』 6, 6쪽.

미치지 못하지만 만해가 강조해 마지않던 주제의식을 중시하며 살핀다면 불교적 사랑으로 포장된 숨은 의미를 찾아낼 수 있다.

자신에게 피해를 주는 사람에게도 희생과 이해로 일관하는 순영의 행동은 희생과 순종을 최고 가치로 여기는 유교적 여인상의 폐단을 반복한다는 비판을 받기 쉽다. 만해도 그 점을 의식하여 "나는 결코 그 여성을 옛날 열녀관념으로써 그리려는 것이 아니고 다만 한 사람의 인간이 다른 사람을 위해서 처음에 먹었던 마음을 끝까지 변하지 않고 완전히 자기를 포기하면서 남을 섬긴다는, 이 고귀하고 거룩한 심정을 그려보자는 것입니다."라고[15] 분명히 언급한다. 즉 순영의 희생이 주체적 판단이 없이 외부적 시선과 가치에 따라 강요당한 수동성의 결과가 아니라는 강조이다. 소설 중에서도 서술자는 여성운동가들의 대화나 덕암 스님의 설법을 빌려 순영의 행동이 구도덕의 산물이 아님을 분명히 전한다. 작품 후반부에서 순영은 사직공원에서 구걸을 하며 대철의 아편을 대고 있다. 그 모습을 구경하던 여성운동가 중 한 명은 순영 같은 행동이 여성운동의 걸림돌이라며 변증법을 운운하며 순영을 죽여버리고 싶다는 극단적 증오심을 표출한다. 이에 함께 있던 여성운동가가 받아친 내용은 만해가 하고 싶던 말이다.

한용운은 해방의 논리로 순영의 행동을 폄하하며 외려 타인에 대한 인간적 의무를 경시하는 이기적 행동과 이를 여성혁명으로 그럴듯하게 포장하는 사회풍조를 비판한다. 순영의 행위는 당시 조선사회에 센세이션을 일으켰던 '신여성'과 그를 둘러싼 담론에 대한 한용운 스스로의 대안적 개념인 것이다. "구도덕을 파괴하고 신도덕을 건설"하기 위해 여성운동을 한다고 자부하는 여성들은 대체로 두 가지 입장을[16] 취한다. 한 무리는 순영과 같은 '열녀'들은 "썩은 물건" 내지는 "구도덕의 노예"로 낙인찍는다. 이들은 "아무것도 모르는" 구식 여자들이 여권 신장을 막는 "방해물"과 다름없

---

15) 『한용운 전집』 6, 6쪽.
16) 같은 책, 268쪽.

다며 노골적으로 경멸을 표현한다. 반면 어떤 신여성들은 절충적인 견해를 펼친다. 남편에 대한 헌신이 봉건적 정조관념이나 맹목적인 굴종의식의 발현이 아니라 여자의 "지유의사"나 "개성의 발로"라면 무조건 비판할 수만은 없다는 입장이다.[17] 한용운은 전자를 주장하는 급진적인 유형의 여성해방가들을 '변증법 박사'라 칭하며 풍자하고 있다. 이들은 당시 지식인들 사이의 유행하던 변증법과 더불어 신여성들의 우상이었던 입센의 『인형의 집』을 앞세우며, 후자와 같은 견해를 '타협주의'로 폄하거나 '인도주의'라고 비웃는다. 편벽되고 오만한 일부 여성운동가들이 관념적인 이론으로 무장한 채 자기도취에 빠져 논쟁을 벌이는 장면은 이 운동가들이 내세우는 과격한 주장이 대부분의 조선여성이 처한 현실르부터 얼마나 괴리되어 있는지 모르는 채 떠들어대는 희극적인 상황을 연출한다. 만해는 작자의 말에서 순영을 열녀라는 고정관념으로 속단하지 말 것을 호소한다. 계몽운동이라는 미명 아래 독선에 빠진 여성운동가들의 반민중적 엘리트의식의 문제점을 꿰뚫어본 것이다. 이들의 투쟁은 삶의 역사성과 현장성을 무시하고 추상적인 이론과 이상만을 앞세우는 우를 범하고 있다.

순영의 가출 역시 송씨나 운옥의 꾐에 빠졌기 때문만은 아니다. 계모의 학대를 벗어나고픈 생각과 화려한 도시의 유혹에 끌려 순영 스스로 선택한 길이기도 하다. 그러므로 순영의 행등을 자율성이 거세된 피상적인 봉건 윤리나 가치관에 무비판적으로 휩쓸리는 터도라고 매도할 수는 없는 것이다. 색주가가 된 이후에도 순영의 쾌도와 행동은 명랑하고 모범적이어서 동료 기생들 사이에 시기심을 일으킬 정도이다. 그녀의 긍정성은 계모의 학대 속에서나 색주가가 된 후, 또한 결혼 이후 상황이 변함에도 유지된다. 나아가 아들 수복을 대하는 헌신적 행동이나 마약중독자로 전락한 대철의 간호를 위해 아낌없이 자신의 모든 것을 바치는 삶 속에서도 퇴색하지 않는다. 순영이 인간을 대하는 방식은 사랑과 연민을 바탕으로

---

17) 『한용운 전집』 6, 268쪽.

한 종교적 자비심에 가깝다.

『박명』은 만해의 소설들이 여성과 그들의 사랑 문제를 일관성 있게 천착해왔다는 사실을 생각할 때 사랑에 대한 귀결점이라는 중요성을 갖는다. 한용운은 순영에게 싹튼 사랑의 실체가 관념적인 차원에서의 정신적 교감이 아니라 정신과 육체의 총체적인 합일을 추구하는 현실감 있는 남녀관계로 정의하고 있다. 이는 만해의 시가 추상적인 언어가 아닌 감각적 이미지를 통해 '사랑'과 '님'의 개념을 표현하는 것과 같은 원리에서 나온 것이다. 사랑은 현실 속에서 실천되지 않으면 의미가 없다. 사랑이란 타인의 욕구와 이익을 위해서 자신의 욕구와 이익을 기꺼이 제한하는 것이다. 아무리 커다란 가치와 감정이 내면에 들끓고 있다 해도 그것이 현실 속에서 표현될 수 없다면 그 사랑은 진정성을 잃는다. 낡은 가치관에서 비롯된 답답한 희생으로 보여지는 순영의 사랑이 무엇보다 고귀한 까닭은 타인을 위해 자신을 내어놓는 실천 바로 그 점에 있다고 한용운은 말한다.

그가 전개하고자 한 가치관은 현실적 권리나 힘의 대결을 중시하는 외국이론이나 이념의 무자비한 적용이 아니라, 민족적 감성을 바탕으로 봉건적 잔재나 외세를 물리치는 것이었다. 그리고 소설 속 여성관 역시 이에 맞추어서 전개되었던 것으로 보인다. 이는 여성 해방 이론상 공격을 받을 수밖에 없는 측면이 있었으나 반면 당시 이론에 대한 지식이 없는 보수적인 독자들이 받아들이기에 용이한 부분이 있었다. 무엇보다 남성을 적으로 삼지 않고 포용하여 남녀를 초월한 인간적 사랑을 실현한다는 점에서 만해의 이론은 더욱 진보한 측면을 보여준다. 만해의 관심은 투쟁이 아니라 투쟁마저 포용하는 사랑의 현실적 실현이었던 것이다. 『박명』에는 지식인이나 혁명가가 등장하지 않는다. 등장인물들은 색주가, 기생, 아편쟁이, 거지 등 당시에도 사회에서 가장 소외된 계층이었다. 스스로의 행동에 대해 판단하거나 반성할 능력이 없는 사람들이며 금세 체념하는 사람들이다. 어떤 인물은 내면의 가치 기준에 의해 윤리적 행동을 선택하고 어떤 인물은 자신의 욕구에 따라 타인에게 해를 입힌다. 그러므로 인격의 완성 정도란 행위의 실천으로 마무리되는 것이며 그 행위는 지식 유무에 크게 좌우되지 않는다는 것을 『박명』의 등장인물들은 보여준다.

> 우리 佛敎는 이타(利他)를 주장하는 고로, 부처님의 대자대비는 사람 뿐 아니라 생명이 있는 것이면 무엇이든지 가리지 않고 다 같이 자비를 베푸는 것이다 … 거위와 풀을 살리기 위하여 생명을 희생하는 불교의 대자대비였거든, 하물며 사람이며 자기를 살려낸 은인에게리요.[18]

> 선행수좌는 사람에게 가장 아름다운 순진한 보은의 관념과 불행한 사람을 불행여기는 아름다운 덕으로써 자기도 모르게 행한 것이다. 선행수좌는 무슨 종교적 수행이 있다든지, 학문적 지식이 있는 것도 아니어서, 교양적으로 행한 것도 아니오, 또한 명예를 위한다든지, 무슨 보응을 바라고 행한 것도 아니다. 다만 타고난 천품으로 행한 것이다.[19]

작품 말미에서 법사의 설교 형식으로 제시되고 있는 인용 부분은 『박명』의 핵심 주제라 할 만하다. 이를 주의 깊게 보면 이 작품이 인과응보의 원리에 따라 불자가 되기 위해 세속에서의 우회로를 거쳐 온 한 여인의 일대기거나 불교적 사랑을 보여주는 단순한 불교소설이 아님을 알 수 있다. 법사는 순영의 희생을 종교적 사랑으로 칭송하면서도 희생보다 변함없는 참을성 쪽에 더 비중을 두면서 시세에 따라 변하는 지사나 주의자를 비판하고 있다. 그러므로 이 작품에서 순영을 통해 만해가 독자에게 알리었으면 하고 바라던 주제의식은 불교 포교가 아니라 국가나 사회를 위해 변함없이 희생해 나가겠다는 결의에 대한 촉구였을 것이다.

---

18) 『한용운 전집』 6, 289~290쪽.

19) 같은 책, 288쪽.

3.2. 비타협성과 사랑의 완성

『죽음』은 만해가 최초로 발표한 소설이자 미완성작이다. 이 작품은 온갖 방해와 죽음까지도 뛰어넘어 사랑의 완전한 형태를 실현하려는 여인의 순애보로 『박명』과 마찬가지로 여성의 일대기를 중심에 놓고 플롯을 전개한다. 주인공 최영옥은 사회적 부나 명예보다는 진실된 사랑을 결혼의 가장 중요한 요건으로 생각한다. 때문에 영옥은 부자이지만 저열한 성격인 정성열의 청혼을 거절하고 사회적 의분과 자신을 향한 사랑이 진실한 김종철을 선택한다. 그러나 김종철은 이를 시기해 어떻게든 영옥을 빼앗으려는 정성열에 의해 살해당한다. 이를 알게 된 영옥은 종철을 꾀어 독살한 후 자신도 강물에 투신자살한다. 비록 미완성으로 끝난 아쉬움이 있으나 완전한 사랑에 대한 한용운의 가치를 드러내는 단초가 되고 이후 『박명』의 구체적 실현양상으로 이어진다는 점에서 의미심장하다.

이 작품은 모두에서부터 경성신문사 폭탄 투척 사건의 범인을 찾는 장면과 폭탄 투척의 원인이 사랑하는 여자를 위한 것이라는 설정으로 긴장과 흥미를 유발한다. 그러나 비록 첫 장면에 폭탄 투척 장면을 도입시켜 입체구성을 시도한 흔적이 보인다 할지라도 그 뒤부터는 평면적 구성과 고대소설이나 신소설에 흔한 일대기 형식, 권선징악적 선악 대결 구조를 취하고 있어 작품 미학적으로 당대의 기대지평과 거리가 있다. 작품 내적인 면을 평가하자면 여러 논자들이 이미 지적한 것처럼 신소설적 미숙성이 도처에서 두드러진다. 주인공 최영옥의 어머니가 죽는 장면에 지나치게 지면을 할애하는 점이라든가 남편인 종철의 유학이 갑자기 결정되는 점 등 소설적 짜임새가 엉성하다는 점에서 그러하다. 주인공의 어머니가 죽는 장면이 긴 것은 최영옥의 가치관 형성에 결정적인 영향을 끼쳤다는 것을 보여주기 위한 의도에서 비롯된다. 한편 새로 들어온 영옥의 계모가 친모와 비교되는 천한 성품의 소유자여서 영옥을 못살게 군다는 점 역시 고대소설과 신소설의 갈등구조를 그대로 답습하는 전형성에서 탈피하지 못하고 있다.

그럼에도 불구하고 이 작품은 이후 소설의 츨발점이자 만해 상상력의 근원적 원초성을 보여준다는 점에서 주곡할 필요가 있다. 30년대에 있어 만해가 평소부터 가지고 있던 "한번 알었으면 하던 그것"과 관련시켜본다면 이 작품은 의미심장한 하나의 알레고리로 읽힐 수 있는 것이다. 여성에 의한 사랑의 완성을 그리려는 작가의 의도를 읽을 수 있기 때문이다.『죽음』에서 암시만 될 뿐 완성하지 못한 여성의 가치와 용기는『박명』에 이르러 구체화되고 있다.『죽음』처럼『후회』와『철혈미인』역시 미완으로 끝나 분석에 어려움이 따른다. 다만 세 편 모두 쓰여진 부분을 볼 때 만만치 않은 운명을 겪는 여자들의 이야기라는 점을 짐작할 수 있을 뿐이다. 두 편 모두 역사적 사건이나 사회적 가치와 마주치는 여성의 삶과 운명을 주제로 하고 있다는 점에서 앞선 세 소설과 크게 다르지 않았을 것이다.『후회』는 구식 여인을 부인으로 선택한 지식인 남성이 신여성을 만나 처와 비교하며 바람을 피우게 될 것이라는 사건을 암시하고 있다. 이때 등장하는 중요 인물인 두 여인은 구식고 신식이라는 점에서 대비된다. 남자가 새로 만나게 되는 여성은 아편을 피우는 팜므파탈적 인물로 남자를 곤경에 빠뜨릴 것이라고 암시한다. '후회'라는 제목이 구식 여성과 신식 여성 사이에서 갈등하다 곤란에 빠진 남성의 후회인지 주체적 결혼을 선택하지 못한 주인공의 후회인지 알 수는 없으나 여성의 행동을 통해 작가의 가치관을 드러내려 했다는 점은 어렵지 않게 짐작할 수 있다.『철혈미인』은『흑풍』에서처럼 청나라 말기 중국을 배경으로 하여 군벌 대장의 딸 곡란의 삶이 소설 전개와 더불어 운명에 회오리바람에 휩싸일 것을 암시하는 것으로 중단된다. 짧은 서술이지단 처음부터 등장하는 곡란과 정순의 대화와 운명에 대응하는 두 여성의 행동을 통해 작가의 가치를 드러낼

예정이었음은 의심의 여지가 없다.

4. 여성적 가치관을 통한 주제의식 표출

한용운의 소설이 드러내는 주제의식은 앞선 연구들이 일관되게 지적하고 있는바 계몽성과 윤리성을 보다 강조한다. 사실 다섯 편 모두 주제의식을 과도하게 표출하는 까닭으로 외려 작품성을 감소시키는 아쉬움이 남는다. 하지만 그가 계몽성과 윤리성을 여성들의 다양한 행동방식이라는 커다란 틀로 감싼다는 점에서 그가 말하고자 한 '참사랑'의 구체적 모습을 알 수 있다. 다섯 편의 소설 중 한용운은 네 편의 소설에 여성 주인공을 등장시킨다. 이들 여성 등장인물은 다양하면서도 일관성 있는 캐릭터를 보여준다. 주인공인 여성들은 두 범주의 사랑이 현실적 차원에서 충돌할 때 어떤 방식의 해결책이 그의 이상에 부합하는 것인지 표현한다. 여러 가치가 복잡하게 충돌하고 대립하던 시기에 모순과 혼란의 해결 방식으로 참사랑이라는 가치를 내세웠고, 사랑은 여성의 행위를 통해 보다 효과적으로 표현될 수 있었던 것이다.

이에 대한 직접적 문제의식으로 한용운은 참된 여성해방이 무엇인지 묻는다. 여성해방론의 문제는 『흑풍』에서는 여성해방회의 강령과 토론으로 구체화되기도 하였다. 여러 플롯들을 얽는 사건들은 결국 사랑의 문제와 그 문제를 보는 여성인물의 가치관을 통해 수렴된다. 한용운의 여성 해방론은 남녀를 뛰어넘는 대의적 사랑의 구현을 바탕에 깔고 있으며 이 참사랑을 구현하는 주체는 결국 여성이다. "평소 여러분께 대하여 한 번 알리었으면 하던 그것"은 민족주의나 탈식민주의 등을 포함한 참사랑의 다양한 현실적 실현이었던 것이다. 다시 말해 참사랑은 자신의 이익을 포기하면서 남을 돌아보는 희생, 대아를 위해 자신의 욕망을 희석시키는 행위였다. 이러한 의미를 부각시키기 위해『흑풍』에서는 창순이라는 인물의 일관성을 유지하지 못하는 결과를 낳았고『박명』에서는 표면적으로 봉건적 희생에 귀결되는 단점을 낳았다. 그러나 만해가 말하고자 하는 것은 혁명을 위해 개인의 사랑 따위를 희생해야 한다는 주장이나 순종의 막연한 굴복이 아니다. 참사랑이라는 것은 타인을 위해 자신을 자발적으로 희생하는 것으로만 승화될 수 있다는 것을 강조하기 위한 극적 장치였다고 하겠다.

당시 조선사회에서 여성은 남성에 비해 권리가 약한 계층이었다. 인간 해방이라는 이름 아래 급진적 여성해방론이 유행했지만 대다수의 여성들의 사회적 조건을 볼 때 봉건적 가치체계가 더욱 일반적이었다. 여성들에게 완전히 다른 두 가치의 충돌을 판단할 만한 지식이나 판단력을 갖출 평등한 교육이 제공되지 못한 상황이었다. 바꾸어 말해 여성은 당시 봉건 사회의 피지배계층을 구성하는 계층이자 압박받는 우리 민족의 처지를 상징했던 것이다. 또한 여성은 삶에서 무엇보다 그리운 님을 가장 소중하게 추구하는 존재이기도 했다. 한용운의 여성관은 결코 가부장적 유교관념에서 나온 것이 아니라 그가 끊임없이 주장한 님을 절대자로 상정한 구도 차원에서 이해해야 하는 것이다.『흑풍』에서 남성 주인공인 왕한이 피력하는 여성관은『님의 침묵』의「군말」과 중복되는 가치관을 보여준다. 비록 남성화자의 목소리로 발현되는 것이기는 하지만 시와 소설에 공히 일관되는 한용운의 사랑관을 드러낸다.

이처럼 한용운은 삶과 해방에 대한 관심을 여성의 삶을 통한 사랑의 실천으로 표현하려 한다. 그의 여성해방론은 온건하면서 동시에 한 차원 높은 곳을 향한다는 점에서 진보적이었다. 그가 여성을 주인공으로 내세운 것은 해방에 목소리를 높이기 위해서가 아니라 참사랑의 주체로 설정하기 위해서였던 것이다. 이러한 가치관은 지사로서 고결함을 몸소 보여주었던 한용운의 삶과 종교적 가치관으로 인해 끊임없이 구현된 것이기도 하다.

5. 나오는 말

한용운은 불교선사로서, 독립운동가로서 그리고 시인으로서는 잘 알려져 있는 반면 소설가로서의 행보는 그다지 알려져 있지 않다. 그의 소설을 소설 내적 가치로만 평가하여 신소설의 단계를 못 벗어난 것으로 보는 논의는 결과적으로 그의 소설이 실패한 것으로 단정하고 평가에서 도외시하려는 편향된 관점을 낳게 된다. 물론 한용운이 스스로 제시한 문제들에 대해서 소설 자체에서도 분명한 전망을 보여주고 있지 못했다는 점은 피할 수 없는 한계이다. 『죽음』에서는 그 제목이 암시하는 바와 같이 주인공의 죽음에 의해 사건이 마무리되고 『흑풍』에서도 창순의 자살로 인해 왕한이 새로운 결심을 한다는 점에서 그러하다. 『박명』의 경우도 순영이 불법에 귀의하는 새로운 세계로 들어가 버린다는 점은 사회적 죽음에 다름 아닌 것이다. 이처럼 죽음을 통한 소설의 결말은 독자에게 현실적 전망을 제시해주지 못하며 미해결로 귀결된다. 줄기차게 추구했던 참사랑의 상을 죽음으로 마무리해 버린다는 점은 무책임하며 그가 소설 창작에 미숙했음을 보여주는 증거이기도 하다. 당대에는 이미 통속소설의 한계를 극복하려는 노력이 상당 부분 진척되어 있었고 그와 비교할 때 만해의 소설적 처리는 소설적 완성도에 있어 퇴행이라고 볼 수밖에 없는 것이다. 이는 한용운소설에 대해 박한 평가의 움직일 수 없는 이유들일 것이다. 그러나 한용운의 소설은 단순히 표현 묘사나 주제 고성의 부분적 측면만으로 논할 수 없는 문학사적 측면이 있다. 살펴보면 한용운 소설은 시와 물론 무관하지 않으며 기타 그의 업적, 행적, 사상과도 밀접한 관계를 맺는다. 그러므로 한용운의 소설은 소설만을 독자적으로 떼어 놓고 생각하는 견해에서 벗어나야 한다. 따라서 그의 소설에 나타난 작가 의식이나 작품이 근원적 원리가 되고 있는 사상성 추출을 중요시 여겨야 하는 것이다. 기법적 측면에서만 논다면 그것은 주목할 만한 점이 별로 없을지도 모르지만 문학은 기법만이 전부일 수는 없으며 사상적 배경과 사회구조, 지향성의 양상에서 파악되어야 한다는 점을 인정한다면 한용운의 소설은 다양한 방법으로 재조명해보아야 할 필요성이 있다.

　본고는 그 일환으로 완결된 세 편의 장편과 기완의 두 편을 참조하여 여성성의 주제의식을 찾아보았다. 『흑풍』은 개인을 초월한 사회적 사랑이야말로 참사랑이라고 주장한다. 특히 에르스적 사랑만을 추구하는 콜란을 부정적으로 그려내고, 개인적 사랑을 동지애로 승화시키는 봉숙과 자신을 희생하여 사회적 선을 이루려 하는 창순을 긍정적으로 그림으로써 한용운은 사랑을 공공을 위한 창조력의 원천으로 삼는다. 그리고 이러한 대의적 사랑에 힘입어 왕한은 비로소 혁명을 애인으로 삼아 길을 떠난다. 한편 『박명』은 끊임없는 자발적 희생으로 완성되는 사랑의 형태를 구현한다. 표면적으로 『박명』은 세속에서 대자대비한 사랑을 실천한 후 불자가 된 한 여인의 일대기를 보여주는 불교소설로 읽힌다. 그러나 말미에서 희생보다는 변함없는 참을성을 칭송하며 그렇지 못한 지사나 주의자를 비판하고 있어 종교적 사랑보다는 국가나 사회를 위하여 변함없이 희생해 나가라는 의지를 촉구한다. 이와 달리 『죽음』은 주어진 고난을 죽음이라는 완강하고 극단적인 선택으로 완성한다. 세 작품은 외견상 지향점이 다르지만 모두 그 이면에 부정적 식민지 현실에 대한 비타협적 저항이라는 동일한 주제의식이 숨어 있다. 한용운의 소설은 하나같이 여성의 결단력과 이를 이루어가는 실천을 중시하고 있고 그것이 개인적 사랑, 사회적 사랑, 종교적 사랑 등으로 층차를 보이며 다양화한다. 한용운이 세 편의 장편소설과 비록 미완이기는 하지만 『후회』, 『철혈미인』 등 결코 무시할 수 없는 양의 소설 작품을 써냈다는 것은 가벼이 보아 넘길 일이 아니다. 만해의 소설은 예술적 기법적 가치보다는 정신사적 가치에 의존하고 있다는 지적처럼 앞으로도 정신사를 포함한 다양한 방법으로 만해소설을 재조명해야 할 것이다.

■ 참고문헌

1. 기본자료

『한용운 전집』 5~6, 신구문화사, 1973.

2. 저서 및 논문

고재석, 「삶의 역사성과 풍문성」, 『한국어문학연구』 40집, 한국어문학회, 2003.
_____, 「한용운과 그의 시대 2」, 『국어국문학』 138호, 국어국문학회, 2004.
김광식, 「불교의 근대성과 한용운의 대중불교」, 『한국불교학』 50집, 한국불교학회, 2008.
김영민, 「만해한용운의 문학관에 대하여」, 『만해학보』 창간호, 1992.
김용범, 「만해 한용운의 소설 「흑풍」 연구―포교문학 또는 고전소설의 기법적 측
        면에서」, 『한양어문연구』 8집, 한양대 어문학연구회, 1990.
김우창, 「만해 한용운의 소설」, 『문학과지성』 5집, 문학과 지성사, 1974.
김주언, 「한용운의 탈문학주의 혹은 문학을 상상하는 방식」, 『한국문학이론과 비
        평』 29집, 한국문학이론과 비평학회, 2005.
김재홍, 『한용운 문학연구』, 일지사, 1992.
박노준·인권환, 『한용운연구』, 통문관, 1960.
송현호, 「만해소설의 탈식민주의」, 『국어국문학』 111호, 국어국문학회, 1994.
신동욱, 「한용운의 세계와 문학」, 『한용운』, 문학세계사, 1994.
이명재, 「한용운 문학 연구」, 『중대논문집』 20집, 중앙대학교, 1976.
_____, 「만해소설고」, 『국어국문학』 70호, 국어국문학회, 1976.
이향순, 「한용운의 『박명』에 나타난 보살도의 이상과 비구니의 근대성」, 『한국불
        교학』 51집, 한국불교학회, 2008.
인권환, 「한용운 소설의 문제점과 그 방향」, 『한용운사상연구』 2집, 만해사상연구
        회, 1981.
채진홍, 「한용운의 「흑풍」 연구」, 『국어국문학』 138호, 국어국문학회, 2004.

이 논문은 2010년 10월 31일 투고되어
2010년 11월 1일부터 11월 30일까지 심사위원이 심사를 하고
2010년 12월 10일에 심사위원 및 편집위원 회의에서 게재 결정된 논문임.

■ **Abstract**

Female Characters and Thematic Consciousness of the Novels of Han, Yong-Un

Lee, Hye-Sook
(Hyejeon College)

Manhae Han Yong-un started to write novels in his late years and produced five works including two full-length novels, *Heuk-Poong*(Black Wind), *Bak-Myeong*(Short Life) and uncompleted works, *Juk-Eum*(Death), *Hu-Hoi*(Regret) and *Cheolhyeol-Miin*(the Iron Beauty). For Han, Yong-Un, novels were the products of the epoch and value system rather than the objects of his aesthetic achievement. Thus, a discussion of his novels focusing only on their internal values inevitably leads to the conclusion that his novels are unsuccessful and it produces biased perspective avoiding a fair assessment. Accordingly, the aim of this study was to analyze thematic consciousness of his novels manifested by the actions and value system of his female characters. First, *Heuk-Poong* embodies his theory of love on a social scale by showing the social love transforming the individual love to be the true love. Second, *Bak-Myeong* describes an ideal state of love and the heroine Soon-Young symbolizes the determination to sacrifice oneself for the country and society. Third, *Juk-Eum* is a love story of a woman who tries to realize the completion of her love overcoming various obstacles and even death. It summarizes the aspiration of Han, Yong-Un for the perfect love. He actualized the common themes of enlightenment and morality through the actions of women. Enlightenment and morality are expressed variously as individual, social or religious love through the values and actions of female characters. Actually the novels of Han, Yong-Un are related with his poetry as well as his achievement, actions and philosophy. Thus, it is necessary to depart from the idea of analyzing his novel separately and by itself. Instead, it is important to recognize his philosophical extraction underlying the author's consciousness and fundamental principle of his novels. The novels of Han, Yong-Un rely rather on the value of the history of thoughts than the aesthetic or technical values. Thus his novels need to be reexamined by various methods for they should be understood based on the aspects of philosophical background, social structure and orientation.

Key Words : Han, Yong-Un, perfect love, social love, individual love, religious
love,　enlightenment and morality.

닫힌 현실과 열린 분단의식[*]
— 이호철의 장편소설 『문』

유임하[**]

•차례

■ 국문초록

　감옥은 근대 이후 일제 식민지 시기에서나 건국 이후, 그리고 70년대 유신체제하의 긴급조치 같은 일련의 정치적 사회적 억압에 따른 문학적 표상의 하나이다. 이호철의 장편 『문』(1989)은 간첩혐의자로 투옥된 작가의 자전적 체험을 바탕으로 분단체제와 독재체제의 남용된 권력의 허위를 다룬 흥미롭고 소중한 소설적 성과의 하나이다.

　하지만 이 작품은 이호철의 다른 작품과 달리 본격적인 논의조차 이루어진 바 없는 텍스트이다. 그러나 그렇다고 해서 작품의 성취나 소설사적

* 이 논문은 2010년 한국체육대학교 기성회계 지원금으로 조성된 것임.
** 한국체육대학교 교수.

가치가 결코 지나쳐도 좋을 만큼 낮은 수준이 아니다. 작품은 강제 노역수들의 하루 일상을 통해서 스탈린 시대의 공포정치를 재현해낸 솔제니친의 『이반 데니소비치, 수용소의 하루』(1962)를 연상시킬 만큼 문제적이다. 작품은 유신체제로 치달아가는 초입에 일어난 '문인간첩단사건'에 연루된 작가의 자전적 체험을 바탕으로 사법권력의 부당성을 문제삼고 『소시민』의 세태 풍경을 감옥이라는 공간으로 옮겨 분단체제의 폭력과 민족현실의 비극을 제시하고 있다. 작품이 제기하는 감옥의 현실은 감옥과도 같은 규율사회의 전복적 재현이다.

작품에서 제기하는 문제적인 것은 남용된 권력이 행사하는 사법 제도의 운용과 함께 감옥 속의 군상들에 대한 이해로만 그치지 않는다. 분단체제 해소를 위한 남북 체제의 민주화를 지향하고 있다는 점에서도 이 작품은 분단소설의 소중한 사례로 거론될 자격이 충분해 보인다.

주제어 : 권력의 남용, 사법권력, 분단의 현실, 감옥, 자전성, 문인간첩단사건,
　　　　유신체제, 반공주의, 국가 규율장치.

1. '감옥'의 문제성

한 소설사가는 법과 권력이 남용된 시대상황과 관련해서, 60년대 이후 문학에 등장하는 '감옥은 그 사회의 진정한 축도이자 소우주'라는 관점을 취하고 있다.[1] 그의 논지에 따르면, 감옥은 근대 이후 일제 식민지 시기에서나 건국 이후, 그리고 70년대 유신체제하의 긴급조치 같은 일련의 정치적 사회적 억압에 따른 문학적 표상의 하나이다. '감옥'이라는 공간은 우리 문학에서 파행적인 역사와 밀접하게 관련을 맺기 때문이다. 그만큼, 감옥은 정치와 사회적 맥락을 표상화하는 유의미한 거점의 하나이다. 감옥과 관련해서, 필화사건 또한 해방 이후 한국 문학과 문화사에서 억압적인 이데올로기적 심급이 사회적으로 온존한다는 창증이 된다. 필화는 격랑 속에 분단체제가 구축되고 태생적인 한계를 가진 신생국가로 출범한 대한민국이 표방했던 반공주의와 표현의 자유를 구속하는 사건이다. 반공의 이데올로기에 배치되는 주장이나 언술들, 반체제적이거나 지방색과 직결된 것, 음란성 여부가 필화의 발화점이다.[2] 이같은 점은 필화사건을 통해서 사법적 체계가 권위적이고 억압적인 국가 이데올로기 규율장치였음을 반증해준다.

'감금'이라는 사법적 징벌 효과는, 미셸 푸코의 표현을 빌리면, "신체가 아닌 (…중략…) 정신"으로 향한다. "신체에 극심한 고통을 가하는 처벌 뒤에 이어지는 것은 마음, 사고, 의지, 성향 등에 대해서 깊숙이 작용해야 하는 징벌"이다.[3] 징벌 효과는 정신에 가해지면서 내면 깊숙이 작동하는

---

1) 이재선, 『현대소설사(1945~1990)』, 민음사, 1991, 142쪽. 특히 3장 '닫힘과 열림의 상상력'을 참조할 것.
2) 김삼웅 편, 「책 머리에」, 『한국필화사』, 동광출판사, 1987.
3) 미셸 푸코, 오생근 역, 『감시와 처벌』, 나남출판, 2003, 43~44쪽.

'미시적 권력'(58쪽)이 된다. 처벌과 감시, 징벌과 속박의 모든 법적 절차는 순응과 '복종화의 성과'(62쪽)를 불러온다. 그런 측면에서 푸코는 형벌의 교육적 역할에 주목한다. 그는 신체형이 전파되는 거리의 소문들이 법의 이야기로 재생되고 확산되는 '구경거리'라는 점에서 "모든 형벌은 교훈담"(183쪽)이라고 규정한다. 18세기 유럽에 확산된 감옥이라는 획일적인 장치는 근대 국가의 사법기구 안에 안착하면서 규율이 전사회적으로 관철된다. 이는 "강제권의 수단에 의해 적용대상이 되는 사람들을 분명히 가시적으로 만드는 장치"(268쪽)가 뿌리내린다는 것을 뜻한다. 감옥의 정치경제학은 '일망감시(판옵티콘)'와 규율의 관철을 통해 권력행사를 가장 저렴하게 하고, 사회 권력의 효과를 최대한도로 파급시킨다(335쪽). 이런 측면에서 권력은 "소유되기보다는 오히려 행사되는 것이며, 지배계급이 획득하거나 보존하는 특권이 아니라, 지배계급의 전략적 입장의 총체적인 효과이며, 피지배자의 입장을 표명하고, 때로는 연장시켜주기도 하는 효과"(58쪽)에 가깝다.

감옥 체험이야말로 식민체제의 등장 이후 규율장치를 가장 분명하게 신체의 규율화를 수용하는 구체적인 계기가 된 것이라고 추정해볼 수도 있다. 사법 권력을 통한 권력의 공포를 체감하도록 했다는 가정은, 이광수와 김동인의 감옥 체험에도 적용 가능하다. 그들의 문학세계와 정신의 징벌적 효과는 어떤 관련이 있는 것일까. 이광수는 「무명」에서 민족주의자의 염결성을 부각시키지만 방면 이후 오히려 민족운동의 전선에서 이탈했고, 김동인은 「태형」에서 3.1운동의 정치적 의미와는 무관하게 인간의 위악한 자기본위 욕망에 시선을 고정시키기 시작했던 것은 아닐까. 그 연장선에 60년대 중반에 일어난 '『분지』 필화사건'도 놓인다. 이 사건은 지식인 문단사회의 느슨한 의식에 가한 사법권력이 현존하는 분단체제의 의식적 경계를 구획했고 문인들에게 자기검열의 장치를 작동시켰다.4) 이런 맥

---

4) 반공주의와 관련한 작가의 자기검열에 관해서는 유임하, 「마음의 검열관, 반공주의

274

락을 따라가다 보면, '감옥'의 표상과 '감옥 체험'은 우리 문학에서 문화정
치학의 관점에서 마땅히 취급되어야 할 핵심 논제의 하나일지 모른다.

이호철의 장편 『문』(1989)은5) 간첩혐의자로 투옥된 작가의 자전적 체험
을 바탕으로 분단체제와 독재체제의 남용된 권력의 허위를 다룬 흥미롭
고 소중한 소설적 성과의 하나이다.6) 하지만 이 작품은 이호철의 다른 작
품과 달리 본격적인 논의조차 이루어진 바 없는 텍스트이다. 그러나 그렇
다고 해서 작품의 성취나 소설사적 가치가 결코 지나쳐도 좋을 만큼 낮
은 수준이 아니다. 작품은 강제 노역수들의 하루 일상을 통해서 스탈린
시대의 공포정치를 재현해낸 솔제니친의 『이반 데니소비치, 수용소의 하
루』(1962)를 연상시킬 만큼 문제적이다. 이 작품은 유신체제로 치달아가
는 초입에 일어난 '문인간첩단사건'에 연루된 작가의 자전적 체험을 바탕
으로 사법권력의 부당성을 문제 삼고 『소시민』의 세태 풍경을 감옥이라
는 공간으로 옮겨 분단체제의 폭력과 민족현실의 비극을 제시하고 있기
때문이다.

와 작가의 자기검열—김승옥의 경우」, 『상허학보』, 2005년 여름호 및 유임하, 『한국
소설과 분단 이야기』, 책세상, 2006 참조할 것.

5) 이 작품의 원점은 70년대에 발표된 단편 「문」(『창작과비평』, 1976 봄)이다. 그러나
단편은 장르적 특성상 수감 첫날과 둘째 날로 한정되고 수감의 당혹스러움과 이질
적인 공간의 인식에 머물러 있다. 장편은 단편의 첫 부분을 끌어안으면서 시공간을
확장하여 사법절차의 불법성을 시간대별로 배치하고 전면적으로 다시 쓰여졌다고
보는 편이 옳다. 이 글에서는 『문/ 4월과 5월』(이호철 전집 5권, 청계연구소, 1989)을
텍스트로 삼았다.

6) 작품의 배경이 되는 문인간첩단사건은 1974년 유신시대의 서막을 알리면서 박정희
정권과 보안사가 조작한 공안사건이다. 문인 61명의 개헌지지성명을 빌미로 이호철,
임헌영, 김우종, 장병희, 정을병 등 5명의 문인을 간첩죄로 구속한 이 사건은 민단
계 재일동포가 발행하는 잡지 『한양』을 북한 공작원인 조총련계 위장 잡지로 규정
하고 이 잡지에 기고했던 행위에 대해 간첩죄로 구속했으나 대부분 집행유예로 풀
려났다. 이에 관한 증언으로는 장백일, 「세칭 '문인 간첩단 사건'」, 한국문인협회 편,
『문단유사』, 월간문학출판부, 2001 참조.

2. 남용된 권력과 '감옥'이라는 규율장치

『문』에서 '감옥'은 단순히 사법권력의 부당성을 체감하는 수형자의 폐쇄된 공간에 그치지 않는다. 감옥은 『소시민』에서 익히 보았던 당대 사회의 세태 풍경에서 포착한 일상적 시선을 전복시켜, 민주화를 탄압하는 부당한 정치권력과 분단문제와 착종된 세계를 탐색하는 또 하나의 관문이다. 감옥은 "대다수의 군중들을 동시에 감시하기 위한 건물의 건설과 배치를 큰 목표를 위해 이끌어가고 또 이것을 활용하면서 국가가 사회생활의 보호 영역을 넓혀나가고, 나아가서 그 보호를 완전하게 하며", 궁극적으로는 "사회생활의 모든 세부적인 사항과 모든 관계들 속에서 국가가 매일매일 점점 더 깊숙하게 개입하는"[7] 메커니즘이 전면화되는 문제적인 장소이다.

모두 4부로 이루어진 이 작품에서, 제1부는 수감되는 첫날부터 팔일까지, 그리고 연행 첫날부터 사흘째 이르는 날까지 현재와 과거를 교차시켜 불법연행과 구금에 이르는 경과를 순차적으로 제시하고 있다. 여기에는 간첩혐의자로 독방에 구금되기까지, 그리고 수형자로 적응해 나가는 또 다른 일상이 재현된다. 감옥 내부와 교도소 공간이 일상과 절연된 구금의 장소임을 보여준다. 2부는 수감생활 속에 만난 수형자들과 교류하는 생활과 공소 때까지를 서술하고 있다. 특히 북쪽사람인 사형수 강씨와 대면하며 그의 면면을 알아가면서 분단현실의 비극을 인식하고 성찰하는 대목은 작품에서 빛나는 성취에 해당한다. 3부는 수감생활에서 접한 감옥 안팎의 세계에 대한 세밀한 관찰과 성찰을 담고 있는데, 변호사들과 접견하면서 사법제도와 체제의 경계를 더듬어가는 부분이 이채롭다. 4부는 담당 교도관들의 교체와 함께 교도관들의 애환과 사형수들의 운명을 접하는 한편,

---

7) 미셸 푸코, 앞의 책, 333쪽.

사형수 강씨와 서신을 교환하며 동향 출신임을 확인하고 서신을 교환하면서 분단의 비극적 현실을 예각화하고 있다. 4부에 걸쳐 있는 작품의 서술 구조는 독방 수감의 한계에도 불구하고 블법연행과 무리한 공소가 자행된 독재체제의 사법 행형에 대한 우회적 비판을 감행하며 분단체제가 만들어 낸 경계지점까지 육박하고 있다.

작품의 주인물 '한모모'는 작가로서 재일동포가 발행한 잡지 『한성』에 기고하고 그곳의 초청을 받아 일본여행어서 돌아온 뒤 '간첩혐의' 사상범으로 독방에 수감된다. 이러한 사건의 설정이나 주인공의 인물 구성이 실제 작가의 행로와 그리 어긋나지 않는다는 점에서 간첩조작사건의 정치적 희생자였던 작가 자신의 자전적인 경험을 토대로 삼았다고 할 수 있다. 작가는 자전적 체험을 최대한 살려 이를 강대 현실의 정치적·사회문화적 맥락으로 확장시키려는 작품의 의도를 굳이 감추지 않고 있다.

> "응, 이 분이로군. 그저껜가, 신문에 된통으로 났던데. 당신, 진짜, 빨갱이
> 요?"
> "빨갱이로 보여요?"
> (…중략…)
> "신문엔 뭐라고 났던가요?"
> "당신이 간첩질 했다든데."
> "어떤 식의 간첩질을?"
> "그건 당신이 더 잘 알거 아뇨." (16~17쪽)

작가인 주인공의 시점에서 교도관과 나누는 대화에서 사상범에 대한 어떤 긴장감도 찾아보기 어렵다. 정치적 조작에 의한 희생자의 면모를 엿보게 하는 이 장면은, 감방도 복역수들의 염려와 배려가 깃든 하나의 일상적 세계에 놓여 있음을 말해준다. 그러나 수감자의 삶은 그들의 정신이 "사육당하는 짐승"(58쪽)과도 처지에 놓여 있다. 역설적이게도 '감옥'이라는 공간은 당대 사회의 폐쇄성을 포착할 수 있는 유의미한 현실 공간인

셈이다. 주인공의 어수룩함은 수감된 지 얼마 되지 않은 초보 수형자의 면
모라면, '그'의 순진함은 '간첩죄'와는 무관한 지식인에게 내려진 간첩혐의
라는 죄목이 그만큼 부당한 것임을 간접적으로 일러준다.

> "네, 지난 몇년 동안, 민주수호 일에 가담하고, 유신체제를 반대했던 일
> 은……."
> "그거야, 민주시민으로 당연한 거 아뇨." 하고 상대는 일수 약간 느물느
> 물하게 웃었다. "이 사람, 지금 무슨 소릴 해. 아니, 우리 민주국가에서, 민
> 주주의를 수호하겠다는 걸, 마다할 사람이 어디 있어. 그러니까 당신이 그
> 런 사람이다, 이거야? 미처 몰랐군."
> "……"
> "이봐, 똑똑히 들어. 그 누구든 간에, 독재를 하면 쓰나. 못 쓰지. 엄연히
> 우리나라는 민주국가라고. (…중략…) 우리가 잡으려는 것은, 어디까지나
> 빨갱이란 말야, 빨갱이, 알아들어? 자 그러니."
> "일본 갔던 일로는, 더 이상 저는 털어놓을 것이 없습니다."
> "당에 들었잖어, 당에. 입당 원서도 썼잖아. 다아 꿰고 있는데 뭘 우물우
> 물 넘어갈려고 해."
> "당이라니요?"
> "왜 이리 능청을 떨지, 이 사람. 당은 무슨 당이겠어. 이북 로동당이지."
>
> (49~50쪽)

주인공을 연행하여 취조하는 인용 대목에서, 심문 수사관의 강압적인
태도는, 정치적 조작에 의한 사건이 만들어내는 권력의 허위를 단적으로
보여준다. 공권력의 의심은 해외여행에 대한 심문 과정으로 이어지고 주
인공을 간첩혐의자로 판정하며 공산당 입당을 의심하는 수사 절차를 보여
준다. 그 절차에는 사상적 검열을 자행하는 공안당국의 남용된 권력과 훈
육의 모든 과정이 기입되어 있다. 강압적인 심문 절차와 폭력성은 주인공
을 "반국가사범으로" "법 차원으로는 휴전선을 넘어서는"(52쪽) 경계로 몰
아가고 있는 것이다.

하지만, '빨갱이'나 '간첩질'이라는 신군 보도가 감옥 바깥의 세계에서는 흉흉한 소문으로 유통되는 상황과는 별개로, "그나저나, 고생되겠소만, 사회서 그 정도로 놓았음, 빨간딱지치고는 별거 아닐는지도 모르겠군. 혹시 글루다 이거 미움 산 건 아니요?"(9쪽) 하는 교도관 사내의 발언은 정치적으로 조작된 사건임을 충분히 감지하게 해준다. 간첩혐의와는 무관한 주인공에게서는 지식인 사회를 순응시키려는 독재체제의 정치적 훈육 과정을 엿볼 수 있다. 이렇게 해서 주인공은 수사 과정이나 수감 생활에서 권력의 남용이 빚어내는 거대한 반공의 규율장치의 실재를 대면하게 해준다.

그러나 감옥이 강압적인 권력의 허위와 정치적 훈육만이 난무하는 사법제도의 절차만 담고 있는 세계만은 아니다. 이 세계는 다양한 수감자들의 다양한 면면을 통하여 사회적 풍경을 제시하고 그러한 탐구를 거쳐 분단 비극의 문제성을 담아나간다.

3. 수감자들의 삶과 시각의 전복

주인공이 취조 과정에서 만난 각양각색의 인물 중에서 가장 인상적인 존재로는 평양 출신의 월남민인 조서 담당 수사관과 수감 생활에서 대면한 사형수 강씨이다.

조서 담당 수사관은 같은 월남 실향민으로서 주인공의 처지를 동정하며 다음과 같이 말한다. "노골적으로 할 소린 아니지만, 당신도 월남했다고 해서 하는 얘긴데, 월남한 사람으로 빨갱이 좋아할 리는 없잖어. (…중략…) 나도 이 업무에 종사하면서, 척 하면 삼천리라고 사람 보는 눈 하나는 이제 어느 경지에 이르렀거든. 당신이 빨갱이? 어림 반푼어치도 없는 소리지."(72쪽) 그의 확신은 월남민으로서의 경험적 직관의 소산이기도 하다. 오히려, 주인공은 조서 작성 과정에서, 자신이 북쪽사람의 방문을 받고 자신의 고등중학교 졸업장을 전달받았노라고 실토함으로써(76~77쪽), 담당 수사관을 당혹스럽게 만들기도 한다. 주인공의 절박한 심정은 북쪽사람과의 만남을 통해서 북쪽체제가 여전히 자신을 고려 대상에 포함시키고 있다는 점을 은연중에 발견한다. 그는 자신이 남과 북의 체제에 모두 연계된 존재임을 확인하고 남쪽 체제민으로서의 신원을 검증받고자 하는 것이다. 신원 검증의 의지는 월남자로서 반공규율장치 속에 놓인 자신의 정치적 결백을 증명하려는 의식적인 노력이지만 그만큼 사상 문제와는 거리먼 자신감에서 연유한다.

조서 담당 수사관은 주인공과 조서를 작성하는 과정에서, 북녘에서 보낸 5년 기간 동안에 유행했던 소련노래들을 함께 부르기도 하고, 소련영화와 읽었던 소련 문학작품에 관해서 담소하기도 한다. 그런 와중에 수사관은 주인공에게 다음과 같이 말한다. "그 동네서 그렇게 소련노래깨나 부르면서 살다가 월남해 왔음, 제 분수를 차리고 얌전하게 살아갈 거지, 뭘 주제넘게 이러구 저러구 해서, 애먼 사람 골치 아프게 만들지? 겪어 볼수록 당신이라는 사람, 나쁜 사람은 아닌 것 같은데."(99쪽) 수사관의 인간적인 발언은 자신도 월남민으로 겪었던 애환과 사회적 경험에서 우러나온 것임을 말해준다. 그러나 역설적으로 수사관의 발언은 반공의 국시가 완강하게 자리 잡은 국가의 성원으로서 살아가는 데 필요한 본능적인 자기 보호가 무엇인지를 암시적으로 보여준다. 요컨대, 그의 발언은 주인공과 수사관이라는 사법장치 속의 공적 관계에서가 아니라 같은 월남자로서의 유대감에서 발화된 훈수인 셈이다. 그 훈수는 주인공에게 순치된 삶을 사는 것이 평범하고 자유롭게 일상을 구가하는 지름길이라는 점을 일러준다.

주인공이 만난 또 한 사람의 주요 작중인물은 수감 20일 가량이 지난 뒤 대면한 옆방 5호 실장 '강씨'이다. 그는 북한 체제의 고위직으로 남파되었던 간첩사형수이지만 감방 수감자들로부터 신망을 얻은 존재이다. 그러나 주인공은 주인공에게 상심하지 말라고 위로하는 강씨의 발언에 경계심을 풀지 않는다. 이는 "이십여 년 동안 돋담아온 이 남쪽세상과는 너무 다른 낯선 세상의 억양"(81쪽)을 듣고 난 주인공이 월남한 이북사람으로서의 자격지심 때문에 생겨난 불편함에서 연유한다. 사형수 표지를 단 강씨를 두고 주인공은 "어떤 식으로든 결론을 내야 할 일이 있는데, 그것은 꽤나 성가시고 까다로운 일"(84쪽)이라는 점에 심적인 부담감을 느낀다. 그부담감은 간첩혐의를 받은 자신과 간첩 사형수 사이에 놓인 엄연한 현실적 상황에 대한 구별짓기의 심리적 발현이다.

한편, 옆방 수감자들 중에는 주인공에게 대통령과 친한 원로 여류 문인들에게 줄을 대보라고 권유하는 이들도 있다. 이들은 남쪽체제에서 문단 사정을 잘 아는 이들이다. 하지만, 이들의 닳고 닳은 훈수에 비해, 강씨의 태도는 이들도 숙연해질 만큼 존경받는 삶의 모범수임을 보여준다. 강씨는 주인공에게 '매사에 지식인으로서 처신을 잘 하라'고 권고하기도 한다.

주인공은 감옥에서 만난 두 북쪽사람과 대면하면서 분단의 비극성을 성찰해 나가기 시작한다. 이 지점에서 감옥은 감금된 세계에서 분단문제에 관해 열린 공간으로 바뀐다.

> 지금도 그는 잠시 멍멍해 한다. 같은 이북 출신으로서의 그 조서담당 수사관과 이 사람, 수정수 강씨의 거리는, 몇천리 몇만리나 될까. 아니, 몇십만리, 몇천 만리나 될까. (…중략…) 지난 이십년 동안에 같은 조선 사람, 한국 사람끼리 어쩌다가 이 지경으로 깊은 골이 패여 버렸을까. 그리고 또 있다. 그의 중학교 4년 선배였던 일본 도쿄의 김모모. 이 민족이 이렇듯 제각기 처지와 형편에 따라 세갈래, 내갈래, 아니 천갈래 만갈래로 찢겨져 있는 것이다. (99쪽)

주인공의 '멍멍한 의식상태'는 감옥과 그 주변에서 수사관이나 수감자들과 대면하며 성찰하기 시작한 분단의 실상을 절감하면서 받은 충격과 그에 따른 정서적 반응이다. 간첩혐의자와 수사관, 사형수의 처지에 놓인 강씨의 현실과 접하면서 주인공은 하나인 민족이 파열하면서 빚어낸 비극적인 현실과 존재의 전락에 관해 성찰해 나가고 있는 것이다. '그'가 강씨에게 본의 아니게 미안한 마음을 느끼는 것도(105쪽) 같은 맥락에서이다. 강씨는 자신을 당당하게 마주 대하지 못하는 '그'를 떳떳하게 응대함으로써 분단체제에 훈육당해 체제에 순응적인 자신을 발견하도록 해주는 거울의 역할을 하고 있다. 그의 당당함은 남과 북으로 나누어진 한반도 현실의 부당함에 맞서는 자의 신념에서 비롯된 것이지만, 그 태도가 공산주의자의 신념이라는 것이 주인공에게는 매우 곤혹스러운 것이다.

강씨와 다툰 옆방 111번 수감자가 발언하는 내용도 신념의 척도의 상이함에 따른 곤혹스러움을 반영하는 예화의 하나이다.

> "내쪽에서 조금 참는 건데 그만, 사람이라는 게 참 묘해요. 평소에 그렇게 불쌍하게 여기고 있었는데도 정작 아무것도 아닌 사소한 일로 감정이 건드려지면, 그게 아니거든. 그만 걷잡질 못하겠으니 말이오. 나더러, 썩었다, 인생 말종이다, 허고 그쪽에서도 참다참다 못해 흥분해서 아무 소리고 해대는 데는, 이쪽에서도 참아낼 도리가 있어야지. 내일모레면 죽어갈 빨갱이 새끼가 뭐 잘났다고, 누구 보고 썩었네, 말종이네 악다귀질이냐고, 그만 파악 폭발했지요. 그랬더니 수정 찬 채 날 칠려고 들잖아요. 난들, 그냥이야 맞을 턱이 없지. 대강 그렇게 됐던 거야요." (88쪽)

사형수와 수감자의 일상적인 다툼은 사형수 처지인 강씨에 대한 인간적 연민이 상궤에서 벗어나는 지점에서 생겨난다. 사소한 일에서 빚어진 불화는 강씨가 공산주의자로서 도덕적인 언설로 비난하는 순간 자제력을 잃고 서로 적대적인 차원으로 옮아간다. 감정의 분출이 적대감으로 쉽사리 변질되어 폭력성을 발휘하는 것이야말로 분단의 현실이 분비한 생활의식의 한 단면이기도 하다. 이러한 다툼은 단순히 감옥에서만 일어나는 것이 아니라 분단의 구조화된 현실이 빚어내는 착종된 비극의 실체로 보아도 결코 지나친 표현이 아니다.

주인공은 수감자의 일상적 시선으로 사회제도와 습속을 문제적이고 전복적으로 살펴봄으로써, '감옥'이라는 공간과 수감자의 의식은 당대 사회의 정치적 강압성이나 세태를 한결 섬서하게 곤찰하고 이해하는 또 하나의 관문이 되기에 족하다.

> 그러고 보면, 참으로 묘하다. 똑같은 1.75평에 구조나 모양새가 같은 방임에도, 각 방마다의 냄새와 분위기는 그 방에 지금 들어 있는 사람들을 따라 그렇게도 가지각색으로 다를 수가 없다. 세간살이 놓여 있는 것이며, 옷 걸려 있는 모양새며, 드나드는 사람에 따라, 심지어 방 냄새나 분위기까지도 금방금방 달라져 간다. 우락부락한 사람이 들어오면 대번에 우락부락하게, 경제범이 들어오면 윤택하게, 개털 잡범이 모여 있으면 궁기가 흐르게, 그렇게 금방금방 방도 달라져 간다. (103쪽)

감방의 구조와 모양새의 동일성은 흡사 일상세계를 구성하는 형식에 비견하는 주인공 화자의 관찰력은 감방의 성원들에 따라 달라지는 분위기를 포착하고 있다. 사람들의 성향과 세간살이, 옷이 걸린 모양새, 방의 냄새와 분위기까지도 달라지는 면모에 착목하는 것은 그대로 세상을 통찰하는 작가의 시선이기도 하다. 성원들의 다른 성향에 따라 그 방은 우락부락하거나 윤택하거나 궁기 가득한 세계로 바뀌는 것에 주목한다. 감옥 체험에서 얻어낸 작가의 통찰이 단순히 사법행형의 광포함과 남용되는 권력의 실체로만 모아졌다면 소설의 몸체는 온전할 수가 없다. 오히려 인물들에 대한 세심한 관찰과 세계를 향한 시선이 사회의 일상성과 다를 바 없는 모습을 흥미롭게 만들고 이곳 또한 하나의 엄연한 질서가 작동하는 또하나의 인간 세상임을 우회적으로 말해준다.

또한, 작품에서는 공소 과정에서 접견한 변호사와 감시하는 교도관, 면회온 가족들의 다양한 표정과 몸짓, 감정상태를 관찰하면서 사법절차와 제도를 서로 다른 위치에서 서로 다른 가치관을 가지고 살아가는 군상들의 다양한 세태를 포착하고 있다. 수감생활이 바깥세상을 인식하는 관문으로 의미의 전복을 일으키면서 생겨나는 의식의 지평은 기소 과정이나 수감, 공소 절차에 이르는 모든 징조들에 촉각을 곤두세운다. 그 예민한 촉수를 동원하여 주인공은 자신에게 부과된 수감생활이 그리 길지 않으리라는 징후를 읽어낸다. 변호사나 검사, 다른 수형자들이나 교도관의 심중에서 그러한 맥락을 읽어내고 있는 것이다. 그런 상황에서 주인공은 정치인의 구금과 대학생들이 무차별로 검거되어 수감되는 현실을 접하고, 민청학련 사건을 풍문으로 접하면서 정치적 강제와 억압이 더욱 혹독해지는 유신체제의 광포한 현실을 조망할 수 있게 된다.

4. 의식의 열림과 분단의 격차

작품에서 빛나는 부분이자 분단의 현실이 가진 아득한 격차를 보여주는 대목은 3부 중반 이후이다. 여기에는 해방 직후 이북 고향땅의 정황과 중학시절 연애의 감정을 품었던 강복순과의 보낸 시절에 대한 주인공의 긴 회상이 펼쳐지고 있다. 주인공이 운동시간에 사형수 강씨와 대화를 나누던 중에 동향인이라는 것을 확인하고 나서 시작된, 주인공의 고향에 대한 회상은 급기야 사형수 강씨의 표정 변화를 포착하면서 그가 강복순의 오빠라는 심증을 굳힌다. 이후 회상의 장면은 해방 직후의 풍경을 서정적으로 서술된다.

주인공의 회상은 해방 직후 고향땅 해안의 군용비행장에 대한 이야기에서 시작된다. 비행장 창고문이 열려 주민들이 몰려가 아우성을 벌이던 와중에 이곳을 지키던 소련군에게 어처구니없이 죽임을 당한 새골집 큰아들의 장례에 대한 회상이나 빠르게 변해가는 이북의 현실에서 짧은 기간 강복순과 나눈 연애 감정과 교분이 주를 이룬다. 길을 묻는 소련 병사와

만나 당당하게 설명하던 강복순과 마주치면서 그녀에게 매혹되었던 주인
공의 회상은 작품에서 학창시절 가장 빛나는 시절에 대한 목가풍의 이야
기이다. 전쟁과 함께 월남하기 전까지, 합창단원으로, 연극반의 상대역을
하면서 주인공과 강복순의 연애감정은 목가풍 이야기에 걸맞게 서정적인
톤으로 회상되며 아름다운 추억으로 부각된다. 그런 다음 편지의 말미에
는 6.25전쟁이 발발하고 나서 인민군에 편입되었던 일과 복순이 그곳에
면회온 사연을 언급한다.

> "(전략) 이상입니다. 선생께서 매우 궁금하게 여기실 저와 강복순과의
> 관계라는 건 대강 이상과 같습니다. 정작 여기까지 쓰고 나니까 선생의 궁
> 금증을 풀어드리자는 제 애초의 뜻과는 달리, 드리어 선생으로 하여금 괜
> 스리 새삼 마음 아프시게 한 결과나 되지 않았는지 말입니다. 그리하여 일
> 단은 선생께서 무척이나 궁금하게 여기실 대목이나마 풀어드리는 것이 저
> 의 의무일 것같아, 용기를 냈습니다./ 다시 생각해 봐도 어이가 없습니다.
> 저로서는 그토록이나 익숙했던 복순이의 오빠와 제가 그때로부터 이십여
> 년이 지난 이 마당에 이 남쪽에서 따르따로 갇힌 몸이 되어 이렇게 해후
> 를 하게 되다니요. 더구나 선생은 '간첩 사형수'입니다. 지금 저는 망설임
> 끝에 이 호칭을 쓰면서도, 저도 모르게 섬칫합니다. 하필이면 선생께서 그
> 렇게 되시다니요. 선생이 그렇게 되기까지의 사연은 저로서는 알 길이 없
> 습니다만, 어쨌거나 이것이 오늘의 우리 남북관계의 현주소이고 우리 조
> 국이 처해 있는 적나라한 실체인 듯합니다. 겹겹으로 옭아매지고 얽힌 이
> 매듭들을 어디서부터 어떻게 풀어야 할는지요. 아아, 허지만, 이런 오늘의
> 조국의 처지가, 이 순간, 선생과 나 사이에 이런 화살로 꽂혀올 줄이야 누
> 가 짐작인들 했겠습니까. (이하 생략)" (204쪽)

  회상을 거쳐 도달한 편지의 행로는 사형수 강씨가 강복순의 오빠인가
아닌가 여부로 모아진다. 이들이 감옥에서 해후하는 기구한 운명은 그대
로 분단의 비극성을 보여준다. 한 사람은 간첩혐의를 받는 사상범으로 구
금되고 또 한 사람은 간첩 사형수로 대면하기 때문이다. 작품에서 편지는

주인공과 강씨의 내면을 허심탄회하게 소통하는 형식이자 수단이다. 강씨의 신원을 조심스럽게 확인하려는 주인공의 심정과 편지에 담긴 문투는 '섬칫함'이라는 표현처럼 남북 체제의 경계에 위치해 있음을 충분히 자각하며 전율하고 있다. "겹겹으로 옭아매지고 얽힌 이 매듭을 어디서부터 어떻게 풀어야 할는지요." 하는 주인공의 탄식은 분단의 비극을 가장 심정적으로 고조시킨 국면에 해당한다. 게다가 주인공은 강씨와 대면하며 강복순의 오빠인지 확인하고자 하지만, 그가 공소장에 출두하는 날 공교롭게도 강씨가 이감하면서 상면은 불발이 되고 만다.

주인공과 강씨 사이에는 옆방에서 이감되면서 더이상 교류나 서신교류마저도 여의치 않게 된다. 주인공은 간수의 도움을 받아 이감한 강씨에게 이북의 해방 직후 시절을 회상하는 내용을 담아 신원을 묻는 편지를 보낸다. 하지만, 강씨의 답신은 단호하고 비판적이다.

> "글, 잘 받아 보았소. 그런데 대단히 오해를 하고 있군요, 복순이라는 여동생이 저에겐 없소. 고향이 강원도 평강인 건 언젠가 말한 대로이고, 고향에 여동생이 하나 있긴 있소만, 원강사범전문학교에는 다니지 않았소. 연극이니, 합창부니, 당치 않습니다. 내 여동생은 그 무렵에 평강 시골에 있었소. 대단히 미안하오만, 나는 원강 조선소에도 있지 않았소, 그것도 오해요. 도리어 나 쪽에서 궁금한 것은 당신이 어떤 경로로 월남해서 어떤 과정을 거쳐서 오늘 그렇게 영어의 몸으로 갇히게까지 되었는지 하는 점이오. 이것이 바로 오늘의 우리 조국의 현실인 것도 같소. 당신은 이 기회에 오늘이 우리 조국문제 통일문제까지 진정으로 허심탄회하게 토론이 될 수 있기를 바란다고 했는데, 전적으로 동감이오. 진정으로 그럴 수 있었으면 하고. 오늘 우리 조국으로서 가장 당면한 문제는 뭐니뭐니 조국통일문제일 터이오. 이 점은 당신 생각도 똑같을 줄 믿소. (…중략…) / 설령, 그 여학생이 진짜로 내 여동생이었다고 하더라도 그렇소. 그 옛날의 일을 새삼 구구하게 늘어놓아서 대체 어쩌겠다는 것이오. 지금 우리가 당면해 있는 조국의 운명 앞에, 대체 그런 것들이 한갓 뭐라는 말이요. 하찮은 허접쓰레기요, 감상에 불과하오. 조만간 당신은 여기서 나갈 몸이오. 그리고 조만간 나는 목이 달릴 것이오." (205쪽)

강씨의 답신은 간첩 사형수로서 자신의 위치를 고수하며 개인의 소회나 낭만적인 회상의 가치를 철저하게 부정한다. 심지어 주인공에게 어떤 경로로 월남했고 어떻게 수감자의 삶으로 낙착되었는지에 대한 관심만을 보일 뿐이다. 강씨에게 당면한 문제는 부지하는 목숨과 맞바꿀 거대한 이념과 이념을 고수하는 공산주의자로서의 신념이다. 강씨는 자신이 복순의 친오빠임을 굳이 부인하지 않으면서도, 남북의 체제가 첨예하게 대립하는 전선에서 주인공의 낭만적 회상을 허접한 감상으로 치부한다. 그런 다음 강씨는 "나가서, 아무쪼록 그 먼지끄덩이 속, 진흙 수렁 같은 수렁에 함몰되지" 않고 "계속 냉철한 민족적 이성을 유지"하고 조국통일을 위한 새로운 일을 찾아 뜨거워지도록 당부한다(206쪽).

이후 주인공은 강씨에게 답신을 전하고자 하지만 끝내 편지를 부치지 못한다. 민청학련 사건이 발생하면서 강씨를 비롯한 사형수들이 형장의 이슬로 사라지고 말았기 때문이다. 부치지 못한 답신에서 주인공은 강씨의 편지를 통하여 분단의 비극이 빚어낸 엄청난 격차를 절감한다.

"보내주신 회답, 저로서는 적지않게 충격적이었습니다. 우선, 제 쪽에서 꼭 그러리라고 믿었던 강복순이가 선생의 여동생이 아니었다는 사실의 당혹감입니다. 물론 저는 지금도 선생의 그 말을 반신반의하고 있습니다. 아니, 반신반의가 아니라, 선생께서 시치미를 떼고 있다고 믿고 있습니다. 그런 따위의 것은, 선생께서 이 시각에드 굳건하게 몸담고 있는 그 북쪽 세계의 맥락에서는 전혀 중요하지 않을 터입니다. 중요하긴커녕, 쓸개 빠진 것으로까지 보일 터이지요. 사실로 그러합니다. 모처럼 어렵게 이루어진 선생과의 이 (서신-인용자) 교환에서 그런 일이 무슨 중요한 뜻이 있겠습니까. 강복순이가 선생의 여동생이다, 아니다, 하는 점이 뭐 그다지나 중요한 뜻이 있다는 말입니까. 그 점에 대한 선생의 묵살은 응당 당연합니다. 그렇습니다. 제가 일단 충격으로 느낀 점은 바로 그 점이었습니다. 그리고 이 점이야말로 선생들이 보기에 제가 이 남쪽에서 지난 이십여 년간 살아오면서 절어든 저의 오염의 정체임에 다름 아닐 겁니다. 그러나 이런게 과연 선생들이 생각하듯이 전혀 하찮고 허접쓰레기 같은 것이고 오염일까요.”

　　(…중략…)

　“(……) 저는 영어의 몸으로 갇혀 있으면서도 선생과 대면하여 고작 강
복순이가 선생의 여동생이냐 아니냐 하는 점에만 온 신경을 곤두세우고
있었으니 말입니다.

　선생께선, 그 따위 인간사는 처음부터 우리 사이에서 단호히 차단하면서,
‘도리어 내가 궁금한 것은, 당신이 언제 어떤 경로로 월남해서 어떤 과정
을 거쳐서 오늘 그렇게 영어의 몸으로 갇히게까지 되었는지 하는 점이오’
라고 하였습니다. 바로 이 차이, 선생과 대면해서 처음부터 그 관심하는
바부터 엄청나게 다른 이 차이는 비단 선생과 저만의 차이가 아니라, 바로
오늘 남쪽과 북쪽에서 사는 사람들의 일반적인 성향의 차이까지도 날카롭
게 드러내면서, 동시에 이 남쪽에서의 민주화운동, 조국통일운동의 어느
분수까지를 드러내는 점이기도 한 것 같습니다.” (243~244쪽)

　부치지 못한 편지는 단절된 남북관계의 현주소를 감옥이라는 극적인
공간에서 ‘메아리 없는’ 분단론에 해당한다. 편지에서 제기되는 주인공의
반박은 월남의 문제와 민주화, 통일문제 등을 토론하지 못하는 남북관계
에 현주소를 다시 한번 환기하는 한편, 다른 한편으로 분단체제의 냉엄한
단면을 보여준다. 주인공이 답신에서 피력하는 바는 ‘무원칙하게 야하고
부박한 남한의 삶의 양태’와 ‘매사에 지나치게 무겁고 진지한’ 북의 삶의
차이가 보여주는 극명한 대립이다. 부치지 못한 편지에서 보여주는 북쪽
체제에 대한 작가의 비판적 관점은 월남민들의 심성만이 아니라 북쪽 사
람들과 달라진 인식의 격차를 대변한다. 강씨의 관심사와 주인공의 관심
사가 인간적 척도를 거론하는 장 안에서 일치할 수 없는 데에는, 서로의
다른 처지 때문이기도 하지만, ‘인간사’에 대한 사고와 행태의 엄청난 격
차에서 연유한다. 이는 불화하는 분단체제의 현주소를 보여준다는 점에서
분단 현실의 정곡을 찌르는 대목이다.

　주인공은 강씨와의 서신 교환조차 “이례적이고 특이한”(245쪽) 사례라
는 점에서 자연스러운 교류의 중요성을 갈파한다. 남북공동성명을 휴지조

각으로 만들고 학원가를 탄압하는 남쪽의 정치 상황에도 불구하고, '두 사람 간의 솔직한 마음의 소통이야말로 더욱 값진 것'(245쪽)이라는 표현은 이들의 소통이 바로 남북교류의 진정한 차원일지 모른다는 가정에서 출발하고 있다.

주인공이 사형수 강씨와 끝내 공유할 수 없었던 것은 남과 북 사이에 가로놓인 현격한 시각차이다. 그 차이는 자유와 인간적인 것의 가치를 옹호하는 남쪽체제와 크게 다른 북쪽체제와의 간극에서 생겨난 소산인 셈이다. 주인공은 강씨의 의연함을 한국 사람이 가꾸어야 할 높은 긍지와 태도로서 "남북을 통틀어 가꾸어가야 할 민족 덕목"(245쪽)이라고 상찬하면는 한편, 감화보다도 더 깊고 본원적인 문제를 짚어나가기 시작한다. 의연한 강씨의 태도에서부터 시작된 북쪽체제에 대한 인상을 두고 주인공은 "너무 무시무시했"다고 언급한다. 새로이 등장한 체제는 주인공에게 "이러고 저러고 자시고 할 것 없이, 선험적으로 싫은 것, 어거지스러운 것"으로 "너무 작위에 차 있고, 인간적인 자연스러움을 결하고 있"(246쪽)다는 것이다. 편지에서는 느슨한 민주 권력으로 살아가는 영국과, 군복 차림의 천황이 국민통합을 넘어 극단으로 치달으면서 광기에 사로잡히면서 아시아에 엄청난 참화를 일으킨 일본, 제국주의로 매도하는 미국이 방종에 가까운 자유 속에서 살아내는 힘은 한 사람의 자유라고 설파한다.

"월남해온 사람들 누구나가 그 체제에 진절더리를 쳤던 첫째 이유는 자유가 없다는 점, 곧 강한 권력, 따라서 공포"(252쪽)였다고 단언한다. "소련식 스탈린식 공산주의 교본에만 교조적으로 충실하려고 했"(247쪽)고, "강한 권력은 그와 맞먹는 악인들을 끌어모으는 흡인력"을 가지고 있어서, 월남해온 사람들의 태반이 기억하는 이북체제는 "바로 그런 사람들에 대한 혐오감"(253쪽)을 주었다고 비판하고 있다.[8] 월남한 사람들이 "곧바로

---

8) 정치적 억압에 대한 인간적 덕목과 자유의 강조는 이호철 소설 전반을 관류하는 '천진성'과 깊이 관련되어 있다. 사회운동에 앞장섰던 그의 사회정치적 이력과는 모순

대면한 것은 (…중략…) (남한의) '자유'였고, 그리고 느슨한 권력"(253쪽)
이었다는 것이다. 강압적인 이념과 폐쇄된 시스템에 대한 강도 높은 비판
과 함께 제기되는 것은 인간적 온기와 사회적 자유와 느슨한 권력이다. 이
들 세목이야말로 사형수 강씨의 이념을 존중하면서 반론을 통해 비판하는
핵심이다. 그러니까 열정과 이념보다도 훨씬 근원적인 것이 바로 "한 사
람, 한 사람의 '자유'"(247쪽)이며 인간적인 온기인 셈이다.

부쳐지지 않은 편지가 메아리 없는 고적한 목소리로만 남은 현실은 감
옥에서 수인으로 대면한 남과 북이 분단된 현실을 환유하고도 남는다. 작
품은 감옥이라는 닫힌 현실에서 분단에 대한 열린 의식으로 분단체제가
빚어낸 공산주의자의 인간적 덕목과 그 덕목이 강요하는 억압성에 주목하
며 가장 신랄하게 인간적 척도와 자유를 내세운다. 흡사 감옥의 닫힌 문이
열려야 하는 역설을 가지고 있는 것처럼, 분단의 현실은 열어젖혀야 하는
또 하나의 닫힌 세계인 것이다.

5. 결론 : 장편 『문』의 문제성

『문』이 제기하는 감옥에서의 현실은 감옥과도 같은 규율사회를 전복시
켜 낯설게 만든다. 작품은 자전적인 체험에 기반을 두고 감옥과도 같이 닫
힌 현실을 재현하고 있다. 작품에서 제기하는 것은 남용된 권력이 행사하
는 사법제도의 운용과 함께 감옥 속에 놓인 군상들에 대한 이해를 통해
도달하는 분단체제의 문제성이다. 장기 지속되는 분단현실이 빚어낸 문인

<hr>

되는(이 점에 관해서는 강진호, 「이호철의 '소시민' 연구」, 『민족문학사연구』 11호,
한국민족문학사학회, 1997, 159쪽 참조) 인물의 천진성은 사회운동가에 대한 냉소를
비판하는 작가로서의 감성적 차원이라고 해도 무방하다. 강진호에 따르면 이념과
열정에 사로잡힌 인물에 대한 냉소는 인간적 삶과 배치되는 '미묘한 그 무엇'으로
서 '인간적 온기'에 해당한다(160쪽).

간첩단사건만큼이나, 그 동궤에 울릉도 어부 간첩사건도 언급되고 있다. 작품의 이야기 안에는 반공을 국시로 하는 독재체제와 함께 인권 변호사나 대학생까지도 구금하는 폭력적인 현실을 부감하면서 간첩사형수를 통해서 남과 북의 상이한 체제의 지향까지도 문제삼는 날카로운 작가의식이 자리잡고 있다. 그러나 작가의 의식 한 켠에는 월남민으로서 남쪽체제를 선택하며 자신의 신원을 인준받으려는 의지와 욕망이 엿보이기도 한다.

하지만 작품에 담긴 작가의 근본적인 통찰은 북쪽사람들이 상정하는 조국통일운동의 행로가 체제와 인간을 상호 인정하는 지점에서 출발해야 한다는 기본 전제에 관한 메시지로 나타나고 있다. 통일을 향한 작가의 통찰 또한 남북 권력의 민주화가 선결조건이라는 점을 분명히 하며, "남쪽의 민주화와 함께 현 북쪽 권력의 민주화도 상대적으로 같이 이루어져야 (…중략…) 제대로 대화가 될 것"(255쪽)이라고 발언하고 있다. 그러나 주인공의 발언이 사형수 강씨에게 전달되지 못한 것처럼, 남북체제의 긴장과 대립은 함께 민주화로 이행하지 못하는 현실과 체제를 서로 인정하지 않는 완강한 조건 속에서 소통 부재의 현실을 잘 포착하고 있다.

『문』은 정치민주화에 대한 문제제기가 추상적인 차원에 머물지 않는다는 점에서 일정한 성취를 거둔 작품이다. 사법권력의 정교한 규율장치, 미시권력이 작동하는 메커니즘이 감옥이라는 공간에서 재현된 경우를 찾기란 우리 소설사에서 쉽지 않다. 더 나아가 작품은 문인간첩단 사건의 개인적 체험을 바탕으로 민주화와 분단체제 해소를 위한 남북 체제의 민주화를 지향하고 있다는 점에서도 이 작품은 분단소설의 소중한 사례로 거론될 자격이 충분해 보인다.

■ 참고문헌

1. 기본자료

이호철, 「문/ 4월과 5월」, 『이호철 전집』 5권, 청계연구소, 1989.
이호철, 「문」, 『창작과비평』, 1976 봄호.
이호철 외, 『이호철 문학앨범』, 1993.

2. 저서 및 논문

강진호, 「이호철의 '소시민' 연구」, 『민족문학사연구』 11호, 한국민족문학사학회,
        1997.
김삼웅 편, 『한국필화사』, 동광출판사, 1987.
미셸 푸코, 오생근 역, 『감시와 처벌』, 나남출판, 2003.
백낙청, 「작가와 소시민」, 이호철, 『문』, 민음사, 1981.
유임하, 「마음의 검열관, 반공주의와 작가의 자기검열 – 김승옥의 경우」, 『상허학
        보』, 2005 여름호.
유임하, 『한국소설과 분단 이야기』, 책세상, 2006.
이재선, 『현대소설사(1945-1990)』, 민음사, 1991.
장백일, 「세칭 '문인 간첩단 사건'」, 한국문인협회 편, 『문단유사』, 월간문학출판부,
        2001.
정명환, 「실향민의 문학」, 『창작과비평』, 1967 여름호.
정호웅, 「서늘한 맑음, 감각의 문학」, 『이호철 문학앨범』, 웅진출판, 1993.
한수영, 「탈향, 그 신신한 역사적 삶의 도정」, 『실천문학』 1997 여름호.

이 논문은 2010년 10월 31일 투고되어
2010년 11월 1일부터 11월 30일까지 심사위원이 심사를 하고
2010년 12월 10일에 심사위원 및 편집위원 회의에서 게재 결정된 논문임.

■ Abstract

Closed Reality and Opened the Division Consciousness
— On Novel *Door* by Lee, Ho-Chul

Yoo, Im-Ha
(Korea National Sport Univ.)

Prison is one of the literary representations according to a series of political and social oppression after modern age such as the colonial period by Japan, after establish a country and an emergency measure under the Revitalizing Reforms system.

The *Door* is one interesting and valuable novelistic result dealing with the abusing power of the false of the division and the dictatorship system based on the author's autobiographical experience what imprisoned as a spy suspect. However, this work has never discussed in earnest unlike his other works. But the historical worth of novel and accomplishment of work are not low level as good enough to pass way.

The text is problematic enough to associate a novel *One Day in the Life of Ivan Denisovich*(1962) of Solzhenitsyn which reproduced the reign of terror in the Stalin era through the daily life of compulsory laborers. This work presented the violence of division system and the tragedy of national reality by moving social conditions of *the Lower Middle Class* into the space-prison and made injustice of jurisdictional authority an issue based on a writer's autobiographical experience whose involved in 'writers spy ring case' which was happened in the time of running to the begging of the Revitalizing Reforms system.

The reality of prison that this work brought up is the overthrow reproduction of society of discipline like prison. The issues raised in the work are not limited only to understand for figures in jail and the operation of the judicial system which forced by abused power.

In the point of that this work aimed at democracy of the North-South structure for resolving division system, this novel seems qualified enough to treat as valuable case of 'korean division novel'.

Key Words : abuse of power, judicial power, the reality of Korean division, prison, the autobiographic, writers spy group happening, the Revitalizing Regime, anti-communism, national discipline apparatus.

이공계 대학생 글쓰기 상담 연구
— 제안서를 중심으로

김인경[*]

●차례

■ 국문초록

본고에서는 이공계 학생들의 '제안서' 작성을 위한 실제적인 글쓰기 방법론을 제안하고자 했다. 이를 위해 한성대학교에서 운영하는 글쓰기 상담 프로그램을 기반으로 3단계로 상담을 진행했다.

먼저 1단계 '기초지식 사전 점검'에서는 내담자들이 갖고 있는 제안서에 대한 기초 지식을 점검함으로써 제안서 상담의 핵심 영역을 설정할 수 있었고, 제안서 작성에 대한 내담자들의 능동적인 참여를 유도할 수 있게 했

[*] 한성대학교 <사고와 표현> 연구실 책임연구원, 강사.

다. 2단계 '목차 상담을 통한 구성 점검'에서는 세 팀의 목차를 비교·분석함으로써 1장 수행 목적, 2장 결과물 개요, 3장 결과물, 4장 수행 추진 체계 및 일정, 5장 참고 자료 등으로 공통적인 구성 체제의 표준안을 제시했다. 3단계 '내용 상담을 통한 서술 점검'에서는 프로젝트 수행 목적에 해당하는 프로젝트 동기, 프로젝트 가치, 프로젝트로 인해 얻는 것들에 대해 4항목을 중심으로 수정·보완하는 상담을 진행하여 내용 서술의 중요 기준점을 제시했다.

이와 같이 제안서를 중심으로 한 이공계 글쓰기 상담 연구는 이공계 학생들에게 제안서 작성을 위한 목차 구성의 표준안과 내용 서술의 기준점으로 활용될 수 있을 것이다. 이것은 이공계 학생들의 제안서 작성을 위한 교수 학습 사례가 되어 이공계 글쓰기 교육을 보다 폭넓게 할 수 있는 계기가 될 것이라 본다.

주제어 : 이공계, 상담, 제안서, 프로젝트, 목차, 구성, 표준안, 내용, 서술, 글쓰기 사례.

1. 들어가며

　최근 이공계 학생들을 위한 글쓰기 관련 연구들이 증가하고 있다. 하지만 대부분 특정 장르에 접근하는 학문적 글쓰기 교수법에 치중하고 있어 대부분의 이공계 학생들은 글쓰기에 대해 어려움을 갖고 있다. 이공계 수업은 실험의 수행을 목표로 하고 있기 때문에 실제 글쓰기보다 실험 수행의 과정을 함축적인 글로 쓰거나 도표, 그래프 등으로 보여주는 경우가 대부분이다. 그래서 이공계 학생들에게 '글쓰기'는 수학이나 기초과학 등에 비하면 그 중요도가 적다고[1] 생각하는 경우가 많다. 그나마 이공계 학생들이 가장 많이 접할 수 있는 글쓰기는 보고서인데, 보고서 작성은 흔히 요약식이나 개조식의 형식으로 작성되는 경우가 많다. 서술식 보고서로 쓸 수 있는 경우에도 전공 교수가 요약식으로 작성하라고 요구하는 경우가 많다. 그만큼 이공계 학생들에게는 서술식 보고서나 완성된 문장으로 이루어진 글을 쓰는 기회가 적다고 할 수 있다.

　이와 같이 이공계 학생들의 글쓰기 환경은 인문사회계 학생들과 차이가 있다. 이공계 학생들이 가장 많이 접할 수 있는 글쓰기 실습으로는 프로젝트 '제안서'라 할 수 있다. 프로젝트 제안서가 얼마나 논리적인가에 따라 실험계획의 완성도가 달라질 수 있다. 아무리 프로젝트가 완성적으로 수행되었더라도 그 수행 목적과 과정, 그리고 기대효과가 충분히 전달되지 않으면 프로젝트에 대한 설득력을 가질 수 없기 때문이다. 과학 기술자는 정치가나 경영인, 넓게는 일반 대중이 알아들을 수 있도록 기술적인 내용을 설명할 수 있어야 자신이 하는 일에 대한 보다 폭넓은 지지를 받

---

1) 실제로 이공계를 지원한 학생들은 엔지니어는 단어보다도 기계, 도구, 그리고 숫자와 일을 하기 때문에 공학의 길을 택한 경우가 많기도 하다(최광진 외, 『이공계 학생들에게 필요한 작문과 발표』, 인터비젼, 2002 참조).

을 수 있다. 그렇기 때문에 제품 개발의 당위성을 알리기 위한 제안서, 개발 후 사용법을 알리는 제품 설명서, 제품 판매 뒤의 사후적인 상담에 이르기까지 다양한 글쓰기의 주체로 나서야 한다. 실제로 이공계 분야 업무의 50%가 글쓰기와 관련이 있으며, 기술자도 글을 잘 써야 성공할 수 있다는 조사결과가 제시된[2] 바 있다. 자신의 전공 영역 내·외부에서의 원활한 의사소통을 위한 글쓰기 능력은 이제 자연과학자들이나 공학자들에게 하나의 선택 사항이 아니라 반드시 갖추어야 할 필수 사항인 것이다. 그래서 최근에는 이공계열에서도 사회적 요구를 적극 반영한 '공학인증제(ABEEK)'를 도입하였고, 의사소통 교육의 일환으로 글쓰기 교육을 의무화하고 있다. 또한 이공계 학생들을 위한 글쓰기 교육의 필요성과 다양한 접근을 통한 학문적 체계를 마련하려는 연구가 꾸준히 진행되고 있다.[3]

하지만 실제적인 프로젝트 진행 과정에서 가장 중요하고, 기본이 되는 '제안서' 쓰기에 대한 교육적 접근은 아직까지 활성화 되어 있지 않은 실정이다. 그나마 대학 교양글쓰기 이공계 교재에서 부분적으로 다루고 있지만, 실제 교육 현장에서 교수법으로 활용할 수 있는 사례의 제시는 아직까지 미비하다고 하겠다.[4] 이공계 글쓰기 교육이 어려운 근본적인 이유는

---

2) 임재춘, 『이공계는 글쓰기가 두렵다』, 마이넌, 2003 참조.

3) 박권수, 「이공계 과학글쓰기 교육을 위한 강의 모형」, 『작문연구』, 한국작문학회, 2006 ; 오윤선, 「이공계 대학생을 대상으로 한 글쓰기 교수법의 방향」, 『어문연구』, 한국어문교육연구회, 2006 ; 김민정, 「이공계생을 위한 '글쓰기' 교육의 방법론과 운영에 대한 연구」, 『한국문학이론과 비평』, 한국문학이론과 비평학회, 2007 ; 박상태, 「이공계 대학생을 위한 글쓰기 교육 개선 방안에 대한 연구」, 『작문연구』, 한국작문학회, 2008 ; 신선경, 「과학기술자를 위한 글쓰기 교육의 새로운 방향」, 『작문연구』, 한국작문학회, 2008 ; 박상민, 「이공계 글쓰기 교육의 특징과 과제」, 『배달말』, 경상대배달말학회, 2009 ; 신선경, 「대학 글쓰기 교육과 계열별 글쓰기 ; 공학인증과 공학 글쓰기 교육의 새로운 모델」, 『반교어문연구』, 반교어문학회, 2009 ; 최상민 「공학교육에서 문식성 학습목표 달성을 위한 글쓰기 수업모형」, 『국제어문』, 국제어문학회, 2009 ; 오윤선, 「이공계 대학생의 학술논문쓰기 교육과 평가항목」, 『국제어문』, 국제어문학회, 2009 ; 권성규, 「공대생 글쓰기 과목에서 가르칠 내용」, 『공학교육연구』, 공학교육학회, 2010.

4) 건국대 글쓰기연구회, 『글쓰기의 기술 : 실용편』, 파미르, 2006 ; 글쓰기교과연구회,

글쓰기 교육의 학문적 체계가 갖추어 지지 못했기 때문이다. 따라서 실제 교육현장에서 진행되는 이공계 글쓰기 교육의 방법론 제시와 이공계 글쓰기 체제에 대한 학문적 연구가 마련되어야 한다.

이에 본고에서는 이공계 학생들의 '제안서' 작성을 위한 실제적인 글쓰기 방법론을 제안하고자 한다. 본고에서 다루는 상담 대상 글인 제안서는 대학생들이 쓴 것이기 때문에 기업에서 요구하는 제안서의 성격과는 다르다.[5] 대학생들이 쓴 제안서는 학기 중의 교과 수업내용과 연관된 실험계획서, 프로젝트계획서 등에 국한되는 경우가 대부분이다. 본고에서 다루는 제안서 역시도 4학년을 대상으로 하는 교과목 수업의 일환으로써 학기말 실험 결과보고서의 시작이 되는 글이다. 또한 제안서가 포함된 실험 결과보고서로 팀별 프로젝트의 성과 여부에 대한 확인을 받는 글이다.

그렇기 때문에 본고에서는 제안서의 목차, 내용 등과 같이 텍스트의 내적으로 범위를 한정시켜서 3장으로 나누어 제안서 중심의 이공계 대학 글쓰기 상담 연구를 하고자 한다. 먼저 2장에서는 이공계 글쓰기 상담의 성격과 방향에 대한 논의를 할 것이다. 일반적인 글쓰기 상담과 다르게 접근해야 하는 이공계 글쓰기 상담의 성격과 방향을 논의하고, 상담 신청을 받은 교과목의 성격과 특징을 정리하고자 한다. 3장에서는 상담 대상인 세 팀의 제안서에 대해 3단계로 상담을 진행하고자 한다. 첫째, 제안서에 대

『과학기술 글쓰기』, 경북대학교출판부, 2009 ; 조선대 삶과 글 편찬위원회 편, 『이학·공학 계열 글쓰기 : 과정과 전략 중심』, 태학사, 2005 ; 최동주 외, 『이공계열 직업세계와 맞춤형 글쓰기』, 영남대출판부, 2007.

5) 기업에서 제안서는 기획서와 같은 의미로 사용되는 것으로 상대방의 요구를 철저히 반영하는 글쓰기이다. 특히 '제안'은 고객의 행위를 변화시키는 과정으로 고객의 마음을 읽어내고 귀 기울이게 하는 구체적 방법이 바로 제안서를 쓰는 것이다. 따라서 이 사업이 왜 필요하며 목적은 무엇인지 밝히는 한편, 누가 어떠한 일정과 방법으로 수행할 것인지 구체적으로 제시해야 한다. 또 비용은 어느 정도 들 것인가에 대해서도 언급되어야 한다. 이와 같은 제안서 쓰기에 대한 자료는 아래와 같이 나와 있다 (윤영돈, 『한 번에 **OK** 사인 받는 기획서. 제안서 쓰기』, 랜덤하우스, 2008 ; 신형기, 『과학 글쓰기』, 사이언스 북스, 2006 참조).

한 기초 지식을 사전 점검하고자 한다. 이 단계의 상담은 제안서 작성 전에 학생들의 사전 지식을 확인하여 제안서 작성의 핵심적인 상담 영역을 설정하기 위함이다. 둘째, 목차 상담을 통한 구성 점검을 하고자 한다. 이 단계의 상담은 세 팀의 목차를 비교 분석함으로써 제안서 작성의 전체적인 체제를 점검하기 위함이다. 셋째, 내용 상담을 통한 서술 점검을 하고자 한다. 이 단계의 상담은 각 장의 내용에 핵심적인 항목들이 제대로 서술되고 있는지 점검해보기 위함이다.

이와 같이 제안서를 중심으로 한 이공계 대학 글쓰기의 상담은 이공계 학생들에게 제안서 작성을 위한 목차 구성의 표준안과 내용 서술의 중요 기준점을 제시할 수 있을 것이다. 이것은 이공계 학생들을 위한 의사소통 교육의 한 제안으로 실제적 글쓰기 모형을 마련할 수 있는 계기가 될 것이라 본다.

2. 이공계 글쓰기 상담의 성격과 방향

본고에서는 이공계 학생들의 글쓰기 상담을 제안서를 중심으로 살펴보려고 한다. 이를 위해 한성대학교에서 운영하는 상담 프로그램을 기반으로 했다. 한성대학교 '표현 능력 상담 프로그램'은 글쓰기 센터(Writing Center)[6] 내 학술연구원들이 글쓰기 과정에서 어려움을 겪는 교내 학습자들을 대상으로 학습자의 글쓰기 능력 향상을 목표로 시행하고 있다. 이 상담 프로그램은 '계획 단계'와 '실행 단계', 그리고 '마무리 단계'의 3단계

---

6) 이 센터는 2006년에 개설된 것으로 신입생 교양 국어 수업 전반을 담당하고 있으며, 일부 재학생 편입생들의 특성화 된 글쓰기 수업도 함께 유지해나가고 있다. 2007년부터 온라인 상담 프로그램을 구축하여 교내 학습자들을 중심으로 리포트, 프레젠테이션 문서, 논문, 서평 등과 관련된 글쓰기 상담 신청을 받고 있다. 2008년 1학기에는 교과목 위주로 신청을 받았으며 본 논문은 그 당시 신청을 받은 교과목 상담 내용을 중심으로 한 것이다.

로 상담이 이루어진다. 먼저 계획 단계는 상담의 신청과 접수 등과 같은 상담을 위한 준비 단계이다. 두 번째 단계 실행단계는 본격적으로 상담원과 학습자의 면대면 상담이 진행되어 글쓰기에 대한 구체적인 상담을 하는 단계이다. 세 번째 단계 마무리 단계는 상담 후 과정으로 상담의 전반적인 과정을 점검하고 평가하는 단계이다.

그러나 이공계 글쓰기 상담의 경우에는 교과목과 연계를 한 팀별 프로젝트로 신청을 받았기 때문에 일반 상담 단계와는 다르게 진행을 하기로 했다. 상담 신청을 받은 교과목은 4학년 1학기 학생들을 대상으로 하는 <설계 프로젝트>이다. 이 교과목은 4-5명이 한 조가 되어 프로젝트 목표와 진도를 설정하고, 결과물에 관한 아이디어와 설계 구현을 완성해 나가는 것이다.7) 실제로 20팀이 참여하는 수업이지간 보다 집중적인 글쓰기 상담을 위해 세 팀으로 한정해서 신청을 받았다. 신청한 세 팀의 현황은 아래의 <표 1>과 같다.

<표 1> 상담 신청 팀

팀 명	프로젝트 명	팀별 인원
Carpediem	Look&Feel Android UI Project	5명
F.E.T.S	소방훈련 시뮬레이션 시스템	5명
날아라 쿼드콥터	좀 날아라 쿼드콥터	5명

세 팀 모두 컴퓨터공학과 4학년 학생들로 한 팀만 여학생 한 명이 포함

---

7) 이 교과목은 한성대학교 컴퓨터공학과 4학년 수업으로 ① 프로토타입이 아닌 완성된 시스템을 한 학기동안 구현, ② 체계적인 프로젝트 수행 기술 습득, ③ 컴퓨터 응용 기술 습득 등을 강의 목표로 하고 있다. 이 목표 수행을 위해 학생들은 4-5명으로 팀을 이루어 매주 프로젝트 진행 상황을 발표하고, 그에 대한 질의를 받은 후 응답을 해야 한다. 또한 각각의 역할 분담을 통해 프로젝트 수행 과정을 준비해 나가고 있으며, 그 과정을 홈페이지를 통해 공유함으로써 팀별 작업을 원활히 하고 있다.

된 5명이고 다른 두 팀은 모두 남학생 5명으로 구성되어 있다. 세 팀의 프로젝트 개발 동기와 기대효과는 간략하게 다음과 같다. 먼저 Carpediem 팀은 현재 사용되는 구글 안드로이드의 UI가 소프트웨어 개발 능력이 없는 일반 사용자가 사용하기에는 매우 어렵다는 것에 착안하였다. 그리고 개인의 취향에 맞는 UI를 개발하거나 전혀 새로운 UI를 안드로이드에 적용하여 사용할 수 있는 기회를 제공하는 것을 목표로 삼았다. 다음으로 F.E.T.S 팀은 일반적으로 사용되는 소화기가 소방 훈련이 시간적, 공간적, 환경적, 비용적 제약사항이 있다는 점에 착안하였다. 그리고 불편함과 어려움, 경비를 줄이고 확실한 안전성을 보장하는 소화기를 구현하여 효과적으로 초기 화재를 진압하는 것을 목표로 삼았다. 마지막으로 날아라 쿼드콥터 팀은 기존의 비행기가 한 장소에 머물기 위해 선회동작을 해야 하는 문제가 있다는 것에 착안하였다. 그래서 비행기의 로터의 수를 4개로 늘리고 소형화를 해서 사람이 가기 힘든 곳을 탐사하거나 정찰하게 하는 것을 목표로 삼았다.

이러한 개발동기와 기대효과를 완성하려면 프로젝트의 완성 기간은 최소 6개월에서 1년 정도의 시간이 걸린다. 상담을 신청한 학생들, 내담자들은 이 수업을 수강하기 전부터 프로젝트 개발동기와 관련된 여러 번의 모임을 진행하고 있었다. 그래서 상담원 역시도 상담 팀별 일정을 함께 공유하기 위해 프로젝트를 시작하는 3월 중순부터 프로젝트가 완성되는 6월 말까지 프로젝트 진행 과정을 함께 하기로 했다. 또한 상담을 시작하기 전에 담당교수와 사전 논의를 충분히 나누어 상담 진행을 원활히 하고자 했다. 담당 교수가 중심을 두고 있는 본 교과목의 강의 목적은 세 가지로 정리해 볼 수 있다. ① 특정한 프로그램을 만드는 목적, ② 프로젝트를 수행하면서 성취할 수 있는 자기 개발적 목적, ③ 취업을 목적으로 목표의 수행능력을 한 학기동안 실제적으로 익히고 나타낼 수 있는 것이다.

이에 본고에서는 담당교수의 강의 목적에 해당하는 ①, ②, ③이 학생들

이 제안서를 작성하는 과정에서 실현될 수 있도록 아래의 <표 2>와 같이
상담을 진행하기로 했다.

<표 2> 상담 진행 단겨

단계	상담 내용	상담 수행	상담 결과
1	기초 지식 사전 점검	사전 점검을 위한 설문지 작성	팀 별 스터디 권장
2	목차 상담을 통한 구성 점검	세 팀의 목차 비교·분석	목차 구성의 표준안 제시
3	내용 상담을 통한 서술 점검	세부 항목에 대한 증심 내용 서술 점검	내용 서술의 중요 기준점 제시

　　이와 같은 상담 진행 단계는 제안서를 쓰면서 부딪치게 되는 제반 문제
를 해결해 내는 과정을 경험함으로써 글을 쓴다는 것이 새로운 결론에 도
달해 가는 '창의적' 행위라는 것과 문저 해결을 위한 다양한 자료를 접할
수 있다는 것을 알게 하기 위함이다. 따라서 제안서를 작성하는 과정에서
논리적·비판적·창의적 사고력을 적극 활용하는 것은 전공 교육에서 요
구되는 고등사고력을 신장시키는 효과를 얻을 수 있다.

3. 제안서 작성을 위한 글쓰기 상담 단계

3.1. 기초지식 사전 점검

　　제안서 작성을 위한 글쓰기 상담의 첫 번째 단계에서는 제안서 작성에
대한 내담자 각 팀의 기초 지식을 사전 점검하기로 했다. 이것은 팀별 제
안서의 성격을 파악하기 위한 것으로 내담자들이 갖고 있는 제안서에 대
한 기초 지식을 점검하기 위한 것이다.

<표 3> 사전점검 항목

질문	점검 항목
기초 질문	① 제안서란 무엇이라 생각하는가 ② 제안서를 쓴 적이 있는가 ③ 제안서 관련 수업은 있는가, 　있다면 어떤 식으로 수업이 진행되고 있는가 ④ 수업 이후 제안서 쓰기가 어떻게 달라졌는가 ⑤ 제안서 관련 책들을 보았는가
제안서 쓰기에 대한 질문	① 제안서 쓰기에서 가장 어려운 점은 무엇인가 ② 제안서에서 목차가 어떤 역할을 한다고 생각하는가 ③ 소제목 내용 서술은 어떠해야 한다고 생각하는가

위의 <표 3>과 같이 사전 점검을 통해 제안서를 쓰는 내담자들의 난이도를 파악했다. 먼저 제안서란 무엇인가 라는 질문에 대해서 대부분의 내담자들이 제안서에 대한 개념과 필요성에 대한 지식은 갖고 있었다.[8] 하지만 4학년임에도 불구하고 제안서 작성에 대한 어려움을 많이 얘기했고, 더 나아가 글쓰기에 대한 두려움까지 갖고 있었다. 물론 2학년 때 다른 과목을 통해서 제안서 작성에 대해 그나마 배우기는 했으나, 지속적으로 연결된 수업이 없어서 쓰는 것에 자신이 없다고 했다. 편입을 한 내담자들의 경우에는 제안서를 쓰는 것이 처음이라서 더욱 어렵다는 의견이 많았다.

두 번째로 제안서 쓰기에 대한 질문에는 소제목 별로 내용 서술에 있어서 중심 내용을 어떻게 넣어야 하는지 모르겠다는 의견이 공통적으로 많았다. 그래서 4학년인 만큼 단기간에 가시적인 효과를 얻고 싶어 했으며,

---

8) 사전 점검 설문에는 세 팀의 모든 인원인 15명이 참여를 했다. 그 중 12명이 제안서란 무엇인가라는 질문에 "제안서란 개발자가 고객에게 어떤 프로그램을 만들지 간략하게 소개하는 글이라는 것, 작업이나 과제의 필요성을 강조하기 위해 기존의 작업이나 가제의 문제점, 미비점을 먼저 제시하고, 그것을 개선하기 위한 새로운 방법을 밝히는 것이 중요하다" 등으로 을 하였다. 즉, 내담자 대부분이 제안서에 대한 기본적인 개념과 제안서 작성의 필요성에 대해 잘 알고 있었다.

소제목 별로 알맞은 내용을 쓰는 법을 배우고 싶다고 했다. 마지막으로 용어의 이해, 단락의 구분, 어문 규정 등과 같은 기본적인 글쓰기와 관련된 제안서 쓰기에 대한 어려움을 설문 조사에 쓰기도 했다.

이와 같이 기초지식에 대한 사전 점검을 통하여 대부분 내담자들이 제안서 작성의 구성과 내용 서술에 대한 어려움을 겪고 있다는 것을 확인할 수 있었다. 그래서 '목차 상담을 구성 점검'과 '내용 상담을 통한 서술 점검'으로 제안서 상담의 핵심 범위를 설정했다. 또한 상담원도 내담자들에게 몇 가지의 사항을 건의해서 더욱 양질의 제안서 상담을 받을 수 있도록 했다. 첫째 스터디를 해서 개별 작업에 대한 검토할 것, 둘째 스터디를 하면서 어려운 점을 정리해 볼 것, 셋째 지적 및 보완을 해서 전체를 같이 수정해 볼 것, 넷째 제안서 관련 책들을 살펴볼 것 등이다. 이러한 네 가지 항목을 건의하여 내담자들이 상담원에게 의존하는 제안서 작성의 수정 보완이 아니라, 스스로 제안서 작성을 고민하고 수정해 나갈 수 있는 방향을 찾을 수 있게 했다. 이것은 특정 담화공동체에서 소통되는 담화 방식으로 아이디어를 창안하고 전개해 나갈 수 있는 글쓰기 능력을 신장함과 동시에 학문수행에 필요한 사고력을[9] 기를 수 있게 하기 위한 것이다. 또한 이공계 학생들이 진출하게 될 사회 영역에서 가장 중요한 문제해결 능력과 의사소통 능력을 함께 기를 수 있도록 하기 위해서이다.

3.2. 목차 상담을 통한 구성 점검

제안서 작성을 위한 글쓰기 상담의 두 번째 단계에서는 세 팀의 제안서 목차를 점검했다. 목차는 제안서의 구성을 세우는 과정으로 프로젝트의 흐

---

9) 원진숙, 「대학생들의 학술적 글쓰기 능력 신장을 위한 작문 교육 방법」, 『어문논집』, 민족어문학회, 2005 참조.

름이 잘 나타날 수 있어야 한다. 초보자일수록 구성 요소를 한 번 만들어 보고 작성하는 것과 그렇지 않은 것과 차이는 매우 크다. 훌륭한 제안서의 목차는 단순히 쪽수를 안내하는 기능을 하는 것이 아니라, 핵심 키워드로 간결하면서도 논리적으로 구성되어 있다. 문서를 잘 작성하는 사람은 자신이 의식하든 안 하든 대부분 3단계에 근거해서 논리적 사고의 흐름을 만들어 낸다. 그러므로 목차 구성에서 가장 중요한 것은 바로 큰 덩어리를 어떻게 논리적으로 분석해서 제목과 소제목과의 연관성을 강화시키느냐이다.[10]

이와 같은 목차의 중요성을 점검하기 위해 먼저 세 팀의 제안서 목차의 통일성을 전체적으로 점검해보기로 했다. 이후 각 장 제목 아래의 소제목을 다시 점검해보기로 했다.[11] 먼저 세 팀의 목차를 비교해본 바, 아래의 <표 4>에 나타난 상담 전과 같이 목차의 구성이 다르게 나타나고 있음을 알 수 있다.

다음의 <표 4>에서 보는 것과 같이 세 팀의 목차에서 1, 2장(또는 Ⅰ장의 항목) 제목은 세 팀 모두 '프로젝트 수행 목적', '프로젝트 결과물의 개요' 등과 같이 공통적으로 쓰고 있다. 하지만 3장 (또는 Ⅲ의 항목)제목은 세 팀 모두 '결과로서 제출할 실적물 목록', '제출할 실적물 목록', '프로젝트 결과물' 등으로 다르게 쓰고 있다. 또한 4장 제목은 '프로젝트 수행 추진 체계 및 일정'은 Carpediem 팀과 날아라 쿼드코터 팀이 일치한 반면에 F.E.T.S 팀은 '프로젝트 역할 및 일정'으로 다르게 쓰고 있었다. 5장 제목 '참고 자료' 역시도 Carpediem 팀과 날아라 쿼드코터 팀이 일치한 반면에 F.E.T.S 팀은 '참고 자료' 자체가 목차에서 빠져 있는 경우를 보였다.

---

10) 조선대학교 삶과 글 편찬위원회 편, 앞의 책 ; 최동주 외 앞의 책 ; 윤영돈, 앞의 책 ; 신형기, 앞의 책 참조

11) 본고에서는 목차 구성인 대제목과 소제목을 상위항목과 세부항목으로 설정하였다. 또한 상위항목은 '장'으로 세부항목은 1.1, 1.2 등과 같이 각 장의 '하위범주'로 설정하여 목차의 전체적인 구성 체계를 살펴보았다.

<표 4> 목차 구성

팀	Carpediem	F.E.T.S	날아라 쿼드콥터
상담 전	1. 프로젝트 수행 목적 가. 개발과제의 필요성 나. 기대효과 2. 프로젝트 결과물의 개요 가. 등급별 시나리오 나. 프로젝트 결과물 설명 다. 프로젝트 결과물의 그림 라. 프로젝트 결과물의 구조 마. 현실적 제약 조건 바. 관련 기술 소개 사. 개발 도구 및 개발 환경 아. 기존 소스 & 자료이용 3. 제출할 실적물 목록 4. 프로젝트 수행 추진 체계 및 일정 5. 참고 사이트	I. 프로젝트 수행 목적 II. 프로젝트 개요 i. 현재 상황 ii. 프로직트 설명 iii. 프로젝트 시나리오 iv. 프로젝트 구조 v. 프로젝트 제약사항 vi. 프로젝트 개발환경 III. 프로젝트 결과둘 IV. 프로젝트 역할 및 일정	1. 프로젝트 수행 목적 1.1 동기 1.2 프로젝트의 가치 1.3 프로젝트로 인해 얻는 것들 2. 프로젝트 결과물의 개요 2.1 프로젝트 결과물 설명 2.2 프로젝트 결과물의 그림 2.3 프로젝트 결과물의 구조 2.4 현실적 제약조건 2.5 관련 기술 소개 2.6 개발도구 2.7 기존 소스나 다른 과목 결과물 등등 자료 이용 3. 결과로서 제출할 실적물 목 록(Deliverables) 4. 프로젝트 수행 추진 체계 및 일정 5. 참고 자료 (사이트)
상담 항목	① 목차는 무엇이고, 그 역할을 무엇인가 ② 각 장의 제목은 어떻게 붙여야 하는가 ③ 각 장의 하위 항목은 어떻게 설정해야 하는가 ④ 목차를 통해 프로젝트의 방향과 결과가 나타나고 있는가		
상담 후	【공통목차】 1. 프로젝트 수행 목적 1.1. 개발과제의 필요성 1.2. 기대효과 2. 프로젝트 결과물의 개요 2.1 결과물 설명 2.2 결과물의 그림 2.3 결과물의 구조 2.4 현실적 제약 조건 2.5 관련 기술 소개 2.6 개발 도구 및 개발 환경 2.7 기존 소스 & 자료이용	3. 프르젝트 결과물 4. 수행 추진 체계 및 일정 5. 참고 자료	

이에 세 팀의 목차에 대한 상담 항목을 ①, ②, ③, ④와 같이 설정하여 제시하였고, 수정·보완의 필요성을 강조하였다. 실제로 각 팀별로 4개의 항목에 맞추어 목차를 수정하고 나니 상담 후와 같이 공통목차가 나올 수 있다. 상담 후의 목차에는 프로젝트의 수행 목적, 결과물의 개요, 결과물, 수행 추진 체계 및 일정, 참고 자료 등과 같은 제목으로 일관된 목차의 표준안을 마련할 수 있었다.

다음으로 각 장 제목의 하위범주인 소제목을 살펴보았다. 살펴 본 바, 세 팀의 소제목은 큰 차이들을 보였다. Carpediem 팀의 경우 1장 프로젝트 수행 목적 아래에 소제목을 '동기', '프로젝트의 가치', '프로젝트로 인해 얻는 것들' 등과 같이 3개로 나누었다. 반면 날아라 쿼드코터 팀은 '개발과제의 필요성', '기대효과' 등과 같이 2개로 나누었고, 그 소제목을 다시 2-5개의 항목으로 나누어 서술하고 있어 프로젝트 수행 목적을 명확하게 제시했다. 하지만 F.E.T.S 팀은 프로젝트 수행 목적 아래에 소제목이 없이 내용을 전체적으로 풀어서 썼다. 물론 내용에는 프로젝트 개발의 필요성과 그로 인한 기대효과 등과 관련된 서술이 들어가 있었다. 그러나 소제목별 구분이 없기 때문에 초반부에 화재의 증가에 대한 서술이 많았으며 이로 인해 프로젝트 수행 목적이 명확하게 나타나지 않았다.

2장 '프로젝트 결과물의 개요' 아래에 소제목은 '결과물의 설명', '결과물의 그림', '결과물의 구조', '현실적 제약 조건', '관련 기술 소개', '개발도구 및 환경' 등으로 세 팀 모두 거의 유사한 제목들을 사용하고 있다. 이 외에 3장 프로젝트 결과물, 4장 수행 추진 체계 및 일정, 6장 참고 자료 등은 공통적인 제목을 쓰고 있었다.

이와 같이 세 팀의 제안서 목차를 통한 구성 점검을 해본 결과, 세 팀 모두 제안서 작성의 기본인 '프로젝트 수행 목적', '프로젝트 결과물의 개요', '프로젝트 수행 추진 체계 및 일정', '참고 자료' 등과 같이 공통된 목차의 구성 체제가 갖추어져 있었다. 하지만 각 장의 제목 아래에 쓰인 소제목의 통일성은 세 팀이 일치하지가 않았다. 특히 1장 '프로젝트 수행 목적'이 제안서 작성의 가장 중요한 부분임에도 불구하고, 이 부분에 대한 소제목이 일치하지 않아 내용 서술 역시도 기준점 없이 서술하고 있는 경향을 보였다. 그래서 3단계의 상담에서는 구체적인 내용 상담을 통해서 중심 내용을 서술을 할 수 있는 기준점을 마련하기 위한 글쓰기 상담을 하기로 했다.

3.3. 내용 상담을 통한 서술 점검

제안서 작성을 위한 글쓰기 상담의 세 번째 단계는 내용 상담을 통한 서술 점검이다. 제안서는 과제를 주문받거나 수행할 계기를 마련하는 것이 주목적이다. 따라서 제안서에는 과제 수행에 대한 필요성, 방법 그리고 예상되는 결과를 제시해야 하며 과제를 수행할 만한 충분한 자격을 갖추고 있다는 것을 나타낼 수 있어야 한다.[12] 그렇기 때문에 제안서를 작성할 때는 문서를 읽고 평가하게 될 대상이 누구인지에 대한 사항도 반드시 고려해야 한다. 본고에서 다루는 제안서는 대학 내의 교과목에서 쓰는 것이므로 제안서를 받는 입장은 담당교수이다. 담당교수는 제안서의 평가를 통해 팀별 과제 수행에 대한 능력을 파악하게 된다. 따라서 대학생들이 쓴 제안서의 경우에는 담당교수를 독자로 설정하고 있기는 하지만, 독자들이 기대하는 바, 독자들의 특성, 독자들이 문서를 읽어서 얻고자 하는 바가 무엇인지 등을 고려할 수 있는 기량을 길러야 한다. 그리고 독자들이 무슨 정보를 알고자 하는지 알아차려서 그 정보를 독자들이 쉽게 얻고 이해할 수 있는 문서를 작성할 수 있도록 해야 한다.

---

12) 조선대 삶과 글 편찬위원회 편, 앞의 책 ; 최동주 외, 앞의 책 ; 윤영돈, 앞의 책 ; 신형기, 앞의 책

이것은 참신한 아이디어 못지 않게 그것을 설득력 있게 제시하는 것이 중요하다는 것을 의미하는 것이다.

본고에서 다루는 세 팀의 프로젝트 수행목적에는 '프로젝트 동기', '가치', '효용성' 등에 대한 내용이 들어가야 한다. 하지만 세 팀 모두 다음과 같은 몇 가지 오류를 공통적으로 보였다. 먼저 중요 항목의 핵심 제시가 부족했다. 둘째, 주제별 분리 서술을 하고 있지 않다. 셋째, 긴 문장이 많아 중요한 내용이 잘 나타나고 있지 않았다. 이러한 오류가 나타나는 이유는 세 팀 모두 프로젝트 수행 목적에 대한 서술을 어떤 기준점으로 나누어서 구체적으로 서술해야 하는지 몰라서 팀원 중 한 개인이 주도적으로 제안서의 서술을 맡고 있었기 때문이다. 제안서에는 무엇을 제안하는지 구체적으로 밝혀야 한다. 또한 제안 목적을 달성하기 위한 필요한 작업 내용이나 구성 요소를 분류하고 구체적으로 설명해야 한다. 여기에는 제안 내용의 범위를 명확히 밝히는 것도 포함되어야 한다. 제안 내용을 명확히 밝히기 위해서는 내용의 범위에 포함되지 않는 것도 함께 제시하는 것이 바람직하다.13)

이에 본고에서는 제안서의 프로젝트 수행 목적에 나타난 '동기', '가치', '기대효과' 등을 중심으로 내용 상담을 통한 서술 점검을 하기로 했다. 한 일례로 날아라 쿼드콥터 팀의 제안서에 대한 상담 진행 과정을 살펴보도록 하겠다.14) 아래의 <표 5>는 제안서의 수행 목적 중에서 '프로젝트 동기' 쓰기에 대한 상담 전·후의 내용 변화를 나타낸 것이다.

---

13) 페터 레헨비르크 저, 류수린 역, 『기술문서작성 원칙과 실제』, 두양사, 2008 참조.

14) 본고에서는 세 팀을 중심으로 상담을 진행해 나갔지만, '내용 상담을 통한 서술 점검'에서는 지면관계상 대표적으로 '쿼드코터' 팀의 상담 진행 과정을 대표적인 일례로 들도록 하겠다. 여기에서 제시된 프로젝트의 '동기', '가치', '효과' 등에 해당하는 상담항목은 세 팀 모두에게 적용된 것으로 상담 전 내용과 상담 후 내용의 변화를 살펴볼 수 있는 기준점이 될 수 있다.

<표 5> 프로젝트 동기

상담 전	이전부터 '움직이는 무언가(Moving Object)'를 만드는 것에 유난히도 관심이 많았는데, 무엇을 만들어야 재미있을까를 찾아보던 차에 '쿼드콥터(Quadcopter)'라는 것을 보게 되었다. http://vertol.mit.edu에 영상 자료가 있습니다. 마치 UFO처럼 공중을 유영하는 모습에 끌려 운영체제(Operating System)와 마이크로-컨트롤러(Micro-Controller)를 다시 공부하는 마음으로 쿼드콥터를 만들어서 영상인식 등의 응용 보드를 올릴 수 있는 드론(Drone)으로 삼고자 한다.

상담 항목	① 제품 개발 필요성의 내용이 서술되고 있는가 ② 제품 아이디어의 내용이 서술되고 있는가 ③ 기존 제품과의 차별성과 개발 제품의 장점 내용이 서술되고 있는가 ④ 개발 제품의 완성 목표에 대한 내용이 서술되고 있는가

상담 후	① 최근 군사용 혹은 사람이 작업하기 힘든 환경에서 무인항공기(UAV : Unmanned Air Vehicle)의 필요성이 증가하고 있다. 특히 군사용의 경우 적진의 정찰이나 타격 등을 하는데 있어 아군 인명피해를 최대한 줄일 수 있다는 점에서 매력적이다.
	② 이러한 필요성에 의해 개발된 대표적인 무인항공기로는 미국의 국방선진개발연구소(DARPA : Defense Advanced Research Projects Agency)에서 제작된 MQ-1 (Predator : 프레데터)가 있다. 우리가 일반적으로 '무인비행기'라고 부르는 물체인 프레데터의 행동반경은 900Km, 204kg의 화물을 싣고 29시간 정도 비행할 수 있으며, 기상레이더와 4Km밖에서 교통신호를 식별할 수 있는 등 최첨단 장비를 갖추고 있다.
	  프레데터처럼 날개를 이용하여 양력을 얻는 비행체의 경우 어떤 한 지점에 정지해 있기 위해서는 넓게 원을 그리며 선회하는 수밖에 없는 단점이 존재한다. 반면, 헬리콥터는 호버링(Hovering)이 가능하며, 작업영역의 선정에서 비행기보다 유리하다. 또한 헬리콥터는 날아오르는 데에 있어서 비행기에 비해 상당히 적은 공간이 필요하다.
	③ 그러나 헬리콥터는 그 구동원리가 상당히 복잡하다. 하나의 로터만으로 토크와 방향이동을 모두 제어해 내야 하기 때문에 수학적 모델을 얻는 것이 매우 힘들다. 이로 인해 여러 불확실한 환경에 적응시키기가 힘들다는 단점을 가진다.
	  쿼드로콥터는 네 개의 로터를 마주보는 것끼리 같은 방향으로, 인접한 것끼리는 역방향으로 회전시킴으로써 기체가 수직 축으로 회전하는 것을 억제하고, 각 로터의 추력을 제어하여 종횡으로 움직일 수 있게 되어있다. 하나의 로터로 제어해야 하는 것을 네 개의 로터로 나누었기 때문에 제어가 용이해 지는 장점을 가진다.
	④ 이러한 이유로 본 프로젝트는 '무인 헬리콥터'중에서도 네 개의 로터를 가진 쿼드로콥터를 개발하도록 한다. 하지만 쿼드로콥터의 명칭은 명확히 정해진 것이 없다. 독일 'Micro Drone'이라는 회사에서 만든 쿼드로콥터가 있으나, 본 프로젝트는 MIT UAV-Lab에서 진행한 프로젝트 영상에 나온 자동으로 움직이는 쿼드로콥터를 그 최종 목표로 한다.

위의 <표 5>는 제안서 1장 프로젝트 수행 목적 중 '프로젝트 동기'에 대한 내용이다. 이 내용에 대해 상담원은 상담항목인 ①, ②, ③, ④를 중심으로 팀원들에게 질문을 했고, 4항목이 필수적으로 들어가야 함을 지적했다. 그리고 이를 바탕으로 수정·보완이 필요함을 강조했다. 상담 후의 내용은 상담한 4항목에 따라 수정·보완을 한 내용이다. 상담 후 내용에는 프로젝트에 대한 최근 경향과 프로젝트의 필요성에 대한 내용서술이 들어가 있다. 다음으로 프로젝트 아이디어의 시작 계기를 기존에 나와 있는 헬리콥터의 문제점에서부터 찾아 기존 제품의 단점을 통해 자신들의 개발 제품의 장점을 부각시키고 있다. 마지막으로 최종 목표를 제시함으로써 프로젝트 목표의 실현 가능성에 대한 의미를 부여하고 있다. 이처럼 상담 전에는 주관적인 입장으로 기준점 없이 서술했던 '프로젝트 동기'가 상담 이후에는 ① 제품 개발의 필요성, ② 제품 아이디어 ③ 기존 제품과의 차별성 및 개발 제품의 장점, ④ 개발 제품의 목표를 중심으로 서술하는 내용 변화를 보였다.

다음으로 '프로젝트 가치' 쓰기에 대한 상담 전·후의 내용 변화를 살펴보도록 하겠다.

다음의 <표 6>은 제안서 1장 '프로젝트 수행 목적' 중 '프로젝트 가치'에 대한 내용이다. 이 내용에 대해 상담원은 상담항목인 ①, ②, ③, ④를 중심으로 팀원들에게 질문을 했고, 4항목이 필수적으로 들어가야 함을 지적했다. 그리고 이를 바탕으로 수정·보완이 필요함을 강조했다. 상담 후의 내용은 상담한 4항목에 따라 수정·보완을 한 내용이다. 이 내용에는 먼저 기존 제품의 활용도와 개발 제품의 활용도에 대한 내용 서술이 들어가 있다. 또한 개발 제품이 기존 제품의 단점을 보완할 수 있다고 강조를 함으로써 개발 제품의 유용성을 더욱 부각시키고 있는 등 '프로젝트 가치'에 대한 충분한 내용 서술이 들어가 있는 변화를 보였다. 이처럼 상담 전에는 주관적인 입장으로 기준점 없이 서술했던 '프로젝트 가치'가 상담 이후에는 ① 기존 제품의 활용, ② 개발 제품의 활용, ③ 개발 제품의 유용성, ④ 기존 제품의 단점 보완 등을 중심으로 서술하는 내용 변화를 보였다.

<표 6> 프로젝트 가치

상담 전	UAV의 대부분은 우리가 흔히 말하는 비행기(Air-Plane)로, 한 장소에 머물기 위해서는 선회동작을 해야 하는 문제가 있다. 하지만 헬리콥터의 경우, 호버링(Hovering)이 가능하여 허공에 정지해 있을 수 있다. 또한, 로터(Rotor)의 수가 하나일 경우, 주 로터에서 발생하는 토크(Torque)를 제거하기 위해 기체의 꼬리부분을 만들어 로터를 달아야 하지만, UAV라면 굳이 적재공간을 만들 필요가 없기 때문에 낭비가 될 수 있다. 그래서 로터의 수를 4개로 늘려 제어는 힘들어 지지만 보다 소형화가 가능하다. 때문에 쿼드콥터를 이용하여 사람이 가기 힘든 곳의 탐사나 정찰을 할 수 있고, 내연기관이 아닌 전등모터로 움직이기 때문에 소음이 적어 군사용으로 사용할 수 있다.
상담 항목	① 기존 제품의 활용 내용이 서술이 되고 있는가 ② 개발 제품의 활용 내용이 서술이 되고 있는가 ③ 개발 제품의 유용성 내용이 서술이 되고 있는가 ④ 기존 제품의 단점을 보완하는 내용이 서술되고 있는가
상담 후	① 기존에 개발되어 사용되고 있는 무인항공기는 대부분 군사용으로 사용되고 있다. 그러나 무인항공기는 점차 민간용으로 사용되는 등 그 범위가 넓어지고 있는 추세이며 원격탐사, 통신중계, 환경감시, 밀수선 감시, 밀입국 감시, 산불감시, 지도 제작 등에도 활용되고 있다. 이와 같이 UAV는 민수용 또는 상업용으로의 활용될 수 있는 상당한 잠재력을 보유하고 있는 영역이다. ②, ③ 본 프로젝트에서 개발할 쿼드로콥터는 군사용에서 정찰, 감시 등에 활용될 수 있다. 헬리콥터의 장점을 극대화하여 좁은 공간에서도 날릴 수 있다. 또한 호버링을 할 수 있으며 적진 촬영 및 적 동태 감시 등에도 유용할 수 있다. ④ 따라서 본 프로젝트에서 개발할 쿼드로콥터는 기존 제품이 민간 분야에서는 조종사 고용으로 인한 비용때문에 실현하기 힘들었던 밀입국 감시 및 산불 감시 등에 가장 효과적으로 활용될 수 있다.

다음으로 '프로젝트로 인해 얻는 것들'에 대한 상담 전·후의 내용 변화를 살펴보도록 하겠다.

<표 7> 프로젝트로 인해 얻는 것들(기대효과)[1]

상담 전	·기구를 제어하여 제어시스템의 개념을 습득할 수 있다. ·기구가 공중에 있으므로, 실시간 제어를 경험할 수 있다. ·Micro-Controller의 구조와 개념을 학습할 수 있다. ·실시간 커널의 개념과 사용법을 학습할 수 있다.
↓	
상담 항목	① 제어시스템 개념 습득의 필요성에 대한 내용이 서술되고 있는가 ② 실시간 제어기 기술 경험에 대한 내용이 서술되고 있는가 ③ Micro-Controller에 대한 학습 내용이 서술되고 있는가 ④ 실시간 커널의 학습을 통한 효과에 대한 내용이 서술되고 있는가
↓	
상담 후	① 기구를 제어하여 제어시스템의 개념을 습득할 수 있다. 쿼드로콥터는 전자적인 신호로 제어가 되기 때문에 전자적인 제어기를 사용해야 한다. 전자적인 제어기로 가장 널리 쓰이는 것은 PID제어기인데 비교적 쉽고 정확한 제어가 가능하기 때문이다. 본 프로젝트를 수행함으로써 PID제어기에 대한 개념을 습득하고 이를 응용하는 것을 학습할 수 있다. ② 기구가 공중에 있으므로, 실시간 제어를 경험할 수 있다. 만약 기구가 지면을 달리거나 수면 위에서 움직이는 경우였다면 굳이 신속한 제어가 아니어도 상관이 없을 것이다. 그러나 본 프로젝트의 결과물은 하늘을 날기 때문에 추락하지 않기 위해서 최대한으로 신속한 제어가 필요하다. 실시간 제어에 관해 공부하여 기술을 습득하도록 한다. ③ Micro-Controller의 구조와 개념을 학습할 수 있다. 전자적인 제어기의 구성을 순수 하드웨어만으로 하게 되는 경우, 수정 및 보완이 어렵다는 문제가 있다. 따라서 Micro-Controller를 이용하여 제어기를 만들면서 그 구조와 개념을 익힐 수 있다. ④ 실시간 커널의 개념과 사용법을 학습할 수 있다. 실시간 제어를 하는데 있어 가장 중요한 점은 '응답성'이다. 본 프로젝트에 실시간 커널을 이용하여 멀티태스킹과 응답성 향상을 동시에 얻을 수 있다.

위의 <표 7>은 제안서 1장 프로젝트 수행 목적 중 '프로젝트로 인해 얻는 것들(기대효과)'에 대한 내용이다. 이 내용에 대해 상담원은 상담항목인 ①, ②, ③, ④를 중심으로 팀원들에게 질문을 했고, 4항목이 필수적으로 들어가야 함을 지적했다. 그리고 이를 바탕으로 수정·보완이 필요함을 강조했다. 상담 후의 내용은 상담한 4항목에 따라 수정·보완을 한 내용이다. 이 내용에는 먼저 개발 제품에 제어기의 활용이 필요한 이유

와 제어기 기술 습득의 필요성에 대한 서술이 들어가 있다. 또한 Micro-Controller의 구조와 개념 활용과 실시간 커널의 개념과 사용법의 학습에 대한 필요성이 서술되어 있어서 프로젝트의 수행이 제품 개발만이 아니라 팀원들에게 다양한 학습기회를 주는 효과를 알 수 있게 한다. 이처럼 상담 전에는 주관적인 입장으로 기준점 없이 서술했던 '프로젝트 가치'가 상담 이후에는 ① 제어시스템의 습득, ② 실시간 제어기술, ③ Micro-Controller의 학습, ④ 실시간 커널 학습 등을 중심으로 서술하는 내용 변화를 보였다.

이와 같이 '내용 상담을 통한 서술 점검'에서는 프로젝트 동기, 가치, 기대효과 등을 중심으로 살펴보았다. ①, ②, ③, ④와 같은 상담 항목으로 상담을 한 결과, 상담 이후에는 프로젝트 수행 목적이 보다 명확하게 나타나 프로젝트 완성도에 대한 신뢰를 줄 수 있었다. 실제로 제안서에 대한 상담을 받은 팀은 상담을 받지 않은 팀에 비해 담당교수로부터 우수한 성적을 받았으며, 제안서가 포함된 실험결과보고서의 완성도 역시도 높게 나타났다. 또한 학기말 우수 개발제품 평가에서도 수상을 하는 등 좋은 결과를 얻어낼 수 있었다. 이것은 글쓰기 상담을 통해 마련한 목차 구성의 표준안과 내용 서술의 중요 기준점이 제안서의 실제적인 글쓰기 방법론으로 활용되었다는 것을 알 수 있게 한다.

4. 나오며

대학 이공계 학생들이 지향해야 하는 글쓰기는 문자언어를 통하여 자신의 의사를 분명히 하는 의사소통을 하며, 비판적 사고를 바탕으로 창의적 의견 형성과 의미를 발견하도록 하는 것이다. 이것은 이공계 학생들에게 과학기술의 변화에 대응하고 창의력과 통찰력, 협동심을 함양시켜서 엔지니어로서의 능력을 갖추게 하기 위한 것이다. 또한 사회가 요구하는 선도적 기능인, 전문인으로 활동할 수 있는 바탕을 마련하기 위한 것이다. 따라서 이공계의 글쓰기 교육은 전공 학문 분야의 지식과 정보에 대한 이해를 바탕으로 해당 작업에서도 유능하게 수행할 수 있는 글쓰기 능력을 갖출 수 있는 방향으로 나아가야 한다.

이에 본고에서는 이공계 글쓰기 상담을 통해 '제안서' 작성을 위한 실제적인 글쓰기 방법론을 제안하고자 했다. 이를 위해 한성대학교에서 운영하는 글쓰기 상담 프로그램을 기반으로 3단계로 상담을 진행해 나갔다. 먼저 1단계 '기초지식 사전점검'에서는 내담자들이 갖고 있는 제안서에 대한 기초 지식을 점검함으로써 제안서 상담의 핵심 영역을 설정할 수 있었다. 또한 제안서 작성에 대한 내담자들의 능동적인 참여를 유도할 수 있었다. 2단계 '목차 상담을 통한 구성 점검'에서는 세 팀의 목차를 비교·분석함으로써 1장 수행 목적, 2장 결과물 개요, 3장 결과물, 4장 수행 추진 체계 및 일정, 5장 참고 자료 등으로 공통적인 목차 구성의 표준안을 제시할 수 있었다. 3단계 '내용 상담을 통한 서술 점검'에서는 프로젝트 수행 목적에 해당하는 프로젝트 동기, 프로젝트 가치, 프로젝트로 인해 얻는 것들에 대해 4항목을 중심으로 수정·보완을 하는 상담을 진행하여 내용 서술의 중요 기준점을 제시할 수 있었다.

이와 같이 본고에서는 이공계 글쓰기 상담을 통해 '제안서' 작성의 실제적인 글쓰기 방법론을 제안해보았다. 이것은 실제 교육현장에서 진행되는 이공계 글쓰기 교육의 방법론으로써 제안서 작성을 위한 교수 학습 사례로 활용될 수 있을 것이다. 본고의 논의가 앞으로 이공계 전공 영역에 따른 글쓰기 교육을 보다 효율적으로 수행하고, 그동안 쌓아온 이공계 글쓰기 교육성과를 보다 폭넓게 할 수 있는 계기가 되었으면 한다.

■ 참고문헌

1. 저서 및 논문

고지희, 「대학생 내담자의 성격특성 평가」, 『사회과학연구』, 장안전문대학사회과
　　　학연구소, 1996.

구자황, 「대학 글쓰기 교육을 위한 예비적 고찰」, 『어문연구』, 어문연구학회, 2007.

나은미, 「대학에서의 글쓰기 교육 현황 분석」, 『우리어문연구』, 우리어문학회,
　　　2008.

김민정, 「이공계생을 위한 '글쓰기' 교육의 방법론과 운영에 대한 연구」, 『한국문
　　　학이론과 비평』, 2007.

김성수, 「미국 대학의 '학문적 정직성' 정책에 대한 연구」, 『작문연구』, 한국작문
　　　학회, 2008.

김신정, 「대학 글쓰기 교육에서 글쓰기 센터의 역할」, 『작문연구』, 연락, 2007.

김주언, 「종합적인 사고 행위로서의 창의적 글쓰기 방안 연구」, 『한국문학이론과
　　　비평』31, 한국문학이론과 비평학회, 2006.

목영해, 「대학수업에 적합한 수업기법 연구」, 『교육과학연구』, 신라대학교 교육과
　　　학연구소, 2004.

심보경, 「대학생의 글쓰기 실태조사와 효율적인 지도방안 연구」, 『국어교육연구』,
　　　국어교육학회, 2006.

심영덕, 「대학생을 위한 올바른 글쓰기 전략」, 『한민족어문학집』, 한민족어문학회,
　　　2007.

원진숙, 「대학생들의 글쓰기 실태와 지도 방안」, 『새국어생활』, 새국어생활논집,
　　　1999.

정희모, 「MIT 대학 글쓰기 교육 시스템에 관한 연구」, 『독서연구』, 한국독서학회,
　　　2004.

조희정, 「대학 내 표현 능력 상담 프로그램 구축 방안」, 『한성어문학』, 한성어문학
　　　회, 2008.

조희정 외, 「대학 글쓰기 상담 대화의 구조와 특징」, 『국어교육학연구』, 국어교육
　　　학회, 2009.

김동우, 『(공학도를 위한) 글쓰기 노하우』, 생능, 2008.

김혜경, 『공학적 글쓰기』, 생각의 날개, 2010.

마일린 모라이어티, 정희모 외 역, 『비판적 사고와 과학 글쓰기』, 연세대학교 출판부, 2008.

윤영돈, 『한 번에 OK 사인 받는 기획서·제안서 쓰기』, 랜덤하우스, 2008.

신형기, 『과학 글쓰기』, 사이언스 북스, 2006.

서정수 외, 『과학기술문 작성법』, 두양사, 2008.

정호영 외, 『공학인을 위한 글쓰기』, 동화기술, 2010.

조선대학교 삶과 글 편찬위원회 편, 『이학·공학 계열 글쓰기 : 과정과 전략 중심』, 태학사, 2005.

최동주 외, 『이공계열 직업세계와 맞춤형 글쓰기』, 영남대학교출판부, 2007.

이 논문은 2010년 10월 31일 투고되어

2010년 11월 1일부터 11월 30일까지 심사위원이 심사를 하고

2010년 12월 10일에 심사위원 및 편집위원 회의에서 게재 결정된 논문임.

■ **Abstract**

A Study on Advice of Writing of Engineering in College
- Focused on Proposal

Kim, In-Kyung
(Hansung Univ.)

The purpose of this study was to suggest the actual writing methodology for preparing 'proposal' in engineering students. For this, the advice was progressed with 3 stages based on the writing advice program, which is operated by Hansung University.

First of all, in 'prior inspection of basic knowledge' as stage 1, the core sphere of advice in proposal could be established by inspecting basic knowledge on proposal that interviewees have. Also, interviewees' positive participation in preparing proposal was allowed to be possibly induced. In 'inspection of composition through advice of contents' as stage 2, the contents in three teams were compared and analyzed. Thus, the standard of common compositional system was suggested such as the objective of performance in Chapter 1, the overview of results in Chapter 2, the results in Chapter 3, the system and schedule of driving performance in Chapter 4, and references in Chapter 5. In 'inspection of description through the advice of substance' as stage 3, the important standard of describing the central substance by making it modified and supplemented centering on 4 items as for a motive of project, which corresponds to the objective of performing project, the value of project, and those that were obtained by project.

In this way, a research on the engineering writing advice centering on proposal suggests the standard of forming contents and the important standard for describing substance in order to prepare proposal to the engineering students. This will be able to be an opportunity available for arranging a real writing example as one suggestion of communication education for the engineering students.

Key Words : Engineering, Advice, Proposal, Project, Contents, Composition, Standard, Substance, Description, Writing example.

박찬욱 감독의 〈올드 보이〉에 나타난 스토리텔링 전략 연구

김종태[*]

●차례

■ 국문초록

본고는 박찬욱 복수극 3부작 중 그 드 번째 영화인 〈올드 보이〉의 스토리텔링 전략을 분석하였다. 〈올드 보이〉는 동명의 일본 만화를 원작으로 하면서 그 원작의 스토리를 창의적으로 변용시키는 데에 성공하였다. 과장된 폭력 장면과 비약적 스토리가 있음에도 불구하고 반전을 거듭하는 유기적 구성은 독자의 이목을 사로잡았다.

2장 '감금의 스토리텔링과 욕망의 상상력'에서는 감금의 서사를 분석하였다. 15년 동안의 감금 생활은 오대수의 정신과 육체를 완전히 망가뜨렸

---

* 호서대학교 교수.

다. 오대수는 자신이 감금 방에 오게 된 이유를 알고자 하는 욕망, 감금 방에서 탈출하고자 하는 욕망, 목숨을 끊고자 하는 욕망에 사로잡힌다. 그러나 이 중 어느 하나도 달성할 수가 없었다.

3장 '기억의 스토리텔링과 초월의 상상력'에서는 기억의 서사를 분석하였다. 이우진은 평생 동안 근친상간의 기억에서 벗어나지 못한 채 살아간다. 그의 인생 목표는 이 괴로운 기억에서 벗어나는 것이다. 그의 기억은 행불행을 동시에 내포했다. 사춘기 시절 누나와의 이상야릇한 추억은 황홀한 것이었으나 그 쾌락은 비극으로 종결되었다.

4장 '복수의 스토리텔링과 허무주의의 양가성'에서는 복수의 서사를 분석하였다. <올드 보이>에서 복수는 오대수, 이우진 두 사람에 의해서 동시에 시도된다. 오대수는 이우진을 향한 복수 작업에 매진하지만 그 과정은 더 완전한 복수를 당하는 과정이었다.

<올드 보이>는 사설 감금 방이라는 공간과 근친상간이라는 사건 등을 전면에 내세움으로써 한국 영화 스토리텔링의 확장을 이루었다. 결말을 예측할 수없이 진행되는 유기적 서사 구조는 작품의 묘미를 증대시켰다. <올드 보이>를 포함한 박찬욱 감독의 복수극은 복수 이야기를 주요하게 다루는 최근 텔레비전 연속극에 대한 선구자적 지위를 지녔다.

주제어 : 박찬욱 복수극 3부작, <올드 보이>, 유기적 구성, '감금의 스토리텔링과 욕망의 상상력', 감금의 서사, 감금 생활, 탈출, '기억의 스토리텔링과 초월의 상상력', 기억의 서사, 근친상간, 행불행, '복수의 스토리텔링과 허무주의의 양가성', 복수의 서사, 완전한 복수, 사설 감금방, 유기적 서사 구조, 텔레비전 연속극.

1. 서론

  박찬욱 감독(이하 박찬욱)은 1992년 영화 <달은… 해가 꾸는 꿈>을 연출하면서 데뷔한 이래 <공동경비구역 JSA>(2000), <복수는 나의 것>(2002), <올드 보이>(2003), <친절한 금자씨>(2006), <싸이보그지만 괜찮아>(2006), <박쥐>(2010) 등 흥행에 비교적 성공한 작품들을 여러 편 만들어냄으로써 한국의 대표적인 영화감독 중의 한 명으로 자리를 굳히는 데에 성공하였다. 그의 영화는 다양한 세계와 인간 군상에 대한 치밀한 관찰력을 통하여 개성 있는 영상 형상화 능력을 보여줌으로써 스크린 쿼터제(screen quota) 또는 국산영화 의무 상영제도조차 점점 무력화되어가는 한국 영화의 위기 상황을 정면 돌파하는 승부수를 던졌다.

  박찬욱이 만든 여러 작품 중에서도 그의 존재감을 한층 높여준 것이 <복수는 나의 것>, <올드보이>, <친절한 금자씨> 등이 이루어놓은 복수극 3부작이다. 이 영화들은 복수라는 티마를 증심으로 자신의 삶 전체를 송두리째 복수의 서사 속에 던진 주인공들을 내세운다. <복수는 나의 것>의 주인공은 장기 밀매단을 응징하려는 류와 딸의 어처구니없는 죽음을 복수하려는 동진이며, <올드 보이>의 주인공은 누나의 죽음으로 인한 삶의 파탄을 복수하려는 이우진과 자신을 15년 동안 감금한 이우진에게 복수하고자 하는 한 오대수이며, <친절한 금자씨>의 주인공은 자신의 아이를 유괴하고 자신을 감옥에 가게 만든 한 선생에게 복수하고자 하는 이금자이다. 이들은 모두 복수를 위해서라면 어떤 것이라도 희생할 수 있다는 단호한 의지를 지녔다. 이들 삶의 존재 이유는 오직 복수일 뿐이다.

  본고는 박찬욱 복수극 3부작의 2번째 영화인 <올드 보이>에 나타난 스토리텔링 전략을 연구하고자 한다. 그동안 <올드 보이>를 중심으로 박찬

욱 영화를 논의한 연구는 여러 논객들에 의해서 다양한 맥락에서 이루어
졌다. 그 대표적인 예로 김경(2003)[1], 김경애(2004)[2], 황진미(2004)[3], 이신정
(2004)[4], 이주환(2004)[5], 정희모(2004 · 2005)[6], 백선기 · 손성우(2006)[7], 김윤
정(2006)[8], 윤일수(2007)[9], 정봉석(2007)[10], 권혁준(2010)[11] 등의 연구를 들
수 있다. 이들의 논의는 발표 시기를 기준으로 하여 크게 두 가지 맥락(첫
째, 2003년에서 2005년까지의 연구, 둘째, 2006년에서 최근까지의 연구)에
서 나누어 정리된다.

　김경은 '감금'이라는 테마를 중심으로 박찬욱 <올드 보이>와 홍시선의
<선택>을 비교분석하였고, 김경애는 <올드 보이>에 나타난 여섯 개의

---

1) 김경, 「감금을 통해 삶을 되돌아본다―박찬욱 감독의 <올드 보이>와 홍기선 감독
   의 <선택>」, 『공연과 리뷰』 43호, 현대미학사, 2003.12.
2) 김경애, 「<올드보이> 에 나타난 여섯 개의 이미지」, 『문학과영상』 제5권 1호, 문학
   과영상학회, 2004.6.
3) 황진미, 「'복수-영화'를 통해 본 폭력의 구조」, 『당대비평』, 2004년 겨울호.
4) 이신정, 「고통은 인간을 어떻게 잠식하는가?―박찬욱 감독의 <올드 보이>」, 『새가
   정』 통권51권 552호, 새가정사, 2004.1.
5) 이주환, 「올브 보이 뚜껑을 열어보니」, 『노동사회』 83호, 한국노동사회연구소, 2004.
6) 정희모, 「한 스타일리스트의 만화 같은 상상력 박찬욱 감독의 <올드 보이>」, 『기독
   교사상』 통권 541호, 대한기독교서회, 2004.1 ; 정희모, 「죄악과 속죄에 관한 우울한
   영화」, 『기독교사상』 제561호, 대한기독교서회, 2005.9.
7) 백선기 · 손성우, 「영화 속의 욕망, 증상, 기억 및 상흔―영화 <올드 보이>에 대한
   서사구조, 공간구조 및 시간구조 분석을 중심으로」, 『기호학연구』 19집, 한국기호학
   회, 2006.
8) 김윤정, 「박찬욱 복수 3부작에서의 '복수'의 의미」, 『한국현대문학연구』 20집, 한국
   현대문학회, 2006.12.
9) 윤일수, 「<올드 보이>에 담긴 박찬욱 감독의 세계관」, 『한국문학이론과 비평』 제37
   호, 한국문학이론과 비평학회, 2007.12.
10) 정봉석, 「영화 <올드 보이>와 비극 <미토스>의 상호텍스트성」, 『현대문학의 연구』
    31집, 한국문학연구학회, 2007.
11) 권혁준, 「사회적 금기의 예술적 형상화―바그너의 음악극 <니벨룽의 반지>와 영
    화 <올드 보이>에서의 '근친상간' 모티프 연구」, 『브레히트와 현대연극』 23호, 한
    국브레히트학회, 2010.

중심 이미지로 물, 보라색, 격자무늬, 판옵티콘, 거울, 남근 등을 꼽으며 작품의 상징체계를 분석하였고, 황진미는 박찬욱 복수 영화에 나타난 폭력의 구조를 연쇄 살인과 '9 · 11 테러'라는 사회적 맥락과 함께 논의하였고, 이신정은 고통의 문제를 중심으로 <올드 보이>를 분석하였고, 이주환은 금기와 쾌락이라는 측면에서 <올브 보기>의 세계관을 논의하였고, 정희모는 두 편의 평론을 통하여 <올드 보이>에 나타난 만화적 상상력과 죄악의 지형도를 통찰하였다.

　이상의 논의들이 감각적이고 비평적인 측면에서 <올드 보이>에 접근한데 비하여 이후의 논의들은 학술적인 측면에서 <올드 보이>에 접근하였다. 백선기 · 손성우는 이상의 논의들보다 훨씬 더 학술적인 차원에서 <올드 보이>에 나타난 서사구조, 공간구조, 시간구조를 '라깡의 욕망이론과 기호학적 비평 방법' 및 '그레마스 기호사각형의 구조이론에 대한 새로운 적용 방법' 등을 동원하여 매우 정치하게 분석하였다. 김윤정 역시 학술적 차원에서 박찬욱 복수극 시리즈 세 작품을 대상으로 하여 복수의 다양한 의미망을 분석하였고 나아가 "복수 3부작이 갖는 한계"를 지적하였다. 윤일수는 <올드 보이>에 나타난 작가의 세계관을 "오이디푸스 콤플렉스", "설계된 근친상간", "몬스터의 창조자", "복수의 피조물"이라는 측면에서 논의했고, 정봉석은 <올드 보이>와 비극 <미토스>의 상호텍스트성을 오이디푸스 신화, 그리스 비극 등에 나타난 욕망과 금기의 문제를 중심으로 연구하였고, 권혁준은 금기를 깬 예술이라는 측면에서 바그너의 음악극 <니벨룽의 반지>와 <올드 보이>의 모티브를 비교 분석하였다.

　이상에서 살펴본 바와 같이 <올드 보이>에 대한 논의는 이미 매우 다양한 맥락에서 이루어졌는데 개봉된 지 얼마가 지나지 않은 기간인 2005년까지는 주로 비평적인 성격을 지닌 글들이 많이 발표된 데에 비해서, 2006년 이후부터는 학술적인 성격을 지닌 논문들이 여러 편 발표되어 <올드 보이> 연구 성과는 더욱 무르익어 갔다. 거의 대부분의 논의들은 '복수'라는 테마를 중심에 두고 있었다. 논자들은 이 핵심 테마를 중심으로 세계관, 시간 및 공간, 주제의식, 상징, 이미지, 기호 등을 분석하였던 것이다. 본고는 위와 같은 다양한 연구 업적을 참고하여 <올드 보이>에 나타난 스토리텔링 전략을 세 가지 맥락에서 분석하고자 한다.

2. 감금의 스토리텔링과 욕망의 상상력

<올드 보이>는 발표 시기적으로 보면 복수극 3부작 중에서 그 중간에 놓이는 작품이다. 작품의 완성도나 흥행의 측면에서 <올드 보이>는 앞뒤의 작품을 충분히 능가하는 힘을 보여주었다. 동명의 원작 만화를 각색하는 작업을 통하여 앞서의 <복수는 나의 것>이 지닌 명성과 가능성을 다시 한 번 극대화하는 스토리텔링을 개발하는 데에 성공하였다.

감금 방이라는 공간은 <올드 보이>의 초반을 지배하는 이미지이며 상징이다. 이 공간은 난삽한 격자무늬 벽지로 장식되어 있으며 바깥세상으로는 통하지 않는 이상한 창이 하나 있고, 1인용 스프링침대가 창 쪽으로 놓여 있으며, 낡은 브라운관 티비 한 대가 준비되어 있다. 이곳은 이 영화 이전에 한국 영화에 등장한 적이 거의 없는 사설 감옥이다. 오대수는 정체 모를 누군가의 청부에 의해 15년 동안 이곳에 감금되었다. 그는 이곳으로 자신을 보낸 사람의 정체를 알고 싶었으나 불가능했다.

(오대수)
만약에 당신이 비 오는 날, 공중전화 앞에 우두커니 서 있다가, 보라색 우산으로 얼굴을 가린 사내를 우연히 만나게 된다면, 난 당신이 텔레비전과 친해지기를 권하고 싶다. 텔레비전은 시계이자 달력이고, 학교고, 집이고, 교회며, 친구이자 애인이다.

― scene #11

<scene #11>은 온갖 오물들로 뒤덮인 오대수의 감금 방을 보여준다. 이곳에서 자유를 얻는 존재는 오물을 먹고 사는 벌레들뿐이다. 오대수가 이곳에 들어온 지 이미 1년의 시간이 흘렀다. 그가 불완전하게나마 세상과 소통할 수 있게 만드는 도구는 텔레비전이다. 텔레비전은 그의 하소연을 들어주지는 못할지라도 그가 자위행위를 할 수 있게 도와주는 에로틱한 장면을 보여주기도 하고 때로는 세상의 소식을 기자의 목소리를 통해서 전달해 준다. 어느 날, 그는 그의 아내가 피살되었다는 소식을 방송국 뉴스를 통해서 듣게 된다. 더욱 놀라운 것은 경찰이 '지문이 묻어 있는 컵'을 증거로 하여 자신을 피의자로 주목했다는 점이다. 그는 이 모든 것이 그를 감금한 사람의 각본대로 이루어져가고 있다는 사실을 깨닫는다.

오대수의 감금 방은 박찬욱의 의도에 의해서 연출된 특별한 공간이다. 이 영화를 본 독자들은 다른 작품에서 이러한 독특한 양식의 감금 방을 본 적이 없었다. 이곳은 제도와 법률이 지배하는 공적인 장소가 아니라 폭력과 자본이 지배하는 사적인 장소이다. 그러므로 이 공간에 갇혀 있는 존재자는 자신의 미래를 전혀 예측할 수 없다. 이 공간이 관객들에게 매혹적인 이유가 여기에 있다. 관객들은 이 공간이 지닌 이미지와 상징에 주목하면서 이와 관련된 작품의 스토리텔링에 더 깊숙이 빠져들게 된다.

(오대수)
아저씨, 아저씨, 아저씨, 아저씨, 잠깐, 잠깐, 잠깐, 서 봐봐, 얘기 좀 해요, 나랑. 아저씨, 나 여기서 내보내 달라고 안 할 테니까, 나 여기서 왜 뭐 때문에 와 있는지 그것만 얘기 좀 해줘요. 사람이 알고나 갇혀 있어야지. 씨발, 두 달째 이게 뭐하는 짓이야. 아저씨, 아저씨, 이리 와 봐요. 아저씨, 아저씨, 여기 뭐하는 데야. 아저씨, 나 그럼 언제까지 있어야 되는데, 나 그것만 가르쳐줘, 아저씨!

— scene #10

(오대수)
누구와 싸웠던 일, 누군가를 괴롭히고 상처 줬던 일들을 적기 시작했다.

그건 내 옥중일기이자 악행의 자서전이었다. 그런 대로 무난한 인생이라
고 생각했는데 너무 많았다.

— scene #11

　오대수가 감금 방에서 욕망하는 것은 세 가지 맥락에서 정리된다. 첫째
는 자신이 이곳에 온 이유는 무엇이고 이 상황을 만든 사람은 누구인지를
알고 싶어 하는 욕망이고, 둘째는 이 비정상적 공간에서 수단과 방법을 가
리지 않고 탈출해보겠다는 욕망이고, 셋째는 언제 이 공간에서 해방될 지
도 모르는 채 고통스럽게 살아가느니 차라리 죽음을 택하겠다는 욕망이다.
　오대수의 이 세 욕망은 끊임없이 의식과 행동을 통해서 분출되고 있으
나 충족은 좀처럼 이루어지지 않는다. 아무도 그에게 이 현실의 실체를 말
해주지 않았다. 단단한 콘크리트로 봉인된 벽이 젓가락에 의해서 조금 뚫
리기는 하였으나 이곳이 몇 층인지도 모르는 그가 그 구멍으로 탈출을 시
도할 수도 없었다. 연이은 자살 시도 역시 CCTV에 의해 발각되어 응급
처치로 결말을 지어야만 했었다. 결국 그가 감금 방을 나오게 된 것 역시
그의 의지와 계획에 의해서가 아니라 감금시킨 자에 의해서이다. 그의 삶
은 철저히 감금시킨 자에 의해서 지배당한다.
　오대수의 감금 방은 이우진이 사는 화려한 펜트하우스와 대조된다. 전
자는 협소하고 폐쇄적인 데에 비해 후자는 크고 개방적이다. 동굴과도 같
은 감금 방에서 오대수는 15년의 세월을 견딘 다음 새로운 인물로 재탄생
한다. 그는 "내 이름이 왜 오대수냐 하면은, 오늘만 대충 수습하면서 살자,
이래서 오대수 거덩."(scene #1)라고 말하는 소시민 오대수가 아니라 1초
라도 복수를 위해서 사용해야 하는 '몬스터 오대수'가 된 것이다.
　이런 맥락에서 "오대수는 겉은 자주색이고 속은 검정색으로 된 트렁크
에 담겨 감금 방에서 풀려난다. 자주색 트렁크는 자궁을 상징하지만, 트렁
크의 안이 검은색이므로 오염된 자궁이다. 그때 오대수는 검정색 양복을

입고 있는데, 안감은 자주색이다. 이러한 자주색과 검정색의 대비는 오대수가 몬스터로 재탄생했음을 상징한다."는[12] 분석은 적절해보인다.[13] 새로운 인간형으로 전환된 오대수는 감금방의 사장 일당 및 이우진 조직과 무모한 싸움을 벌이면서도 절대 패배하거나 죽지 않는 불사조형 인물로 거듭난다. 감독은 '몬스터 오대수'가 펼치는 과장법 넘치는 불굴의 서사가 나타난 원인을 15년 감금 이력에서 찾아 보여줌으로써 관객들을 설득시키고자 하였고 이러한 설득력은 어느 정도 수용되었다.

3. 기억의 스토리텔링과 초월의 상상력

<올드 보이>의 스토리텔링은 기억의 문제에 상당한 비중을 두고 있다. 기억의 문제는 오대수와 이우진에 의해서 동시에 환기된다. 이우진은 친누나인 이수아와 얽힌 사춘기의 근친상간 행위와 그 행위로 인한 누나의 투신자살에 대한 기억을 영원히 떨쳐버리지 못한다. 이우진은 이 기억이 생성된 이후 모든 삶의 원리와 동기를 이 기억 속에 가두어 버렸다. 플라톤은 인간의 기억 속에 이데아 즉 천국이 있다고 했지만 이우진의 기억 속에는 천국과 지옥이 동시에 자리 잡고 있었다. 이우진과는 달리 오대수는 이우진 및 이수아와 관련된 기억을 스스로 환기시키지 못한 채 제3자를 통해서 더듬어간다. 오대수는 이우진의 가족사가 남의 일에 불과했음으로 인하여 자신의 사소한 행복이 미친 큰 파장을 예상하지 못한 채 그 기억을 망각의 저편으로 날린 지 오래 되었다.

---

12) 윤일수, 「<올드보이>에 담긴 박찬욱 감독의 세계관」, 『한국문학이론과 비평』 제37호, 한국문학이론과 비평학회, 2007.12, 457쪽.

13) <올드 보이>에 나타난 보라색 이미지에 관해서는 김경애의 「<올드 보이>에 나타난 여섯 개의 이미지」(『문학과영상』 제5권 1호, 문학과영상학회, 2004.6, 10~11쪽)를 참조할 수 있다.

이우진은 사춘기부터 기억과 추억에 집착하는 모습을 보인다. 그는 항상 카메라를 목에 걸고 다니면서 추억에 얽힌 장면을 찍는 일을 즐긴다. 그는 낡은 창고 같은 교실에서 누나와 장난을 치면서 누나의 모습을 쉼 없이 필름에 담는다. 그리고 누나가 자살을 결심한 후 합천 댐으로 갔을 때에도 댐을 배경으로 한 누나의 모습을 카메라에 담았다. 이우진은 추억에 지배당하는 인물이다. 이러한 이우진의 행동은 그가 낭만적인 성격의 소유자라는 점을 알게 한다. 친누나와의 사랑까지 추구한 그의 낭만성은 무모하기까지 하다. 그는 그 사랑을 더욱 소중하게 간직하고 싶어 했지만 세상의 이목은 그 사랑을 송두리째 훼손시켜 버린다. 그 훼손은 누나가 죽은 지 15년이 지난 지금의 시점까지도 유효하게 작용한다는 사실을 오대수의 고등학교 동기인 미장원 원장 영자와 피시방 사장 노주환의 말을 통해서 여실히 드러난다.

(영자)

말도 안 된다. 암만 천주교 학교래도 그렇지. 헤프다고 소문 좀 났다고 죽기야 했겠나? 딴 게 있으니까 그랬겠지. 아를 뱄든가, 그란 거, 아 있나 와. 그래, 내사 수아가 진짜로 그랬다고 생각 안 하제. 가가 그래도 얼마나 깔끔한 안데. 아무나 막 주고, 그 카는 아는 아니지 만도. 내 말은 남자가 하나 있긴 있었다, 이긴데.

— scene #68

(노주환)

완전히 걸레였다, 걸레. 거 있다 아이가. 겉으로 새침하이 요조숙년데, 이게 속으론 완전히 걸렌기야 이기. 개나 소나 씨발 안 따 먹은 놈이 없다고. 학교에 소문이 쫙 퍼졌다, 아이가? 아, 난 뭐 했나, 몰라, 그때.

— scene #61

기억에는 단기기억과 장기기억이 있다. 단기기억은 최근 일에 관련된 기억이며 장기기억은 꽤 오래 전 일에 관련된 기억이다. 영자와 주환은 20여 년 전의 일을 비교적 선명하게 기억해 낸다. 즉 그들은 장기기억은 잘 간직하고 있었다. 영자는 이수아에 관한 사연에 대하여 비교적 조심스러운 입장을 취하면서 말하고 있으나, 주환은 상당히 과격하고 단도직입적인 입장을 고수한다. 그러나 영자의 "아를 뱄든가 그란 거 아 있나 와."(영자)라는 대사는 "완전히 걸레였다 걸레"라는 주환의 가치 판단과 크게 다르지 않았다.

그들은 결국 자신의 '상록고등학교' 동기였던 한 여학생의 자살에 관하여 어떠한 물적 증거도 제시하지 않은 처 루머 수준의 구술을 무책임하게 반복하고 있다. 이처럼 이들이 타인의 삶에 관하여 그것이 아무리 처참한 비극이라 할지라도 이렇게 함부로 말을 하게 되는 것은 그것이 전적으로 자신과는 무관한 일이었기 때문이다. 그러나 그 비극이 자신이나 혹은 자신의 가족에 얽힌 일이라면 그것에 관한 해석과 태도는 확연히 달라질 수밖에 없을 것이다.

> (이우진)
> 오대수씨, 우리 누나는 걸레가 아니었어요, 어, 그거, 정말 알아주셔야 돼요. 당신이 도청장치를 다 없애버려서 여기 왔잖아요, 엿들으려고요. 그러니까 노주환씨는 허, 허, 당신 때문에 죽은 거게요. 허, 허!
>
> — scene #61

대부분 사람들은 자신과 자신 가족의 비극을 함부로 말하지 않는다. 오히려 그들은 자신과 자신 가족의 비극을 최대한 미화하여 수용할 것이다. 이우진 역시 예외가 아니다. 그는 누나와 관련된 근친상간의 비밀과 그로 인한 죽음의 서사를 기억 속에 뚜렷이 간직하고 있었지만 그는 이 모든 사실에 대한 책임에서 스스로를 회피시킨다. 또한 자기 자신에게 책임을 물을 수 있는 그 어떤 발언이나 소문에 대해서는 극도로 민감한 반응을 보인다.

이우진은 누나가 자살한 이후 정신적인 성장을 제대로 이루어내지 못한다. 물론 자살 이전의 추억들 역시 그의 정상적인 사춘기 진행을 방해했다. 그는 행복과 고통이 뒤섞인 기억의 트라우마에 갇혀서 긴 세월을 보냈을 것이다. 그는 그 기억에 붙잡힌 강박증을 보이고 있으며 기억의 상처를 끊임없이 초월하고자 하였다. 그러나 초월에 대한 갈망이 강하면 강할수록 그 기억은 더욱 끈질기게 그의 뇌를 잠식한다. 또한 어쩔 수 없이 남겨지게 된 기억은 이우진 스스로에 의해서 끊임없이 변용된다. "오대수씨, 우리 누나는 걸레가 아니었어요, 그거 알아주셔야 돼요."(scene #61)라며 말하면서 짓는 이우진의 괴로운 표정에서 그가 얼마나 강하게 이 기억에 사로잡혀서 살아왔는지를 가늠할 수 있겠다.

이우진은 오대수와 노주환에 대한 복수를 통하여 고통스러운 기억으로부터 자유로워지고 싶었다. 그러나 아무리 통쾌한 복수를 하더라도 그 고통의 서사가 역사적 사실에서 제외되지 않듯이 기억은 인간의 머릿속에서 빠져나가지 않는다는 사실을 이우진은 이미 알고 있었다. 결국 그 기억에서 완전히 벗어나 정신적 자유를 얻는 길은 그 기억을 담고 있는 생명을 멈추게 하는 일뿐이라는 사실 또한 이우진은 알고 있었다.

4. 복수의 스토리텔링과 허무주의

<올드 보이>의 주제는 복수인 동시에 구원이다. 오대수, 이우진 등의 주인공들은 오직 복수만을 위해서 전 생애를 던지고 있는데, 이는 이 복수를 통해서 그 자신이 고통과 절망에서 벗어날 수 있는 구원의 경지에 다다를 수 있을 것이라고 생각했기 때문이다. 복수는 그들에게 생계적 수단이 아니며 쾌락의 도구도 아니었다. 그들에게 복수는 이미 일그러져 버린 삶의 완결성을 조금이라도 보완할 수 있는 유일한 방법이었기 때문에 복수는 종교적 구원과도 유사하게 수용되었다.

이우진의 복수심과 오대수의 복수심은 그 증오의 정도 면에서는 비슷한 수준이다. 그러나 그 복수심이 나타나게 된 이유는 전혀 다르다. 이우진은 누나가 자살하게 된 원인을 전적으로 오대수에게 미룬다. 누나가 죽

은 이후부터 이우진의 정신적 성장은 멈춰 버렸을 것이다. 그는 죽은 누나의 원한을 갚고 잃어버린 자신의 청춘을 보상받기 위해서 기막힌 복수의 드라마를 기획한다. 그는 그 복수심에 힘입어 스스로의 의지에 의해서 저지르게 된 근친상간의 죄의식을 고스란히 외부 세계로 전가시킨다. 그는 그 복수심에 의해서 자신의 정신적 외상을 위무하였을 것이다. 그가 "복수심은 건강에 좋다"(scene #44)는 말을 한 것도 이 때문이었다. 자신에 대한 증오는 오대수에 대한 증오로 합쳐졌고 오대수를 향한 복수심으로 인하여 근친상간의 부끄러움에 대한 반성을 할 정신적 여유가 없어졌다.

오대수의 복수심은 처음에는 그 대상을 인식하지 못한 것이었다. 그래서 복수를 위한 그의 행동들은 무모하고 비참했다. 그는 감금 방에서 상상의 인물 모양을 벽에 그려놓고 주먹에 피가 나도록 벽을 때리거나, 감금 방의 관리인에게 자신이 갇히게 된 이유를 가르쳐 달라고 처절하게 매달리지만 아무런 성과를 얻지 못한다. 그래서 그는 감금 방에서 나온 이후에도 그 복수의 대상을 찾으려고 노력하지만 이 수고로운 과정 역시 복수의 대상인 이우진에 의해서 설계된 대로 진행된다. 그의 복수 과정은 결국 복수를 당하는 과정에 불과했다.

(이우진)
아, 이걸 어떡하나! 성질 같으면 확 죽여 버리고 싶은데, 그러자니 가둔 이유를 모르겠고 고문을 하자니 지가 먼저 죽어버린다고 그러지. 자, 복수를 하느냐, 이유를 알아내느냐. 아이쿠, 이것 큰일 났네, 큰일 났어! 십오 년 동안 당신을 지켜봤어요. 덕분에 그 동안 잘 지낸 셈이야, 심심하지도 않고, 외롭지도 않고. 상처 받은 자한테 복수심만큼 잘 듣는 처방도 없어요, 한 번 해 봐. 십오 년 간의 상실감, 처자식을 잃은 고통, 이런 거 다 잊어버릴 수 있을 거야. 다시 말해서, 복수심은 건강에 좋다! 하지만, 복수가 다 이루어지고 나면 어떨까? 아마, 숨어 있던 고통이 다시 찾아올 걸?

— scene #44

오대수는 감금방에 갇혀 있는 15년 동안 자신의 삶을 반성하고 성찰하면서 15권의 자서전을 써 내려갔다. 그가 긴 인생 복습을 통하여 알아내고자 했던 것은 그가 여기 갇히게 된 이유였다. 그는 당장에라도 이우진을 죽일 수 있는 장면에서조차 마음 편히 이우진을 죽이지 못한다. 그가 치룬 15년 숙제가 남긴 질문을 풀지 못한 채 이우진을 죽일 수 없었기 때문이다. 이우진은 이러한 오대수의 내면 심리를 꿰뚫고 있었기 때문에 "아, 이걸 어떡하나! 성질 같으면 확 죽여 버리고 싶은데 그러자니 가둔 이유를 모르겠고 고문을 하자니 지가 먼저 죽어버린다고 그러지. 자, 복수를 하느냐 이유를 알아내느냐. 아이구, 이것 큰일 났네"(scene #44)라고 말하면서 너스레를 떤다.

유형자의 최면술을 비롯한 이우진의 다채로운 계획에 의해서 미도와 정사까지 나누게 된 오대수는 마침내 펜트하우스에서 이우진과 대면한다. 이우진은 선물 상자에 담긴 미도의 성장 사진을 보여줌으로써 오대수에게 통쾌하게 복수한다. 이우진은 부녀지간 근친상간이라는 기막힌 사실을 죄 없는 미도에게만은 알리지 말아달라는 오대수의 애끓는 부탁 앞에 직면한다.

> (이우진)
> 당신이 낸 소문이 점점 불어나서 이수아가 임신했다는 데까지 발전했어. 누나는 그 소문에 점점 빠져들기 시작하더니 결국 그걸 믿어 버리더라고. 그러더니, 정말 월경이 그치고 배가 불기 시작했어. 신기하죠? 자식인 동시에 조카를 임신한 소녀의 기분을 생각해봤어? 알겠어요? 당신의 혀가 우리 누나를 임신시켰다니까! 이우진의 자지가 아니라, 오대수의 혓바닥이!
>
> — scene #90

이우진은 다시 한 번 자신의 죄의식을 오대수에게 전가시키면서 누나를 임신시킨 것은 자신의 '성기'가 아니라 오대수의 '혀'라는 사실을 강조한다. 죄악의 근원이 자신의 말실수에서 비롯되었음을 안 오대수는 경호실장을 죽인 가위로 자신의 혀를 잘라버린다. 이 지점에서 그동안 꿈꿔온 이우진의 복수극은 막을 내린다. 복수만을 위해서 수십 년을 견디어 온 이우진이 결국 오대수를 죽일 수 있었던 권총으로 자신의 머리를 쏘고 만 것은 이제 더 이상의 삶의 이유를 찾을 수 없었기 때문이다. 결국 이우진이 자살함으로써 오대수가 계획한 복수극 역시 이우진에 의해서 끝나버리게 된다. 이 지점에서 이 영화의 의도와 감독의 세계관이 선명하게 드러난다.

> <올드 보이>를 택한 이유는, 영문을 모른 채 핍박당하는 사람의 이야기이기 때문입니다. 누가, 왜, 자기를 이토록 증오하는지 그는 모릅니다. 내 각본에서 한마디 인용하자면 "이제부터 네 인생을 통째로 복습해봐"입니다. 그리하여 우리의 주인공은 무려 15년 동안 복습을 강요당합니다. 관객 여러분께서도 이 영화를 보고 나와서 최소한 15분 동안 자기 인생을 되돌아보시기를 정중히 권유하는 바입니다. 천만 명에 15분씩이면 토탈 285년이 넘거든요. 285년의 반성, 멋지지 않아요?14)

위의 인용문에서도 어느 정도 보이듯 박찬욱은 오대수라는 "영문을 모른 채 핍박당하는 사람"을 내세워 작품을 만들었다. 오대수가 행한 15년간의 인생 복습은 그대로 이 작품의 기획 의도가 된다. 감독은 이 작품의 관객들도 오대수처럼 고통을 당하지 않으려면 '말조심'을 하면서 인생을 좀 더 신중하게 살아야 될 것이라고 권유한다. 그러나 과연 이 작품을 감독의 의도대로 해석할 필요는 없을 것이다. 감독의 의도에만 경도된다면 젊은 날 자신도 모르게 저지른 말실수 하나 때문에 가족 해체와 인생 파탄이라는 극한적 불행을 당해야 했던 오대수 삶에 대한 변호는 전혀 이루어지지 않기 때문이다. 즉 "오대수의 죄질이 너무나도 사소하기 때문에 관객들은 안타고니스트 오대수에 대한 처벌에 동의하기가 어려운 것"이라는15) 평가가 가능해진다.

오대수와 이우진, 어느 한쪽을 옹호하든, 아니면 이 두 사람 모두에 대

---

14) 박찬욱, 『박찬욱의 몽타주』, 마음산책, 2005, 198쪽.
15) 김윤정, 「박찬욱 복수 3부작에서의 '복수'의 의미」, 『한국현대문학연구』 20집, 한국현대문학회, 2006.12, 648쪽.

하여 연민과 동정을 느끼든 간에 이 작품은 혀를 자르는 오대수의 반성과 이우진의 권총 자살로 대단원의 결말을 맞이하게 된다. 그토록 복수를 갈 망했던 두 사람은 복수가 완성되는 순간 더 이상의 삶의 의미를 찾지 못한 다. 결국 그들이 추구했던 복수심은 복수가 진행되는 과정 동안의 힘이 되 었지만 복수가 끝난 후에는 인생에 대한 새로운 패배의식의 근간이 된다. 이 지점에서 이 작품의 허무의식은 태동한다. 결국 이우진이 자살하는 것 이나 오대수가 혀를 자르는 것은 이러한 허무의식의 발로였던 셈이다.

그러나 허무의식의 생성 이전에 나타날 수 있는 문제가 바로 금기의 맥 락이다. 오대수와 이우진은 사회적이고 역사적인 금기에 도전한 인물들이 다. 그들은 모두 자의든 타의든 간에 근친상간적 성행위를 통해서 이 금기 를 깨뜨렸다. 즉 이우진은 자신의 사랑이 근친상간인 줄 알았음에도 불구 하고 자신의 사랑을 밀고 나갔으나 오대수는 관련 사실을 모른 채 본의 아니게 근친상간을 저지르고 말았다. 그러므로 이우진이 불편해한 것은 근친상간이 외부로 알려지는 것이었다면 오대수가 괴로워하는 것은 딸에 게 큰 정신적 상처를 줄 수 있는 근친상간 행위 그 자체였다.

이들은 자해와 자살을 통해서 사회적 금기를 깬 행위에 대하여 면죄부 를 부여받는다. 오히려 독자들은 그들이 받은 벌이 지은 죄에 비하여 너무 혹독한 것일 수도 있다는 관용을 보일 수도 있다. 결국 <올드 보이>에 나타난 복수는 주체의 욕망을 완전히 충족시키지 못하였고, 주체의 상처 도 완전히 치유하지는 못하였지만 금기를 깬 자를 향한 냉소적이고 비판 적인 사회적 시선을 무마시키는 데에는 어느 정도 성공하면서 허무주의의 두 가지 길을 동시에 열어놓는다.

  A. 강화된 정신적 힘의 현현으로서의 허무주의 : 능동적 허무주의
  B. 약화된 정신적 힘의 귀환으로서의 허무주의 : 수동적 허무주의16)

---

16) Friendrich Nietzsche, *Der Wille Zur Macht*, Tubingen, Persia-Dunndruck-papierder Papierfabirk Schoeller & Hoesch, 1952, p.20.

카알 뢰비트는 그의 저서 『헤겔에서 니체에로』에서[17] A를 "강자의 허무주의(생활에의 새로운 의지와 강화로서의 최초의 징조)", B를 "약자의 허무주의(궁극적인 몰락과 생활 혐오의 징조)"라고 설명하였다. 박찬욱은 <올드 보이>의 모호한 결말을 통하여 이러한 허무주의(니힐리즘)의 양가성을 동시에 구현하였다. 즉 이우진의 자살 행위를 통해서 수동적 허무주의를 구현하였고, 최면술을 통해 오대수가 새로운 사랑을 시작하는 모습을 통하여 능동적 허무주의를 구현하였다. 이우진은 더 이상 삶의 목적도 없으며 또한 새로운 사랑을 만들 수도 없다는 극단적인 판단에서 자살을 선택했다면, 오대수는 혀를 절단함으로써 죄과를 치렀다고 생각한 뒤 다시금 최면술의 마력을 빌어 딸과의 동반자적 삶을 이어가고자 도모한다. 결국 주인공들의 서로 다른 선택은 근친상간이라는 금기에 대한 박찬욱의 예술가적 자의식을 다시 한 번 환기시킨다.

5. 결론

본고는 위에서 박찬욱 복수극 3부작 중 두 번째 영화인 <올드 보이>의 스토리텔링 전략을 분석하였다. <올드 보이>는 동명의 일본 만화를 원작으로 하면서 원작의 스토리를 창의적으로 변용시킴으로써 개성 있는 서사를 창출해 내는 데에 성공하였다. 다소 억지스럽고 비약적인 설정에도 불구하고 설득력 있는 서사 구조를 보여주게 된 것은 반전을 거듭하는 유기적인 구성의 힘에 있었다.

2장 '감금의 스토리텔링과 욕망의 상상력'에서는 감금에 관련된 서사를 분석하였다. 오대수가 15년 동안 감금되어 있었던 사설 감금 방의 공간은 그의 육체와 정신이 극한 상황을 경험하게 하는 곳이었다. 영문도 모른 채

---

17) 카알 뢰비트, 강학철 역, 『헤겔에서 니체에로』, 민음사, 1985, 223쪽.

감금된 오대수는 자신이 이곳에 오게 된 이유를 알고자 하는 욕망과 자신을 이곳에 보낸 자에게 그 죄를 묻겠다는 욕망에 사로잡힌다. 결국 감금 방은 소시민 오대수가 '몬스터 오대수'로 변신하는 동굴과도 같은 곳이었다.

3장 '기억의 스토리텔링과 초월의 상상력'에서는 기억에 관련된 서사를 분석하였다. 이우진은 자살하는 날까지 평생 동안 근친상간의 기억에서 벗어나지 못한 채 살아간다. 그의 삶의 목표는 이 기억에서 벗어나는 일이다. 그의 기억은 행복과 불행을 동시에 내포했다. 사춘기 시절 아름다운 외모를 지닌 누나와 관련된 성적인 경험은 처음에는 아름다웠다. 그러나 그 아름다움은 오래가지 않은 채 비극으로 마감된다. 이우진은 이 기억을 초월하고자 자신의 모든 삶을 던진다.

4장 '복수의 스토리텔링과 허무주의의 양가성'에서는 복수에 관련된 서사를 분석하였다. 이 영화에서 복수는 오대수, 이우진 두 사람에 의해서 동시에 진행된다. 사설 감금 방에서 풀려난 오대수는 이우진을 향한 복수에 매진하지만 그 복수의 과정은 반어적이게도 이우진의 계획대로 움직이는 것에 불과하였다. 이들의 최후 선택은 서로 다르게 나타나는데 여기에는 양가적 세계관이 있었다.

<올드 보이>의 힘은 그 스토리텔링의 독창성에 있었다. 이 작품이 끊임없이 회자되는 것은 그동안 한국 영화에서 잘 다뤄지지 않았던 사설 감금 방이라는 공간과 근친상간이라는 사건 등을 전면에 내세움으로써 스토리텔링의 확장을 이루었기 때문이다. 또한 반전과 반전을 거듭하는 복수의 구조는 작품의 묘미를 증대시키는 중요한 동인이었다. 집요한 복수의 서사가 지상파 드라마를 통하여 유행하고 있는 지금 박찬욱의 복수극이 지닌 의미가 더욱 새롭게 다가온다.

■ 참고 문헌

1. 기본자료

박찬욱 감독, 영화 <올드보이>, (주)쇼이스트, 2003.
박찬욱 감독, DVD <올드보이>, (주)엔터원, 2007.

2. 저서 및 논문

강성률, 「계급적 갈등은 있지만 투쟁은 없다 - 박찬욱 영화의 계급 문제」, 『리토
　　　피아』, 2005년 가을호.
권혁준, 「사회적 금기의 예술적 형상화 -바그너의 음악극 <니벨룽의 반지>와 영
　　　화 <올드보이>에서의 '근친상간' 모티프 연구」, 『브레히트와 현대연극』
　　　23호, 한국브레히트학회, 2010.
김　경, 「감금을 통해 삶을 되돌아본다―박찬욱 감독의 <올드 보이>와 홍기선 감
　　　독의 <선택>」, 『공연과 리뷰』 43호, 현대미학사, 2003.12.
김경애, 「<올드보이> 에 나타난 여섯 개의 이미지」, 『문학과영상』 제5권 1호, 문
　　　학과영상학회, 2004.6.
김영진, 『영화가 욕망하는 것들』, 책세상, 2001.
김윤정, 「박찬욱 복수 3부작에서의 '복수'의 의미」, 『한국현대문학연구』 20호, 한국
　　　현대문학회, 2006.12.
김지운, 「이상한 감독 박찬욱을 만나 <복수는 나의 것>을 논하다」, 『씨네 21』 346
　　　호, 2002.4.9.
박유희, 「위악으로 치장한 우의적 상상력―박찬욱論」, 『문예연구』, 2005년 가을호.
박제철, 「행위로 기억하기―2000년대 초반 한국영화와 트라우마의 반복강박」, 『대
　　　중서사연구』 14호, 대중서사학회, 2005.12.
박찬욱, 『박찬욱의 몽타주』, 마음산책, 2005.
백선기・손성우, 「영화 속의 욕망, 증상, 기억 및 상흔―영화 <올드보이>에 대한
　　　서사구조, 공간구조 및 시간구조 분석을 중심으로」, 『기호학연구』 19집,
　　　한국기호학회, 2006.
서은선, 「영화 <올드보이>의 주체 소멸에 관한 서사론적 연구」, 『한국문학논총』
　　　37호, 한국문학회, 2004.8.

손희정, 「금자씨는 왜 복수에 실패했을까?－박찬욱의 복수 삼부작과 여성」, 『여성
　　　이론』, 2005년 가을호.
심영섭, 「신이 주재한 죄, 어디에도 구원은 없다」, 『씨네 21』 348호, 2002.4.23.
연세대 미디어아트연구소, 『복수는 나의 것』, 새물결출판사, 2006.
임장한·최효동, 「복선(伏線)적 의미를 지닌 영화타이틀시퀀스 디자인에 관한 연
　　　구－<올드 보이>를 중심으로」, 『디지털디자인학연구』 10호, 한국디지털
　　　디자인학회, 2005.
유운성, 「복수에 의한, 복수에 대한 공감」, 『씨네 21』 347호, 2002.4.16.
윤일수, 「<올드 보이>에 담긴 박찬욱 감독의 세계관」, 『한국문학이론과 비평』 37
　　　호, 한국문학이론과 비평학회, 2007.12.
이신정, 「고통은 인간을 어떻게 잠식하는가?－박찬욱 감독의 <올드 보이>」, 『새
　　　가정』 통권 51권 552호, 새가정사, 2004.1.
이주환, 「올드 보이 뚜껑을 열어보니」, 『노동사회』 83호, 한국노동사회연구소,
　　　2004.
전찬일, 「극사실주의적 잔혹 묘사와 미니멀리스트적 스타일의 공존－박찬욱 감독
　　　의 <복수는 나의 것>」, 『영화평론』, 2002.12.
정봉석, 「영화 <올드 보이>와 비극 <미토스>의 상호텍스트성」, 『현대문학의 연
　　　구』 31호, 한국문학연구학회, 2007.
정성일, 「그들은 이유 없이 죽는다, 코니디다－정성일의 <복수는 나의 것> 비판
　　　론」, 『씨네 21』 349호, 2002.4.30.
정희모, 「한 스타일리스트의 만화 같은 상상력 박찬욱 감독의 <올드 보이>」, 『기
　　　독교사상』 541호, 대한기독교서회, 2004.1.
　　　　, 「죄악과 속죄에 관한 우울한 영화」, 『기독교사상』 561호, 대한기독교서회,
　　　2005.9.
조하혜, 「영화 속에 투영된 인간 내면의식 구성과 반향 연구 : <올드 보이>와
　　　<주홍글씨>에 대한 라캉의 죄의식 개념 적용을 중심으로」, 성균관대 석
　　　사학위논문, 2005.
홍성남, 「불쾌하다, 그러나 '진정으로' 불쾌하지 않다」, 『씨네 21』 347호, 2002.4.16.
황진미, 「'복수－영화'를 통해 본 폭력의 구조」, 『당대비평』, 2004년 겨울호.

이 논문은 2010년 10월 31일 투고되어
2010년 11월 1일부터 11월 30일까지 심사위원이 심사를 하고
2010년 12월 10일에 심사위원 및 편집위원 회의에서 게재 결정된 논문임.

■ **Abstract**

Study on Storytelling strategy shown 〈Old Boy〉 by directed Park, Chan-Wook

Kim, Jong-Tae
(Hoseo Univ.)

This thesis analyzed storytelling strategy shown in Park, Chan-Wook's <Old Boy>. <Old Boy>—Japanese cartoon is the original—was creatively transfigured from the original story. <Old Boy> shows the power of the organic composition.

Chapter 2 'storytelling about imprisonment and imagination about desire' analyzed narration about imprisonment. Oh, Dae-Soo spent fifiteen years in private jail, and was placed in an extreme situation his body and mind experienced. Oh, Dae-Soo wanted to know the reason he was put in jail, to shoot the crow, and to commit suicide.

Chapter 3 'storytelling about memory and the transcendence of imagination' analyzed narration about memory. Lee, Woo-Jin is still in his life in memory about an incestuous relationship he and his sister has had. His life purpose becomes free from this memory. His memory involves all happiness and unhappiness.

Chapter 4 'storytelling about revenge and duplicity of nihilism' analyzed narration about revenge. Revenge in this movie is run respectively by both Oh, Dae-Soo and Lee, Woo-Jin. Oh, Dae-Soo tried to avenge Lee, Woo-Jin, but this vengeance was the process that Lee, Woo-Jin was revenging Oh, Dae-Soo on his old enemy.

<Old Boy>'s power is creativity in storytelling. This movie paraded 'private jail' that this incident happened and 'incest' that Lee, Woo-Jin and his sister had, not dealing with Korea movie. As stories about vengeance are famous for drama, revenge plot by directed Park, Chan-Wook means a lot.

Key Words : Storytelling strategy, <Old Boy>, Park, Chan-Wook, 'storytelling about imprisonment and imagination about desire', narration about imprisonment, 'storytelling about memory and the transcendence of imagination', narration about memory, 'storytelling about revenge and duplicity of nihilism', narration about revenge, Korea movie, drama.

국권침탈 전후 한국어문학의 형세

2011년 1월 5일 초판 인쇄 2011년 1월 15일 초판 발행
엮은이 돈암어문학회
펴낸이 한봉숙 **펴낸곳** 푸른사상
기획 · 편집 김세영, 김재호, 강태미, 차경진 **디자인** 지순이 **마케팅** 이경아
출판등록 1999년 7월 8일 제2-2876호
주소 서울시 중구 을지로3가 296-10 장양B/D 701호
대표전화 02) 2268-8706(7) **팩시밀리** 02) 2268-8708
이메일 prun21c@hanmail.net / prun21c@yahoo.co.kr
홈페이지 http://www.prun21c.com
ⓒ 2011, 돈암어문학회

ISBN 978-89-5640-792-0 03810
값 24,000원

☞ 인지는 저자와의 협의에 의해 생략합니다.
☞ 21세기 출판문화를 창조하는 푸른사상은 좋은 책을 만들기 위해 노력하고 있습니다.